U0938306

先鋒與守望

許子東文集

（第九卷）

二十一世紀
中國小說選讀

許子東 著

商務印書館

出版統籌：杜　辰
責任編輯：杜　辰
裝幀設計：涂　慧
排　　版：肖　霞
責任校對：趙會明
印　　務：龍寶祺

二十一世紀中國小説選讀

作　　者：許子東
出　　版：商務印書館（香港）有限公司
香港筲箕灣耀興道 3 號東滙廣場 8 樓
http://www.commercialpress.com.hk
發　　行：香港聯合書刊物流有限公司
香港新界荃灣德士古道 220-248 號荃灣工業中心 16 樓
印　　刷：美雅印刷製本有限公司
香港九龍觀塘榮業街 6 號海濱工業大廈 4 樓 A 室
版　　次：2025 年 7 月第 1 版第 1 次印刷

ISBN 978 962 07 4733 5（平裝）
ISBN 978 962 07 4745 8（毛邊本）
Printed in Hong Kong

《許子東文集》出版說明

《許子東文集》十一卷，前三卷均為現代作家論，第四至第六卷是論文集和兩項專題研究，第七至第九卷都是以文本細讀為中心的文學史論述。第十卷為作者自傳，曾在人民文學出版社出版，現為增訂本。第十一卷為媒體言論集，收錄若干過往節目觀點與報刊文章。

上世紀八十年代的中國現代文學研究者，大都從作家論起步，之後進入文學史、古代文學、文化研究、人文學史或思想史等領域，很少有人一再重複現代作家論。文集作者卻在幾十年間，先後寫了三本作家論（《郁達夫新論》《細讀張愛玲》《重讀魯迅》）。對於這種目前在學術生產工業中已經不佔主流的研究方法和出版體例的長期堅持，在學界引起注意。第二卷《細讀張愛玲》（張愛玲逝世三十週年紀念版）是皇冠版和中華書局《張愛玲的文學史意義》兩書的合併，另附討論《色，戒》《小團圓》的電視談話。《重讀魯迅》的重點是魯迅對「主奴關係」的研究。全書並非企圖研究魯迅是怎樣一個人，或者還原魯迅作品的本意，而是記錄作者幾十年來閱讀 / 重讀魯迅作品的閱讀經歷以及體會感悟的變化過程。一百年來，魯迅的作品照見了國人走過的道路，照見了世人的面貌與內心，也照見了中國的理想與現實。文集作者半生都在着迷郁達夫的真率、張愛玲的優美和魯迅的深刻。

文集第四卷收集作者從 1984 年到 2014 年間的論文與隨筆，其中大部分寫於八、九十年代，曾經發表於《文學評論》《文藝理論研究》等學術期刊。〈當代小說中的現代史〉原是其中一篇論文的題目，預示了後來的研究方向，現作為文集第四卷書名。整個第四卷反映作者八十年代之後很長時間在學術上的猶豫和嘗試，從分析文學現象到試驗理論方法，從注重現代文學到關心當代小說。文集第五卷是一項藉用俄國形式主義理論的專題研究，開始於 1989 年芝加哥大學的魯思訪問研究計劃，1997 年作為博士論文提交香港大學。2000 年以《為了忘卻的集體記憶 —— 解讀 50 篇文革小說》為書名，由北京：生活·讀書·新知三聯書店出版（三聯·哈佛燕京學術叢書）。該書的台北麥田繁體版書名是《當代小說與集體記憶 —— 敘述文革》。人民文學出版社 2011 年再版時題為《許子東講稿（卷一）—— 重讀「文革」》。此書主題原是擔心國人健忘，可是時代循環，過去不會消失，人既有可能兩次進入同一河流，書也還沒有完全過時。文集第六卷是《小說香港》。作者長期在香港的大學任教並擔任中文系主任，曾經編選了四五本「香港短篇小說雙年選」。編選過程中閱讀了數千篇香港本土的中短篇小說（主要是九十年代的作品），同時也首次在嶺南大學開設香港文學的課程。卷六的部分內容曾以《香港短篇小說初探》為書名出版，2007 年獲第九屆香港中文文學（文學評論）雙年獎。

第七卷《許子東現代文學課》是作者在香港嶺南大學一年級本科課程的錄音文字，當時有騰訊新聞現場直播。課堂實錄文字或有資料不全等缺陷，但也保留了直播的氣氛及現場效果，成為一本文字、資料、音頻及視頻同時存在的教科書。《許子東現代文學課》收入文集卷七，大幅增加了研究性質的論文和其他講座文字、直播對談。《重讀二十世紀中國小說》（上下）及續篇《二十一世紀中國小說選讀》是作者近年的工作，有別於傳統的從時代或從作家出發的文學史模式，這幾冊重讀和選讀，努力嘗試以文本細讀為主體，重新梳理文學史發展線索。

整套文集，既有文體分類，也按時序編排。除了第三卷《重讀魯迅》，文集其餘各卷基本按寫作與出版時序編輯。

《二十一世紀中國小說選讀》編輯說明

《二十一世紀中國小說選讀》是文集第八卷《重讀二十世紀中國小說》的續編。研究方法也是着重作家的代表作，在文本閱讀中探討文學潮流的趨向和時代變遷。不少當代作家的創作，從二十世紀八、九十年代開始，一直延續到新世紀，他們的作品有不少限於篇幅，沒有收入《重讀二十世紀中國小說》，所以才有了續編《二十一世紀中國小說選讀》的動念。

本書原題《從先鋒到守望者 —— 近二十年來的中國小說》，意指當代小說在二十世紀八十年代更像是中國社會文化思潮的先鋒和前衛，突破各種禁區，走在社會改革、解放思想的時代前列。幾十年過去了，現在當代小說則更像是時代的守望者，堅持歷史反思和人文批判的底線。

本書也收入一些對年輕作家的評論，但這方面遺漏肯定很多，以後繼續跟蹤。

自序：小說如何研究歷史

《二十一世紀中國小說選讀》在某種意義上是《重讀二十世紀中國小說》的續篇。《重讀二十世紀中國小說》一方面強調文本閱讀在中國現當代文學研究中的重要性，另一方面也嘗試一種比較另類的文學史書寫方法，即以作品閱讀，而不是以作家研究或時代背景或文學思潮的發展變化為文學史書寫的資料基礎。在「文學」與「史」兩個側面，比較偏重於有關「文學」的可能性、不確定性，當然也想梳理總結文學歷史的確定性和規律性。從梁啟超《新中國未來記》到劉慈欣《三體II》，九十三部作品，跨越一百年，但最後還是有很多遺漏空缺，所以就應約續寫《二十一世紀中國小說選讀》。

「二十一世紀」，只過去二十多年，我們很難知道本世紀內之後會發生的事情，包括之後的中國小說。世紀之分，未必十分嚴格。書名裏的「中國」，顯然，沒有包括香港、台灣和少數民族語言的小說，也是缺失。期待日後有專書來討論不同文學生產機制下的香港和台灣文學。「選讀」範圍，以紙質出版的長篇小說為主，偶爾也討論中短篇小說，基本上不涉及網絡小說。「選讀」當然也有選擇的標準。相對「客觀」的標準，是獲得重要文學獎項，擁有很多讀者。廣受社會關注說明作品不僅是文學現象，而且也可能是文化現象、社會現象。相對「主觀」的標準，是「在文學界較有影響力的作家的代表作」。何為「較有影響力」，甚麼是「代表作」，這就難免受研究者本人閱讀量、理論視野和文學趣味的限制。說到底，我只是閱讀近二十年來的二、三十部小說，當然不能奢望在總體上代表二十一世紀初的中國小說。「選讀」的目的，是將這些小說作為最新的當代文學現象研讀，希望把握這些作品和上世紀八十及九十年代的緊張延續關係，探討中國現代文學在新世紀的發展變化、源流脈絡。

在二十一世紀初期的中國，至少在經濟規模上，出現了史無前例的巨大變化。生產力影響生產關係，經濟基礎決定上層建築。二十多年來，經濟發展如此迅速，中國的小說，又有甚麼變化呢？

「從先鋒到守望者」，是本書原定的題目。二十世紀中國小說的發展線索大致有四個階段。一是晚清時期，梁啟超加上四大譴責小說，還有早期鴛鴦蝴蝶派。二是 1918-1942 年，現代文學時期。三是 1942-1976 年，很有中國特色的革命時期。四就是 1977 年以後，或稱「新時期文學」，或者「文革後文學」、改革開放時期的文學……沒有一個命名可以完全概括到位，但是大家都明白，這個時期的文學跟前面三個時期都不一樣。

如果這個分期大致可以確立，那麼現在我們讀的二十一世紀中國小說，頗令信奉進化論或期盼革命的理論家們失望，因為遲遲沒有出現第五、第六個時期。從文學史上看，近二十年的小說基本上還是八、九十年代文學潮流的延續。藉用汪暉的說法，強調革命的「短二十世紀」，提早結束了。藉用陳曉明的說法，接下來是「漫長的九十年代」。王蒙、陳忠實、賈平凹、莫言、王安憶、余華等作家從八十年代到現在，一直是當代文學的主要代表。從《紅高粱》《活着》《白鹿原》《長恨歌》，到《生死疲勞》《古爐》《繁花》，基本上延續同一個文學傳統。簡而言之，二十一世紀的中國小說主流，迄今為止，是八十年代文學的持續發展。

為甚麼時代看似巨變，文學卻好像依舊？中國文學在上個世紀，總是緊隨着社會革命而劇烈變化。五四新文學當然是對晚清乃至整個傳統文學的革命。三十年代的左聯和左翼文學又很快挑戰二十年代文學研究會或《語絲》的「人的文學」。延安文藝當然是對三十年代文學的方向改變。五、六十年代的國家文學生產機制又是對民國文學的全局改造。六、七十年代的「文學」（如果還有文學）更是對之前帝修反封建傳統的徹底顛覆。站在八十年代回頭看，每一個十年都必須批判前面十年。為甚麼八十年代以後的情況不同了呢？

僅看新世紀，過去二十年中國和世界都發生了巨大的變化。第一是科學發展，電腦、手機、網絡科技、人工智能改變了人們的生活方式，也會衝擊動搖印刷工業特別是所謂純文學的、嚴肅文學的傳統價值。第二是經濟變化，從上世紀末到 2024 年，中國內地 GDP 從一萬億美元到接近十九萬億美元，四分之一世紀增加近二十倍。國家社會經濟變化如此巨大，當代小說有沒有與時俱進？第三，不僅閱讀工具變了，讀者人口和文化心態也變了。由於地緣政治衝突，或社會矛盾變化，意識形態環境也有微妙變化。八十年代文學回顧中國艱難歷程有光榮、有教訓。讀者和作家一起衝破禁區，解放思想，今天的讀者尤其是年輕人，有了新的自豪、自信和夢幻，也有了新的困惑、懷舊和焦慮。「前後互不否定」，那究竟是往前走，還是向後看？

於是我們看到，當代小說雖然自身可能沒有根本性的「革命」，可是文學與社會的關係，已出現了微妙而且重要的變化——一度是思想解放的先鋒，現在是人文品格的守望者；一度是衝破禁區的尖兵，現在是改革開放的保衛者；一度是吳亮所說的現代派是「真正的先鋒一如既往」，現在則可能是寫實主義「堅持初心」，在「與時俱進」中盡力堅守底線。

在我有限的閱讀範圍內，近二十年來的中國小說出現了三種比較值得注意的文學現象，或者說是三種不同的寫作動向。一是露骨寫實主義，二是細密寫實主義，三是浪漫與科幻。「露骨寫實主義」這個概念被夏志清、王德威用來形容當代中國小說裏的災難文學。近二十年來這種露骨寫實主義的典型，當然就是《古爐》《陸犯焉識》《河岸》《平原》《張馬丁的第八天》等等。《古爐》仔細追究「十年」鄉村武鬥的殘酷細節與中國農民家族械鬥的歷史傳統；《陸犯焉識》是張賢亮勞改文學的 2.0 版，描寫勞改農場極盡悲慘之能事，既令讀者獲得痛苦的感官想像，又使人反省五十年代的司法制度和知識分子政策；蘇童的《河岸》也以露骨的肉體細節 —— 男主人公的父親在船上企圖自宮未遂 —— 來控訴特殊年代中「血統論」的正反教訓；畢飛宇的《平原》，雖然在細節上沒有那麼慘不忍睹，但也是直面慘淡的鄉土風景；李銳的《張馬丁的第八天》，寫百年前的義和團故事，其核心情節 —— 讓一個虔誠的北方婦女，一定要幻想亡夫投胎在意大利教士的裸體肉身上，名符其實是露骨寫實。或者說細節雖不寫實，中國天理對世界公理的衝突的象徵意義卻很露骨。總之，露骨寫實主義深化了八十年代以來的災難文學。或者說反思「十年」之前因後果，仍是二十一世紀當代小說的一個重要潮流。

更值得注意的是第二種細密寫實主義。這是八十年代所罕見的文學現象。從文學史角度廣義而論，細密寫實主義或者也是 1985 年尋根文學的一種深入發展。從文化尋根，到文體復古，從價值觀轉向語言實驗。代表作是《一句頂一萬句》和《繁花》，某種程度上也包括《天香》和《古爐》。這些小說都不是以戲劇性的情節或者人物性格分析來做長篇小說的敘事主線，而是像《清明上河圖》這樣慢慢地鋪開瑣碎、紛繁、細密的世俗生態畫卷。有意無意地用話本小說形式，細節大於情節，全域大於重點，氛圍大於人物，對話大於描述。「細密」兩個字，既是形容碎碎念、繁瑣的寫實手法，也令人想到波斯的細密畫。相對於威尼斯畫派的注重焦點透視，細密畫是細節第一、全景紛繁，看似沒焦點，其實是散點透視。這是一種不同於「五四」歐化方向的文體潮流。在林焯的《潮汐圖》、葛亮的《燕食記》、魏思孝《土廣寸木》等新人新作中，也可見到這種細密寫實的實驗傾向。

露骨寫實主義是人們不想回去的噩夢，細密寫實主義是一種無法剪貼成夢境的無情現實，浪漫與科幻則直接滿足我們的一些夢想。《狼圖騰》滿足的是國人自卑的戰狼夢；《風聲》看似寫革命歷史故事，其實是滿足一種密室遊戲的智力測驗夢；《三體 III》滿足的是被反省、被懷疑的「愛心」中國夢。這些長篇的基本特點都是大膽虛構，一個邊塞、一個密室、一個宇宙等等，把讀者活生生地拉出普通的或痛苦的現實。另外兩種文學現象——露骨寫實主義和細密寫實主義，偏偏是要人們正視這種痛苦和普通的現實。所以第三類文學的核心，是奇特幻想而不是悲慘細節或瑣碎細節。

也有些長篇是以男女性別鬥爭為幻想主題。鐵凝《大浴女》幻想理想的性關係；史鐵生《我的丁一之旅》幻想男人不可言說之夢；王安憶《天香》幻想古代的女權社會。比較特殊的是莫言的《生死疲勞》，在主題上其實是與露骨寫實主義很相近，在手法上卻是魔幻現實主義，反省幾十年來的各種政治運動。

在數碼社會主義的意識形態面前（或之中），當代小說究竟在守望甚麼？第一，文學作品是否擁有獨立的生命？是否擁有相對獨立的表達哲學和政治見解的權力 / 義務？時事、政策和商業當然強勢且充滿變化，但文學和學術的生命力卻可能更加長久。第二，新世紀的小說和八、九十年代的文學一脈相承，繼續反思現當代中國的種種社會現象。反省六十年代文化革命，是中國當代小說在世界文學中的獨特使命。第三，新世紀小說的發展變化，主要由藝術形式探索和文學語言實驗（而不是由政治潮流、文藝運動、商業運作）所推動。

「小說史」研究的弔詭之處，在於一方面「史」的研究是一種科學，假定研究對象是已經發生的事（亞里士多德語）。而另一方面「小說」是一種虛構的藝術，假定描述的是可能發生的事。所以「小說史」研究既要面對資料、史實等「板上釘釘」的材料，還要面對由印象、情感、幻想組成的作品的藝術效果。「小說史」的基本定義當然是研究小說這一藝術門類在一定時期內在內容、形式、語言上發生變化的歷史過程，但「小說史」也可以做另一種理解，即考察小說如何研究歷史，尤其在二十到二十一世紀的中國語境。中國歷史上非常重要的司馬遷傳統繼承不易，同一個歷史時期、同一種社會現象（比如「反右」、「大躍進」、「三年自然災害」或者「十年艱辛探索」等），一般民眾通過歷史教材或黨史研究所獲得的知識，可能還不如通過當代小說（尤其是暢銷獲獎作品）那麼生動、詳細、具體和深入人心。雖然小說裏的「中國故事」，也未必是最客觀、最真實的當代政治歷史，但至少這是已為廣大民眾所廣泛接受的「中國故事」。「禮失求諸野」，歷史研究依託體制或者比較偏向「禮」，小說回歸出處街談巷議更加靠近「野」，所以「小說史」不僅研究小說演變的歷史，也可以考察小說如何研究歷史——尤其是近幾十年中國的現實和歷史。

目 錄

第二部 2010-2021

集外集

第一部
2000-2009

2000

鐵凝《大浴女》

「性」與「革命」的關係

長篇小說《大浴女》寫在 1999 年，初次出版於 2000 年，在本書目錄上按時序排在前面。書名有可能被誤解為法國畫家皮埃爾・雷諾瓦的一幅油畫，畫中有三個在河邊沐浴後休息的裸女。百度百科解釋說「她們的身體的蕩漾着一種青春風韻，又顯得健康成熟，玫瑰色的膚色顯示了少女的壯實和健美……」。作家後來直接談論過書名由來：「這個名字是我自己起的，跟書商沒有關係。首先也不是為了炒作，這個小說寫完了以後，很長時間沒有名字，這個在我來說還是很少見的事。因為我一般的寫作，就是必須先有一個名字，才能開始寫作。但是這本書例外，就是寫完了以後，還沒有名字，就是這時候我無意中，翻一些畫冊，我就看到了法國後期印象派的代表人物塞尚，他的一個系列組畫，他的系列組畫的名稱，總標題就叫大浴女。我就很省事地把這個拿來作這個小說的名字……塞尚的這一系列組畫裏面的浴女，……都是在自然當中的和丘陵和大樹糾纏在一起的，就是在自然當中的裸體的女性。而且她們的膚色都是非常健康的，都是泥土的顏色。我看了那些畫面以後，覺得非常震撼，覺得她們是一些真實的女性，……我從他的畫面裏感受到他對女性，對生命，對土地，對森林，對樹木的讚美是合而為一的，使我非常震撼。我覺得我的小說需要這個名字。」[1]

中文小說《大浴女》，當然不只是表現女人們的青春美和生命歡樂。小說中有罕見的女「性」研究：研究女人的性觀念，探討女人的性追求，描寫女人的性理想，分析女人如何直面慘淡的人「性」。和《玫瑰門》一樣，小說貫穿兩個主題，一是革命年代，一是女性命運。從六十年代到八、九十年代，《玫瑰門》更多敍述女性命運，《大浴女》則更關心女「性」心理的不同選擇模式。和很多同時代甚至更早更晚的作家比較，鐵凝的特點總是將「革命」和女「性」心理混合在一起，拆解不開。

一、唯一的婚內性關係：「山上的小屋」

小說女主角尹小跳周圍有四個女人，小說主要情節就是她們與不同男人以及她們之間的非常赤裸裸的關係。在逐一分析這五個女人的性心理史之前，有必要先看看這部長篇小說的一個引子：「山上的小屋」。

亞里士多德說，「歷史學家記述已經發生的事，詩人描述可能發生的事。所以，詩是一種比歷史更富哲學性、更嚴肅的藝術，因為詩傾向於表現帶普遍性的事，而歷史卻傾向於記載具體事件。」[2]。後人研究文學史，有些資料屬於「已發生的事」（比如作家年齡、經歷，哪年出版作品，書中有多少女性角色等）。但有些「資料」（其實是材料），屬於「可能發生的事」，比如書中各種男女關係的性質和意義，取決於讀者、評論者的不同解讀。這就構成了文學批評與文學史研究的敏感交叉地帶。在《大浴女》裏，「已發生的事」是共有七段婚外性關係。但這七段婚外性關係產生甚麼樣的意義，在小說的創作及閱讀中，也只是「可能發生的事」。而且我們注意到在這七段婚外性關係之前，整部作品中唯一一段（或者說一種）合法性關係，也寫得十分特別，那就是「山上的小屋」。

尹小跳的父母尹亦尋和章嫵，原來在大城市的建築設計院工作，後來下放到一個鄉下農場。農場分男隊女隊，八十多對夫妻都分開生活，但禮拜天可以在山上一間小屋團聚一下。

> ……屋子卻只有一間，日子也只有一天，因此他們必須排隊。
>
> 他們這排隊也和買糧買菜有所不同，他們雖是光明正大的夫妻，卻不能光明正大地人挨人真排起隊來等候那間小屋的使用。這「使用」的含義是盡人皆知的直接，直接到了令人既亢奮又難為情。[3]

從清晨起就有人分散聚集在小屋附近，樹下、菜地，看似散漫，其實有序，誰先誰後，誰是下一隊，大家心中有數，並不混亂。作家形容說，這是「散而不亂的棋局」。偶然也有兩對距離跟小屋差不多，臨到門口或者在爭奪或者在謙讓，體現民族的優良美德。當然進了小屋，想到外面那麼多人等着關注，動作不免要快一些，有些步驟該省就省了。作家說，「大部分進入小屋的夫妻是這麼做的，他們懂得自我約束，沒有誰能關着門沒完沒了地磨蹭」。

不是因為犯罪或戰爭狀態就大規模成建制地打破家庭男女生態，這在傳統中國社會也不多見。有研究者認為精耕細作的農業、嚴密組織的家庭生活，和官僚化的行政機構，是中華傳統文明的三個最重要特點[4]。「嚴密組織的家庭生活」，不僅因為禮教道德，歷朝歷代還都有各款刑法以防止基本家庭男女性關係秩序被破壞。發展到二十世紀中葉，出現了「男隊」「女隊」的新生態新秩序，「嚴密組織的家庭生活」

出現了革命性的創造性的變化，其影響，尤其是對下一代的影響十分深遠 —— 這正是這部小說有意無意的主題所在。

但是中國的情況又沒有發展到波爾布特的程度。男隊女隊羣體分居，但夫妻名份仍在，性關係的合法性仍在，於是出現了鐵凝關心的「山上的小屋」這樣獨特的甚至「史無前例」的歷史文化風景。鐵凝又到底純真，只描述此時男女在「小屋」裏動作不能太慢，因為小屋實際上是在同事同行同志們的眾目睽睽之下。但另一方面，卻也不能太快 —— 除了各人生理需要或有不同，還有同樣重要甚至更加重要的「面子」問題：時間太短也丟臉。在外等候的男女，尤其是女的，可能還會特別注意同事之間誰的時間比較長。表面要罵，心裏可能還是佩服、羨慕。小說的敘事視角是女兒輩的尹小跳，比較單純，並沒在這個地方繼續深挖下去。

即便如此，「山上的小屋」—— 和殘雪小說同名[5] —— 儼然成為一個象徵。在某種意義上婚姻本身不就是一個山上的小屋嗎？滿山遍野的男人女人只有進了這個小屋才能做愛。在那個偉大高尚的年代，男女住旅館都必須出示結婚證件。整部長篇《大浴女》前後寫了很多不同的男女關係，卻全部都發生在「山上的小屋」之外。

除了「山上的小屋」，小說開始部分還有一個重要細節是 1966 年秋天，小學生尹小跳看到同學們在批鬥教數學的唐津津老師。唐老師白淨瘦弱，胸前掛着「我是女流氓」，身材細弱像根牙籤。由於堅決不說她私生女的父親是誰，鬥爭會於是步步升級，先是批她養貓，罰她親貓，然後就是要親大家的腳；同學又端來屎尿，一定要她把私生女招出來。等到要把私生女拉出來示眾的時候，唐老師居然就在眾目睽睽之下抓起茶缸，雙手捧着屎尿一飲而盡。

「女流氓」唐津津老師和她的私生女的父親顯然是一段「婚外性關

係」，小說沒寫這段關係的起因和過程，卻寫了這段關係的悲慘後果。從唐津津老師後來的堅持態度看，她對私生女全力保護，對那個不出場的「姦夫」可能也是有感情的。這是《大浴女》中第一段婚外性關係。

1966 年我也是小學生，親身經歷過類似場面，在《許子東講稿（卷三）》[6] 有《自己的故事 —— 廢鐵是怎樣煉成的》一章，詳細描述了我當時親眼目睹（如果不是參與的話）一個類似的批鬥會，其畫面終身難忘。但我班的實際造反行動是丟丟粉筆，或將膠紙扔上自然課男老師燙過的頭髮等等，沒有像《大浴女》裏的情節這麼激烈。大概正好我們碰到不同的情況，也可能是小說家的典型化手法處理 —— 源於生活高於生活。我們這些學生批鬥老師時其實是又興奮又害怕，而且批了半天不知罪名。最後有同學在耳語，輕聲傳遞老師的罪名：「搞腐化」。語氣態度使我們小學生們都覺得這一定是个很嚴重很可怕的罪名，雖然實際上當時誰也不知「搞腐化」的意思。

對不起，離題了。這段評論 ChatGTP 肯定寫不出來。我的一些同行們都比較熟練在文學性、現代性、先鋒性、民族性、當代性、人民性、中國性（最後一個概念有點超前）等學院話語層面穿插，我卻常常只能依賴自己對「性」的經驗體會來讀小說。

二、第二段「婚外性關係」：章嫵與唐醫生

在唐津津老師這一段藏頭去尾、躲躲閃閃的「婚外性關係」序曲之後，小說中的第二段「出軌」，是發生在女主角母親與唐醫生之間的故事，詳細很多。通過「山上的小屋」，我們已經看到了尹小跳的母親章嫵在農場生活是怎麼困苦艱難，處在一種集體的光明正大的變態畸形中。所以章嫵想請病假回省城看女兒，而且實在再不願意回農場，

就在醫院裝病弄長假。裝病過程描寫得很細緻，先是查出來沒有病，章嫵卻堅持自己有病——

> 她忽然把她的臉湊到唐醫生臉前，她壓低了嗓門，悄聲地、耳語般地、又有些絕望地說：你不能……你不能……接着她感到一陣天旋地轉，她的眩暈及時到來了，她失去了知覺。

於是，與醫生關係開始接近。然後她住院了，居然旁邊沒病人。唐醫生晚上查房，聽診的時候，「當那冰涼的東西觸及到她的皮肉按着她的心臟時，她伸手按住了他的手——他那只拿着聽診器的手，然後她關掉了燈」。

到底是單獨病房，還是男醫生的安排，就不清楚了。按手關燈，這是女人發出的信號。接下來還有幾分鐘的僵持等候，小說的敍述頗冷靜，不像當事人的女兒視角，更似客觀「性學」研究：「他們揣測着較量着，耗着時間，似都等待着對方的進攻，似都等待對方的放棄。」但她最後拿起聽診器對他耳語，「她的聲音更小了，伴隨着抑制不住的喘息。這喘息分明有主動作假的成分，又似混雜着幾分被動的哀歎」。「你不能……你不能……你不能……」，最後醫生「雙手鎮靜而又果斷地放在了她的兩隻乳房上」。

這一段「姦情」後來影響了兩個人的一生，當時千鈞一髮之際，只是一連串的喘氣聲，「你不能……你不能……」。按照西方禮儀，包括現在的 me too 運動，不能就是不能，之後就屬於騷擾了。但是看日本電影，「不行」的後面可能是順從。中國的標準可能是一切要看語境，問題是語境會過去，聲音可錄下來。小說接下來寫章嫵「有一種前所未有的輕鬆。是的，輕鬆，她竟絲毫沒有負罪感」，她得到了罕見的新的快樂。

章嫵跟唐醫生的「不正當男女關係」到底是為了利益（病假單），還是為了性慾、性高潮？是為利益更加容易理解，還是為慾望更加無恥，或者相反？

在張愛玲的《留情》裏，女主角敦鳳曾向親戚長輩楊老太抱怨，說男人只是她的飯票。但心情一高興時，她又親切地把圍巾給米先生遞了上去：「圍上罷，冷了。」很體貼，像小夫妻似的。敦鳳「……一面抱歉地向她舅母她表嫂帶笑看了一看，彷彿是說：『我還不都是為了錢？我照應他，也是為我自己打算——反正我們大家心裏明白。』」[7] 好像愛情當中有自私功利打算，反而比兩性溫情更理直氣壯。也許在當時的上海，乃至於「十年」中的北方，世俗社會理解、允許、原諒人為功利算計的性關係，卻恥於承認與「性」有關的快樂。為糧票或病假單可以，為「高潮」不行。

之後章嫵常在病房等待，小說寫她雖然是為了病假單，但「她寧願想成那是她的性慾在等待」。小說以女兒視角的敘事提問，為了病假與性慾的等待，哪一個原因更可以從道德上辯解和原諒？竹林長篇《生活的路》[8]，寫「文革」期間女知青以身體為代價換取調回城裏，好像女人的性追求必定要跟利益有關。這個問題比較重大，我們先暫且擱置。

章嫵跟唐醫生的關係在小說裏後來就半明半暗了。明的是女人獲得每月一張病假單，長期留在城裏，也請醫生來家吃飯、織毛衣，跟丈夫、女兒都見了面。女兒小跳本能地討厭唐醫生，還寫信向父親告密，忘了貼郵票，結果未寄成。暗的是兩個人繼續交往，有時候還留夜。小說再也不描寫姦情細節了，顯然女人是喜歡快樂的。過了兩年，尹小跳和妹妹尹小帆之外，又添了一個妹妹叫尹小荃，小說寫小妹很漂亮，和姐姐們都不像。尹小帆不喜歡小妹，因為她不再得寵。尹小跳也不喜歡小妹，是某種直覺，潛意識裏已經懷疑這是唐醫生的私生女，她的存在就破壞了他們的家庭。

小孩剛學會走路時，某天鄰居婦人們在縫製裝訂《毛澤東選集》—— 這個符號反覆出現，不僅是襯托時代背景。鄰居們招手，讓小荃過去。可愛的小荃跌跌撞撞，經過一條小的公交道，結果中間有一污水蓋被移開了。小跳、小帆姐妹都看見了，千鈞一髮，她們居然沒有去救，結果小妹就掉進污水溝裏了。一個代表不正當男女關係的結晶就此消失了，給小說中幾乎所有的女人都打下了無法懺悔的恥辱烙印。

三、第三至第六段故事：唐菲的頹廢

小說的第二號女主角唐菲，和尹小跳關係密切。第一次出場時十五歲，十分性感。小說寫她鮮豔的嘴唇、彎曲的劉海，她「有點兒像是另一個世界的來賓；她那一對稍顯斜視的眼睛也使她看上去既凜然又頹廢」。小說還專門介紹了尹小跳理解的頹廢並不是貶義，而且還「溶入了她意識深處朦朧的罪惡嚮往吧：女特務，交際花……從前她看過的那些電影，那些人總是衣着華麗、神秘莫測，喝着美酒，被男人圍着」。「唐菲是頹廢的，她身上那股子無以名狀的頹廢氣令尹小跳激動不已」。於是在《大浴女》的女性羣像中，唐菲就代表了女人放蕩頹廢的一個極端。

唐菲開始是作為唐醫生的姪女到尹家做客，其實她就是唐津津老師的私生女（難道出軌也有遺傳基因？）。唐津津老師受辱自殺，在學校裏怎麼也不肯供出她的男人，唐菲就靠她的叔叔唐醫生撫養。她和尹小跳雖然開始的時候打耳光相識，其實心心相通，因為都不喜歡唐醫生和章嫵的不倫之戀，也不喜歡她叔叔與她母親之間的私生女尹小荃，結果小跳跟唐菲成了終身閨蜜。

唐菲又漂亮又頹廢，且早早地經歷了時代洗禮和逆境培養。小說中的第三段「不正當男女關係」發生在她與中學的「白鞋隊長」之間。隊長其實是學生中的流氓，用一種半綁架的方式追求唐菲，叫她上自行車她就上車，叫她摟腰她就摟腰。唐菲不讓接吻，身體卻不怎麼反抗。「那時她的確是真的有了慾望，被他的蠻橫和激動深深地勾引着，她的身體膨脹起來，無所顧忌地迎接着他魯莽的重量和令她疼得出汗的堅硬。她不知道甚麼是愛，她其實從來沒愛過這白鞋隊長。她只是有點兒願意他對她這樣，這彷彿能使她壞得更加透徹，同時也能使她更徹底地揚起她的頭。」

「她不知道甚麼是愛」，這是小說敘事者的評語，也很接近尹小跳的觀點。當然，之後尹小跳身陷與一個著名作家的老少戀，自己也未必清楚知道甚麼是愛、甚麼是性。

唐菲的放縱凸顯了時代因素，令人想起王朔《動物兇猛》裏的女主角。雖然最初是半綁架、半脅迫，但之後她因為跟「白鞋隊長」的關係，班上同學再也不敢欺負她了。「流氓頭頭」佔有了她，她反而安全了，有了保護傘。

白鞋隊長高中畢業下鄉以後，唐菲又認識了城市歌舞團的一個舞蹈演員。小說對這第四段「不正當男女關係」的開端起步，有細膩的描寫。女學生出挑，男演員俊美，兩人互相注意。男演員叫唐菲去試舞：

「聽我說，你的身體條件實在是好，為甚麼你不參加毛澤東思想宣傳隊？」「你，肯定還不到十七歲吧？抽時間我可以幫你看看你的腰和腿。」

某星期天中午，唐菲走進教室，演員在黑板前方講台等她，開始測量她的腿。

「他說我是在看你大腿和小腿的比例啊多麼合適多麼合適，還有這小小的膝蓋骨。他的手捏着她小巧的膝關節，然後那手繼續向上觸到了她的腰，接着那手輕易就鑽進了她的被皮帶束住的內衣它直奔她的胸脯而去。她不知道自己是甚麼時候躺在課桌上的，總之她平躺在了課桌上……她扭動着以示他就這樣下去一直下去，她渴望他就這樣撥弄她又刺探她，刺探她的潮潤也搗毀她深深的抽搐。

如果說和「白鞋隊長」的「初戀」，還有點借流氓保護自己的利害動機，那麼跟舞蹈演員的肢體關係實在沒有多少要參加小分隊的功利成分，而是慾望大於利益，而且出現了對男人相貌顏值的關注。只是在那個革命時代，男性顏值不是名正言順的追求目標。

接下來唐菲就常去舞蹈演員家裏了，她甚至願意和他們夫妻一起生活，即使懷孕了她也不着急，以為男人會娶她。男人差點嚇死了，畢竟與未成年人發生性關係可是犯法的，最後送了一塊上海寶石花手錶就打發了唐菲。唐菲怎麼辦？沒法打胎，只能告訴叔叔唐醫生，而且也不肯說出她的男人是誰，跟她母親一樣。女人無論如何也要捍衛男人的名聲，由自己來承擔一切後果，王安憶《長恨歌》[9] 裏的第二段戀情也有類似的情節。這到底是男人一廂情願地對女性道德的幻想，還是女人確有這樣的一種性的本能呢？

無可奈何的時候，唐菲甚至以章嫵的事威迫叔叔——知道你跟尹小跳的媽媽有私情。唐醫生性情善良，最後就幫她做了婦產科手術，自以為保全了這個孩子最珍貴的名譽。

從此以後唐菲就有點身經百戰的味道了，一方面人越長越嬌美性感，但是另一方面對性越來越無感。中學畢業時她不願下鄉，就把招工師傅自行車的胎都撒了氣，趁機在野外強行勾搭了招工師傅。這一次明顯就是為了達到目的不擇手段。這是小說中的第五段「不正當男女關係」。後來她果然進了工廠，但工種不理想，是翻砂車間。怎麼辦呢？她又去找俞大聲副廠長——看來這方法有用——在辦公室裏就往廠長身上坐。廠長拒絕了她，但不知道為甚麼，工作還是調成了。

接下來唐菲又做裸體模特，賺了很多錢。有個年輕畫家和身為副市長的父親都看上了她，唐菲那個時候已經很看不起這些男人了，只是為了閨蜜尹小跳要調入出版社，勉強答應了副市長（第六段同類故事）。

到這時小說才寫了三分之一，真正的女主角還沒有正式登場。讀者已經見證了至少六段「不正當男女關係」：唐津津老師與不出場的「姦夫」，章嫵與唐醫生，唐菲與白鞋隊長，唐菲與舞蹈演員，唐菲與招工師傅，唐菲與副市長。作者對這些男女關係都相對持批判態度，過程細節或有陶醉，結果都是女人吃虧。唐津津老師被逼自殺，章嫵為這段出軌後來背了一輩子的包袱，一直抬不起頭來，只是一味服侍她的丈夫和女兒（小女兒還「意外」摔死）。唐菲更被小說家早早安排了肝癌匆匆死去，身邊完全沒有家人。

為甚麼不在「山上的小屋」裏的性關係，不以結婚為目的的戀愛、出軌等，小說總是描寫女性「吃虧」？或至少是付出較大的犧牲代價？

這是長篇小說《大浴女》提出的一個尖銳的問題。

男女性愛後女方通常承擔更多身體方面的後果。唐菲懷孕、章嫵的私生女，都會直接改變女人的身體狀況和日常生活。這些生理上的變化，常常帶來社會環境的壓力。在「破四舊」的紅色革命時期，女人在道德上承擔的罪名，也比男人更加明顯可見。還有更重要的，為甚麼男女一有接觸，一般來說，女性會覺得在「不正當男女關係」中自己比較吃虧呢？在《大浴女》中，這種「吃虧感」既是主觀感覺，也是客觀事實。既來自少女尹小跳角度的敘事，也基於書中情節因果關係。這個問題稍微複雜，要分開幾個層面討論。

第一，男女性愛要求總數不一定相等。即使在原始共產主義社會，或在荒島上，假定男女人數相當，卻由於種種原因（性活躍年齡差異、經期、生產期、文化偏見等），男性和女性的性需求在總數上不一定相等。造物主本來在兩性生理的頻次上有所彌補，但這個彌補卻被後來的父權制文明所抵消。父權制，主要為了保障男人確定自己的子女，用各種方法（禁錮、獎勵和禮教）限制女性和超過一個男性來往（否則就是「不正當男女關係」）。所以性能力（性需求）總數上的不相等，在人類歷史上主要靠戰爭和性工業來平衡。戰爭會犧牲一部分男性，性工業則主要犧牲一部分女性。這是人類學討論的題目，不涉及道德，卻屬於兒童不宜話題。

第二，總數不相等，供不應求，資源少的一方就會要求一些附加條件，也是要求男性要提前盡到可能做父親的責任（這在動物界也很常見）。男女發生關係時（在沒有婚姻契約保護下），女方（尤其是年輕美貌擁有自然生理優勢的女性）就可能獲得食物、山洞、項鍊等作為補償（現在就是名牌包、鑽石、房產證等等）。同樣的事實，也是男性使用山洞、食物、裝飾品作為武器，來爭奪、佔有（進而剝奪）女性的性資源。在號稱史無前例，事實上也是男女關係相對不那麼物質化的「文革」時期，醫生的權力（病假單）、流氓的保護、上海寶石花手錶、招工名額等等，仍然在男女關係中扮演重要角色。和改革開放後的中國現實比較，「革命時期」「不正當男女關係」裏經濟因素減少，政治權力增加。

第三 ，男性中心主義的性愛秩序（及潛規則），對女性是一種脅迫，對男性也構成某種壓力。女性不僅有意無意要為山洞、食物或禮物而服從男性，而且也會為性愛之中如果缺乏山洞、食物和「名分」的補償而感覺「吃虧」。純粹的性關係既然是女人「吃虧」，那男人便自覺在這遊戲中「佔了便宜」。白鞋隊長佔有唐菲同學，既有「性」的動力，也覺得光榮威風。招工師傅和副市長利用權力獲得性報酬，他們自己也不確定其樂趣，是來自於「性」還是職務權力。和人類的其他交易相似，既然對方覺得「吃虧」，大概就是己方「獲益」。少年時代開始形成的男性無意間的「得益」感，後來會影響一生（其實也可能是吃虧的）。

但如果一個女性，在「不正當男女關係」中，不覺得自己吃虧，還能獲得快樂，問題是不是更複雜了？

四、第七至第九段故事：女主角尹小跳

《大浴女》詳細描寫章嫵和唐菲的性愛過程，敘事基調上是並不滿意女人有這一類「頹廢」的性生活。那麼作為對比，女主角尹小跳又該怎麼談戀愛呢？

尹小跳長甚麼樣小說描寫不多，雖然沒有唐菲那麼頹廢、出眾，但心氣高，有才華，個性獨立。十幾歲到三十幾歲前後二十年，也就

是七十年代到九十年代，值得書寫的男朋友一共三個，都在「山上的小屋」之外。這也正好是《大浴女》中第七至第九段「不正當男女關係」（當然最後兩段男女關係是否「正當」，不同時代會有不同定義）。先是一位姓方的著名作家，當時他創作的電影正熱映。知名光環下，和年齡相差很大的出版社編輯小跳來往，親筆寫過六十八封長短情書，女主角一度為之陶醉。關係最密切的時候，方作家也表示要離婚娶小跳。

比較令小跳難以接受的，就是方兢在情書裏還要坦白他跟妻子以外女人的做愛細節。方作家跟小跳說，「我想操遍這世上所有的女人」，這是小說原文。小跳把這種變態心理理解為方兢以前承受了太多苦難而想向社會復仇，他老是說他們欠我太多了。

現實當中，說實在話，也有這樣的作家，比如說到酒店一定要大的套房，說我曾經十幾年只睡三十公分寬的草鋪。可是你睡勞改農場的草鋪，跟今天海外的酒店有關係嗎？誰欠的問誰要去，不能簡單轉嫁給社會。當然我們不做索引派，唯讀文本。濫情、荒誕的方作家如何一度吸引聰明、正直、善良的女主人公？大概第一是同情苦難中倖存的人。小跳曾說，「如若他再次勞改，她定會伴隨他一生一世受罪，吃苦」。王安憶在九十年代初寫的《叔叔的故事》[10]已經在警惕那些把苦難作為資產的政治文化現象，小跳當年的崇拜苦難也有八十年代初知識分子平反的特殊時代背景。第二，特定時代，苦難同時等於名氣，名氣同時等於風度，和社會名流來往不謀其利，是否也會滿足「虛榮心」？第三，小說描寫小跳雖然自己對性事一無所知，卻幫助號稱有「性障礙」的作家重新變成一個男人。這段寫得有點做作，或者說是男人自己有點做作，但是否也可能增加了女主角在「性」方面的成就感？

最後當然小跳受不了方作家的情書，受不了他的坦白和濫情。更明顯、更關鍵的是，作家並不能兑現離婚的許諾。小說把方作家洋洋得意的風流濫情和唐醫生被捉姦從煙囪跳下的情節做對照，提出的一個拷問是，為甚麼都是通姦，有人可以做得這麼瀟灑，有人可以死得這麼難看？

離開作家之後，小跳事業順利，當上了出版社副社長，訪美的時候專程到一個比她年輕好幾歲的美國青年 Mike 家裏做客，兩個人在迪斯科狂歡，異鄉他國穿州過省環境浪漫，Mike 不僅樣貌帥氣，而且馬上求婚，所以好像是女主角很理想的夢幻佈局。但是女主角卻在這遊美愛情之旅中意識到自己究竟真正愛誰。

在美國男友懷抱裏，她明白她愛的其實是一個姓陳的已婚男人，從少年時候就認識，他叫陳在。小說前半部他們是鄰居，後來陳在是一個建築師，一直跟尹家姐妹關係親密，像家人一樣。小跳從美國回來以後告訴他，她是愛他的。陳在馬上答應會離婚娶她，雖然小跳父母並不贊成此事，小跳和陳在卻很堅決，好像小說主角正在走向幸福結尾。小說從分析女性生態及性心理入手，寫到這裏，似乎有點以尹小跳的性愛探索過程，來隱喻八十年代以後中國青年文化的精神潮流：從掙脫「山上的小屋」，到熱情探索擁抱西方文化，再到回歸現實、回歸本土、回歸自己的宿命？

五、其他正當的男女關係

妹妹尹小帆是小說裏第四個女性形象，她的性生活表面風光，其實不幸。丈夫 David 是個美國人，婚後卻一直和年長的德國女友來往。小說裏的姐妹關係有點像中美生活方式的對話較勁，妹妹其實嫉妒姐姐小跳，甚麼都要跟姐姐爭奪，至少姐姐是這樣感覺到的（這說明姐姐也在爭奪）。標誌是方作家訪問芝加哥，妹妹跟這個名人也過了一夜（小說中第十段「不正當男女關係」），後來小帆又趕到德州和小跳拍拖過的 Mike 閃婚。

小說中的第五個女人是陳在已婚十年的妻子萬美辰，之前從未露面，直到陳在和她離婚以後，她來找尹小跳，不是吵架，而是交心。在小說《廢都》或獲獎電影《愛情神話》中，都有男人盼望他的妻子或前妻和他的不止一個情人一起聚會、和平相處的情節，這當然只是男人傳統的白日夢。《大浴女》也有一個女版「小團圓」。萬美辰和尹小跳兩人坦誠相見，成了閨蜜，共同話題卻還是這個男人陳在，都想聽另一個人說這個男人怎麼好。這樣的約會，居然瞞着這個男人。局面漸漸就有點失控了。[11]

《大浴女》這幅畫畫的是幾個女人脫光了衣服，展現赤裸的身體。小說也將幾個女人除去日常衣衫，全方位討論女性的性經驗、性取向、性追求和性價值觀。章嫵是老實人，犯錯受罰，晚年整容整得面目全非。唐菲以身體為武器，征服了不少男人，勝利也就是失敗。尹小跳不肯走女人常規老路，心氣高傲，多次冒險。尹小帆是姐姐永遠的競爭者和繼承人。至於萬美辰，貌似傳統女性，賢惠溫順，其實可能是「綠茶」。小跳被她感動了，就和正要與她結婚的陳在提出分手。

小跳的聖母姿態也好理解，但為甚麼陳在不堅持一下自己的選擇呢？女人不願意被男人讓來讓去，男人難道不是這樣的嗎？還是冰雪聰明的女主角這個時候已經明白陳在的愛。女主角的境界有點高：只要你愛我就好了，我就全身而退，也為這部討論女人性追求的長篇小說加上了一個勉強的陌生化的結尾。

一方面，小說從女性角度探討了在「山上的小屋」以外的種種可能性，種種不正當關係的人性依據，為利、為性、為愛等等。被社會定義的「不正當男女關係」，其道德依據也因為利、因為性、因為愛而區分。大概既不為「利」也不為「性」，還想着對方（或為分手而真實痛苦）的情況，便是難以解釋只能體會的「愛」（有這種體會的人生是痛苦的，沒有這種體會的人生是浪費的）。另一方面，從女性角度討論男女戰爭的小說（這樣的作品本來就不多），最後卻又回到女性之間的爭鬥或謙讓，而把男性「包括在外」。以女主角難以擺脫的私生女落井事件，是不倫之戀的象徵式的終極懲罰後果。小說中的審母情節可以追溯到《金鎖記》的傳統及《玫瑰門》的實驗，也可以跟同時代的《長恨歌》比較：王安憶是用母親的眼光嫌女兒淺薄，《大浴女》是以女兒的眼睛審母親原罪。

閱讀《大浴女》的過程中，有幾個問題一直令人困擾：第一，「山上的小屋」的象徵意義。第二，「不正當關係」究竟是為了利益還是慾望？第三，男女關係的遊戲規則在史無前例的「革命」時期，有沒有根本性的變化？

《大浴女》中直接的床上文字其實不少，偶然也有撒野之處，比方「他伸手撩開她臉上的亂髮悶聲悶氣地叨叨着我的小心肝兒我的小心尖尖兒我的小親 × 我要操爛你⋯⋯」等等。但大部分的時候還是一種評論句式，比方說「他們互相欣賞又互相蹂躪，他們互相欣賞又互相蹂躪，他們互相欣賞又互相蹂躪」，一段話講了三遍，原文照抄。

參考書目

吳義勤主編：《鐵凝研究資料》，濟南：山東文藝出版社，2009 年。

賀紹俊：《鐵凝評傳》，鄭州：鄭州大學出版社，2005 年。

賀紹俊：《作家鐵凝》，北京：昆侖出版社，2008 年。

李曉明主編：《鐵凝小說》，長春：吉林文史出版社，2006 年。

馬雲：《鐵凝小說與繪畫、音樂、舞蹈》，石家莊：河北人民出版社，2006 年。

張光芒、王冬梅編著：《鐵凝文學年譜》，上海：復旦大學出版社，2014 年。

---

1 李潘：《真不容易》，北京：西苑出版社，2002 年，頁 345-346。

2 亞里士多德著，陳中梅譯：《詩學》，北京：商務印書館，1996 年，頁 81。

3 鐵凝：《大浴女》，瀋陽：春風文藝出版社，2000 年。以下小說引文同。

4 費正清、劉廣京編：《劍橋中國晚清史：1800-1911 年》上卷，北京：中國社會科學出版社，1985 年，頁 12。

5 殘雪最早的小說之一，《山上的小屋》發表於《人民文學》1985 年第 8 期。當時王蒙任該刊主編。

6 《許子東講稿（卷三）── 越界言論》，北京：人民文學出版社，2011 年。

7 張愛玲：《留情》，引自《傳奇》（增訂本），上海：山河圖書公司，1946 年，頁 20。

8 竹林：《生活的路》，北京：人民文學出版社，1979 年。

9 王安憶：《長恨歌》，北京：作家出版社，1995 年。

10 王安憶：《叔叔的故事》，《收穫》1990 年第 6 期。

11 鐵凝後來解釋之所以寫陳尹之戀：「我為甚麼要寫他們啊，是因為他們是真正的相知，他們從相遇到身心融和，靈魂和肉體的超常契合的那種美，是尹小跳從來沒有享受過的，這個值得書寫。寫這個好像圓滿了，但又為後來最終的缺失埋下了伏筆，陳的前妻又回去了，他對親情的一種掛念，不是愛。但是這種掛念也是人生當中需要的，所以尹小跳就退出了，她感到自己變成了一種實際意義上的搶奪了。寫他們一度的理想結合，是為了尹小跳最後的缺失。」引自鐵凝：《以蓄滿淚水的雙眼為耳》，北京：生活・讀書・新知三聯書店，2016 年，頁 288。

2004

姜戎《狼圖騰》

知青角度的「戰狼文化」

在選擇「近二十年中國小說」時，要不要讀《狼圖騰》，有些猶豫。這部作品 1997 年開始寫，2004 年出版，是在全世界被翻譯最多的當代中文小說之一。據說譯成了三十種語言，在一百一十個國家和地區發行。在中國內地再版一百五十多次，正版就有近五百萬冊，估計這是近二十年來最暢銷的中國小說之一（盜版就更多了），連續幾年排在文學圖書暢銷榜前十名。後來由法國導演讓・雅克・阿諾拍成了電影，中法合拍，3D 實景。所以《狼圖騰》不僅是一部小說，也是一個文化現象。

陳曉明在《中國當代文學主潮》2013 年第二版裏說：「《狼圖騰》小說寫出了人與大自然的親密關係。小說有着清楚的環保意識，對農耕文化的批判，對草原遊牧生存意志的探討，對動物進行了詳盡的書寫，還有對中國文明歷史起源的圖騰崇拜與現實挑戰的反思。」陳曉明認為，「狼圖騰具有一種政治意識，但作家的主張也引起了多方爭議，質疑聲跟反對聲此起彼伏，網絡上的討論持續經年，參與者甚眾」。

《狼圖騰》的流行和後興起的「戰狼文化」有沒有關係？回答這個問題最好的辦法還是先讀作品。越是宏大主題的作品，越要從細節開始說起。

一、草原觀狼捕羊

小說作者呂嘉民，筆名姜戎，1946 年生於北京，籍貫上海，1967 年內蒙草原插隊，1978 年回城，1979 考進社科院研究生院。單看簡歷，和張承志很像，都是從北京到內蒙，都回來讀研究生，都寫知青小說，都寫草原。一讀作品，當然全然不同，這就是文學的奇妙之處，明明類似的配方，沖出來的藥，釀成的酒，完全不同味道。

姜戎後來（2006 年）登上了第一屆中國作家富豪榜。作家的妻子張抗抗曾是中國作協副主席。當然，這些背景材料並不重要，重要的是小說裏的主人公為甚麼會以狼為敵，又以狼為神？為甚麼要與狼戰鬥，又要以狼為信仰？

小說第二章，知青陳陣 —— 比較接近隱形作者視角的小說主人公 —— 就跟畢利格老人一起埋伏在草叢裏，用望遠鏡觀察狼羣打圍黃羊羣。觀摩狼羊之爭是準備坐收漁翁之利，同時也讓老人給知青上了課。他講了三點，首先是狼在大自然生物鏈中有不可或缺的功能。老人的原話是：

> 「黃羊可是草原的大害，跑得快，食量大，你瞅瞅它們吃下了多少好草。一隊人畜辛辛苦苦省下來的這片好草場，這才幾天，就快讓它們禍害一小半了。要是再來幾大羣黃羊，草就光了。今年的雪大，鬧不好就要來大白災。這片備災草場保不住，人畜就慘了。虧得有狼羣，不幾天準保把黃羊全殺光趕跑。
>
> 陳陣吃驚地望着老人說：怪不得您不打狼呢。
>
> 老人說：我也打狼，可不能多打。要是把狼打絕了，草原就活不成。草原死了，人畜還能活嗎？你們漢人總不明白這個理。」[1]

整部《狼圖騰》後來有很多段落，描寫蚊災、旱獺、老鼠、狐狸、綿羊、馬羣、天鵝等動物之間這種你死我活的生命依存關係，所以狼羣打圍黃羊是地球生態第一課。

其次，老人指點知青，觀察狼羣在打圍黃羊的過程當中所表現出來的計謀、策略，還有速度、兇殘。

> 「在高草中嗖嗖飛奔的狼羣，像幾十枚破浪高速潛行的魚雷，運載着最鋒利、最刺心刺膽的狼牙和狼的目光，向黃羊羣衝去。撐得已跑不動的黃羊，驚嚇得東倒西歪。速度是黃羊抗擊狼羣的主要武器，一旦喪失了速度，黃羊羣幾乎就是一羣綿羊或一堆羊肉。陳陣心想，此時黃羊見到狼羣，一定比他第一次見到狼羣的恐懼程度更劇更甚。大部分的黃羊一定早已靈魂出竅，魂飛騰格里了。許多黃羊竟然站在原地發抖，有的羊居然雙膝一跪栽倒在地上，急慌慌地伸吐舌頭，抖晃短尾。
>
> 陳陣真真領教了草原狼卓越的智慧、耐性、組織性和紀律性。狼羣如此艱苦卓絕地按捺住暫時的饑餓和貪慾，耐心地等到了多年不遇的最佳戰機，居然就這麼輕而易舉地解除了黃羊的武裝。」

描寫狼羣的語言是非常文藝腔或者知青化的，用魚雷來形容衝刺的狼，還有說凍死的黃羊像一個雕像等等，還在打鬥當中看到了「只有在西方的宗教繪畫中才能看到如此純淨的目光」。作家覺得這種書生腔還不夠，索性在看狼羣殺黃羊時——「他腦中靈光一亮：那位偉大的文盲軍事家成吉思汗，以及犬戎、匈奴、鮮卑、突厥、蒙古一直到女真族，那麼一大批文盲半文盲軍事統帥和將領，竟把出過世界兵聖孫子、世界兵典《孫子兵法》的華夏泱泱大國，打得山河破碎，乾坤顛倒，改朝換代。原來他們擁有這麼一大羣偉大卓越的軍事教官，擁有這麼優良清晰直觀的實戰軍事觀摩課堂，還擁有與這麼精銳的狼軍隊長期作戰的實踐。陳陣覺得這幾個小時的實戰軍事觀摩，遠比讀幾年孫子和克勞賽維茨更長見識，更震撼自己的性格和靈魂。他從小就癡迷歷史，也一直想弄清這個世界歷史上的最大謎團之一 —— 曾橫掃歐亞，創造了世界歷史上最大版圖的蒙古大帝國的小民族，他們的軍事才華從何而來？他曾不止一次地請教畢利格老人，而文化程度不高，但知識淵博的睿智老人畢利格，卻用這種最原始但又最先進的教學方式，讓他心中的疑問漸漸化解。陳陣肅然起敬 —— 向草原狼和崇拜狼圖騰的草原民族。」

這一大段有關狼的軍事學議論是不是有道理，另當別論。只是主人公當時隱藏在草叢中，身在危境，腦子裏瞬間展開百科全書，拍成電影或者應該引入、停格、大字幕。這種不管現實處境，將歷史、哲學、政治高論隨時隨地塞在知青嘴裏的寫法，可能會讓部分讀者出戲，但出戲本來就是作家的原意。

作家一邊細寫草原動物的情節，一邊反反覆覆地提醒主人公和讀者（包括他自己）狼圖騰的象徵意義，不厭其煩，不知道強調了多少次。這種象徵意義在牧區老人那裏已經是宗教。

> 陳陣說：「您是不是說，狼是草原的保護神？」
>
> 老人笑瞇了眼，說道：「對啊！騰格里是父，草原是母。狼殺的全是禍害草原的活物，騰格里能不護着狼嗎？」

所以在知青眼裏，這更是像軍事教科書，「蒙古騎兵真跟狼羣一樣厲害，能以一當百。我真是服了，當時全世界也不得不服」。其實老人帶知青看狼羣圍羊，不是上軍事課，而是草原生產慣例。草原上的獵物，誰看到了這個獵物就歸誰，狼一下子吃不掉那麼多死傷的羊。第二天，畢利格、陳陣就帶來一大羣的牧民，這叫「螳螂捕蟬，黃雀在後」。不過按照慣例，死羊傷羊也只拿一部分，牧民說還得留一些給狼羣，跟野獸也要講文明。剛才老人抱怨說「你們漢人總不明白這個理」，實際的例子就是馬上趕來一批盲流農民，把餘下來的死羊傷羊全部搶走。這樣搶走，據小說的描寫，就逼着狼羣無路可走。

二、狼羣攻擊軍馬

小說第五章出現了狼羣攻擊軍馬事件。這章比較難寫，因為前面狼羣攻擊黃羊是替草原滅災，所以可以讚賞狼的勇猛。但這次狼襲擊的是牧區養的軍馬，狼就變成了敵人，而且軍馬還有兩個馬倌保護，是人跟狼殊死搏鬥，這時還要讚賞歌頌狼的精神，就出現了下面的故事場面。

> 馬羣發出淒厲的長嘶，一匹又一匹的馬被咬破側肋側胸，鮮血噴濺，皮肉橫飛。大屠殺的血腥使瘋狂的狼羣異常亢奮殘忍，它們顧不上吞吃已經到嘴的鮮活血肉，而是不顧一切地撕咬和屠殺。傷馬越來越多，而狼卻一浪又一浪地往前衝，繼續發瘋發狂地攻殺馬羣。每每身先士卒的狼王和幾條兇狼的頭狼更是瘋狂殘暴，它們躥上大馬，咬住馬皮馬肉，然後盤腿弓腰，腳掌死死抵住馬身，猛地全身發力，像繃緊的硬鋼彈簧，斜射半空，一塊連帶着馬毛的皮肉就被狼活活地撕拽下來。狼吐掉口中的肉，就地一個滾翻，爬起身來，猛跑幾步，又去躥撲另一匹馬。追隨頭狼的羣

狼，爭相仿效，每一條狼都將前輩遺留在血管中的捕殺本能，發揮得淋漓盡致、兇猛痛快。

馬羣傷痕累累，鮮血淋淋，噴湧的馬血噴灑在雪地，冰冷的大雪又覆蓋着馬血。殘酷的草原，重複着萬年的殘酷。狼羣在薄薄的蒙古高原草皮上，殘酷吞噬着無數鮮活的生靈，烙刻下了一代又一代殘酷的血印。

實際狼的屠殺是在夜間，知青也不在場，全知的視角是一個抽象的敍事者的態度，所以有一連串瘋狂、發瘋發狂、瘋狂殘暴等詞彙，最後兩句重複了四次「殘酷」。這些「殘酷」當然是人的觀念。在狼那裏，那是日常生活。

在這一大堆細節描述中，作家也忍不住插入論文體的概念：「如果沒有狼牙，狼所有的勇敢、強悍、智慧、狡猾、兇殘、貪婪、狂妄、野心、雄心、耐性、機敏、警覺、體力、耐力等等一切的品性、個性和物性，統統等於零」，「母狼們真是豁出命了，個個復仇心切、視死如歸，肝膽相照、血乳交融」。這幾句如果避開主語，人們可能以為在形容軍隊。整個一羣軍馬最後都被殺或趕入水泡喪生，這是一次大的事故。這是在「文革」時期，上面就派了軍代表包順貴下來調查，結果看馬的就被隔離審查，牧場場長烏力吉也被撤職處理。

三、《狼圖騰》中的三個反派

《狼圖騰》中狼並不是反派。反派人物前後有三個，第一個是軍代表包順貴，後來還做了革委會主任。他最喜歡打狼，還把狼皮送給軍區首長。第二個「反派」是漢人羣體，具體說是一些盲流，他們不珍惜草原，急功近利，比方說狼圍剿羊以後，他們把所有羊都據為己有。按畢利格老人的說法，這是人把狼羣逼急了，才出現狼羣屠殺軍馬。書中反覆重複老人的民族觀——「你們漢人膽子太小，像吃草的羊，我們蒙古人是吃肉的狼」，後來北京知青陳陣等人也反覆地讓讀者接受狼和羊的民族觀。

第三個「反派」，就是狼羊史觀當中的唯物基礎，不是蒙漢人種差異，而是遊牧和農耕文化的不同。在整部長篇裏，農耕文化是一切反派力量的根本原因。二十世紀開始，苦難民眾、官府權貴和知識分子這三種形象，總會在各種中國小說裏形成一個三角關係，最典型的模式就是民眾被官員、富人欺負，知識分子旁觀同情，但無力拯救。例如「我」看魯四老爺嫌棄祥林嫂，或者覺慧看老太爺賣鳴鳳，《活着》裏的文青聽福貴講一生遭遇等等。這種「民 - 官 - 士」的三角模式在《狼圖騰》裏也依然存在。畢利格老人就代表了受欺負的牧民，包順貴是「文革」期間的軍代表，知青陳陣就是在旁邊眼睜睜看着草原一步步被毀壞的知青、知識分子，看到草原被「文革」極左路線、漢族人口的壓力、農耕文化觀念三個力量合起來毀壞。當然後來還會出現吉普車、獵槍、電燈、電話、現代工具等等。

小說像一長篇論文，理性探掘關於狼圖騰的對話，作為論文就有點感情用事，不夠理性。小說主體敍述中國邊境草原狼羣怎樣逐步被驅逐、被消滅的寫實部分尤其是細節，更有文學價值。

小說就人物塑造而言，畢利格老人和包順貴軍代表都形象鮮明，令人印象深刻，但實際上也是高度象徵性、類型化。老人代表了牧民對狼的尊重、信仰，也是對草原（大自然）和騰格里（上天）的尊重。當然老人又精通各種傳統的生產狩獵技能，草原好像沒有難倒他的事情（除了包順貴所代表的「文革」軍隊和漢族政權）。包順貴的類型化就更加明顯了。小說後半部，軍官們開吉普打狼一段，場面十分漂亮，但讀者這時如果已經漸漸接受了陳陣等人所接受的狼的圖騰意義，讀者也會覺得包順貴這種開車打狼的行為十分可惡、討厭。

小說的主人公是幾個知青，這幾個知青形象區別不大，尤其是陳陣跟楊克。因為作家隨時隨地把狼文化議論塞在幾個知青嘴裏，主題先行（其實是主題全行）的同時，損害了這些人物的獨特性格。在小狼做甚麼動作的時候，我們幾乎分不出陳陣和楊克會有甚麼不同的反應。

但沒關係，個性化的人物刻畫本來就並非《狼圖騰》追求的重點。作者的寫作初心，是他苦思冥想了幾十年的有關狼文化的觀念和聯想。讓主人公反覆結合變化的場景，最後都要表達一個不變的信念，表達對狼性、狼血、狼嚎、狼旗的理解，對狼牙、狼皮、狼耳、狼眼的觸覺。

讀者的閱讀重點，至少開始，不一定在狼文化的觀念，讀者首先還是要看曲折的情節。毫無疑問這是一部以觀念為核心的小說，最後卻能以情節取勝，也是無心插柳。這裏所說的情節，一是指那些令人眼界大開的戰鬥場面，比如之前不惜篇幅引述的狼羣打圍黃羊羣、狼羣攻擊軍方馬匹。類似的大場面後來還有第十二章牧民設包圍圈以一百條狗圍攻四十多條狼；第十六章發現新草原以後，目睹狼抓旱獺，還有第三十一、三十二章軍官開吉普，用槍追打狼等幾乎（所有）與狼有關的戰鬥場面。當然還有一些其他動物之間的生存殘酷關係。

但是僅靠這些大段的戰爭場面還不夠，長篇《狼圖騰》的一個重要情節線索，就是陳陣、楊克等知青異想天開地自己養了一隻小狼。這個行為在草原上沒有先例，因為養狼同時犯了兩方面的大忌 —— 從現實看，狼終究是敵人，怎麼能餵養？從信仰上看，狼是神，怎麼能像養狗一樣來對待它？這是一種褻瀆。

陳陣等人用的是科研的理由，沒想到軍代表包順貴也支持，說是可以研究敵情，有利於打狼。小說於是詳盡描寫他們飼養一隻幼狼之不容易。這裏應該包括姜戎的知青經歷，否則好像很難編造。為了喂小狼要委屈母狗，又要專門準備飼料，稍大一點就要套鐵鍊、紮木樁。之後搬家小狼要反抗，有兩次甚至咬了主人陳陣，因為小狼並不承認主人。

如果說各次草原以狼為中心的戰鬥場面是小說情節的一個一個環，那麼這隻小狼的命運就是串起這些環的一條線。雖然最後狼還是堅持自己的本性，寧死不屈，反抗到底，自殘重傷，主人只能送它上騰格里，就是將狼的肉身交給老鷹，狼皮做成旗幟，在空中飄揚。

四、《狼圖騰》的價值與缺陷

這部長篇最有價值的地方，一是細節豐富，情節緊張，題材獨一無二；二是挑戰常識，盡毀三觀。狼在漢語中一向是貶義詞——狼子野心、狼心狗肺、狼狽為奸，在生活當中也最難馴服——老虎、獅子還能表演，但從沒見過馬戲團有狼。所以小說特別描寫狼絕不接受被人牽着走。

小說在幾個層面為狼文化翻案，主要的理由，一是人類應在道德上尊重敵人。狼作為敵人（或者狼對付敵人），也有自尊，也有膽略，也會勇猛，也有意志、氣節、精神、情操，當然有的形容詞是知青主人公和牧民的想像美化。另一個理由就是科學上正視狼在草原食物鏈當中的關鍵位置。作品的第三個值得注意之處，便是在邊境草原跟狼羣打交道的過程當中，再現了民眾、官員、知青的三角關係。基本模式還是官員欺負民眾，知青旁觀。

但《狼圖騰》在藝術上也不是沒有缺陷。第一，不僅是主題先行，而且「主題全行」，主題貫穿全書。第二，因為主人公時時刻刻要闡發作家的理念，各種人物，尤其是幾個知青，整天在發表作家的筆記式議論：漢人是羊，草原人是狼，沒有狼，歷史要改寫，唐代以後的中國弱就是因為沒有了狼……到了三十五章，陳陣從蘇武牧羊想到為何北歐、俄羅斯很多世紀流行斯拉夫憂鬱症，而蒙古人待在冰天雪地卻精神健全？他們靠的一定是同草原狼緊張激蕩殘酷的戰爭。這個觀點正確與否姑且不論，就是把議論、聯想隨時隨地塞在不同人物的嘴裏，無論如何是會損害人物形象塑造的。

《狼圖騰》的主題先行或者說主題貫穿，也值得進一步分析。這是一部難得的有雙主題的小說。一個主題是生物鏈，就是大自然的世界觀，寫各種動物的生態價值，幾乎沒有一部當代中國小說在這方面可以比擬。

第三章，陳陣感歎黃羊慘死，狼羣可惡，濫殺無辜。畢利格老人說：

> 「難道草不是命？草原不是命？在蒙古草原，草和草原是大命，剩下的都是小命，小命要靠大命才能活命，連狼和人都是小命。吃草的東西，要比吃肉的東西更可惡。你覺着黃羊可憐，難道草就不可憐？黃羊有四條快腿，平常它跑起來，能把追它的狼累吐了血。黃羊渴了能跑到河邊喝水，冷了能跑到暖坡曬太陽。可草呢？草雖是大命，可草的命最薄最苦。根這麼淺，土這麼薄。長在地上，跑，跑不了半尺；挪，挪不了三寸；誰都可以踩它、吃它、啃它、糟踐它。一泡馬尿就可以燒死一大片草。草要是長在

沙裏和石頭縫裏，可憐得連花都開不開、草籽都打不出來啊。在草原，要説可憐，就數草最可憐。蒙古人最可憐最心疼的就是草和草原。要説殺生，黃羊殺起草來，比打草機還厲害。黃羊羣沒命地啃草場就不是「殺生」？就不是殺草原的大命？把草原的大命殺死了，草原上的小命全都沒命！黃羊成了災，就比狼羣更可怕。草原上不光有白災、黑災，還有黃災。黃災一來，黃羊就跟吃人一個樣……」

但是《狼圖騰》還不只是一個生物鏈的主題，作家並不甘心只是把自己獨特的和動物尤其是野獸近距離接觸的經歷，做綠色主題延伸。但是《狼圖騰》還可以有第二種讀法，就是在特殊的中國革命歷史背景下，討論人和自然的關係。後來中法合拍片主要關心綠色主題，全世界這麼多譯本也都是關心保護地球的世界觀，其實牧民老人關於草原的議論也完全可以從政治角度去聯想解讀。就是以人狼交戰、動物草原互相依存掙扎為實例，證明農耕文化急功近利，漢族比遊牧民族更怯弱更愚蠢，動物圖騰就成了反思國民性的工具。於是救中國必須靠狼性文化、狼圖騰。

據說姜戎從 1971 年下鄉內蒙，便已為小說打腹稿，大概是有點概念想法，積累了生活細節。到小說出版，前後三十多年，小說的雙主題，正好趕上新世紀的兩個時代主題。狼的生態環境意義，契合保護大自然的世界性綠色主題。狼的戰鬥風格，又符合中國崛起的紅色戰狼文化。作者後來是上了中國作家富豪榜，可以說這是一部暢銷小說。但小說醞釀創作原意卻是家國情懷，憂的是中國人民族性格太弱，像一羣羊，需要輸些狼血。所以也是文以載道 —— 狼道不同於羊道。

和作家曾經在一個大隊生產班的知青，後來說小說胡編亂造，歪曲狼的本性。《血色黃昏》的作者老鬼也說：「不只是我，身邊所有到過內蒙古牧區插隊的老知青們，也都接受不了這本書。因為它虛構了一個事實，虛構了一種文化。蒙古族牧民非但不以狼為圖騰，而且對狼是格殺勿論的。」[2]

如果老鬼和這些知青們說的部分有理，那麼狼圖騰的現象就更有意思了。難道這不只是蒙古人的圖騰，而是其他民族或者首先是當代漢族人的一個夢嗎？德國漢學家顧彬說：「《狼圖騰》對我們德國人來說是法西斯主義」[3]，似乎又有點太上綱上線了，但小說最後的理性判決部分至少在文體上的確可議。張承志也用論文考證寫長篇小說《心靈史》，但主要是翻譯伊斯蘭教經典和引用清代歷史文獻，夾在敘事之中，證明單一歷史事件可有不同解釋。《狼圖騰》主要不是加資料，而是放議論。而且不僅是議論草原，還議論整個中國歷史發展過程。以陳陣的觀點為主，既像史學探討，又有抒情成分，核心觀點當然也不是沒有道理，大概就是說異族和漢族的戰爭及融合，最終促進了中華民族的發展。這個道理通俗一點的金庸小說也寫過，學術一點，陳寅恪對「關隴集團」也有過專題的研究。[4]

但是問題是，第一，作為小說的一部分，讓兩個知青重回草原，坐在小狼洞前，從炎黃談到秦漢，談到五胡亂華，談到元明清，一個朝代都不漏，怎麼說都有點不自然，雖然知道知青後來已經是研究生、學者。第二，如果乾脆附一篇論文，其中的核心意向，中國人是羊，每隔數百天要打狼血才能維持生命力 —— 五胡亂華也是輸血，元代、清代那就是中華救星 —— 雖然形象生動，令人印象深刻，可怎麼融入歷史論述，始終難度比較高。

五、草原衰亡、狼羣消失的原因

不知道狼圖騰如果有一個減少議論、刪除結尾的版本會是甚麼樣的效果，但作家的情懷還是令人佩服，他終於把他的想法，不管人們喜歡不喜歡，都說了出來，反反覆覆說了個夠。而且更重要的是，在大部分具體小說情節裏，他想闡發的理念其實也早有潛伏在內。

草原為甚麼衰亡？狼羣為甚麼消失？小說實實在在寫了三個原因。

第一，政治權力和草原民眾脫節。包順貴，這個名字，順然後貴，順誰呢？動不動就給人辦學習班，多次指揮打狼比賽，顯然不再順牧民心願，更多的是要打好的狼皮，送給兵團首長。小說描寫的打狼戰役，改牧場為耕地，改遊牧為定居，生產建設兵團的發展都是自上而下的命令，都是包順貴眼睛只往上看的結果。當然可以說這些對草原的侵蝕改造背後都有漢族農耕文化的利益和人口壓力，但這些利益和人口壓力，與政權、權力結構有沒有關係呢？

第二，在草原一次次受侵蝕、被損害的過程中，為甚麼人們都不抗爭？如果說盲流、民工或兵團幹部是有眼前的好處，那麼牧民和知青呢？如果說有些人是蒙昧無知，睡着了，那麼至少像陳陣這樣伏在草地看狼羊爭鬥，從而悟到成吉思汗與《孫子兵法》智慧的青年怎麼也無可奈何呢？

小說第三十一、三十二章有一個非常精彩的解釋。包順貴和八個軍官開着吉普車，要陳陣帶路去打狼，陳陣當然不願意，但包順貴說你如不去，我們要殺了你養的小狼。陳陣沒辦法了，心裏雖然痛，卻也只好帶路，讓神射手打中了好幾隻狼。崇拜狼血，為甚麼還是做羊呢？這是一個很好的範例。放大來看，陳陣其實為數不少，也不只在那個時候。

第三，必須指出，兵團盲流之所以能迅速改造、侵蝕草原，除了政治權力，除了民眾「屬羊」以外，還依靠了現代工業文明，特別是科技，包括電燈、電話等等。吉普追狼就是一個典型象徵。

我曾在香港中文大學聽過張承志的一個演講，說多年後重回草原非常失望，草場損失嚴重，年輕的牧民不騎馬，開着三鈴摩托。摩托確實比馬比狼更快，微博、微信確實比書信更方便，姜戎預料到了沒有，科技使人更容易牧羊，也使人更容易變成羊。

簡而言之，大自然主題想說明狼和萬物一樣有不可替代的價值。漢族和農耕文化的孱弱，因為行為講「順」、目標講「貴」。小說希望漢人由「羊」變「狼」，其實魯迅早說過，國人常常是狼羊一體，見狼顯羊性，見羊顯狼性。[5] 只要家國一體思維和語言中，一直以「戰術」「戰鬥」「策略」「戰略」為核心，對狼的虛假崇拜，難以避免。

電影《戰狼》裏，「狼羣」還是幫僱傭兵的反派力量。狼成為圖騰，小說裏描寫的其實是一張漂亮狼皮高高掛在長杆上，像旗幟一樣，裏面塞的是乾草。

參考書目／文章

陳曉明：《中國當代文學主潮》（第二版），北京：北京大學出版社，2013 年。

張英、吳冰清：《姜戎：六十二歲的新作家》，《南方週末》2008 年 4 月 3 日。

王穎佼：《〈狼圖騰〉是「披着羊皮的狼」？》，《中國青年報》2008 年 4 月 22 日。

朱冰：《〈狼圖騰〉虛構了「狼圖騰」》，《中華讀書報》2008 年 4 月 30 日。

潘卡吉・米舍爾著，林源譯：《荒野的呼喚 —— 評〈狼圖騰〉》，《當代作家評論》2008 年第 6 期。

---

1 姜戎：《狼圖騰》，武漢：長江文藝出版社，2004 年。以下小說引文同。

2 王穎佼：《〈狼圖騰〉是「披著羊皮的狼」？》，《中國青年報》2008 年 4 月 22 日。

3 《德國漢學家稱中國當代文學是垃圾》，《重慶晨報》2006 年 12 月 11 日。

4 陳寅恪：《唐代政治史述論稿》，上海：上海古籍出版社，1994 年。

5 魯迅：「他們是羊，同時也是兇獸；但遇見比他更兇的兇獸時便現羊樣，遇見比他更弱的羊時便現兇獸樣」。見《忽然想到》，引自《魯迅全集》第三卷，北京：人民文學出版社，2005 年。

2005

畢飛宇《平原》

鄉村世界中的性與權力

五十至六十年代初出生的作家以知青為主，賈平凹、莫言、王安憶、韓少功、張承志、史鐵生，還有余華、蘇童等，都從八十年代開始創作，之後三十多年一直被認為是中國當代小說界的主流。他們能夠引領潮流三、四十年，這個現象很值得文學史家研究。

直到今天，能夠挑戰這批作家的人還是不多。畢飛宇是其中的一個。其實畢飛宇比蘇童只小一歲，比余華也只年輕四歲，年齡上他們其實是同輩作家，但是因為蘇童、余華八十年代就已出名，畢飛宇是差不多十幾、二十年後，2003 年他的《玉米》才引起文壇注目，所以感覺上畢飛宇就是後一批的新人了。同樣的情況還有閻連科，其實也是五十年代人，因為代表作《受活》是 2000 年後出版，所以嚴格說來也是「新世紀作家」。

要挑戰甚至超越賈平凹、莫言這一代作家不容易，畢飛宇有甚麼特別之處？畢飛宇 1964 年出生於江蘇興化，現任江蘇省作協主席。他的文字強悍有力，不是典型的纖細秀美的江南文風。他的題材還是人們熟悉的鄉土中國，農家院裏的甜酸苦辣。不過更突出兩個要點 —— 一個是性，一個是權力。和很多從知青角度寫農村的作品不同，畢飛宇有點從農民的角度看知青。

一、《玉米》：樸素剛強的農民女兒，最終也向權力妥協

2003 年出版的《玉米》，由《玉米》《玉秀》《玉秧》三個中篇組成，[1] 講的是一個家庭的三姐妹。《玉米》的故事既離奇又簡單。鄉村的支書名叫王連方，他的老婆連生了七個女兒，終於得了一個男娃。期間王連方和村裏的很多農婦，張三家的、李四家的，都有兩性關係，張三李四也無可奈何。小說主角既不是王支書，也不是那些女人，而是王支書的女兒玉米。玉米十幾歲就承擔持家重責，在姐妹當中樹立了她在家庭內部的權威。然後她又抱着她家唯一的男娃，一家家地去那些和他爸有關係的女人家裏串門，其實是一種示威警告，但她對主犯父親王連方，卻沒辦法，抗議的方式就是見面不說話。同時她又經鄉村幹部介紹，準備嫁給一個政治背景很好的飛行員，因此獲得村民們的羨慕尊敬，部分挽回了自己家庭在村莊裏的面子。

但是玉米的種種努力，卻因為父親偷情越界睡了軍嫂破壞軍婚而失敗。父親的失敗不在於他睡了多少農家婦人，而是他被撤職。撤職以後，玉米的兩個妹妹被村裏人強姦，作為一種報復。飛行員也毀了婚約。革命幹部濫用性權力，成也在「權」，敗也在「權」，威也在「權」，恥也在「權」，哪怕這個「權」只是一個村支書。

小說結尾，玉米叫父親幫她找個男人，怎麼都行，只要是做官的。這也是現當代文學當中官員形象的一種新發展。在王支書睡過的這麼多農家婦人當中，只有有慶家的有點感情，因此也有些快樂。其他的女人大都純粹是出於恐懼害怕，勉強從命。多年不孕的有慶家的居然還懷上了王書記的種。可是這時候書記已經下台了，前景應該很慘。有慶家的也同情關愛玉米，但這兩個女人都太有個性了，以致無法溝通。

小說背景是 1971 年，就是林彪出事那年。作家這個設計是想突

出「文革」已經滲透到中國鄉村最底層。傳統中國據說「皇權不下縣，縣下惟宗族，宗族皆自治，自治靠倫理，倫理造鄉紳」（秦暉的引申），畢飛宇寫的就是當代中國農村基層的政權運作規範，伴隨標語口號知青下鄉、高音喇叭進村，人倫化、道德化的管治進入大隊、生產隊。

李敬澤後來回憶說，當時在文學界人們頻繁地提起《玉米》，見面就說：看《玉米》了嗎？你覺得《玉米》怎麼樣？[2] 局外人聽來好像人人家裏種了一片地，地裏長着玉米。其實是人人家裏都生長着或者盼望着這兩件東西 —— 情慾和權力。《玉米》後面還有兩個中篇。《玉秀》寫嬌美有心機的三妹，到嫁給幹部的玉米家裏謀求新的生路，結果竟和姐夫的兒子發生了關係。《玉秧》寫若干年後比較樸實的玉秧在 1982 年的師範學校，如何既被人欺負又努力維護自尊。這兩個中篇更向王安憶的「分析文體」靠攏。比方說觀察老師跟女生的談話：也不是真正的緊張，說異乎尋常也許更合適，帶上了蠢蠢欲動的意味，又帶上了不敢越雷池半步的局限性。[3] 這種「分析文體」在《長恨歌》裏隨處可見。同時畢飛宇也喜歡解析女性心理，玉米三姐妹的故事都貫穿於性與權力的辯證而又狗血的關係中。當然畢飛宇的人物回到鄉村田野裏更有生命力。

二、端方：《平原》鄉村世界的主角之一

《玉米》是一個中篇，《平原》是一個長篇。《玉米》寫的是粗野暴力，結構精巧。2005 年出版的《平原》在粗野暴力方面收斂很多，細節語言文雅很多，但小說結構更擴大，從一條線展開為一個面，從鄉土命運展開為鄉村世界。

中國古典小說大部分是以情節為中心，晚清以後出現了一些變

化，或以情節為中心，或以人物為中心，或以背景為中心。《平原》屬於哪一種呢？《平原》的情節看上去很散漫，好幾條線索交錯發展。每章開頭常常是農村季節和田園景色的變化，好像不是一條主線貫穿的長篇，但小說直到最後一章、最後一頁、最後一句話，核心情節才完成。正像一場球賽，直到加時賽最後一秒才分勝負。可見情節依然非常重要，充滿張力。

同時，每一章開始的季節田野，寫農民怎麼靠地吃飯，其寫實及象徵意義，又說明小說是有一個以背景為中心的用意。畢飛宇自己後來在寫序的時候就說了一些題外話：「我不是一個中國農民問題的專家，但是我可以負責任地說，中國農民是全人類最缺少愛的龐大集體，從來沒有一個組織和機構真正愛過中國的農民。[4]」為甚麼缺少愛呢？因為中國農民這個龐大集體內部缺少愛（按費孝通《鄉土中國》關於「同心圓」的理論，農民的愛以血緣及親情差序格局劃分秩序）[5]，還是這個集體缺少被人愛（即使在解放後，工業、軍事發展也可能以犧牲農民利益為代價）？總之作家在小說裏有討論中國農民問題的雄心壯志。

如果以更樸素、更簡單的方法讀小說，讀完《平原》，閉上眼睛，首先看到幾個人物——強悍的端方，跳樓的老魚叉，冤死的三丫，面目不清、行為可憎的混世魔王，既聰明又癡呆的右派顧後，可憐又可敬的農婦沈翠珍、孔素貞，最後當然最重要的是那腳丫岔開、皮膚粗黑、意志堅強、內心失控的知青女支書吳蔓玲。

所以《平原》這個鄉村世界首先是由人物組成的，我還是願意從人物性格角度來討論作品。

端方是 1976 年剛從鎮高中畢業回鄉的農民子弟，和《平凡的世界》裏的孫少平的情況接近。但孫少平回村後有隊長哥哥孫少安幫助，馬上到鄉村小學教書。土地承包制後小學不辦了，孫少平重新進城打工，尋找新的人生，而且和省委書記的女兒戀愛。而端方就沒這麼好運了，他回家先要面對繼父冷眼的考驗，又要處理跟即將出嫁的既不同父也不同母的姐姐紅粉的關係，還要處處維護母親沈翠珍在家裏的面子（後母跟姐姐關係不好），同時還要承擔起保衛弟弟端正和網子的責任。（繼父和母親親生的小兒子網子，是個很無用的人）。沒有村長兄長幫助，也沒有人讓他當鄉村教師。後來再回鎮重見中學時的單相思對象，端方滿臉滿身自卑，情緒很壞。雖然心氣高傲，但最終還是死心塌地回鄉。相比之下，我們才知道《平凡的世界》中的農民原來並不平凡。

《平原》開始時，端方在王家莊確立自己生存空間有幾個步驟。第一是勞動關。初下地割麥，只會使猛勁，很快手上磨出血泡，腰骨疼痛。繼父王存糧暗笑，卻也暗地關照，畢竟是家人，只是挫挫高中生的銳氣。第二，在家中有承擔。村裏一個小青年大棒子淹死了，弟弟其實是有點錯的，因此就承受了村裏很多人的肉體、語言攻擊。這時端方出來保護他的弟弟，雖然也不是親弟弟，但這個行為確立了他在家裏的地位，之後也建立了在村裏的地位。修身齊家才能治村平鄉下。一個正直的農民，如果不被家人尊敬，怎麼可能得到村裏眾人的尊重呢？費孝通所謂的差序格局，完全可以體現在玉米和端方身上。第三，端方這個高中生農民得罪了村裏一幫閒人混混。這些人下暗手襲擊網子。端方不找兇手，卻教訓他們的頭頭佩全，靠勇也靠謀，結果在氣勢上壓倒並且制服了這幫鄉村小流氓。這幫人後來甚至拋棄了原來的頭頭，轉聽端方指揮，於是男主角就確立了自己在村裏的江湖地位。所以秩序是：勞動、謀生、家庭、親人、鄉村、江湖……眼看端方在沒有人關照的情況下，也沒有來自幹部女兒的愛情支撐，就靠自己的能吃苦、很勇敢、有承擔，贏得了家裏人和村裏人的尊敬。這是畢飛宇寫農民和路遙的不同之處。但是端方能走多遠呢？

對主人公的考驗總是因為女人。孔素珍家解放時有十幾畝地，雖然嫁了長工兒子，可還是被劃為地主。女兒三丫悄悄喜歡端方，覺得他勤勞、壯實，一點也不怕苦，不擺知識分子臭架子（高中生就算知識分子），明知成分不配，卻忍不住相思：「不停地走神。平白無故地酸甜苦辣。很傷。人也瘦了。反而好看了。」這也是畢飛宇的文字特點，喜歡用抽象詞彙寫具體事情。又如寫端方家裏：「平安無事的時候，一切都山清水秀，一旦生了事，枝枝杈杈的就出來了……」畢飛宇的全知敍述，有時夾雜一些紅色時代文體，比方說業餘巫婆許半仙求神：「好男不和女鬥，好女不和飯鬥。富貴不能淫，威武不能屈。人在岸上走，船在水中游。捨得一身剮，敢把皇帝拉下馬。進一步地動山搖，退一步海闊天空。男人嘴饞一世窮，女人嘴饞褲帶松。做一天和尚撞一天鐘。車到山前必有路，船到橋頭自然直。一萬年太久，只爭朝夕。」還有就是評論體，寫綠色的田野：「那是一片平整的綠，妖嬈，任性，帶上了一股奮不顧身的精神頭，……如果從細部去推究一下，浩瀚的綠色就變得非常具體了……」寫鄉民吵架也有抽離效果：「她這麼一軟反而露出了可憐的一面，情真真意切切了，反而有了震撼人心的力量。」

看到端方是個好出身的健康青年，三丫就鋌而走險，直接約端方說晚上在河西等。青年男女烈火乾柴，河西約會，野外「炒飯」，在三丫這邊把生米先煮成熟飯：「哥，三丫甚麼都沒有了。你要對她好。」

端方生母沈翠珍和三丫母親孔素貞，都反對這段自由戀愛。那是七十年代，階級鬥爭已經持續進行了幾十年了。三丫和端方之間其實並無任何經濟上、政治上或者思想上的階級對立，分別就在血緣。實際上已演變成一種血統鬥爭、DNA 鬥爭。畢飛宇在一篇文章（《〈平原〉

的一些題外話》）裏說：「三丫的悲劇來自於血統論……血統論是這個世界上最邪惡的事情，最起碼，是最邪惡的事情之一。」[6] 當時，三丫母親比其他任何人都更加反對三丫和端方的關係。先是把三丫關在家裏念佛，然後這個「封建活動」又被翻牆見情人的端方向領導告發。絕望當中的三丫就喝農藥自殺，其實是假裝的，但是卻試出端方的真情，送她到醫院。可是送醫途中，赤腳醫生打吊針錯掛了一個瓶，結果三丫一命嗚呼。

作為讀者，看到主要人物中途去世，會有些意外和失望。讀者會以為端方、三丫之戀是貫穿全書的一條主線，一個農民和一個地主女兒的愛情悲劇。後來才發現整本書沒有貫穿單一情節，三丫只是端方故事的一個環節，當然是非常重要的一個環節。

端方不僅對三丫有情有義，也沒有報復錯殺了三丫的赤腳醫生興隆，反而當場消滅了證物，掩蓋了事件。但之後端方一直不能從打擊中復原，以至於小說後半部他主動離村，躲到河對岸的養豬場，以苦活重活麻醉懲罰自己 —— 農民的自尊心確實是以前較少作家處理的主題，雖然在畢飛宇筆下有些浪漫化和理想化。

三、《平原》中的其他鄉村人物

畢飛宇說：「『老魚叉』是《平原》當中最為重要的一個人物，也是我寫得最為成功的一個人物（抱歉，賣瓜了）。」[7] 作家的苦心用意是一回事，藝術效果又是另外一回事。老魚叉其實是一個比較概念化的人物。在土改中殺了地主，又佔了地主的小老婆和房子（這是張煒《古船》、格非《大年》早就處理的故事），老魚叉後來住在這房子裏一直內心不安，整天在家裏找鬼，多次上吊，最後跳樓自殺。作家說：「我願意把『老魚叉』的死看做『勝利者』的良心未泯，它是後來的後怕、後補的後悔。」作家也承認：「我寫『老魚叉』的時候特別地膽怯，一到這個部分我就惶惶不可終日。」

畢飛宇既是怕老魚叉，害怕造反農民的鬼魂，也是潛意識地知道理性分析太清晰，反而影響藝術的複雜性。土改受苦的農民，後來後悔錯殺了地主並睡了地主老婆，這種事有沒有呢？也許有，但一般不會自殺上吊，否則中國就不是現在這個樣子了。

老魚叉以外還有兩個次要人物，在《平原》裏也非常顯眼。一個是懶惰頹廢的知青，沒有名字，就叫混世魔王。他最後強姦支書吳蔓玲，卻沒有受到懲罰，反而當兵上調了。另外一個整天陶醉於馬克思著作原文的右派顧後，滿村上下寫標語，有點像《芙蓉鎮》裏的秦書田。但秦書田多少有點裝傻，顧後卻真地陷在革命理論裏不能自拔，非常沉浸。

畢飛宇十幾年前自己生活在江蘇農村，小說中的很多背景素材，大都是作者少年時的所見所聞、親身感受。但之後畢飛宇到城裏讀中文系，長期擔任文學雜誌編輯。他可能有意無意是要和八十年代流行的知青文學、尋根文學主流對話。畢飛宇強調自己不能選擇知青作家的角度，他也覺得右派作家的控訴過於偏激、過於抒情。所以《平原》裏的知青和右派，與以前很多主流文學當中的知青、右派有所不同。簡單說就是知青也可能很壞，右派也不一定聰明，可能真傻。

在王家莊農民的日常生態當中，在高音喇叭和領袖葬禮（顯然這部作品是寫 1976 年）的歷史背景裏，知青也好，右派也好，他們的甜酸苦辣在其他作品裏或者是被放大的，在廣大的中國土地上，他們有這麼重要嗎？但有一個放大，恰恰成為《平原》中最大的亮點，那就是大隊支書吳蔓玲。

四、「知青、幹部、農民」首次三合一

吳蔓玲和混世魔王一樣，也是南京來的知青，後來做了王家莊的支部書記，而其他知青都走了。她到第四章才登場：

> 吳蔓玲跨過了門檻。引起端方注意的卻不是她手上的血，而是吳蔓玲的腳，準確地說，是吳蔓玲的腳丫。

女主角以「腳」登場亮相在古典小說裏並不少見，但通常是纏足、性感、嬌美。但在《平原》裏卻是別樣風景：

> 她赤着腳，腳背上沾了一層泥巴，一小半已經乾了，褲管一直卷到膝蓋的上方。端方注意到，吳蔓玲烏黑的腳趾全部張開了，那是打赤腳的莊稼人才會有的狀況。

赤腳登場以後幾分鐘，支書就包完傷口風風火火走了。留下端方在迷惑：「吳蔓玲好聽的南京話哪裏去了呢？還有，她好看的模樣又是到哪裏去了呢？」這是農民的角度看知青。好聽好看的尺度卻是高中生在城裏讀書被異化的。

在一旁的赤腳醫生興隆提醒他，你要當兵，就要對吳書記好一點。「你的命就在她的嘴裏，可以是她嘴裏的一句話，也可以是她嘴裏的一口痰。」

長篇《平原》和中篇《玉米》有某種隱隱的連續性，有一個貫穿的人物就是吳蔓玲的上一任 —— 王連方。每次王連方找人家媳婦睡覺的時候態度都很好，小說寫他「笑瞇瞇地對人家說：『幫幫忙，幫幫忙

哎。』」。後來那些鄉民村裏田頭不敢說「幫幫忙」三個字了，說出來就像罵人。後來王連方找軍嫂「幫幫忙」就出事情了。

知青吳蔓玲做書記，其實仔細想想，這是「五四」文學以來從來沒有出現過的一個人物形象。二十世紀的很多小說，最重要的人物不是知識分子就是農民，這兩者（區別）是非常鮮明的。兩種身份的混合如《平凡的世界》裏孫少平，農民想做知青。可是最突出、最奇特的例子還是《平原》。端方也是農民子弟做了知青。但除了知青和農民以外，從梁啟超、李伯元開始，二十世紀小說裏有第三種人物形象，那就是各種各樣的幹部。在晚清多數是貪官，在「五四」以後多數是幫兇爪牙。在延安以後，官員當然是中間兩分的，呼應中國傳統的審美習慣，幫地主的是壞官，救窮人的是好官。但是在五十年代王蒙《組織部來了個年輕人》以後，官場內部又出現了犬儒的官僚主義者，比如劉世吾，出現了好心辦壞事的官員，比如高曉聲《陳奐生上城》中的吳書記等等，偶爾也出現了窮人出身，最後變成壞人的官員，比如《古船》裏的趙多多、四爺等等。可是一個知青學生出身，外表、行為像農民的好官，卻十分罕見。而且真地是「好官」，從理論到實踐，從口頭到行動，沒有一點好心辦壞事或壞心做好事的情節，也沒有半點諷刺揶揄的筆調。這幾乎是以前沒有出現過的人物。

從現代文學史上看，知識分子、官員、農民這三種人物，第一次「三合一」在一個人物形象身上。它不僅是知青文學的一個新突破，也是鄉土文學和官場文學的一個新結合。

吳蔓玲的口號是「兩要兩不要」——「要做鄉下人，不要做城裏人；要做男人，不要做女人」。（不僅是知青文學、鄉土文學和官場文學的新突破，也是女性文學的新發展？）生產隊挑糞從來是男人的活，吳書記也參加。「男同志能做到的，我們女同志也一定能夠做到。」

這句話其實是毛主席說的，可是，經吳蔓玲之口，你感覺不到她在背誦毛主席語錄，就像是她說的。幹活甚至來了例假都不知道。平時「小吳其實是一個最和氣、最好說話的人了，對每一個人都好。不論是老的還是小的，見人就笑」，生活作風也過硬，說話沒有架子。這樣出色的女人，王家莊沒人敢肖想，用上屆支書王連方的粗話說：「就算是吳蔓玲脫光了，躺在那兒，王家莊也沒幾根雞巴能硬得起來。」

在地頭和羣眾閒聊的時候，有人過路背了塊大的玻璃鏡匾，吳蔓玲想看看鏡子：鏡子裏有一個人，把整個鏡匾都佔滿了，吳蔓玲以為是金龍家的，就看了一下旁邊，打算叫她讓一讓。可是，吳蔓玲的身邊沒有人，只有她自己。回過頭來，對着鏡子一定神，沒錯，是自己。「……吳蔓玲再也沒有料到自己居然變成了這種樣子，又土又醜不說，還又拉掛又邋遢。最要命的是她的站立姿勢，分着腿，叉着腰，腆着肚子，簡直就是一個蠻不講理的女混混！」

現代文學裏有很多女人因為照鏡子重新認識自己。白流蘇在上海閣樓上對着鏡子不懷好意地微微一笑，後來就出征淺水灣，做愛的時候又好像身體掉進了鏡子等等。吳蔓玲書記在鏡子面前看不到自己，這也是男作家的鏡子在照女性人物（男性凝視）？

在腳丫登場和田邊照鏡以後，我覺得這個女人有戲，後來可能會變成像閻連科《受活》中的茅枝婆那樣好心辦壞事的幹部，或者性格一步一步往七巧方向演變，折磨她的情敵等等。但是對不起，這些情況都沒有出現。吳蔓玲還是像農民一樣樸素勤勞，像知青一樣有文化有修養，同時又像幹部一樣講政策講道理。毛澤東去世以後全村辦葬禮，她帶領大家一起悲傷地哭，抓到了念佛的羣眾要被批鬥，她既不加碼也不減料。在 1976 年，這個地方的「族權」只剩下幾個老人調停鄰里糾紛了。「神權」當然更是封建迷信。這個時候的「政權」，早已一體化地滲透在王家莊的每個角落、每寸土地，通過高音喇叭，通過各項政策，更具體地是通過像吳書記這樣的像知青一樣的農民和像農民一樣的知青，或者是像農民又像知青的幹部。這麼濃墨重彩寫一個人物，當然不只是一個官員符號，果然後來發生了兩件事，令讀者（我也是讀者）意想不到。

五、農民的自尊與意外的結局

某天半夜，另一個留在鄉村的南京知青混世魔王，到吳書記住的大隊部，趁老同學不防備強姦了她。事後，吳書記也沒報案，小說也沒很多解釋。大概因為報了案，上級可以懲罰混世魔王，但是女書記的損失無法彌補了，名譽上受損，還會引起別人的猜疑——都是知青，會不會半推半就有甚麼隱情？這些都可能影響女書記日後的政治前景。不管出於甚麼考慮，吳蔓玲非常氣憤，卻只是想阻止混世魔王當兵，日後慢慢整他。沒想到混世魔王這一年就真當兵去了，臨別時吳蔓琳在男同學臉上吐了一口痰，作為最後的宣泄。

第二件事是吳蔓玲後來悄悄喜歡上了端方。這也不意外，男一號跟女一號總要面對面。看到端方對三丫的感情，吳蔓玲有點暗暗嫉妒，吳蔓玲想讓端方去當兵，又想在他當兵之前跟他好一陣。被強姦以後，她反而更有生理上的感覺了，一度與愛犬關係密切，當然是被動的，也沒有寫得太過分。此時端方去了養豬場，養豬人老駱駝倒是真有點像對人一樣對待豬，有時候就靠母豬來宣泄慾望。端方面對吳書記的關心、苦心，某夜也曾醉酒下跪，事後十分後悔，覺得自尊心受損。

自尊是端方這個農民的基本特點，是一個有文化農民的基本性格，所以在混世魔王離開以後，吳書記曾假裝無意地把手搭在端方肩上，端方卻將女人的手挪開。小說描寫這個動作的分量，和吳書記吐痰在混世魔王臉上的分量幾乎是一樣的。端方為甚麼拒絕吳蔓玲呢？小說沒有直寫，也許就是農民的自尊。女的是知青又是幹部，又像農民，所有她的好處都令男主角自卑，而自卑又使他更加自尊。所以象徵意義上，幾乎完全取代了「族權」「神權」的「政權」，滲透了整個鄉里，消滅了祠堂和土地廟，卻仍然無法完全統治鄉土。

小說就這樣要結束了嗎？我看到這裏有些疑惑，眼看只剩下十幾頁了，不知作家做甚麼打算，不知男女主角的關係會怎麼發展，不知1976年以後的王家莊會是甚麼光景……

小說在最後一段結束：「吳蔓玲披頭散髮，她在地上劇烈地掙扎，狂野得很，潑辣得很。」她尖聲呼喚端方，端方叫人趕快送醫院。可是吳書記 —— 摟住了端方的脖子，箍緊了，一口咬住了端方的脖子，不鬆口。她的牙齒全部塞到端方的肉裏去了。「我逮住你了！」由於嘴唇被端方的皮膚阻隔住了，吳蔓玲含糊不清地說：「端方，我終於逮住你了！」

整個長篇到此結束了，令人回味，引人深思。可惜啊！難得有這麼一個知青、農民、幹部三合一的完美形象，最後竟然自己瘋了。僅僅因為性壓抑嗎？還是因為名譽的壓力？因為責任、使命和前途無量？（「前途無量」是上級領導送給她的贈言。）還是因為她是優秀的農民、知青幹部，而且她是一個女人？

一部長篇小說，要到最後一節最後一句，才完成其複雜的意義結構。畢飛宇寫得十分用力，也極其用心。

參考書目／文章

吳俊編：《畢飛宇研究資料》，北京：人民文學出版社，2016年。

艾春明：《畢飛宇小說創作研究》，北京：中央編譯出版社，2016年。

畢飛宇、張莉：《小說生活——畢飛宇、張莉對話錄》，北京：人民文學出版社，2019年。

洪子誠：《中國當代文學史》，北京：北京大學出版社，2010年。

畢飛宇：《沿途的秘密》，北京：昆侖出版社，2002年。

葛紅兵：《文化烏托邦與擬歷史——畢飛宇小說論》，《當代文壇》1995年第2期。

黃毓璜：《春意闌珊半山腰——略談畢飛宇小說》，《鐘山》1993年第6期。

張均、畢飛宇：《通向「中國」的寫作道路——畢飛宇訪談錄》，《小說評論》2006年第2期。

王彬彬：《畢飛宇小說修辭藝術片論》，《文學評論》2006年第6期。

何晶、畢飛宇：《想像無論多遠，都有它的出發點——畢飛宇訪談》，《文學報》2014年4月22日。

沈杏培、畢飛宇：《「介入的願望會伴隨我的一生」——與作家畢飛宇的文學訪談》，《文藝爭鳴》2014年第2期。

段崇軒：《論畢飛宇短篇小說》，《文藝爭鳴》2008年第8期。

丁帆：《〈平原〉：一幅舊時代文化夢遺的地圖——兼論長篇小說的「保鮮度」》，《當代文壇》2021年第3期。

---

1 畢飛宇：《玉米》，南京：江蘇文藝出版社，2003年。

2 李敬澤：《〈玉米〉序》，引自《玉米》，南京：江蘇文藝出版社，2003年，頁1。

3 同註1，頁232。

4 畢飛宇：《平原》，首次發表於《收穫》2005年第4、5期；南京：江蘇文藝出版社，2005年。以下小說引文同。

5 畢飛宇：《〈平原〉的一些題外話》，引自《平原》，北京：人民文學出版社，2012年，頁7。

6 費孝通：《鄉土中國》，北京：北京大學出版社，2012年。

7 同註4，頁6。

2005

史鐵生《我的丁一之旅》

男人「性史」四階段

史鐵生自上世紀八十年代起已經被公認為知青一代作家中的佼佼者。他的中篇《插隊的故事》，不僅寫知青心態特別真誠，而且寫農民生態特別真實，是最傑出的知青小說，沒有之一。史鐵生最有名的作品是《我與地壇》，以殘疾人的視角，探索人生哲理和北京的美，影響非常大。後來他有一部半自傳體小說《務虛筆記》，也曾經被評論家評選為二十世紀九十年代中國十佳小說之一。

《我的丁一之旅》是他病逝前最後一部長篇，2006 年人民文學出版社出版，2019 年入選「新中國七十年七十部長篇小說典藏」。有評論說這部小說是「古典、詩意、靈動，在看似散漫實則縝密的結構裏，精心構築了一個睿智空慧的哲思世界」。評論也不是沒道理，但詩意、靈動、睿智、空慧可以形容很多作品，可以概括很多境界。實際上史鐵生這本書確實是一本奇書，標誌着作家的人生藝術步入了一個無所顧忌的世界，也標誌了中國小說在二十一世紀初期多元化發展的某一個極端。說得再實際一點，《我的丁一之旅》描寫的是一個當代低配版的賈寶玉，或者說是一部高雅精緻的《廢都》。

一、「我」和丁一：遊戲規則

長篇主角有兩個，一個是「我」，一個是丁一，但他們是同一個人。

簡單說，「我」是心魂，丁一是肉身；「我」是理性，丁一是感官；「我」是超我，丁一是本我（也不一定，兩個人有時候都是自我）；「我」是天理，丁一是人欲；「我」是思維，丁一是行動；「我」是永生的，丁一是暫時的；「我」永遠是對的，丁一常常犯錯；「我」不一定能控制丁一，丁一有時候還能影響「我」。

這樣的總結並不全面。小說情節遠比這些靈肉衝突、協調對話更複雜。我們讀原文：

> 我進入丁一時他尚幼小，但非剛剛落生。此丁落生之初我還未到，那時求生的本能令他有何作為，須待我到來之後才有所聞——不過是哭嚎吃睡等等吧，無需贅述。……我來了，他才睜開眼睛……我想的是唱，可他卻哭……[1]

「我」想謝謝母親，可丁一只會吵。「我」的回應必須要通過丁一，也就是說「我」的意志、理性、心魂再高明，必須通過肉身表現。小說中的「我」以前也曾經歷過猿體（猴子），也曾經歷過魚身（穿過魚的生命）。就像莫言的《生死疲勞》裏的地主亡靈一樣，不斷地寄生在不同的動物身上。比較而言，「我」覺得這次投身丁一好歹是一個人形，還不壞。想想人器各部分功能齊全，於是「我」和丁一數十年形影不離。

小說開始部分的敘事角度都是「我」，丁一的活動都是「我」在看。第一和第三人稱都在一個人物身上，也是小說敘事方式的某種新實驗。

> 我們同命運共呼吸……比如說做夢吧，就多半是我的事，那時節我上天入地為所欲為，丁一呢？……那廝豬也似的睡在床上動也不動……他要是被一盤盤黃色錄影激動得徹夜不安，我也就難得自由之夢，我甚至會被他的慾望左右，夢得春風蕩漾，夢得色彩斑斕。

說明「夢」不僅屬於靈，也受肉慾的影響。小說為了說明「我」和丁一的複雜關係，局部放棄了時間概念，略寫他的青少年成長過程，也不是全略。

> 他面見領導，我就不便胡思亂想（除非不怕撤職）；比如他立於講台，我又不可以心猿意馬（除非不怕下崗）；再比如他走在街上我得維護他的尊嚴（莫使人把咱輕看）……特別是他要開上車，我就更沒了自由……

服從社會常規是丁一的責任，但要「我」幫忙。丁一也不只是肉身，他是一個現實社會的存在。當然相比之下，「我」就是自由意志、「詩和遠方」了。總之「我」也想明白了，既來之則安之，「否則我不痛快，他也抱怨」。

你也不能說丁一只是一個完全沒有靈的肉身。「某年兒童節，孩子們演出童話劇《白雪公主》，丁一扮王子，一美貌女孩演公主……一見那女孩雙目緊閉，玉體橫陳，恍若香魂已去，這丁竟以為真，當下兩眼發直，腳下踉蹌不穩。我趕忙提醒他：假的呀，哥們兒！演戲，這是演戲！」可是丁一瘋了大哭，結果假戲成真，效果奇佳。就是說丁一也會動情，他不像「我」一直那麼理性，把「我」跟丁一的關係簡單地理解成靈肉衝突，只是作家的一個敘事圈套。

二、丁一的性生活史：開啟性之旅

兩個角色一個人，第一或第三人稱反覆對話，怎麼能寫成一部三十萬字的長篇呢？丁一怎麼讀書、工作，關於他的政治思想、經濟觀念這些問題都不仔細交代。小說其實可以改名叫《丁一的性生活史》，或者說是《性經驗史》《性心理史》《性夢幻史》。

> 其實，芸芸人形之器，我所以選中丁一，重要的一條是看他天生情種。……還有一點：我喜歡此丁的誠實。斷非傻瓜的，不等於就狡詐。

這時候，「我」好像是直接面對聽眾、讀者說話，要他們一起來觀察丁一。

> 你看這丁，魯莽，憨直，甚至有些愚蠻，這樣的人多半誠實……我與丁一互不欺瞞。你說是嗎，哥們兒？/ 當然當然。
>
> 落生為性命的丁一，壓根兒是慾望的點燃。就說抽煙吧，這事我向來反對，可他不聽……再說饞。走到街上，一見了好吃的他就走不動……
>
> 吃，在我是不得已而為之，在丁一一帶卻常常演成目的，甚或榮耀……整天吃，乃至徹夜地嚼，哪兒還有工夫幹別的？……寫作，概非人器可為……

丁一性史第一階段是遮蔽。甚麼叫遮蔽？就是「真正的危險顯露於我與丁一第一次走出家門，走進外部世界的一刻」，小孩光屁股引起眾人圍觀。

> 我見丁一也是一臉茫然，然而他那朵小小的萌芽卻兀自翹立，並在其蠻荒的領地上蕩開一股莫名的快意……年幼的丁一尚不能想像它於未來的妙用。你看它，彷彿迎風沐雨，彷彿標思立慾，天地遙遙勾勒其形，時光漫漫蘊含其中。忽然，我見那男孩羞愧難當，兩手將那萌芽悄然遮住。

這就是丁一「性之旅」的第一步起點。這個起點就是遮蔽。「我只好對那年幼的丁一說，這是一切起程前必要的儀式。」

丁一性史的第二階段才是色慾天成。他嬰兒的時候就喜歡女人親他，洗澡要跟姐姐一起，但不跟鄰家的男孩同浴。讀書的時候放學回家就跟上漂亮阿姨，翻雜誌也會注意泳裝女子照片。「我」感慨了：「本能啊，本能這東西總被低估……此丁以其大不謹慎之行徑，為我們贏得了一個可怕的稱號：流氓。」史鐵生在這裏藉用了王小波的符號。為了這個稱號，「我」和丁一就互相責怪。

一般討論「性」的歷史，總以為根植於「慾」，首先是自然本能、生理因素。但史鐵生書寫丁一的「性史」，首先是「遮蔽」，是「禁忌」。這個起點很重要。理論上，當然自然條件、生理因素是基礎。但人的具體生活實踐，卻常常首先是禁忌。不能、不可、不許，比「我要」「我想」出現得更早。「性」，首先是文化現象、社會規則，然後人才漸漸明白禁忌違規的原因和「初心」。

轉眼到了紅衛兵的時代了，丁一在接到一個袖章的時候，初次見到一個女生叫秦娥。秦娥其時一身洗白的舊軍裝，束腰聳胸，短髮齊耳……平生頭一回碰到她的手哇，那廝不免周身一抖，湧動起一股暖流。

「暖流」意味「性史」第二階段，性的覺醒。但性覺醒的形式也已經包含社會甚至政治因素。秦娥雖好，袖章卻小，丁一感到被歧視。丁一的父親是一個送飯的工人，卻使丁一非常自卑。「文革」時出身很重要，但工人的「血統基因」還不夠紅。

三、裸體之衣：「衣和牆」遮住了人，卻構建了文明

一是遮蔽，二是本能，三是身魂矛盾。丁一性史第三階段，按作家的原話叫身魂牴牾，就是身魂矛盾。

> 比如說吧，我愛上了 A，可丁一偏偏看上了 B。比如說我終於找到了夏娃，可丁一卻不喜歡夏娃的此一居身。又比如丁一看上了某一美輪美奐之身，而我卻發現，其實那裏面並無夏娃。

總之「我」跟丁一在看異性的時候，喜好不一。這就是說人生不僅要衝動，還要想清楚，這就麻煩了。「我」發現：做愛，既須去衣而為，故務當蔽之以牆——丁一一帶便明確稱之為「房事」「行房」「同房」甚至「房中術」。

從「房」的角度來講，衣服和牆都是為了遮蔽。《大浴女》中的「山上的小屋」，也是為了遮蔽。小說這時引入了羅蘭・巴特的「裸體之衣」概念：

裸體有時也可為衣。比如裸舞，舞者一絲不掛但其實她穿了一件「裸體之衣」！此衣何名？其名舞蹈，或曰藝術。

看一尊裸體雕塑，不能簡單地說雕像沒穿衣服，因為這是藝術，所以她的衣服就叫藝術，就是雕塑。

因有舞台、燈光、佈景、道具所強調的規則，故令觀眾……不得不承認了她舞者的身份，承認其「裸體之衣」。倘有誰偏看她是赤身露體，光着屁股，那麼先生們女士們：是您違背了規則。

看着他長大，「我」就教丁一：第一，裸體為甚麼可恥？丁一不懂。第二，裸體藝術它到底在遮蔽甚麼？第三，怎麼樣化裸為衣，是否可以化衣為裸？丁一漸漸地明白了——

問題不在你穿或沒穿，而在你是否像別人一樣穿或沒穿，在於你能否服從規則，遵守公約，能否從眾，以及能否藏進別人（躲藏到別人的羣體裏去，是很多文化、政治乃至性愛活動的潛在目的）。

「我」在丁一身上思考這些關於「性」的哲理時，發現原來性觀念的核心就是——和別人一樣，是規則與合約，違反了這個規則不行。

一直就有個問題：為甚麼，性，這自然之花，這天賦的吸引與交合，在人類竟會是羞恥？而在其他動物卻從來都是正當，絕無羞愧可言？

事實上，自從丁一不慎而成「流氓」之日起，這個問題就開始困擾我了。證據很多。色鬼、淫棍、破鞋、騷貨、流氓、婊子……人類為性羞辱所創造的惡名舉不勝舉……乾脆說他們不是人，「簡直是畜牲！」

「我」和丁一苦思冥想，終於發現：

性，之於人，是一種語言甚至是性命攸關的語言……快樂與幸福是兩碼事，快樂僅僅是一種生理反應，猿魚犬馬也有，而幸福，全在於心魂的牽繫。

因而我和丁一有了一種難耐的渴望——穿透所有的衣和牆，看看那兒到底住的誰？她/他們，是否也有着同我們一樣的渴望……

所以我和丁一不斷地張望，朝向陌生的人羣，朝着一切牆的背後，朝着所有可能被遮蔽的地方……

如果我們獨上高樓，都可望盡天下牆。在大城市，看看對面大樓很多窗戶，常常閃着同樣的燈光（或許因為他們都在看同一部連續劇）。可是每個窗戶裏邊又都上演不同的戲劇，他們互相看不見隔壁的牆的內容，其實也是想像自己的故事太豐富了——那些「牆和衣」遮蔽了人跟人，卻構建了文明的本身。

四、身魂矛盾：魂已擋不住身

誰料我的夢景卻推波助瀾令那丁色膽陡漲，我的想像竟助紂為虐，喚醒了他蟄伏已久的窺視欲。先是在街上，公共場合，人羣中的無論哪兒，我發現此丁不時地兩眼發直，循其視線望去，極目處必一窈窕淑女，或妖冶女郎。而後在海濱，沙灘上泳裝繽紛，浴場中妙體閃爍，丁先生更是周身血湧，目不暇接。再次於家中，獨坐桌前……忽而癡然捉筆，狂抹癲塗——真是讓人不好意思，筆下盡是些豔身浪體，纖毫畢露。

我笑他：喂喂，現而今的黃色畫報、錄影唾手可得，何勞先生用此拙力？

那丁不以為然：那都是死的呀兄弟……此說倒讓我悄存快意，或引以為志同道合。

可誰料，有一回，甚至幾回，我發現那廝居然偷窺異性沐浴。

這還了得！我喊他：嘿嘿，幹嗎呢你！他甚至顧不上理我，只揮揮手：噓——別嚷……

此後丁一還就「流氓」一詞與「我」爭論：

他說，比如一個沐浴中的女人，那絕不一樣！她是那麼自由，舒展，毫不做作，既柔弱又強大，既優美又真確；……旁若無人，無比的安靜中埋藏着難以想像的熱烈……

這兒沒有別人，這兒無衣無牆。

「違法。違法了呀，你懂嗎？」

唔，那丁哧哧竊笑，咱倆，不說這個。

看到這裏，發現丁一不僅是流氓，還是一個有文化的流氓，不僅是自然的肉身，還有自己的理論。

第三階段身魂牴牾，漸漸魂就擋不住身了，「我」攔不住丁一了。丁對衣、牆的穿透終於導致了一個關鍵字，叫「脫」。突然某日——我看見：赤裸的丁一與一個赤裸的女子，同處四壁之間……竟彷彿忘記是為了甚麼。……丁一之花已然昂揚……那人形身器原就是一頭野獸！

我又好像飛出了丁一……那頭狂暴的野獸已是癱癱軟軟……再看身旁女子，如隔萬里之遙。

「我」開始給他分析了：

在我看「裸」的魅力全在於「脱」……只會性交？咳咳，那叫甚麼！咱前頭説過了：那是畜類！

尤其是在我到達丁一的第二十幾個年頭，春夏之交，裸，忽於那一帶如火如荼。……裸衣重重，心魂埋沒……

一次次肌膚相親，一次次耳鬢廝磨，自下而上的激勵和自上而下的疲憊……若無標新立異的情懷，若無柳暗花明的感受，「脱」也會耗盡魅力，或早已蜕變成「裸」了。

先時，靠其「花拳繡腿」尚可以逞一時之勇，但慢慢地膩從心來，一向的剛猛隨之遞減，漸呈強弩之末。

媽的，咋回事？

廢話，事情總能是你這麼幹的嗎？

怎麼幹？

那兒有鏡子，自己瞧瞧吧！

鏡子裏照出一堆仰臥起坐的體操動作。

快活一陣子，而後赤身裸體地想想，還是一次次俯臥撐。

於是丁一和「我」的性史就要進入第四個階段了。至此，女主角們還沒登場。

五、「性史」進入「理想國」階段：《空牆之夜》

丁一「性史」的前三個階段，首先是幼兒覺醒知「恥」，然後才知少年的色慾天成，再到青年困境身魂牴牾，悟到「裸體之衣」的理論，丁一從偷窺女人沐浴，到「征戰」很多不同女人，然後感到了重複俯臥撐的乏味疲倦。就在這時他或者說他們（「我」和丁一）碰到了小說女主角秦娥。

在「我」和丁一碰到秦娥之前，還發生了兩件事，一是其姑父不知如何可證明女傭馥是烈士。這個歷史舊案促使丁一一直內疚，少年的時候他曾經出賣招供了自己的初戀依。史鐵生筆下，性與政治，天然混和。在小說裏，性生活史是戲，「文革」背景是戲台，無形之中互相襯托。叛徒出賣，流氓標籤，被這些政治符號包圍，丁一某日醒來，發現自己已經在派出所，因嫖娼而被拘。好在警察手下留情：「行了，走吧。下次再碰上可就沒這麼便宜了！」這大概是丁一「性史」中黎明前的黑暗。

重逢秦娥，是因為某日在一小飯店裏見到她的哥哥秦漢。秦漢看上去是一個極有文化的人。這部長篇裏的角色除了丁一以外，其他都是貌似深奧、有哲學頭腦、不明覺厲的人，個個都像史鐵生。在秦漢家，他們看了一部美國電影《性・謊言・錄影帶》。這是很罕見的情況，就是當代中國一流的文人小說，用專章來重述一部美國電影的情節，並反覆引用劇中的對話。甚麼目的呢？

詹和彼得是分手多年的老朋友。彼得和安是夫妻，性生活平淡；

彼得與安的妹妹蘿拉偷情，這是電影的開局，已經夠亂。通過一系列談話、錄影、性愛的情節，最後詹和蘿拉裸衣錄影，並和安相愛。簡而言之，原來是男 A 佔了女 A 、女 B ，結尾是男 B 佔了女 A 、女 B 。「男人學着愛上吸引他的女人，而女人是越來越被所愛的人吸引。」電影裏的這段台詞在史鐵生小說裏反覆出現。關鍵大概是「吸引」和「愛」的定義，如果「吸引」更多代表形體、相貌、肉身，「愛」必須包含心魂、理解、忠誠。那麼也許男女在先後次序上，一般來說也許真有一點區別？

秦娥那時是個不太成功的演員，和「我」及丁一見面，話題主要是關於秦漢的性取向和那部美國電影，諸如「你知道甚麼是正常，甚麼是不正常嗎？」「心魂本沒有性，心魂只有別。」「性，怎麼會只是一種習慣呢？」「不對吧？」於是乎那丁學着我的話說：「不不，那應該是語言，是表達，是獨特的話語，或者說是一種必要的儀式，怎麼會只是習慣呢？」

圍繞着「性」的很多靈的對話，說着說着，「娥愣了一下，或者愣了很久，然後幾乎跳起來：『哇，這話說得太棒了！』」，話（兒）是丁一的，話還是要靠「我」。小說裏，這段對話以後，「我已經明白，此丁與此娥的愛戀已是在所難免」。

第三次出入娥家，丁一才看見娥女兒問問的照片，原來娥已經離婚，丁一也沒多問過去的事情。小說篇幅過半，丁一「性史」進入第四個階段，所謂「理想國」階段，這也是史鐵生這部長篇最關鍵、最讓人回避、最可能引起爭議的核心部分。

前面三個階段丁一和「我」關於「性」的困惑，其實凡人尤其男人都可能有。第一，為甚麼性讓人羞恥，動物卻不羞恥？第二，說是「恥」卻那麼美好 —— 色慾天成。第三，身心、靈肉、魂氣、性慾如何或者為甚麼要衝突，怎麼協調，甚麼才是最重要？

以上的問題，在二十世紀以來的各種中文小說裏，已經有了無數的疑問和解答方案。但接下來丁一和「我」的問題則更為棘手、複雜。

「愛情，既然是人間最美好的一種情感，卻又為甚麼要限制在最最狹小的範圍內？」這其實最早是秦漢的問題：「這哪兒像是對待美好事物？簡直倒像是對待罪行了。」

「我」提醒丁一愛需要絕對真誠，所以丁一就把自己少年時對鄰家的素衣少女泠泠的戀愛也向娥坦白。娥說丁一可以搞戲劇，戲劇不現實，但是實現。

有一天——娥一下子抱住了丁一。我沒想到她竟會是如此熱烈——娥貼在丁一耳邊說：「你不能走了，從今天起你不能再離開我……」我沒想到她竟會是如此瘋狂。

在晚間的一場模擬戲劇當中，「赤裸的丁一和赤裸的娥相互眺望，天涯咫尺」，重演電影中的情節和對白，「只有有肉體關係的人，才可能給你有益的忠告」。就在這些斯文高雅的台詞當中，「那丁疾喘吁吁地忽然冒出一句千古絕唱：『娥，你的屁股好大呀！——』」。

小說寫他們演戲，他們瘋狂，他們哭泣，他們立約——關於自由和自願的立約。這個階段丁一和娥討論了很多抽象話題，關於ED（性無能），關於「那話（兒）」（名可名，非常名）。娥還在戲劇中扮演泠泠，就是丁一的早期對象，以滿足他兒時的性幻想。讀者不妨設想，一個情人扮演你以前的初戀對象是甚麼感覺？

然後丁一跟秦漢討論性虐和戲劇。還認識了秦漢的女友呂薩。丁一甚至還寫了個劇本《空牆之夜》，當然基本是在「我」的幫助下，這時候「我」和丁一配合默契。

舞台還是那樣的舞台，即約定的時間，和約定的那一種願望。演員和導演也還是他們倆，丁一和秦娥；包括編劇。劇本都在心裏。情節、對話都不確定。

……

不需要道具。燈光、佈景、化粧一概都不需要，只要把屋子騰空。只在地上畫兩條直線，一橫一豎如同一個「丁」字把地面分成三塊。

……

她把橫線兩端各踩開一個缺口：「這是門。」

具體怎麼演？兩個人衣冠楚楚走進來，假定這線外是街道，人很多，都是別人。兩個人還素昧平生剛見面，然後注視、跟蹤，互為觀眾。男的想女的，女的就想男的，按照男的想像脫衣，然後隔着虛擬的牆。記住，他們隔着「牆」，但是這是個虛擬的牆。

女人回家，脫衣、想心事、模仿沐浴、唱歌。男的就在隔壁（虛擬的隔壁）偷聽。他不算偷看，他是偷聽。蘇菲·瑪索早期有部電影，就是隔壁一直有人偷聽她的一舉一動。

然後是娥跟丁一的戲，中間還會打斷，營造布萊希特效果。兩個人還可以停下來，交換劇本討論，再入戲，再被郵遞員打斷，再回到現實，這是從「裸體之衣」發展到「空牆之壁」，牆可以虛擬，也可以被穿越。

丁一把《空牆之夜》劇本拿給呂薩看——丁一乘機跟我說：「論身材，娥還真是不如薩。」我說：「哥們兒你又想甚麼呢？」……丁一有點惱羞成怒：「KAO 我就那麼一說，陳述句，陳述一個事實而已！」

薩問：「這劇本啥意思？到底想說甚麼？」

由此丁發現，男人之恰如其分地神不守舍，詞不達意，或笨嘴拙舌，不啻是贏得良善女子之好感的一具法寶！或者直說了吧：我料此丁與薩難免又要來一回愛河雙墜了，雖說迄今還都是在有意無意之間。

不着邊際地談戲劇，如何破牆，有心無心地講秦漢是否同性戀。兩人都對秦漢所說的「愛情既然美好，為何限制在最狹小範圍」這話感到了困惑的樂趣。薩訴說她對秦漢的感情，理論上她是秦漢的女朋友，秦漢卻心繫另一女子鷗。

丁一不肯向「我」承認這是趁人之危，但又努力探索戲劇的可能性，先向娥取得共識。

娥說：「就是說，人人都不是只想過一個人。」

娥說：「人人都想過很多人，甚至是同時。」

……

娥說：「在現實裏，才可能有『不現實』。」

……

娥說：「所以是不現實的實現……是非凡的同時，也是危險的……」

然後某天晚上，《空牆之夜》的演出就多了一個人 —— 呂薩。《空牆之夜》的演出是一個空房間，地上畫兩條線，假定這是一面牆壁，然後他們在自己的空間裏脫衣、說話，做各種各樣的事情。隔壁的人假裝在偷聽。

可是今天的演出還多了一個人呂薩，她「在劇情之外，但未必在戲劇之外」。就是說薩不是角色，但是牆壁是沒有牆壁的，觀眾本身也參與了這齣戲。劇本不加改動，一切還都是曾經設想的那樣：娥表演一個丁一所嚮往的女子，丁一則扮作娥所期盼的某一男人。

名義上隔着牆，實際上只是紅、藍、白區之分。

戲劇（實況）進展到夜深，兩人難以入夢。薩也緊張了：「喂，你們等會兒行嗎？我……我去趟衞生間。」回來後，薩繼續看到丁、娥在夢中相擁而吻，如醉如癡，很多情話很多癡話。

史鐵生在此處特別說明：不過，從那一夜忘情的戲劇中，薩聽出：丁一情思馳騁，幾乎看遍了所有 —— 從童年一直到現在的 —— 令他心儀的女子。而在娥的對白裏，卻好像只隱藏着一個名字 —— 自始至終都是他。

他是誰呢？沒說明。作家的意思：男人想的是女人，女人想的是一個男人。（這個規律，頗可以引起爭議）。只是丁發現，裸既可以為衣，衣為甚麼不可以是裸呢？就是說這晚的戲沒有脫。想像衣服也是一種裸體。薩覺得就是因為她這個觀眾在場了。

接下來丁和薩講了很多關於愛與性的哲理，薩聽明白了：「你不就是想問我能不能參加你們的戲劇嗎？」薩表示說：「也許我行……要是我行……我想我就能夠理解秦漢了。」因為她喜歡秦漢，但秦漢喜歡她又喜歡另外一個女人。

這時「我」在怪丁一，趁人之危不夠光明正大。史鐵生又在笑「我」：「那丁之心，敢說閣下就不曾有過？」作家在這裏究竟想剖析甚麼？難道三人行不僅是身器的無意識慾望，還是心魂的某種夢幻？

無壁之牆戲劇還在發展。三個人的戲劇，毫無疑問，令人緊張。

……

中間是那塊紅、藍、白的三色地。丁一、秦娥、呂薩，各居一隅。另一個角裏是窗，月色迷蒙，樹影零亂……

只要再往前走一步你就把自己交出去了，交給了兩個而不是一個……此後你就不能再否認你的性慾或愛慾的多向……

艱難地拖延之後——「脫」字終於傳來。那顫抖的聲音抑或是如期的命令，最先傳到了娥，然後是薩，然後是丁一。

但赤裸的身軀卻仍然固守着自己的角落，不敢進前一步。默默地站着，甚至不敢互相觀望。默默地祈禱……

居然是第三個參加的薩，率先走進「脫」。娥呼喊：「薩，你的屁股好美呀！」於是小說寫：「這是一聲溫柔的號令，一切期盼着的心魂都要為之昂揚！」

寫到這裏作家停了，說：我想把此後的情節都留給讀者去想像……在那紅、藍、白三色的房間裏，丁一、秦娥和呂薩膽大包天。

我（不知道是丁一身上的「我」，還是作家的「我」）說：

第一，性愛之事看起來大同小異；第二，性愛之事想起來卻大不相同。

丁一、秦娥和呂薩的夜晚，奇思疊湧，曾令我大為讚歎。

丁一、秦娥和呂薩的夜晚，異想紛呈，至今讓我感動至深。

作家或者說丁一身上的「我」對讀者說：如果你不願想像，不能想像，或輕看想像，那就乾脆放棄這本書吧。

這是史鐵生最後一部重要的長篇，當然讀者有權力追問，這位高雅、純潔的坐在輪椅上的作家史鐵生究竟在描寫甚麼呢？作家不認為這裏有淫蕩。

> 當丁一、秦娥和呂薩赤裸着坐在月光裏，坐在紅、藍、白三色的交界處，腳尖對着腳尖呈一個大寫的「Y」字而任由夜風吹拂之際，我絲毫看不出淫蕩。

有意思的是在這「Y」字上，作家沒有寫秦娥、呂薩的心理，專門描繪的是丁一和「我」的男人的感動。

> 尤其是當我看見，娥與薩的交談竟是那樣無拘無束，娥與薩的相處竟是那樣親密無間，那時丁一心中的感動正可謂是無以復加。尤其是當我看見，兩個女人的相互凝望就像丁一對她們的凝望一樣充滿着由衷與坦蕩，流露着傾心甚至是渴望，那時，丁一更是感到了前所未有的欣慰與滿足……我問他：怎麼樣，兄弟？/太好了，太好了，謝謝，謝謝……天寬地闊朗朗煌煌，我們平生的夢願——

注意這裏的「我們」只是說「我」跟丁一嗎？還是隱含着猜度着「我們」男人？《我的丁一之旅》是高雅精緻的《廢都》，因為《廢都》裏也有一些精彩的段落——莊之蝶家中午宴，太太牛月清、情人唐宛兒，還有唐的男友、暗戀他的汪希眠的夫人、新到的女傭，同時面對幾個和男主角可能有關係的女人，和睦相處，哪怕是建立在欺騙的基礎上，也會令男主角，包括很多讀者想像很刺激的、潛意識的男人夢。

為甚麼中國文學的第一男主角是賈寶玉？賈寶玉的理想不僅是尋找所愛的女人，不僅是尋找多過一個女人，而是他所喜歡的女人們都能像姐妹般友好快樂。史鐵生的小說有意無意地延續了假寶玉之夢，或者是真《廢都》的幻想。

小說中的三人行，關鍵不是雙性戀，不是丁一花心，而是別人形容的「古典、詩意、靈動」精心構築的男人的集體無意識。

六、男人烏托邦的破滅

第一百二十六節，小說以《丁一的理想生活》概括這一階段他們的生活：三人在紅、白、藍房間裏改編《奧塞羅》《紅岩》。有時候赤裸的娥和赤裸的薩會一起站起來，呼喊《牛虻》中的台詞。

> 那一段理想的生活就像一季漫漫長夏，而當秋風起於毫末。

某日秦娥提問：那戲劇中的做愛者，到底是誰？（是角色還是演員？）說是角色其實還是演員。終於丁一向「我」坦白：「要是都能那樣的話……還用得着戲劇嗎？」當然再戲劇、再文藝、再哲理、再追求一個真實三人行，卻也難以持續下去。

這時有幾個插曲來打擾丁一的烏托邦了。一個是丁一少年時初戀的依回來了，知道《空牆之夜》後，用歷史教訓提醒：「自願的，就都靠得住嗎？」

第二，出現了丹青島的傳說，據說某人和他所愛的兩個女人在一個荒島上生活，這顯然是影射顧城了。

第三，秦問問的父親商周（秦娥原來的丈夫）從國外回來了。秦娥告訴丁一，說薩其實已經愛上丁一了，所以娥準備帶問問出國，「也許我們都該過一種正常的生活了」。

當然丁（還有「我」）不願意，很失望：「沒勁！無聊！庸俗！俗不可耐！」他拼命挽留秦娥：「你、我，還有薩，我們不能放棄，不能隨波逐流也去過那種平庸的生活！」而秦娥道出了問題的要害：「戲劇的要領。——有限的時間，有限的空間，有限的人物和有限的權——力！」

丁一竟不願意相信那不過是戲劇，沒意識到愛已經轉變成了權力。但是對丁一之夢最大的打擊，還是來自於更忠心耿耿愛上他的薩。

某日薩問：「你不一直都在問，人間最美好的那種情感為甚麼不能儘量地擴大嗎？那我問你：比如說商周，他能不能也參加到你們的戲劇中來？」

> 我聽見那丁腦袋裏「嗡」的一響，我感覺他心裏忽悠悠地像是有個深淵，人不由地就往裏墜落，墜落……睜大的眼前竟是一片昏黑，閉上眼睛呢，是無邊無際的血紅……

換言之，男人可以做夢有兩個女人癡心愛他，最好彼此也相愛，在紅、白、藍的赤裸的空間。但是再加進一個男人，卻是無法想像的了。史鐵生一手戳破了自己精心製造的理想國，也使讀者可以從現實和哲理上繼續思索這無解的難題。

《我的丁一之旅》到此也接近終點了，之後丁一就重病。獲得了理想的愛，其實是獲得了權力，再失去就十分痛苦了。在丁一病故之際，小說也交代了丹青島上的悲劇，詩人殺妻，另一情人失蹤。小說第一百五十六節還有一段補遺，說那個失蹤的詩人的情人正是秦漢苦苦相思的鷗。

當代小說的確很少這種先例，一部長篇始終寫一個人物的內在的靈肉對話，文體上近乎於詩體小說，夾雜很多哲理、小品，而且這部長篇又雄心勃勃地力圖解讀一個男人的性經驗史、性成長史、性心理演變、性幻想破滅，而這種性幻想的高潮竟然是一個假的寶玉傳統 —— 和寶玉傳統有關的精緻的《廢都》夢。

新世紀以來，最直接討論「性課題」的長篇小說，一是鐵凝的《大浴女》，一是史鐵生的《我的丁一之旅》。前者解析了十幾段「不正當」男女關係，後者探究主人公「性」史的四個階段。前者從社會學（女性主義？）角度分析這些「不正當」男女關係如何為了利益，為了快樂，或者為了探索，為了愛，無意之中可能也是假定女性性愛的四個層次。在性愛中，為利益是常見的功利和膚淺，為性慾是不可言說、不好意思的，為探索既是滿足好奇的天性，也是察看異性是否可靠忠實，為愛當然是超過以上三個層次（或者是不能用以上三層次所解釋的性愛關係）。史鐵生考察男性性心理發展的四階段，則先是服從社會規範道德要求「遮蔽」（知恥），然後意識到色慾本是天成，然後探索怎麼「看」、怎麼「脫」、怎麼「做」、怎麼「愛」（無衣之裸，無牆之夜），然後還不滿足，再試圖挑戰男女兩人道德底線（最美好的事情為甚麼要最私密），進而追求「三人行」如何通過戲劇藝術名義由不現實走向哪怕是短暫的夢幻的實現。兩部小說各有奇思，《大浴女》最後在兩性戰爭終極場景中將男性因素包括在外。《我的丁一之旅》則在理想國夢幻中將女性感覺排除在內。異曲同工之中，均有對人性（人和性）的嚴肅的思考和追問。

原刊於《文藝爭鳴》2025 年第 1 期。

參考書目

顧林：《救贖的可能 —— 走近史鐵生》，北京：商務印書館，2019 年。

胡山林：《尋找靈魂的歸宿 —— 史鐵生創作的終極關懷精神》，北京：人民文學出版社，2005 年。

「寫作之夜」叢書編委會編：《史鐵生說》，北京：中國對外翻譯出版有限公司，2013 年。

張建波：《逆遊的行魂 —— 史鐵生論》，濟南：山東人民出版社，2012 年。

趙澤華：《史鐵生傳 —— 從煉獄到天堂》，西安：陝西師範大學出版總社，2018 年。

許紀霖等：《另一種理想主義》，南京：鳳凰出版社，2011 年。

陳希米：《讓「死」活下去》，長沙：湖南文藝出版社，2013 年。

李彥姝：《鄉愁的辯證法》，北京：中國社會科學出版社，2018 年。

黑明：《走過青春》，西安：陝西師範大學出版社，2006 年。

鄧鵬主編：《無聲的羣落》，重慶：重慶出版社，2006 年。

---

1 史鐵生：《我的丁一之旅》，最早於 2005 年在《當代》開始連載，2006 年由人民文學出版社出版單行本；北京：人民文學出版社，2019 年。以下小說引文下同。

2006

莫言《生死疲勞》
五十年中國農村發展史

莫言在上世紀八、九十年代的小說，最著名的是中篇《紅高粱》，最有分量的是長篇《豐乳肥臀》。進入二十一世紀以後，他的小說論技術《檀香刑》最好，但是論成就還是《生死疲勞》最高。雖然《檀香刑》花了作家五年時間，而《生死疲勞》四十三萬字只用了四十三天寫成。

《檀香刑》的技巧，概括起來有四點。第一是荒誕細節，如鄉民反德暴動用唱戲的形式等等。第二是模糊英雄、丑角之間的界限，分不清楚造反的孫丙、劊子手趙甲和錢縣令，誰才是正面角色。三是在《紅高粱》已初試鋒芒的暴力美學，淩遲過程五百刀，一刀一刀寫下去，切割讀者的忍耐力。四是頻繁的人稱轉換，以不同的第一人稱（我、俺、余）講述同一個故事。

在《檀香刑》裏這些技術特點完美結合，但是鄉民反德是政治正確，其實不需要魔幻筆法，對義和拳精神的反省批判又過於隱晦。相比之下，之前寫土匪抗日，後來又寫「土改」「文革」，顯然是人們更熟悉也更難重寫的歷史。所以《檀香刑》試過的技巧一旦進入了《生死疲勞》，才是好兵器進入實戰狀態。荒誕構思在嚴肅現實背景下，才特別有意思。

甚麼是人們更熟悉，也更難重寫的歷史呢？九十年代幾部最有影響的長篇——《古船》《活着》《白鹿原》，共同點都是在寫「財主的兒女們」。這可不是偶然現象。

到了二十一世紀初，在當代小說裏，「十年」早已被批判，「大躍進」與「自然災害」主要是負面和誇張的書寫，「反右」也總是擴大化的教訓，所以真正有爭議的歷史難題就是「合作化」和「土改」。階級鬥爭擴大化，就是將公民中的一部分劃出人民的範圍：或因為經濟原因（地、富、資本家）；或是刑事犯罪（從反革命、壞分子到亂搞男女關係）；也有思想、言論罪（右派）；還有黨內政治鬥爭（走資派）。七十年代末撥亂反正以後，在文學中，走資派和右派漸漸都成了正面角色，刑事犯還是反派。最難處理的是第一類的子女，即「財主的兒女們」。

政治上這些重大變化，當代史書記錄不多也不夠及時。史失而求諸小說。文學不經意承擔了記錄、評判、監督當代中國社會變化的功能。所以小說史研究，不僅可以研究小說文體形式變化的歷史過程，也可以通過閱讀小說而觀察當代政治社會歷史。最傑出、最多讀者接受的當代小說，幾乎都是現當代國人政治生態的一種見證。《活着》的主角福貴，很苦很善良，大家都同情他，幾乎忘了他是地主的兒子（甚至可能是漏網地主）。《古船》的男主角抱樸，也是鄉紳之子，後來一直讀《共產黨宣言》。《白鹿原》要是從 1949 年再寫下去，可能也是兩個財主的兒子繼續抗衡，一個是白嘉軒之子白孝文，一個是鹿子霖之子鹿兆鵬，都是黨內幹部，無可避免有路線鬥爭。

莫言的《生死疲勞》男主角也是地主，叫西門鬧，一開局就被槍斃了。開篇就踩中了當代文學的一個熱點和難點。不過莫言這個開局非常巧妙。第一章這個地主已經死了，轉世投胎成為一頭驢，還在自家院裏，看着自己的二太太迎春嫁給了長工藍臉，三太太秋香嫁給了槍斃他的民兵隊長黃瞳。知道翻身農民要佔地主房子和女人，這是阿

Q 土穀祠夢以來常常在小說裏出現的橋段。莫言換了一個角度寫。莫言的「裝神弄鬼」，在《檀香刑》孫丙、眉娘那裏有點炫技，可是到了西門鬧這裏，卻是很成功的敍事策略。

一、成功的敍事策略：「裝神弄鬼」

《生死疲勞》共五部，分別是《驢折騰》《牛犟勁》《豬撒歡》《狗精神》等，以五個動物的角色眼光，見證了 1950 到 2000 年中國鄉村及縣城的各種變化，包括「土改」「大躍進」「文革」「改開」，其中當然是「土改」這一段最難寫。怎麼既肯定「土改」的歷史必然性以及對中國革命的貢獻，又反省「土改」中可能存在的一些問題呢？很多作家為此煞費苦心、謹慎下筆，選擇魔幻的敍事策略。

《古船》是強調財主 —— 抱樸的父親，是愛國的開明紳士，主動向國家上交田產、物產，也就是說按照當時的政策，他不應該被處死。而窮人出身的民兵趙多多，先是對鄉紳老婆實行性騷擾式的侮辱，後來批鬥會又用手指假裝手槍，從精神上槍斃了地主。《活着》裏的地主兒子福貴，輸錢逃過了「土改」一劫。相比之下，莫言的小說好像更直接地為被槍斃的地主鳴不平了：

> 想我西門鬧，在人世間三十年，熱愛勞動，勤儉持家，修橋補路，樂善好施。高密東北鄉的每座廟裏，都有我捐錢重塑的神像；高密東北鄉的每個窮人，都吃過我施捨的善糧。我家糧囤裏的每粒糧食上，都沾着我的汗水；我家錢櫃裏的每個銅板上，都浸透了我的心血。我是靠勞動致富，用智慧發家。我自信平生沒有幹過虧心事。可是 —— 我尖厲地嘶叫着 —— 像我這樣一個善良的

人，一個正直的人，一個大好人，竟被他們五花大綁着，推到橋頭上，槍斃了！[1]

大概不僅是當代小說，在所有官方出版物裏，這樣公開為死於「土改」的地主喊冤叫屈的文字，應該是極其罕見的。張煒《古船》中關於「土改」的描寫，當初還在山東引起評論家的爭議。[2] 而莫言的《生死疲勞》，在嚴肅的文學評論界，並沒有受到公開批評。

原因很簡單，這是「鬼話」，這是地主死了以後在陰間的自辯。不能把它看作是作家的政治傾向或者作家本人的態度（此乃重要的常識）。這是「裝神弄鬼」的技巧，魔幻手法寫現實。西門鬧喊冤有理嗎？從他的角度也不是全無道理，但是死鬼的聲音大家聽不見了。一方面，小說暗示西門鬧一直活着，過去修路辦學、調解糾紛等鄉紳祠堂功能，私有制精耕細作的鄉村倫理傳統，「耕者有其田」的農業文化基本道德，在五花八門的革命風暴中仍然「陰魂不散」。但另一方面，在現實層面中，小說很快就超越了西門鬧，甚至到了改革開放的時代，當年的兇手黃瞳、鄉村無賴楊七、村幹部洪泰嶽等人之間的階級矛盾，幾十年後都一步步走向緩解。

第一步，是農民分到土地以後怎麼耕種，如何生活？西門鬧的妻妾兒女們怎麼開展他們的創業史，迎接豔陽天？這時大家誰來聽西門鬧的鬼話？人們都要走上金光大道！

長工藍臉和二太太迎春，帶着西門鬧的兒女金龍、寶鳳一起生活，還生了一個兒子藍解放（後來是主角）。民兵黃瞳和三太太秋香也生了一對女兒，取名互助、合作。西門鬧的原配白氏，沒有子女，也不改嫁，一直被批鬥，最後結局十分戲劇性。

也許，人都希望能看到自己死後的情況，看到自己所愛所恨所喜歡所討厭的人以後怎麼生活，看着自己投入一生心血的這個世界明天會怎樣（很有可能，看到自己一生為之奮鬥的東西一點點被毀……）。西門鬧沒有憂國憂民的胸懷，他只關心自己家人的不同境遇不同表現，或者忠貞，或者苟且，或者頑強，或者背叛。但這個驢牛形豬狗身的財主，在目睹自己子女們的幾十年生活變遷的同時，也目睹了他所不理解的鄉村階級鬥爭的複雜局面 —— 地痞無賴（比如楊七）也積極革命了；老實的農民藍臉卻堅持單幹……

五十年代上半期出現了合作化互助社，這當然是西門鬧看到的最重大的鄉村變局。如果說他的死曾有甚麼積極的歷史意義，那就是地主被槍斃、農民分到地。合作化互助社，在死魂靈看來，不是一家一戶的農民又失去了土地？財主當然不懂集體所有制的偉大意義。可是活着的人，出身很硬的藍臉也堅決不入社，堅持單幹。兒子金龍及鄉親鄰里都想盡方法軟硬兼施拉藍臉入社，竟都沒有成功（以我自己七十年代江西農村的生活經驗，覺得這個情節不大可能，當時看太可怕太愚蠢，後來看則太浪漫太英雄主義）。在小說裏，藍臉之所以能夠一直單幹，是因為有個好幹部，莫區長很開明，說你單幹，我們合作化，誰收成好就聽誰的。這叫以生產達到革命目的，很像《創業史》的橋段。用今天的說法，就是用 GDP 來證明「中國式現代化」的優越性。這種政策當時還沒有發展為「寧要社會主義的草，不要資本主義的苗」。

莫言小說，不會只寫政治，更要裝神弄鬼，魔幻「惡搞」。在他筆下或者說是在驢的第一人稱敘事中，此驢英勇矯健，能戰惡狼，對異性多情，一度還成為縣長坐騎。「這是我驢生涯中最風光的一段時間……我之所以那樣得意，大概與我潛意識裏的『官本位』有關，驢，也敬畏當官的。」

只可惜好景不長，驢蹄陷入石縫，縣長也被摔傷，雖然有藍臉救護，此驢也成了廢物，最後在「大躍進」後的饑荒年代被饑民分食。

二、魔幻寫實：地主從驢轉世為牛

小說第一部是驢（西門鬧）的第一人稱，第二部轉為藍解放的敘事角度。他和一個叫藍千歲的人對話，中間還常常穿插着小屁孩莫言，像是遊戲之筆。藍解放說的是人話，但顯然不如第一部的鬼話那麼奇趣靈動了。

《驢折騰》從「土改」寫到「大躍進」。《牛犟勁》主要是寫六十年代，主要人物還是藍臉，倔強地堅持單幹，承受壓力。他在集市上看中了一頭小牛，說它的眼睛跟死去的黑驢一樣。

從早期的《透明的紅蘿蔔》開始，莫言就喜歡在大部分寫實的環境當中突然插入一兩筆魔幻細節，《生死疲勞》顛倒和發展了《透明的紅羅蔔》的技巧，魔幻成了結構框架，大部分細節卻是史詩般的寫實。

大哥金龍逼藍解放（藍臉的兒子）入社時，小牛（亡父）在藍解放旁邊旁觀沉默。金龍甚至鞭打小牛，「兒子打老子」，這是「五四」文學「弑父」主題的最新變奏。這時候只有藍臉（被剝削階級）在保護小牛（前主人）。

失去了第一人稱的敘事權，小牛在小說第二部裏比較沉默。勞動出色，堅持單幹，也反擊一些令人討厭的角色，總體上是目睹六十年代瘋狂發展的局勢，不響。

西門鬧長子金龍，聰明、英俊、能幹，也頗有女人緣，但出身不好（爸爸是被槍斃的地主）。繼父藍臉又是一個頑固的單幹戶，所以金龍後來必須靠自己的努力爭取表現。先是逼藍臉入社，後來組織鄉村紅衛兵，成為司令，一度將洪泰嶽、黃瞳等村幹部和「地、富、反、壞、右」押在一起批鬥，客觀效果上好像在替地主父親報仇。小說寫「文革」初的場面，雖是鄉村背景，但很有狂歡氣氛。藍解放說：「我哥聰明，能夠抓住問題的根本。『大叫驢』(縣裏的造反派頭目，姓常)只告訴他一句話：像當年鬥爭惡霸地主一樣鬥爭共產黨的幹部！」這話是一語道出了「土改」與「文革」在形式上的(注意只是形式上的)某種相通之處。

不過「西門牛」看到兒子在革命浪潮中批鬥當年殺他的民兵連長和村支書，等於在替父報仇，他卻沒有興奮。要他操心的家人的事情太多——女兒寶鳳對造反派頭頭常天紅單相思，秋香的女兒互助又愛上了表哥金龍，這不亂倫了嗎？少年藍解放居然對秋香阿姨有了生理反應，更糟糕。

不過這些倫理感情的故事都沒有詳細展開，比較重要的還是紅衛兵司令金龍，胸前掛的像章，不小心跌入廁所，使他一度也成了現行(像章怎麼能進入廁所)。而「西門牛」因為不聽合作社眾人命令，最後悲壯地倒在藍臉那一畝六分的單幹田裏。作家又給了財主西門鬧再次投胎做人的機會。

三、中國版「變形記」：豬的時代

《生死疲勞》第三部又回到了動物的第一人稱，筆調氣氛馬上歡快戲謔。之前驢是折騰，牛是倔強，這次變成豬，基調是求生存。投胎動物的性格特徵的演變，隱喻西門鬧從槍斃時的憤怒，到後來倔強抵抗，再到好死不如賴活。社會上「千萬不要忘記階級鬥爭」，可被打倒階級雖然「人還在，心不死」，但實際上已經缺了反抗的銳氣。豬圈很骯髒，很多糞尿等醜陋細節，在莫言的審醜美學中，豬還承接了八戒的樂觀主義精神作風。

此豬能夠上樹休息，能夠夜行探秘。此豬活在七十年代「史無前例」中期，所以一度好像人一樣癲狂，並無反差。豬在樹上觀看 1972 年的一個「大養其豬」現場會，許多豬被塗上了標語油彩，被稱為「射向帝修反的炮彈」。重做領導的金龍和互助，曾經在樹上「浪漫」，藍解放吃醋發瘋，金龍也受傷並失控。還有另一隻公豬叫刁小三，一直與西門豬做對。小說又插進了鄉村小孩莫言（後來成為作家）常常搗亂 —— 營造布萊希特效果。劇情一路發展到豬十六（西門鬧的投胎）與刁小三為了爭作公豬之王而決鬥。人世間和畜生間，到處荒誕。

場面太熱鬧太荒誕，戲劇效果反而不那麼強烈了。必須有一方面發生了真正嚴肅的事情，莫言的敘事角度才真正顯得魔幻（比如 1976 年 9 月 9 日）。魔幻現實主義的規律，整體背景越現實，個別細節才可能真地魔幻。「我們是地，毛主席是天啊～～毛主席一死，可就塌了天啦～～」對於莫言、畢飛宇這一代中國作家而言，1976 年 9 月 9 日是劃時代的一天。只有藍臉，一直堅持單幹的藍臉（西門鬧家裏的老長工）卻不哭了，說：「他死了，我還要活下去。地裏的穀子該割了。」但是再說幾句 —— 藍臉的眼睛裏慢慢地湧出淚水，他雙腿一彎，跪在地上，悲憤地說：「最愛毛主席的，其實是我，不是你們這些孫子！」

《平凡的世界》第一部詳細描述的兩個時代的轉捩點，被莫言概括成了這一句話。

長工傭農藍臉能夠幾十年堅持單幹，看似抵制「合作化」，其實卻反證「十七年」的政策底線：入社自願，退社自由。據莫言說，這是毛主席指示，不知有沒有史料根據。最初村幹部動員藍臉入社時，有段藍臉和洪泰嶽的對話很有意思：

> 「我跟人民公社是井水不犯河水。」
>
> 「可你走在人民公社的大街上。」洪泰嶽低手指指地，抬手指指天，冷冷地説，「可你還呼吸着人民公社的空氣，還照着人民公社的陽光。」
>
> 「沒有人民公社之前，這條大街就有，沒有人民公社之前，就有空氣和陽光。」

然後藍臉指指黑驢：「老黑，你大口喘氣，死勁踏地，讓陽光照着。」這是農民的底氣，也是莫言的底氣。

有人要閹西門豬，豬反抗時殺了人，畏罪潛逃，和另一隻小豬小花，一起進入了大運河，一路波濤洶湧、乘風破浪，後來在一個沙洲上和野豬戰鬥，並且當上了豬王。但桃花源日子五年一筆帶過。小豬十六重回西門屯。

五年後，小說裏毛澤東以後的農村變了 —— 有了電燈、電視、土地承包制，又可以單幹了，昔日的階級敵人都平反了，金龍等人從姓「藍」改為姓「西門」了，地主的姓也復活了。小說有一段寫一羣昔日的敵人（那些被排除在人民之外的公民），在西門家大院喝酒聚會，意味深長。

> 「地主、富農、偽保長、叛徒、反革命……」吳秋香指點着桌子周圍那些人，半玩笑半認真地説，「西門屯的壞蛋，差不多全齊了」……

其中有個叛徒伍元說：「今天是我們摘帽、恢復公民身份一週年……」他可能是缺乏法律常識，應該是恢復「人民」身份。之前即使被批鬥，其實應該還是公民，這個區別十分關鍵。因為在人數上人民略少於公民，少多少、怎麼少，就是不同階段階級鬥爭的關鍵了。但是人民又在數量上多於羣眾，多出來的就是幹部。這是另外一個重要問題，豬十六也不大清楚。

在西門家大院秋香酒館，前治保主任楊七，因為販竹子首批致富，這時候下跪求那些當年被他打罵的敵人原諒。老支書洪泰嶽看不下去，醉酒發怒：「你這個叛徒，你這個軟骨頭，你這個向階級敵人屈膝投降的敗類……」同時老支書也在罵酒館裏的其他人。這是階級鬥爭到了一個新時期的景象。

> 「反了你們！你們這些地主、富農、叛徒、特務、歷史反革命，你們這些無產階級的敵人，竟然也敢像人一樣，坐在這裏喝酒……」
>
> ……
>
> 「我告訴你們，我們共產黨，我們毛澤東的黨員，我們經歷了黨內無數次路線鬥爭的考驗，我們經過了階級鬥爭暴風驟雨鍛煉的共產黨人，布爾什維克，是不會屈服的，是永遠也不會屈服的！分田到户，甚麼分田到户，就是要讓廣大的貧下中農重吃二遍苦重遭二遍罪！……這是暫時的黑暗，這是暫時的寒冷……」

洪泰嶽從「土改」以來一直是鄉村幹部，現在想不通了。現任領導金龍趕到時，洪泰嶽還在發火：「西門金龍，我瞎了眼。我以為你生在紅旗下，長在紅旗下，是我們自己的人，但沒想到，你血管裏流淌的還是惡霸地主西門鬧的毒血……」「我不服！毛主席託夢給我了，說中央出了修正主義……」

洪書記的憤怒，如果用一種更正經、更嚴肅的態度表達，當時甚至今天還會贏得一些網上的流量。但是莫言的特點就是「嚴肅的荒誕」加「荒誕的嚴肅」。他筆鋒一轉，讓洪泰嶽去和西門白氏（西門原配妻子）睡覺，然後洪書記仍然罵對方是地主的老婆。這個情節有點太誇張，西門鬧死了近三十年，原配現在多大年紀？連西門豬都看不下去了，就咬了老支書的睪丸——公豬吃醋加階級報復。之後，西門豬就順河流逃亡。這就是豬十六為甚麼殺人並逃亡沙洲做豬王。後來人豬大戰，野豬們失敗了，西門豬還殺了幾個獵人報仇。最後又在河裏救了幾個小孩兒而淹死（被救的主要是西門家第三代的幾個孩子）。

情節儘管荒誕，用意卻很嚴肅。莫言用驢、牛、豬、狗這四種動物來觀照、象徵 1950 年到 2000 年的中國鄉村故事。「驢」對應「土改」、「大躍進」等五十年代農村現實。驢的命運也折騰，又鬥戰狼，又做官騎。沉默的「牛」，簡直就是單幹戶藍臉的象徵，牛活在「三年自然災害」時期。神奇「豬」最富荒誕色彩，最配合「文革」中的「搗糨糊」（搞混亂），也悲哭領袖，最後竟然還讓姦淫原配的老支書斷根。到了第四部，投胎為「狗」，當然是為了讓狗最貼近人們的家庭生活，因為新時期的社會矛盾已經從階級鬥爭轉向了重回家庭倫理與協調官民關係。

小說第四部是《生死疲勞》最精彩的一部，原因有四點：第一，敘事角度變化。第一部、第三部都是驢和豬的第一人稱，荒誕、靈動。第二部是藍解放敘事，平實客觀。第四部就是兩種第一人稱輪流出現，有時還形成對話。第二，狗終究比驢、牛、豬更接近人們的生活，擬人的口氣也更自然一點。神奇「狗」居然能分辨成千上萬不同氣味，在縣城裏成為狗會會長，通情達理地和藍臉互訴衷情。但不管怎麼樣，它還是比較像一條真實的狗，相對驢、牛、豬而言。

第三，前三部的主要矛盾線索，有時在動物與人之間，有時在人羣之間，善惡是非比較分明。比方說眾人逼藍臉入社，事後人們看到，藍臉堅持單幹才是勇敢的。當然還有「文革」中階級鬥爭激烈，歷史現在證明那是「擴大化」。但是在第四部的主要矛盾線索當中，藍解放不顧一切愛上了龐春苗。周圍所有人都反對副縣長離婚。一方面藍解放實際是新時代的藍臉，他所堅持的不管對錯，應該是他的權利（就像他爸爸當年堅持單幹）。但另一方面，誰都可以看到藍解放妻子的不幸、無辜，誰都能理解女人的憤怒反抗。藍解放愛上了小三兒。整個西門家族的幾乎所有人都反對這段婚外情。所以這也是新時代、新形勢下的階級鬥爭（或者說是階級鬥爭轉化為性別鬥爭）。藍解放跟他父親一樣頑固，他不懂得趨利避害。堅持自己的選擇，還是顧及公序良俗，在兩種幾乎同樣強大的道德邏輯衝突之中，第四部採取了兩個不同的第一人稱。看上去這是新時代最常見的小三上位鬧劇，其實後面也有新的權貴勢力。比如金龍和龐書記的姦情聯盟。「傳統的家庭倫理」與「官場的道德標準」關係密切，官場規律是「休了前妻廢前程」。當然，更重要因素還有老百姓的圍觀力量。

第四，小說最後，將藍臉堅持單幹的一畝六分地，變成了西門家的專屬墳場（驢、牛、豬都包括在內）。特別有意思的是黃瞳，這個槍斃西門鬧的民兵連長與地主三太太秋香死後，秋香可以葬在西門鬧墳邊，黃瞳卻要葬到村裏的公墓。這個細節叫人玩味：驢折騰、牛抗爭、豬混亂、狗學人這幾十年，最後回到西門鬧的墳地？

四、「西遊」的技巧，「水滸」的故事

當代是否也有「四大名著」？《白鹿原》寫的是政治力量逐鹿中原、歷史演義；《平凡的世界》《活着》寫鄉土道德、苦難俠義；《廢都》《長恨歌》《繁花》寫男女世情；《西遊記》式的神魔奇幻最少傳承，所以只好靠後來《三體》等科幻、網絡穿越了。

《生死疲勞》看上去也是鬼怪奇幻的長篇，但讀完以後，人們印象最深的似乎不是出生入死的主人公（稱主人公不大合適），而是它所見證的幾十年的農民生活史。主角的魔幻動物身份，只是貫穿這種階級鬥爭歷史的一條線索。《生死疲勞》其實在當代文學中用《西遊記》的魔幻技巧，寫出《水滸傳》般的鄉土故事，後面也有幾十年的歷史演義。

在神魔奇幻的四種動物眼裏，從「土改」到千禧年，地上、鄉間、城裏的人們至少也出現了四種類型。一是洪泰嶽等「土改」幹部，後來幾十年搞合作社，抓階級鬥爭，後來失去了鬥爭對象，有些茫然和癡迷。二是金龍為代表的「財主的兒女們」，出身不好，聰明能幹，緊跟形勢，逼父入社，帶頭造反，改革開放後又要建設紅色景區賺錢。同時又為地主血脈專修墳區，與時俱進。三是大部分的村民，基本隨大流，比較靈活，鬥爭時是積極分子，改革開放後爭取發財。第四類就是藍臉、藍解放，父親堅持單幹，兒子搞婚外情，共同點就是不顧利害，固執己見，堅持自己的「耕者有其田」或個性解放的信念。

讀者可以跟隨作家回望中國農村幾十年，設想一下自己會是哪一種人呢？或者也變成驢、牛、豬、狗，好像很被動，不斷承受厄運、災難。但也有調和緩解幾十年階級鬥爭的變化軌跡：從憤怒掙扎，到默默抵抗，再到混水摸魚，再到適者生存……《生死疲勞》的魔幻神奇故事，有意延續《西遊記》《聊齋志異》的筆法，但核心情節還是正視

農村生態與政治運動之間的複雜關係，正視農民與幹部的「血肉」關係，並在《水滸傳》式官民矛盾格局下貫穿歷史演義的時間表。這種幾十年中國農村史，既是對階級鬥爭擴大化歷史的誇張批判，也是想描述階級鬥爭如何從嚴峻激烈走入荒誕混亂，再轉向緩和變形的歷史變化過程。這是一種小說歷史，更是一種作家期望。

參考書目

陳曉明主編：《莫言研究》，北京：華夏出版社，2013 年。

張清華主編：《莫言研究年編》，北京：生活・讀書・新知三聯書店，2016 年。

楊守森、賀立華主編：《莫言研究三十年》，濟南：山東大學出版社，2013 年。

寧明編譯：《海外莫言研究》，濟南：山東大學出版社，2013 年。

張旭東、莫言：《我們時代的寫作 —— 對話〈酒國〉〈生死疲勞〉》，上海：上海文藝出版社，2013 年。

王德威、張旭東、張閎等：《說莫言》，上海：上海書店出版社，2013 年。

莫言、王堯：《莫言王堯對話錄》，蘇州：蘇州大學出版社，2003 年。

莫言：《莫言對話新錄》，北京：文化藝術出版社，2010 年。

莫言：《小說在寫我 —— 莫言演講集》，台北：麥田出版，2004 年。

1 莫言：《生死疲勞》，北京：作家出版社，2006 年。以下小說引文同。

2 張煒：《在〈古船〉研討會上的發言》（濟南，1986 年 10 月），引自《古船》，武漢：長江文藝出版社，2017 年，頁 336-337。

2007

麥家《風聲》

新世紀「革命歷史小說」

「三紅一創」等革命歷史小說是五十年代文學的主流，也代表了「十七年」文學的主要成績。八十年代以後，怎樣繼續繼承、發揚革命歷史小說的文學傳統？成為新時代乃至新世紀文學的一個任務和考驗。

八十年代中期，有強化土匪革命作用，歌頌鄉土俠義精神的《紅高粱》，對「千古文人俠客夢」的「向下超越」，一度救活了革命歷史題材。到了新世紀，強調偵探推理的麥家的小說，比如《風聲》，也是革命歷史小說的「與時俱進」。不僅比五十年代的革命歷史小說，有從形式入手的內容發展，而且比之後來某些「先鋒派」主旋律，也更忠於藝術。

《風聲》有三個敘事和意義層次，同一個故事寫了三遍。先是偵探推理遊戲，歌頌共產黨地下工作者犧牲；其次是歷史人物採訪，國府間諜敘說不同版本；最後還有貌似客觀的文化背景考證，甚至包括日方當事人行為的合理（或更不合理）性。有人說「歷史是勝利者的清單」[1]，《風聲》這些互相矛盾的多聲調，既是在強調歷史敘述之不可靠，甚至也懷疑歷史中誰是真正的勝利者？

偵探推理小說從來都不是中國現代小說的強項，陳平原在他的《二十世紀中國小說史》中就注意到：

晚清小說界不斷有人強調應該重點輸入政治小說、偵探小說和科學小說，不單因這三者為中國所缺乏，更因這三者乃「小說全體之關鍵」，(《小說叢話》中定一語，《新小說》15 號，1905 年。) 故迪斯累里、凡爾納和柯南道爾等通俗小說家便自然成了最偉大的西方小說家。

外國小說的翻譯，在晚清時期和民國初，較多偵察小說、政治小說。「五四」以後則轉以托爾斯泰、莫泊桑、屠格涅夫、契訶夫、泰戈爾為主，影響了幾代人的文學價值觀。晚清《老殘遊記》裏還有文人「俠客」路見不平，協助 / 挑戰官員破案，這類情節在二十世紀二十年代以後的現代文學當中基本消失。公案俠義傳統幾十年後被金庸等武俠小說繼承，但重點在俠義忠勇，不在破案過程。在《紅岩》等作品當中，「特務」是反派專有名詞，其實本來 Special Agent（特工）是中性詞，歷史上較早的特工組織之一是 1927 年成立的由周恩來主持的中央軍事部特務工作科（簡稱「中共特科」）。到了五十年代的革命歷史小說裏，為了中小學教育方便，「特務」只有貶義。「紅色小說」裏其實也有諜戰、地下工作、叛變、囚禁等情節，但重點在區別忠奸、強調信仰，而不是懸念推理的過程。

懸念推理恰恰是麥家的貢獻。王安憶對《風聲》有個評論：「在盡可能小的範圍內，將條件盡可能簡化，壓縮成抽象的邏輯，但並不因此而損失事物的生動性，因此邏輯自有其形象感，就看你如何認識和呈現。麥家正向着目標一步一步走近 —— 這是一條狹路，也是被他自己限制的，但正因為狹，於是直向縱深處，就像刀鋒。」[2]

麥家承認《風聲》的殼兒 —— 故事，是一個密室逃生遊戲。任何時代的讀者都喜歡遊戲、娛樂，小說天生有娛樂性。畫地為牢，銬上手鏈腳銬，然後施出詭計，金蟬脫殼。麥家又說：我是理工男，設計、推理、邏輯這一套我擅長，不擔心，只是不滿足於遊戲。我要裝進去思想，對人道發問，對歷史發聲。

一、反派視角的「密室遊戲」

「盡可能小的範圍」就是有五個汪偽中級官員 —— 吳志國、金生火、李甯玉、顧小夢、白小年，五人當中有一個是地下黨「老鬼」。「條件盡可能簡化」，五個人被關進了一棟裘莊小樓接受嚴密監視，背靠背互相指證揭發。時間只有五天，已經知道五天以後，周恩來的代表「老 K」會來杭州開會，日本人方面想看五個人當中誰會和外界聯絡。審查官是精通中國文化的日本人龍川肥原。另外還有特務處長王田香、偽軍司令張一挺等，但這幾人一度也都在嫌疑人的範圍裏。

《風聲》第一部貌似全知角度，其實主要是日本人肥原的視角。從審問者角度來思考整個案件的來龍去脈。在這裏，「多年以後」的那種提前告知結局的方法是不能用了。泄露結局要打亂敘事節奏。有幾段「老鬼」視角的心理分析，寫的是「他 / 她」，標點符號保持情節上的懸念。

小說第一部對反派角色沒有臉譜化。和在五、六十年代或更晚近的「主旋律」作品以政治色彩劃分人物形象相比，《風聲》是「紅色小說」的新發展。

開始階段的密室遊戲，背靠背議論另外四個人，就是要每個人來選一個懷疑對象。關押五個人，原因是已泄露的南京密電，曾經過這五個人之手。而譯電科長李甯玉說她向大隊長吳志國彙報過，吳則否認。於是案情第一個關鍵，是吳、李兩人誰在撒謊？這時老鬼又送了一次情報，中途被發現。送信人是收垃圾的「老鱉」，被跟蹤。接信人是裘莊原來的主人前司令的二太太，也被發現。到此為止，看上去日方掌握主動。肥原還佈置了一些假像，讓外面人以為那五個人都在忙緊急公務。同時他要秘書同每個人單獨談，談話的內容是：「『自首也好，檢舉也好，每個人都要給我說出一個老鬼。』……關鍵不是說甚麼，而是要說，要有態度，要人人開口，人人過關。」[3]

吳志國罵李甯玉陷害他，說李是「老鬼」。金生火長得豬相，無知、無助、無措，一定要選，他就說顧小夢有後台，常常罵人，因此可疑。李甯玉不回答，也不肯定是吳，但她以前救過張司令，這個有點像胡傳魁、阿慶嫂的情節。顧小夢的父親是富商、汪精衛身邊的紅人，所以大罵關押她的人，也不指認是誰。小說讀者，到這裏為止，真地不知道誰是老鬼。

看電影跟讀小說不同，電影裏有形象暗示，大明星通常不會是壞人，而小說可以不顯露傾向，延續懸念。接着還是一堆混亂的情節，顧小夢要打電話給簡先生，簡先生又是一個書生背景；宴會上李甯玉和吳志國幾乎打起來；既然截獲了「老鬼」外送的字條，那就可以驗筆記，要吳、金、李、顧等每人寫封家信，結果發現筆記是吳志國的，但無論怎麼審訊，包括嚴刑逼供，血流滿面，吳大隊長還是不承認。

肥原、王田香等日偽高層設下各種圈套。可讀者也許會想：狼心狗肺的敵人為甚麼不把五個人都當共黨處理呢？何必費這麼多心思來偵探推理？不是說寧可錯殺一千，也不放過一個？現在最多也就錯殺四個。肥原還讓通信的「老鱉」在五人面前露面，以觀反應，最後是沒甚麼反應。肥原最初解除的就是對顧小夢的懷疑，因為他懷疑顧對李甯玉有點「單性戀」（這也是一個新名詞，單向的同性戀？）吳志國堅決不認罪，反指責李甯玉練過他的字，使得肥原多了一個心眼。肥原讓吳寫血書詐死，來測驗李甯玉。李又是辯駁，又是生病，仍然還是謎團。

偽軍張司令、特務處王田香都傾向於認為吳是老鬼，部分原因是他們怕有偽軍兵權的吳志國脫了罪，日後會報復。日本人肥原則對諜報處長李甯玉更多懷疑。按照一般電影工業的規律，這個階段最少露面出鏡的人物，通常最有可能是主犯。同時寫「主旋律」也有潛規則，有些事情地下黨是不可以做的，比如說要吳志國槍斃二太太（年輕女地下黨），吳志國毫不猶豫連開三槍。讀者這時知道，此人應該不是老鬼。肥原沒有要每個人都這麼做測驗，否則早破案了。當然這些只是電影工業和主旋律文學的一般規則，真實歷史上的特工案可能更複雜血腥，麥家之後會討論。

肥原讓王田香將吳志國血書給眾人看時，他做了各種可能性的排列組合，最後把自己給轉暈了，甚至還懷疑張司令跟秘書。一旦有懷疑，就越看越像。那邊廂李甯玉卻還在悠然畫畫。最後一天，張司令、肥原把所有相關人士一起叫來開會，假裝死了的吳志國也「復活」。吳和李甯玉忍不住打起來。晚上又安排士兵假裝劫獄救老鬼，卻演技太差收不到效果。不過逼迫之下，李甯玉當着張司令的面，竟和肥原起了肢體衝突，撞牆未死，但第二天吃毒藥死了。如果作家想把劇情編排得盡可能複雜，他是有些成功了。

李甯玉留下了三份遺言，一是向尊敬的張司令含冤哭訴，二是對肥原的控告——「我被你逼死」，三是給自己的丈夫，說她是因公殉職，還作畫一幅留給孩子。

從昨天李甯玉卡住他喉嚨那時候起，肥原對她的疑慮已經所剩無幾，那種瘋狂，那種憤怒，那種絕望，就是她受冤屈的證據，等看到她嘭的一聲撞在牆上時，他覺得自己都開始有點憐憫她了。換言之，李甯玉一頭撞牆赴死的壯舉，讓肥原終於相信她是無辜的。

所以檢查遺體、遺物後，就叫張司令派來的人處理屍體。死一個人，好像死了一隻狗，肥原也覺得沒甚麼好惋惜的，可是老鬼還是沒找到。吳志國也是打死都不認，沒辦法，所以就等晚上抓人。可是當晚沒抓到人，「老K」「老虎」「老鬼」都沒有，開會的地方沒有人。換言之，情報是送出去了，地下黨逃離了危險。

二、故事的背後「真實」

小說寫到這裏就是上部「東風」。全書三百四十九頁，到這裏才一百七十五頁，剛剛過半。緊接着是上部的後記，「作家」直接登場，告訴讀者，這個故事是一個潘教授告訴他的，潘教授的父親「老天」，就是李甯玉的丈夫，其實是假扮夫妻，本是兄妹。

看上去「作家」登場是後設小說（元小說）設定，交待寫作過程，其實仍是情節延伸，是敍述圈套，「作家」當然也是一個人物。

原來當時李甯玉等人被軟禁在莊園裏，外面的人不知情況，二太太被抓，上級「老虎」也沒重視，「老鱉」暴露了也沒覺察，進去和李甯玉等見面，因別了白帽鋼筆，將「不要接近我」，誤讀成「無事」。直到李的屍體運出才知道出事了，最後是在遺言所提的那幅畫中找到了摩斯密碼，才知道李以生命代價發出了警告——「速報，務必取消羣英會！」這樣周恩來的代表等地下黨組織才躲過一劫。

寫到這裏，新世紀的「紅岩」誕生了，一個女烈士捨命傳情報，在匪穴裏孤身奮戰。自作聰明要和共產黨鬥智的肥原君，最後被上司批評「錯殺小錯，遺患大錯」。早知如此，何必五選一呢，全封閉不就完了嗎？張司令、金生火等涉案偵緝人員後來全部失蹤，很可能是作為遺患被日方處理了。甚至肥原後來也在西湖被人暗殺，惡有惡報。

可是到此為止，精彩、緊張、弔詭、充滿懸念的《風聲》，讀者還只是讀了一半，後一半還是要講這同一個故事。

《風聲》的上部「東風」，是以偵探推理方式寫成的革命歷史小說。下部「西風」，是以歷史考證的形式，解構的是同一個革命歷史故事。更準確地說，下部是「作家」採訪故事中的當事人，來質疑、修改和補充上部的推理過程和偵探結論。

也是小說人物的「作家」，煞有介事到台灣去訪問老太太顧小夢——小說中的五個人物之一。下部小說，貌似真實的記錄，還有錄音文字稿。如果說上部是共產黨角度的故事，下部則展示國民黨視角的歷史。

一部偵探推理小說能否成功，不僅要情節緊張、充滿懸念、謎團重重，令人摸不到頭腦。還要讓讀者看完整個故事，回想全部曲折情節時，覺得合乎情理，能夠自圓其說，沒有明顯的大的漏洞。

但是，由潘教授提供謎底的上部故事，在情節上有幾個特別值得推敲和疑問的地方——李甯玉一直十分冷靜應對各種測試盤問，為甚麼後來突然發瘋，挑起跟肥原的肢體衝突以至於撞牆，最後還要服毒自殺？假如李甯玉覺得非得她死，才能把她的屍體以及包括摩斯密碼的畫作傳出去，那麼密室審訊的最後階段，馬上敵人就要去圍捕「老K」等地下黨的羣英會了，怎麼能確定他們還有時間來處理遺體和遺物？怎麼能確定情報，會因為李甯玉的犧牲而及時傳出呢？如果這一切都不能確定，那「老鬼」一死，不就等於在最後關鍵時刻，放棄了任何其他傳遞情報的可能性了嗎？

麥家知道讀者會有這樣的疑惑，所以小說中交代（虛構）下部他的書稿寫好，書名叫《密碼》，卻過不了審，因為其中一個當事人顧小夢說不能出，誰出就跟誰上法庭。顧小夢有個兒子是全國政協委員（也是小說情節），是大港商 x 先生，說話有分量（誰是歷史的勝利者？）顧小夢現住台灣，小說裏的「作家」便趕去了台灣。莫言《紅高粱》也用過後設小說技巧，讓余占鰲的孫子去文化館查縣誌尋根祭祖。麥家卻把「偽後設」編進故事情節。同一個故事有了紅藍兩個版本，互相補充。真相好像是更加清楚，說不定也更加模糊。

三、一個故事的兩個版本

顧小夢當然老了，相貌、態度等都是閒筆，問題倒是尖銳，幾乎和讀者讀完上部的疑問一樣。

> 你想過沒有，當時那種情況下，肥原可能把李甯玉的屍體送出去嗎？他為了抓老鬼可以把我們幾個大活人都關起來，憑甚麼對一具屍體大發慈悲？就算李甯玉通過以死作證，讓肥原相信她不是老鬼，那種情況下也不可能把屍體送出去。為甚麼？沒時間！晚上就要去抓人，誰有心思來管這事？

是啊！李甯玉以死向日本人證明自己清白，意義到底何在？肥原他們這天這麼忙，還有時間來檢查屍體？後來證實涉及此案的人大多失蹤，怎麼可能對一個自殺者特別關照呢？

顧小夢代表讀者對《風聲》上部情節懸念的關鍵性質疑，當然也是麥家設計的一個新的懸念。有評論說：「《風聲》是一部有是非觀、價值觀和歷史觀的小說。它在險象環生命懸一線的情節中，表達了一個革命者的莊重情操，維護或捍衛了文學的最高正義。」[4] 這個評論可以適用於從《紅岩》到《千里江山圖》等絕大部分主旋律諜戰小說，但在麥家筆下，現在小說裏的另一個藍色的革命者卻對紅色女烈士的莊重情操提出了疑問，事關重大，非同小可。

據顧小夢說，她是國民黨軍統的人，1939 年青浦警校畢業。她的父親用戴笠的錢，買了架飛機送給汪精衛，名義上成了汪政府紅人，其實是為軍統工作。年輕的小夢也自告奮勇作女間諜，先到美國受訓，再到上海警局，後到杭州的華東剿匪總部。然後故事就發生了。顧家父女的漢奸惡名，直到五十年代，才經當時的中華民國駐美大使館武官證明而平反 —— 這還是小說情節，如與穆時英、劉吶鷗、潘漢年等人的情況有些相似，「純屬偶然」。

日、蔣、汪、共四方矛盾，是二十世紀中國偵探小說的黃金題材區，任何一方都和另外三方有或明或暗的角力。細看李安電影《色，戒》中易先生最後處決王佳芝等未遂的刺客，不僅是因為「心硬」，也因為身邊秘書等勢力的某種監視。日、汪之間的矛盾，在《風聲》上部已有很多顯露，國、共之間的分歧，則在下部逐漸展開。就連紅彤彤的樣板戲年代，最微妙的鬥智橋段，也發生在春來茶館，在日、蔣、汪、共四角關係之中。「來的都是客，全憑嘴一張。相逢開口笑，過後不思量。人一走，茶就涼……」（《沙家浜・智鬥》選段）

顧小夢和李甯玉原是剿匪總隊譯電科同事，顧回憶說李甯玉嚴肅、冷淡，兩人關係不壞，除性格外，各有自己的組織任務 —— 顧小夢是軍統，李甯玉是共產黨。顧小夢為工作和文藝青年簡先生假戀愛，也把李當作閨蜜護身。顧的父親從常理推斷，懷疑李是共產黨，兩人進了裘莊被監視以後，顧小夢證實了父親的猜測。證據是她發現李甯玉偽造筆記，存心設計陷害吳志國，轉移鬥爭大方向。顧小夢當時有些同情李，畢竟國、共都抗日，而且二人都是女生，但她也不敢指控吳和金，於是就裝糊塗。私下她想幫李甯玉，不料李憤怒否認，繼續演戲，她還是想靠驗筆記脱身，另外也注意到周圍都是竊聽。這個階段整個焦點都在吳大隊長受刑，他是土匪出身的偽軍，殺過很多國民黨，所以大家都恨吳。土匪出身，又是日、蔣、汪、共之外的第五個因素。

一個轉捩點是藥殼 —— 李甯玉藉口胃病，路上丟了兩個藥殼，是丟給「老鱉」的信號。但這次信號傳遞失敗了，李甯玉別鋼筆的信號又被「老鱉」誤解了。李第二次丟藥殼的時候，被顧小夢看見了。顧撿了這些藥殼，打開發現了「老鬼」寫的情報 —— 通知取消羣英會。更讓顧小夢震驚的是，這次情報模仿的是她自己的筆記，也就是說李在繼續傳情報，萬一不成就嫁禍於無辜姐妹顧小夢。

於是這個故事反轉了，第二部比第一部升級了。說小處，這是兩個女人之間的互相利用，主要是李利用顧，閨蜜之間的感情背叛；說大處，這是國共之間在對日作戰時的互相利用，按照顧小夢的回憶，她要幫李，李卻陷害她。

李當時有些懷疑顧家的假漢奸背景，後來才確認是軍統的人，所以用假筆記陷害顧小夢，從政治上講不是完全沒有可能，而且為了自保，傷害的是漢奸或者軍統的人有何不可？但是從感情上講，她當時清楚顧小夢是無辜的，還和顧姐妹相稱。一段台詞這樣說：「看在咱們姐妹一場的分上，原諒我一次吧……你不原諒我我只有死路一條，你忍心讓我死嗎？……我死了兩個孩子都成孤兒了，他們都很喜歡你，整天在我面前嚷着要見顧阿姨顧阿姨……小夢，李姐我對不起你，我是沒辦法……可憐我兩個孩子，你就原諒我一次吧……」

這是在顧小夢揭穿了李甯玉藥殼裏邊的模仿她筆記傳情報，李求顧——「她哭着，說着，淚流滿面，聲淚俱下，懇求顧小夢原諒」——必須說明，這一切是顧小夢幾十年以後的回憶，也是一面之詞，僅作參考。

假如這是真的，也說明李甯玉作為革命戰士，身處絕境不擇手段。她還騙小夢說簡先生是共產黨人，其實小夢也只是假戀愛，根本不在乎簡是哪一種同志。李甯玉還有一招就是威脅去告發顧小夢父親的身份，曾經買飛機成為汪精衛身邊的要員。在汪精衛身邊有軍統背景的要員，這個情報比「老鬼」更有價值了。也不清楚是淚求，還是欺騙，是要脅，還是妥協，總之顧和李當時協議，既不告她，也不幫她——這倒也是抗日戰爭時期國共關係的某種象徵。

比起誰是「老鬼」，怎樣送情報，周恩來專員有沒有出事等懸念，上面這一段顧李關係（國共關係）才是麥家新時期革命歷史小說的真正突破。突破的關鍵就在於冒着風險送情報，為甚麼要模仿顧小夢的筆記。從職業道德看，對特工來說，甚麼「姐妹」「閨蜜」「人情關係」都是工具。從倫理道德看，目的正當可以不擇手段。從政治道德看，地下黨抗日可以犧牲軍統，或者反過來軍統抗日，也同樣會損害共產黨。

顧小夢撿了藥殼，等於也破壞了李甯玉的第二次情報傳遞。吳志國詐死，肥原又重點懷疑李。這時李甯玉還要提防顧小夢萬一去告發，可以說周圍都是困境。兩個女人在一間房，半夜李拆下竊聽器，和小夢講述自己的家事，希望曉之以理，動之以情。原來李甯玉的背景也十分複雜，出生於湖南地主家庭，兄長北伐時秘密加入共產黨，後來刑場被救大難不死（這就是後來潘教授的父親）。李的丈夫在1937 年淞滬會戰陣亡。跟江姐一樣，喪夫的女子革命更堅定。李甯玉用她自己的故事感動小夢，同時又威脅如不幫她就去告發顧家身份。「啊，這個李甯玉啊，是天使，也是魔鬼，她一切都是精心策劃好的，治理我真是一套一套的，我根本玩不過她——」這是後來顧小夢老太太到了台灣後的回憶。

經過很多曲折情節，反覆折騰，終於顧小夢最後還是放出藥殼，幫了李的忙，成了她的同黨。但是收垃圾的「老鱉」那天卻沒來。（因為鋼筆信號的誤解）。國共好不容易的一次聯合行動沒有成功，李甯玉心急如焚，才想到畫畫這個絕招。此時她已下定自殺的決心，也預想死後屍體和遺物未必能及時送出，所以安排顧小夢在她死後向肥原告發畫的秘密，取得肥原對小夢的信任，同時也證實了「老鬼」就是李，最後就讓顧出去，傳遞情報。

小說裏接顧小夢的回憶，後來劇情竟然都按照李的遺囑發展，李死後顧向日本人告發畫裏面藏密碼，肥原因此相信顧小夢，王田香開車送她離開，顧及時傳遞情報，也就是說國共聯合行動成功了，周恩來特使安全了。

所以並不是李甯玉犧牲自己，用遺體和畫傳遞了情報，而是顧小夢接替李甯玉傳遞了情報。這個國共合作情節，比上部潘先生版本更加牽強。這麼嚴密的一次隔離審查、密室遊戲，真地以兒戲方式結束？有點不像麥家的風格。

但是重點已經突出了，就是整個故事有國、共兩個版本，區別是上部共產黨女烈士犧牲生命傳遞情報成功，下部國民黨軍統幫助共產黨烈士傳遞情報成功。偵探推理小說的特點是：目的並不重要，過程就是一切。過程中的關鍵點，就是地下黨李甯玉有沒有，或者是不是，既陷害又說服、既提防又利用國民黨顧小夢。

四、文化尋根：歷史是否有真相？

有意思的是《風聲》在上部「東風」，下部「西風」以外，還有外部「靜風」。潘先生的女烈士故事和顧小夢的台灣版本，居然並沒有嚴重衝突，原因之一是你中有我，我中有你。潘教授就是潘先生和顧小夢的兒子，國、共在中日戰爭中的關係剪不斷理還亂。

小說挖掘裘莊歷史，土匪出身的舊莊主的三兒子，後來成了杭州地下黨領袖（土匪、富豪、官員、俠客的界限本來就不分明）。而且《風聲》中幾乎所有的婚姻都是特工掩護（並不簡單劃分好的特工與壞的特務）。

1947 年潘先生 —— 李甯玉名義上的丈夫，棄共投國，娶顧小夢是為了打進國民黨高層。大管家的年輕女兒做了前司令二太太（後來被吳大隊長三槍打死），也是地下黨領導一手安排。顧小夢曾經和簡先生戀愛也是特殊任務。《風聲》中似乎只有日本人肥原，真地喜歡他死在西湖裏的夫人。而這個裘莊的歷史也很邪門，入住的都是有權勢者，卻都被暗殺。傳說的財寶，始終沒有找到。肥原把五個人隔離審查時，其實是日、蔣、汪、共四種力量在角力，每一種力量都在對付其他三種。這麼多男人鬧哄哄，最後的關鍵戲碼卻在兩個女人身上。

小說最後部分，還洋洋灑灑地敘述日本人肥原的歷史，如何喜歡中國文化到為右派參戰，據說還因為他的建議，日軍才沒有轟炸西湖。

總體來說，上部是從敵人推理角度寫女烈士地下鬥爭，下部以當事人回憶，解構同一個革命故事，外部「靜風」則是企圖從文化尋根的後設敘事，懷疑國共歷史是否有真相，或者真相出乎想像地複雜。於是黑白分明的《紅岩》變成了錯綜複雜的《白鹿原》。不過有些影視和評論，關心的只是一個遊戲推理版的《紅岩》故事，並沒有注意作家想裝入第二、三部分的思想和歷史。

我去過深圳南山書城，看到了麥家專櫃，還有余秋雨專櫃，但並沒有魯迅和張愛玲專櫃。

參考書目／文章

陳平原：《二十世紀中國小説史‧第一卷（1897-1916）》，北京：北京大學出版社，1989年。

麥家：《非虛構的我》，廣州：花城出版社，2013年。

麥家：《麥加自選集》，海口：海南出版社，2008年。

王迅：《極限敘事與黑暗寫作 —— 麥家小說論》，北京：作家出版社，2015年。

戴錦華：《猶在鏡中 —— 戴錦華訪談錄》，北京：知識出版社，1999年。

謝有順：《〈風聲〉與中國當代小說的可能性》，《文藝爭鳴》2008年第2期。

李秀金：《歷史消費中的精神救贖 ——〈風聲〉及麥家的意義》，《當代文壇》2008年第3期。

何平：《麥家小說在當代中國文學中的意義》，《文藝報》2012年11月9日。

姜寬平、麥家：《寫作的清醒 敘事的智慧 —— 麥家訪談》，《文學港》2009年第2期。

閻晶明：《間諜小說的嚴肅歷史意義 —— 評麥家新作〈風聲〉》，《文學報》2007年12月13日。

孟繁華：《疲憊的書寫 堅韌的敘事 —— 2008年長篇小說現場》，《小說評論》2009年第1期。

---

1 戴錦華：《猶在鏡中 —— 戴錦華訪談錄》，北京：知識出版社，1999年，頁6。

2 陳平原：《二十世紀中國小說史‧第一卷（1897-1916）》，北京：北京大學出版社，1989年，頁56。

3 麥家：《麥家自選集》，海口：海南出版社，2008年，封底。

4 麥家：《風聲》，首次發表於《人民文學》2007年第10期；海口：南海出版公司，2007年。以下小說引文同。

5 孟繁華：《疲憊的書寫 堅韌的敘事 —— 2008年長篇小說現場》，《小說評論》2009年第1期，頁23。

蘇童《河岸》
「紅色血統」的罪與罰

一、最年輕的八十年代作家

童忠貴，蘇州人，筆名蘇童。1963 年出生，比余華小三歲，大畢飛宇一歲。感覺上蘇童好像屬於余華、莫言、王安憶等八十年代的作家羣，因為他出名早。1987 年就發表了小說《1934 年的逃亡》，當時作家才二十四歲，正值尋根文學、先鋒文學興起之時。代表作《妻妾成羣》，1989 年發表，當時作家二十六歲。小說因為被張藝謀改編成電影《大紅燈籠高高掛》而廣為人知，曾獲奧斯卡金像獎最佳外語片提名。小說也被列入了《亞洲週刊》「二十世紀中文小說一百強」名單。

本來應該在《二十世紀中國小說》裏讀《妻妾成羣》，因為篇幅關係，把蘇童留到了二十一世紀。他在新世紀的小說代表作是《河岸》，但是讀蘇童，不能忽視他的《妻妾成羣》。

蘇童會編故事。相比之下莫言、張承志、韓少功、賈平凹、阿城等作家，必須要把自己的（通常是在鄉土的）血肉磨難寫進小說。余華和蘇童則比較接近職業作家，可以寫看上去跟自身經歷好像不相關的題材，進行多方位的風格文體探索。除了《妻妾成羣》以外，蘇童還寫過《武則天》《我的帝王生涯》《碧奴》等等。在「第一屆中國作家富豪榜」上，蘇童以九百萬版稅，名列第四（我也不知道這資料是否確切）。

《妻妾成羣》英文翻譯成「Wives and Concubines」，是非常吸引男人眼球和引發女人憤怒的題目。尤其是後來又透過張藝謀的電影語言，頗滿足世人的東方主義想像。在陳忠實、莫言、賈平凹，甚至張賢亮筆下，女人再重要，也不過是男人世界的一部分。《妻妾成羣》倒過來，構築了一個女人世界，裏邊的男人只是單薄的符號。所有抒情敍事皆從四太太頌蓮的角度出發，主要情節也是女人之間的爭鬥、性慾、出軌，或者幻想反抗。先鋒文學熱潮時，蘇童小說卻雅俗共賞，既延續「鴛鴦蝴蝶」一男多女的傳統，又有實驗文筆痕跡 —— 緊要關頭會有大段的無標題文字；大家庭的背景有《雷雨》《北京人》或者《家》這種「五四」文學的格局，具體的細節卻又開拓了後來「宮鬥劇」的大眾趣味。中文系科班創作，能融合多種傳統資源。和經典世情小說如《金瓶梅》比較，《妻妾成羣》當然太多文藝抒情，太少世俗細節，但以女人爭鬥寫性與權力的關係，卻有相通之處。看似床戲、爭風吃醋，實則政治權術、性別鬥爭。八十年代這類故事還少，所以比較引人注目。

另外，《妻妾成羣》有意無意地向張愛玲傳統學習「致敬」，也是八十年代小說和現代文學經典的一次對話。最主要的考證可以有兩點，一是主僕矛盾，二是亂倫偷情。

二、主僕矛盾：用勢利眼光「歡迎」女學生

《妻妾成羣》開篇寫大一女生頌蓮，以陳佐千新娶四太太的身份進入富商大院。場景氣氛令人聯想到小說《沉香屑・第一爐香》——上海女生到香港富商太太的豪宅去尋求庇護幫助。身份不同，處境相

似。女生一進豪宅，首先面對僕人勢利目光，由僕人的眼睛來「歡迎」女學生進入腐敗的豪宅大院。

《第一爐香》裏兩個丫鬟——睇睇和睨兒，認定來訪的葛薇龍「是少奶娘家的人……想必是打秋風的」，所以中間曾經有隻木拖鞋「打中薇龍的膝蓋，痛得薇龍彎了腰直揉腿……薇龍不由得生氣，再一想：『閻王好見，小鬼難當。』」，就忍下了「求人的苦處」。[1]

《妻妾成羣》一開始也是僕人們看見「一個滿臉塵土疲憊不堪的女學生。那一年頌蓮留着齊耳的短髮……她抬起胳膊擦着臉上的汗，僕人們注意到她擦汗不是用手帕而是用衣袖，這一點給他們留下了深刻的印象。」[2] 這個「留下了深刻的印象」就是當代文藝腔和舊白話「張腔」的分別了。

接下來頌蓮洗臉，女傭們猜測這是哪一個窮親戚，主僕衝突開場。年輕的頌蓮，當然因為她是四太太，所以態度比葛薇龍囂張。對雁兒（女僕）說：「你傻笑甚麼，還不去把水潑掉？」「雁兒仍然笑着，『你是誰呀，這麼厲害？』」「我是誰？你們遲早要知道的。」

在《第一爐香》裏，睇睇和未來的男主人喬琪喬關係曖昧，後來就被吃醋的姑媽給炒了，臨走時邊哭邊嚼花生米。雁兒也是常常被陳老爺上下其手，所以自以為地位特殊，後來又在陰險的二太太卓雲指使或協助下，用假人針刺詛咒四太太。所以頌蓮入宅首先要對付下人，其次才是三個太太，最後面對男主人，一度還以為可以依靠男主人的寵幸。

《妻妾成羣》中女主人和女僕的矛盾後來一直沒有緩和，反而一步步激化。頌蓮覺得雁兒一直在窺伺監視她，甚至在馬桶廁紙上畫像詛咒她。頌蓮的懲罰也很厲害，「一公一私」兩個方法讓她挑——「公」是告發給大太太，想來有家法處置。「私」是雁兒要將骯髒的廁紙吃下去。蘇童設計的情節非常狗血，是一種極端的侮辱。雁兒無奈接受「私了」，不想後來就得了傷寒，送醫後不治。

相比張愛玲的小說，《妻妾成羣》的階級矛盾更加激化。這是當代小說對現代文學的發展，但是核心還是刻畫主人公被人欺負，也欺負別人，就像七巧一樣，或者學阿 Q 的榜樣，這是現代文學到當代文學的一種延續。

《妻妾成羣》不僅開局似《第一爐香》—— 女學生入豪宅，女人宮鬥戲夾帶主僕矛盾。甚至有些細節、筆法上也在模仿。比方《第一爐香》姑媽出場，冷淡盤問前來求助的姪女，手裏擺弄一把芭蕉扇。好一會兒薇龍才發現她是透過芭蕉扇的細縫觀察自己，看有沒有可發展的價值和潛力。同樣場景也在《妻妾成羣》裏出現，頌蓮覺得三太太梅珊有點神秘。「頌蓮站在窗前停留了一會兒，忽然忍不住心裏偷窺的慾望，她屏住氣輕輕掀開窗簾，這一掀差點把頌蓮嚇得靈魂出竅，窗簾後面的梅珊也在看她，目光相撞，只是剎那間的事情，頌蓮便倉惶地逃走了。」（都是女人之間眼對眼）

三、大家庭中的亂倫偷情

除了主僕矛盾，《妻妾成羣》寫大家庭亂倫，也頗有「張腔」遺風。

大太太吃齋念佛，主持家政。二太太表面和善，實則陰險。三太太唱戲出身，浪漫大膽。四太太怎麼融入這種「民國金瓶梅」的格局呢？和薇龍、七巧一樣，頌蓮也是清醒地步入腐朽的豪門。雖然家境所迫，她也有過選擇。「讓她在做工和嫁人兩條路上選擇時，她淡然地回答說，當然嫁人。繼母又問，你想嫁個一般人家還是有錢人家？頌蓮說，當然有錢人家……」至於名份，她說：「名份是甚麼？名份是我這樣人考慮的嗎？」和王安憶的《長恨歌》一樣，王琦瑤棄程先生而隨李主任，一點也不猶豫。當代小說想像女人情色的功利動機，甚至比現代文學更加堅定。

嫁入豪門，頌蓮卻很快浪費了她的後來者優勢，畢竟學生腔、年輕人撒嬌，並不見容於傳統的大家庭。頌蓮在陳老爺生日宴會上當眾親吻男主人，蘇童設計這個場面的確尷尬。一度大房、三房、四房都討厭二太太卓雲，但這場迷你宮鬥劇最後還是以梅珊被卓雲捉姦而翻盤。

頌蓮早知梅珊出軌，打牌時曾見過三太太與男醫生四腿在桌下糾纏，頌蓮沒有告發，就此三太太、四太太結成聯盟。當然也因為老爺身體不好，為兩個較年輕的女人提供偷情的道德理由。

陳府瀟灑又懦弱的大公子飛浦，就是為了這種性資源錯配的形勢而設置的。大公子年長於頌蓮，他們賞菊成知音。緊要關頭蘇童又用了七巧和姜季澤的試探亂倫手法——不是用眼神，不是用語言，而是用肢體，用兩人的腿。

記得《金鎖記》裏七巧向小叔抱怨自己丈夫無能。她試着在季澤身邊坐下，只搭着他的椅子的一角，她將手貼在他腿上，道：「你碰過他的肉沒有？是軟的、重的，就像人的腳有時發了麻，摸上去那感覺……」季澤臉上也變了色，然而他仍舊輕佻地笑了一聲，俯下腰，伸手去捏她的腳道：「倒要瞧瞧你的腳現在麻不麻！」[3]

季澤可以學習西門慶，蘇童當然也可以學習張愛玲。小說寫兩人喝酒：他低着頭，年輕的頭髮茂密烏黑，脖子剛勁傲慢地挺直，而一些暗藍的血管在她的目光裏微妙地顫動着。頌蓮的心裏很潮濕，一種陌生的慾望像風一樣灌進身體，她覺得喘不過氣來。意識中又出現了梅珊和醫生的腿在麻將桌下交纏的畫面。頌蓮看見了自己修長姣好的雙腿，它們像一道漫坡而下的細沙向下塌陷，它們溫情而熱烈地靠近目標。這是飛浦的腳，膝蓋，還有腿……她把雙腿完全靠緊了飛浦，等待着甚麼發生……飛浦縮回了膝蓋……

這裏最精彩的一句就是「她看見自己的雙腿，像一道漫坡而下的細沙向下塌陷」。後來《小團圓》裏也出現過類似的「雙腿完全靠緊」的場面。「有一天又是這樣的坐在他身上，忽然有甚麼東西在座下鞭打他。她無法相信 —— 獅子老虎彈蒼蠅的尾巴，包着絨布的警棍。……」[4] 二十六歲的蘇童當時也許還沒有細讀過張愛玲（張愛玲在八十年代青年作家那裏還是個比較陌生的名字，據說阿城在《收獲》上讀到重新發表的《傾城之戀》，說上海真是藏龍臥虎，不知哪個紡織廠裏出來這樣的奇人）。文本致敬也可能純屬偶合，但當代小說和現代文學的這種有意無意的聯繫，需要注意。

《妻妾成羣》的結局是很匆忙的，梅珊和醫生被捉姦，她被丟進了花園深井。家裏的這口井是鋪墊已久的老套的符號，總歸要派上用處。頌蓮最後就受到刺激發瘋了。陳府後來又迎來了更年輕的五太太，這是「蕭蕭式」的結尾。但是反「封建」和同情女性命運的底線必須遵守。

四、血統基因帶來的特權與罪名

到了新世紀，蘇童的《河岸》看上去跟《妻妾成羣》很不一樣，但是輕靈南方風和擅長講故事，還是評論家對他的關注點。王德威說：「蘇童的世界令人感到『不能承受之輕』：那樣工整精妙，卻是從骨子裏就淘空了的……蘇童再度證明他是當代小說家中最有魅力的說故事者之一……」[5] 我讀《河岸》最初也被輕盈靈動的敘事吸引，覺得十分好讀，不過讀完以後，回想整個故事卻覺得十分燒腦，有些頭痛。

《河岸》這個書名值得思考。「河」與「岸」互為他者，岸上是一個接地氣的油坊鎮，河裏是一支游離的運貨船隊。主人公和他的父親在船隊十三年，好像隔離坐牢，但是只有離岸他們才比較自由。小說究竟是寫一段特殊的歷史生態，還是想說這種特殊生態其實有堅實基礎甚至長久未來？「河」與「岸」這種象徵關係，耐人尋味。

《河岸》的具體寫作背景是 2007 年蘇童到德國萊比錫作駐市作家。換言之作者是住在歐洲，回頭寫「十年」期間的中國故事。小說獲得了「第三屆英仕曼亞洲文學獎」和「第八屆華語文學傳媒大獎」。從 1989 年的《妻妾成羣》到 2009 年的《河岸》，中間二十年間顯示了蘇童是一個充滿變化、與時俱進的作家。

《河岸》第一句 :「一切都與我父親有關。」[6] 真地是可以概括全書，乃至書中的時代，乃至今天的中國。

蘇童出生不久就碰到了「文革」。少年時據說曾經患嚴重的腎炎和併發性敗血症，他的作品裏常常出現少年創傷。《河岸》中第一人稱「我」也是一個小鎮青年，叫庫東亮，外號「空屁」。空屁的父親庫文軒原來是油坊鎮的書記，但是比書記更重要的榮譽和地位是鄧少香烈士的遺孤。

《河岸》第一部分很像「十七年」文學《紅岩》的續篇，繪聲繪色地講述了一個叫鄧少香的女人，怎麼靠墳地、棺材、死者的掩護，長期從事地下工作，運送彈藥、槍支，外號「棺材小姐」。這類革命傳奇對蘇童與他的讀者來說耳熟能詳，細節不同，框架相似。變化是烈士死後，有一個籮筐據說裝了孤兒在水中漂流，被一個叫封老四的河匪撿到了。多年以後封老四就憑這小孩屁股上的胎記像不像魚，斷定庫文軒是烈士的兒子。於是庫文軒，就是「我」的父親，命運發生了重大變化。

小說沒有詳細敘述孤兒變成鎮書記的過程，卻花了很大的篇幅渲染鎮上一度流行的「胎記熱」。人人都想窺視別人的胎記，看怎樣的胎記才像魚。正戲的開始是上面派下來一個烈士遺孤鑒定小組，從時間上看，這應該是「文革」之前。經過一番公開、秘密、嚴肅、認真的鑒定工作，判定河匪封老四是階級異己分子。於是空屁的父親庫文軒，被取消了書記職務和烈士家屬的光榮身份。接着是空屁的父母吵架離異，庫文軒丟了官，又因為生活問題被批判，離開了油坊鎮，上了河上的船隊（變相的勞改）。沒有成年的空屁，跟隨着父親上船。這些都是傷痕文學的常見橋段。到此為止，長篇開始還不到百分之一，但後面故事的基礎已經奠定了。

小說裏有一個非常有意思的概念叫「階級異己分子」，先是封老四，後來是庫文軒，都被定性為「階級異己分子」。當代文學裏有各種「帽子」，這是一個比較新的「帽子」，值得專門分析。據劉建明、王泰玄等人編的《宣傳輿論學大詞典》[7]，「階級鬥爭擴大化」的定義，就是一種把社會主義社會中不屬於階級鬥爭性質的社會矛盾和社會現象，當作階級鬥爭。這是一種左傾的言論和行動。

五、六十年代階級鬥爭擴大化有一些基本類型。第一類是經濟類的地主、富農，後來擴大化包括資本家、「新富農」。第二類是刑事犯、壞分子和反革命，後來擴大化到亂搞男女關係、賣淫嫖娼、生活作風問題。第三類是思想罪，如 1957 年「反右」。第四類是黨內鬥爭中走資本主義道路的當權派。原來是針對幹部，但也可擴大到羣眾，如《平凡的世界》《插隊的故事》都寫過的農民買賣老鼠藥，出外打零工，或者自己養豬養雞等等，這些都可能屬於「走資本主義道路」。

《河岸》裏出現的「階級異己分子」倒是之前沒有的。空屁的母親就問宣傳科長趙春堂（後來也成了油坊鎮的當權派）——「甚麼叫階級異己分子？趙春堂語焉不詳，說，工作組以後會解釋的，反正階級異己分子是社會的毒瘤，人死了，陰魂不散，流毒還在……」。

從字面上看「異己」就不是自己人，背後大概是《左傳》的邏輯，「非我族類，其心必異」。但有兩個問題，其一，族類之異，是種族之異，不是階級差異。其二，要做異己，先得混進自己人的隊伍，僅憑屁股上的小魚胎記就成了革命烈士家屬，憑紅色基因當了書記。現在查出來胎記有詐，那就是「異己」。究竟是階級異已分子，還是種族基因異己分子？河匪封老四從來就不是革命階級的一分子，所以他算甚麼異己呢？

庫文軒成為「階級異己分子」，也不能怪他，因為不是他主動要偽裝成鄧少香烈士遺孤的，而是當年組織上辨認胎記出了差錯。為甚麼烈士的兒子就會變成當權派？從小說《傷痕》到清華紅衛兵張承志的回憶錄，當代文學曾反覆質疑血統理論。小說的戲劇性，正是血統論邏輯的合理推演。小魚胎記如能證明父親有鄧烈士的血統基因，便應成為革命幹部。反過來，一旦空屁他爸的胎記基因出了問題，男主角也就自然失卻烈士孫子的身份。而且，一旦成為異己分子（胎記異己、基因異己、階級異己），男主角就會被指為可能是河匪的孫子。走到街上就會被人搶麪包，遭到其他小朋友的無產階級專政。

庫文軒成為階級異己分子，被組織隔離審查，回家還要向強悍的妻子下跪交代問題。交代出來的竟然大多是生活問題，最後空屁的母親就把這些交代詳細記錄在一本有李鐵梅相的工作手冊上。離婚的時候陰差陽錯，這本工作手冊居然留在了兒子手裏，所以空屁在裏邊看到他父親「敲」過的很多女人的名字，其中有他同學的母親，有趙春堂的妹妹，「還有廢品收購站的孫阿姨，還有綜合大樓的小葛阿姨、小傅阿姨，她們平時多麼端莊、多麼正派啊」。十幾歲的空屁剛會勃起，看不懂這種「紅」塵世界的遊戲規則。

如果庫文軒一表人才很有魅力，那就是作風問題。可是小說寫他比妻子矮半個頭，從後來的表現看也不像一個有吸引力的男人，何來這許多婚外情呢？可能也像畢飛宇的《玉米》和《平原》所寫的那樣，大隊書記王連方找了村裏很多女人，都是有夫之婦，口口聲聲說「幫幫忙，幫幫忙」，就都睡了。還不就是因為他是書記。如果庫文軒的豔遇記錄，正是建立在烈士後代的光環下，建立在屁股上的小魚胎記上，那麼《河岸》所記錄的階級鬥爭，雖然擴大化，卻也不無社會根源。

血緣、家庭、基因對一個人後來的社會境遇產生決定性影響，不僅是歷史，也可能是現實。如果紅色基因、革命胎記可以是選拔人才的標準之一，那麼遇上「黑色」「灰色」的基因（色彩變化又可能因時因地而定），是否仍然有「異己」的嫌疑呢？

小說寫烈士榮譽及其副產品十分奇妙，可是失去榮譽後所受到的懲罰，就更加荒誕。庫文軒上了船隊，只有在那裏船工們還客氣地叫他「書記」，他一面虔誠紀念鄧少香烈士，一面嚴厲地管教青春期剛發育的兒子。這時，卻有一個被庫文軒帶了綠帽的小唐自殺了。這位前書記為了懺悔過去的罪行，用剪刀去剪自己的生殖器，鮮血淋漓，然後說：「這下，我可以徹底改正錯誤了。」以自宮來切斷革命遺產的紅利，作家也是下手兇猛。

五、如果血緣容許更改，該多有趣啊！

當代中國小說裏也有不少男人被去勢的案例。古華《芙蓉鎮》裏的糧站站長谷燕山，因為在戰爭中負傷，造成隱疾。《男人的一半是女人》裏的章永璘，因為是右派，接受勞改長期壓抑，導致一度性無能，但後來男主角參加抗洪搶險，受到革命羣眾的認可讚揚，突然就在自己女人面前又重振雄風了。《河岸》中的庫文軒，頂着烈士子女光環，當幹部生活作風出了問題，傷害了別人的家庭，結果自己動手，想以去勢來徹底改正錯誤。似乎這些男人的去勢，都以不同方式與革命運動有象徵隱喻的關係。

但庫文軒被救了回來，生命沒有危險，陽具也部分接回，當然留下了恥辱的標誌。尤其是岸上和船隊的人們都知道了這個壯舉之後，空屁他爸在船上從不赤裸身體，前有恥辱，後有魚胎，都不想見人。

小說《河岸》的男主角，開始貌似是前書記，之後好像是其子空屁。其實小說更重要的主題是父子關係。和「五四」弒父情結的一批年青人（覺慧、周沖、蔣純祖……）反抗家庭、背叛禮教並審判父親不同，近二十年的當代小說中出現很多同情、憐憫或替父輩鳴冤叫屈的故事，從《繁花》《望春風》到《平原上的摩西》等等。重新尊敬「父親」的具體歷史理由或者不同，但作家們對「父親」態度的不同卻很明顯。「五四」的父親是蠻橫的周樸園、強勢的高老太爺、路翎筆下保守的「財主」;「世紀末」的父親，是弱勢的下崗工人、被欺負的右派分子、《兄弟》《望春風》中值得同情的的地主、富農。這種父子關係演變是貫穿近百年中國小說的一個重要主題。蘇童的《河岸》是這種時代潮流與集體無意識轉變中的一個轉捩點。同樣是「審父」，王蒙的《活動變人形》是嚴厲審視父親的歷史價值，蘇童《河岸》卻以極其羞辱的方式為父鳴不平。

但蘇童的特長是寫女人，所以在父子衝突中，又寫了船隊裏的一個女人，一個叫慧仙的小女孩。慧仙的母親在船上失蹤，大概是因為有苦衷而跳河自盡，留下了七歲的女兒。小女孩漂亮、活潑、機靈，但不聽話。「小女孩慧仙像一個神秘的禮物從天而降，落在河上，落在向陽船隊，落在我家的七號船上。」小女孩給庫東亮父子以及整個船隊，都帶來了很大挑戰。先是船民們試圖把慧仙送到岸上，千方百計找到地方官員趙春堂，卻被推說無處可去，還是先「掛」在船隊。然後船民們要通過抓鬮來決定誰家照顧小女孩，居然被空屁抽到了。但是他父親堅決不同意，怕出事情。眾人也反對，因為庫文軒早有前科。所以慧仙還是寄養在一個健康完整的船民家庭。但無論如何，慧仙還是引發了男主角空屁的無數空想。

空屁也買了一本工作手冊記日記，日記裏主要不是記自己，而是記錄慧仙小朋友每天的身形變化，從身高、體重變化到識字、唱歌，喜歡吃甚麼，穿甚麼鞋等都一一記下，甚至記錄別人關於慧仙的閒話，還表達感想。「我稱慧仙為向陽花，稱自己為水葫蘆，稱我父親為木板，岸上的人基本上以匪兵甲匪兵乙之類稱呼，而其他的船民多以雞鴨牛羊替代。」當然，日記的內容絕對保密，父親知道兒子在寫寫畫畫、神神秘秘，卻不知道他在寫甚麼畫甚麼。

這樣一個時代，船上的生活非常單調苦悶，只有小女孩一天天在長大變化。主人公也知道，「我的頭腦仍然把慧仙當做一個楚楚可憐的小女孩，我的身體卻背叛了我的頭腦——從上至下，對一個少女充滿了難言的愛意，麻煩事主要來自下身……我的勃起比夢還頻繁」。

幾年後，男主角看到了小慧仙身體的變化，看到她洗衣時內褲有紅點，男主角沉迷在偷窺中，不過他父親又無時無刻不在監視他，「東亮，你給我小心一點」。在船隊上長大的小女孩，並沒有留意更談不上回報另一艘船上小夥子的單相思。因為岸上油坊鎮要組織國慶花車遊行，慧仙因為相貌、氣質、身材就被地區文宣隊的宋老師看中了，於是被選去扮演第一輛花車上的「李鐵梅」。

和鄧少香兒子的謎團成對照，慧仙才是真正的遺孤。母親投河自盡，肯定是背負着那個時代難言的冤屈和絕境。庫文軒曾經活在烈士遺孤的光環下，慧仙卻從來沒人和她談起失蹤的母親。這個在特殊年代由眾船民關懷長大的漂亮女孩，既沒有成為像蕭蕭、翠翠那樣逆來順受的溫柔的水上女子，也沒有成為很有心計或者很有主見的與命運抗爭的個性女人。蘇童有意讓多情的空屁和讀者一起失望。女孩子扮演李鐵梅大出風頭，一度成了油坊鎮的「網紅」，無人不識她手舉的紅燈和她長長的辮子。她很快得到了地區柳姓首長的注意，油坊鎮的趙書記也對她格外關照，暫時不用回船隊，住進了屬於幹部機關的綜合大樓。

眼看着慧仙在革命年代要走好運（或者要墮落）了，可是她太好出風頭，情商又差，到哪裏都跟別人搞不好關係，更重要的是她很不情願做幹部們的花瓶，裝裝樣子也裝不像。柳部長的孫子來看望她，眼睛盯着她胸口，她便生氣。更不能容忍那些幹部子弟在背後給她的身材打分。於是慧仙的好運很快過去。革命年代與和平年代的共同點，只要失去了上面的關照，周圍的羨慕嫉妒馬上會轉化為敵意甚至仇恨。所以不久後慧仙就剪了甜美的辮子，來到人民理髮店，成了一個被人瞧不起的女剃頭師傅。當然，這時候仍然有一個人在由衷地關注她，在單戀她。

小說下篇中有一章〈理髮〉寫得非常精彩，描述「我」如何猶豫很久以後進入理髮店。慧仙卻幾乎忘了這個青年，直到最後才終於有些交談。這一章文筆極生動。對男孩（雖然他二十多歲了，其實還是個少男）心理的刻畫，還有慧仙沒心沒肺的善良，以及理髮店其他人物的烘托，可以單獨成一個短篇。

然而微妙的抒情還不夠，蘇童還是需要戲劇性濃厚的故事。接下來空屁就和他爸昔日情人趙春美在理髮店吵架，情緒衝動，互揭情事傷疤。這一章名為〈一天〉，吵架翻臉，慧仙替空屁剪髮時，空屁出現了生理反應，所以差點被敵對的岸上人傷及身體，關鍵時刻慧仙找人營救，把空屁救出去了，但是空屁被禁止進入人民理髮店，因為他的行動看似不軌。

男主角的愚蠢的羅曼蒂克旅程到此為止，但他和父親的衝突還沒完，父親拿出繩子要捆綁兒子。這個繩子捆綁術，後來在蘇童的《黃雀記》裏有重大發展，成為蘇童創作中的一個重要成就、一個核心意象。

綁人，一開始是控制人，後來變成了一種藝術，而且他也反覆渲染這個手銬——紙手銬，紙手銬也是最殘酷的手銬。這是獲茅盾文學獎的《黃雀記》裏的精彩片段。

六、「紅色血統」的魔幻結局

兒子一度逃走，聽說父親自殺，又回到船上。之後發現父親屁股的胎記已經神秘消失了一半。這是一個魔幻的細節，象徵着紅色基因也會退化。最後一段的情節更加不可思議，空屁居然把鄧少香烈士的紀念碑慢慢地拖到了船上，這幾乎沒有任何現實的合理性。而這時候發現石碑上原有的籮筐中的嬰兒也似乎不見了。次日保安隊追來，庫文軒竟背着石碑投河。這個象徵意義有點太明顯了——他以生命來完成或者說劫持了革命烈士的傳奇。

小說最後補充交代，慧仙要嫁人了，她把那個曾經大出風頭的李鐵梅的紅燈，送給了男主角。李鐵梅的故事正好是強調三代人不是血親關係，卻傳承了革命的血統基因。而《河岸》這部小說挑戰的正是

「紅色血統」的被誤用。同時男主角那本記錄慧仙成長歲月的日記，卻被人拿走了，一部分成了岸上閒人的笑料，大部分轉給了慧仙留念，也不知道她會作何感想。

《河岸》和《紅燈記》之間的文本對應關係，也可視為當代小說在1980年以後，尤其是到新世紀，和六十年代的「紅色經典」的一種呼應。當初不是血肉相連的三代人，就憑着革命的信念，延續着革命的火種。可是到了《河岸》裏，這一個烈士的胎記不真不假，導致了庫文軒、庫東亮父子弔詭的、奇特的、悲慘的命運。

故事完了。情節像河水流動，主題有點燒腦，令人頭痛。

《河岸》觸及了十年動亂中階級鬥爭擴大化的第五個途徑。第一是經濟「地、富」，第二是刑事「反、壞」，第三是思想「反右」，第四是政見「走資」。在這四種擴大化以外，血緣成了發現和消滅階級異己的第五項標準。這是《河岸》的一個非常突出的主題。

小說最後有點誇張的「搶石碑」「馱着跳水」等等，頗體現蘇童小說風格與沉重主題的關係：父子體弱，石碑太重。小說裏有句話：「如果所有人的血緣都容許更改，那該多麼有趣啊！」

說到底，要繼承、延續、發揚的是革命傳統，還是血緣基因？

參考書目／文章

汪政、何平編：《蘇童研究資料》，天津：天津人民出版社，2007 年。

孔範今、施戰軍編：《蘇童研究資料》，濟南：山東文藝出版社，2006 年。

張學昕編：《蘇童研究資料》，北京：人民文學出版社，2016 年。

毛丹青、蘇童等：《蘇童・花繁千尋》，上海：上海錦繡文章出版社，2008 年。

蘇童、王宏圖：《南方的詩學 —— 蘇童王宏圖對話錄》，桂林：灕江出版社，2014 年。

王德威：《南方的墮落與誘惑 —— 蘇童論》，引自《當代小說二十家》，北京：生活・讀書・新知三聯書店，2006 年。

項靜：《無家可歸者與一種文學裝置 —— 蘇童論》，《當代作家評論》2018 年第 4 期。

張叢皞：《暗黑世界的描摹 —— 蘇童小說的「空間詩學」》，《文藝爭鳴》2011 年第 14 期。

金鐸：《論蘇童小說的女性書寫》，《小說評論》2013 年第 3 期。

---

1 張愛玲：《沉香屑・第一爐香》，引自《傳奇》（增訂本），上海：山河圖書公司，1947 年，頁 216。

2 蘇童：《妻妾成羣》，首次發表於《收穫》1989 年第 6 期；廣州：花城出版社，1991 年。以下小說引文同。

3 張愛玲：《金鎖記》，引自《傳奇》（增訂本），上海：山河圖書公司，1947 年，頁 119。

4 張愛玲：《小團圓》，香港：皇冠出版社，2009 年，頁 174。

5 王德威：《南方的墮落與誘惑 —— 蘇童論》，引自《當代小說二十家》，北京：生活・讀書・新知三聯書店，2006 年，頁 106-127。

6 蘇童：《河岸》，首次發表於《收穫》2009 年第 2 期；北京：人民文學出版社，2009 年。以下小說引文同。

7 該書由經濟日報出版社（北京）1993 年出版。

2009

劉震雲《一句頂一萬句》

「說話」與「生存」

劉震雲的長篇《一句頂一萬句》，貌似舊白話世情小說。在最近二十年範圍內，或者是 1980 年代以來，甚至從「五四」以後的現代文學看，《一句頂一萬句》的寫法也有其獨特的地方。

乍一看這小說是鄉土文學傳統，語言上有意挑戰「五四」文藝腔，刻意追尋《水滸傳》的細節、橋段和氛圍。但是在用世情話本體展示底層民眾生態的時候，《一句頂一萬句》實際上又繼續着魯迅式的研究國民性的興趣。小說中的無數鄉村故事，並不是在階級矛盾、造反革命、戰爭亂世這些常見的格局中展開，而是貫穿着三條線索、三個關鍵字，就是「生計」「說話」「家庭」。

局部看，這部小說細碎、繁瑣、重複、枯燥，整體看，卻是一部升級版的《生死場》。全書密度很大，雖然只有三十幾萬字。

作家劉震雲 1958 年出生，河南延津人。延津鄉鎮是《一句頂一萬句》的主要背景，不過從作品裏也可以看到，作家和莫言、沈從文不一樣，並無意突出一個地方的鄉俗。在劉震雲筆下，延津的事，也是中國所有農村的事，甚至也是中國以外的很多人情世故生態的事情。

1978 年劉震雲作為河南高考文科狀元，進入北大中文系。他自己跳出了河南，但卻把小說裏的所有人物都困在河南，讓這些人物一直在底層，殺豬、賣魚、開車、彈棉花等等。作家成名以後也常回家鄉，並且在家鄉悟出了在北京都悟不到的人生哲理。劉震雲有不少作品被改編成電影電視劇，比如《一地雞毛》《手機》《一九四二》，與馮小剛導演合作。一方面，劉震雲是一個非常適應傳媒潮流的作家，但《一句頂一萬句》卻非常嚴肅，甚至「土得掉渣」。劉震雲在《一地雞毛》等作品裏，早就顯示了他對平凡人日常生活的文學興趣，契合了九十年代以來日常生活挑戰宏大敍事的意識形態背景。但只有在《一句頂一萬句》裏，劉震雲的寫法才特別瑣碎，尤其鄉土，而且充滿自信，彙集這麼多鄉間底層的瑣事，合成一幅百姓生態的「清明上河圖」。

一、「生計」是他們的姓名符號

小說分上、下兩部，結構佈局有些象徵意義。上部「出延津記」，核心情節是民國早年，賣豆腐老楊的次子楊百順（後改名吳摩西），假裝去找他那與人私奔的老婆吳香香，後來走出延津，真心要去尋找他的養女吳巧玲。下部「回延津記」是七十年以後，八、九十年代，吳摩西的養女之子牛愛國，也在假裝尋找自己與人私奔的老婆龐麗娜。牛愛國回到延津，試圖尋找他的老家和故人，同時也尋找他自己曾經不敢與之私奔的一個女人 —— 人家的老婆。

這部小說不怕劇透，因為《一句頂一萬句》重點不在情節，而在細節。這部長篇的第一關鍵字是「生計」。小說裏有上百個人物，除了楊百順等少數幾個主人公以外，其他大部分有姓沒名，尤其是上半部，統統稱之為老楊、老高、老李、老馬等等。比方說「出延津記」僅第一節，就出現了楊家莊賣豆腐的老楊，馬家莊趕大車的老馬、鐵匠鋪的老李和老段，孔家莊賣驢肉的老孔，竇家莊賣煙絲的老竇、劁牲口又給人補鍋的老董，魏家莊賣生薑的老魏、看相的瞎子老賈等十幾個人。講的卻只是一件事情 —— 老楊將老馬當好友，老馬其實看不起老楊，別人都看在眼裏，只有老楊不知道。就在這種老楊、老馬、老李、老段的人名疲勞轟炸下，作家悄悄展開了鄉村人際關係網的一個角落，以後還有幾十上百個老汪、老裴、老曾、老范等陸續登場。其敘事效果是 —— 第一，做甚麼營生住甚麼村，比他們的真名更重要，生計是他們的符號。在阿城、史鐵生等人的小說裏，是從知青的角度來強調農民的生計，民以食為天，但在劉震雲筆下，生計對老百姓的重要性，直接在名字上體現。第二，寫鄉村世界但幾乎不寫農民，都是鄉村的小商小販。按照中國社會各階級分析，他們也都難以歸類為僱農，也不知道算不算「小資產階級」或貧下中農。老曾、老范說不定還有僱工，將來可能要劃成小業主、中農甚至富農等等。第三，在劉震雲別開生面的重複人名轟炸敘事當中，老孔、老段、老董、老魏……一視同仁，都是慘淡人生，辛苦生計。小說後來詳細描寫主角楊百順想跟老裴學剃頭，羨慕一個叫羅長禮的人會替人家死人喊喪，這是唯一超越生計，有點「詩和遠方」成分的事。楊百順又跟老曾學殺豬。底層社會的生計，每一行都有自己的行規，有職業規則，有技術要求。農村大地不僅只是種莊稼，人人要活着，人人要謀生計，這是劉震雲小說的第一層背景，也是基本底色。

但劉震雲寫國人生態、農民生活，不僅是寫吃、睡、活着，更為了第二層意義就是「說話」。不妨把「說話」兩個字打上引號，可以聯想到福柯的所謂「話語」。小說裏反反覆覆強調，人與人之間，老曾、老范、老李、老楊甚麼的，人跟人之間能否「說話」，至關重要。

二、「說話」:「說得着」與「說不着」

「說得着」就是可以交流，志趣相投甚至有感情。「說不着」就是誤會、隔膜、性情不合，甚至是漠視或者敵視對方。所以人跟人之間能否「說得着」，是上半部人倫關係的關鍵，到了下半部也是家庭和諧的關鍵。

小說第一章講賣豆腐的老楊一心以老馬為友，以為跟他「說得着」，其實「老楊跟老馬過心，老馬跟老楊不過心」。四十年後還被人嘲笑，「經心活了一輩子，活出個朋友嗎」？

這裏又出現兩個關鍵字，一個是「朋友」。再窮再苦再鄉下再底層的老鄉們，一生也都需要朋友，這一點《一句頂一萬句》比其它「五四」以來的鄉土小說，都強調得更多。窮人不僅是被用來同情和喚醒的，窮人也跟一般人一樣，會孤獨、求自尊。（畢飛宇則是以另一種更戲劇的形式，描寫過窮人的自尊。）

另一個關鍵字就是「經心」「過心」，就是經過心裏。窮人之間的朋友不僅是靠生計合作、靠階級覺悟，而且也要靠心的交流。怎麼交流？就是要「說得着」，所以說話的第一種功能或者說是終極目的是過心、經心。

第二種常見情況是誤解，話題不自覺地被轉移。小說第二段寫剃頭的老裴，有點像李伯元《官場現形記》的寫法，一個人物會扯到另外一個人物，然後再聯繫出第三個故事。不過劉震雲繞得再遠也總會繞回來，「繞」是劉震雲的文字特點，也是他的結構形式。

老裴以前靠販驢為生，在內蒙有個相好叫斯琴格勒。有了相好，人又老實，留了真名真姓、地址。小說裏寫 :「靠相好蒙族人不在意，整天吃牛羊肉，熱性大，不在乎夜裏那點兒事。」[1] 但後來相好懷孕了，怪在老裴頭上，其實是另外一個男人所為。老裴的老婆叫老蔡，老蔡因此責怪老裴，老蔡就不許老裴再跟相好來往。然後因為老裴怕老婆，還怕上了老婆的哥哥蔡寶林——

老裴說：「俺倆一鬧，她就回娘家找她哥，她哥就找我來論理。一件事能扯出十件事，一件事十條理……我嘴不行，說不過他。」因此就一直在他老婆老蔡的嚴管之下。這就是小說強調的「說話」的第二種功能：說不過就要認輸。

這一件事怎麼會變成十件事呢？舉個例子，有一天賣豆腐的老楊責怪楊百順哥倆不該跑出去聽羅長禮喊喪，先是拿羊說事，然後就轉到「這個家，到底誰說了算」。小說這裏插了一句：「賣豆腐的老楊，已經把一件事說成了另一件事。」一件事說成另一件事（另幾件事），這個句式在整部長篇裏多次出現，是劉震雲對延津、對河南乃至中國人語言文化溝通的第一種概括。

另一個常常出現的句式，就是發生了一件事，作家會說這不是因為這，也不是因為A，也不是因為B，也不是因為C，而是因為你想都想不到的D、F……這時候說話就不是誰對誰錯了，而是話題轉移。甲怪乙不能做某事，但甲怪乙不尊重甲，又是另外一個解釋。所以從是非、見解轉到情緒、情感，從事實判斷到人際關係，這種情況常常出現，核心其實就是情理不分。小說裏很多情況下，人與人說不上話，就是因為語言交談中話題轉換，「已經把一件事說成了另一件事」。

人與人「說得着」是因為經心、過心，「說不着」可能是強詞奪理、話題轉換。但除了這兩種極端的情況以外，「說話」和人倫關係的演變，在作品裏有更多更複雜的例子。

三、缺少忠義俠客的「水滸」

李敬澤說：「讀《一句頂一萬句》，常想到《水滸傳》。」[2] 小說裏有些場景、細節——比方說幾個人到某地小店食宿，突然撞到陌生人，一言不合就動刀動棍甚至鬧出人命。小說裏有個人物叫姜虎，就是這樣被人打死的——的確很像《水滸傳》的橋段。華東師大的李丹夢有篇論文討論劉震雲的小說[3]，其中也說《一句頂一萬句》有《水滸傳》的遺風。但是《水滸傳》有兩層主題：官民矛盾與忠義俠客，這忠義俠客卻正是劉震雲小說裏故意留的空白。

劉震雲筆下的芸芸眾生，甚麼人生態度都有，就是缺少忠義俠客。官民矛盾偶然也有，處理的方法很平淡，寫了幾個縣官，把縣官也稱之為老胡、小韓。老胡不大懂官場規矩，歪打正着，平安執政幾十年，自己還可以做木匠。小韓上任後愛講話，沒聽眾就將教堂變成學堂，百順、百利兩兄弟因此短暫借光。後來小韓縣長演講太過頻繁，他的演講據說一年講六十二場，平均五、六天一場，結果省長老費不喜歡這個縣官那麼喜歡說話，最後過於勤政的小韓反而丟了烏紗帽。官場裏的任命升降，在小說裏只是很清淡地提了一下。

楊百利（主角楊百順的弟弟）認識了朋友牛國興，學會了另一種談話方式叫「噴空」，這也許是劉震雲創造的一個詞彙。這個「噴空」和小韓的演講不同，小韓的演講都是些大而無當的空話和廢話，何為救國救民？而「噴空」有具體的人和事，連在一起是一個生動的故事。比方說某人看戲入了迷，跟着戲班走了，之後就可以虛構了，說他爬牆進了戲班，妄圖強暴一個旦角，最後被武生暴打等等。其實這就是文學創造了。這種「噴空」不僅給楊百利找到生活樂趣，而且他還找到了新的工作，找到了新的「噴空」伴侶，就有點像捧哏。所以「噴空」—— 虛構的說話，又是這部小說裏「說話」的一個變形。

小說上部第八章的故事是楊家的長子楊百業結婚。富家女秦曼卿因為少了一塊耳垂，被開糧棧的老李家退婚，一怒之下決心不論貧富隨意下嫁。賣豆腐的老楊聽了老馬的建議，替長子去求親，沒想到歪打正着，居然成事。世事偶然，跨越階級鴻溝也是陰差陽錯。婚禮的時候三弟楊百利在機務段謀生，照樣「噴空」。只有楊百順最慘，他之前學過殺豬挑過水，隨父親賣過豆腐，吃了無數的苦頭。婚禮上看着場面這麼熱鬧，自己卻只能打掃廁所，命運如此之慘，繞來繞去就責怪欺負他父親的拉車的老馬，於是動了殺念。

在《一句頂一萬句》全書不到三分之一處，第八章是一個敘事轉折。這個轉折既是空間的，也是時間的。之前小說線索多頭發展，賣豆腐老楊、剃頭老裴、殺豬老曾、「噴空」百利、演講小韓等等，各種生計故事和說話煩惱，一時看不清楚小說的主角是誰。到了第八章讀者才看清楚，原來主人公是楊百順，這個轉折當然也是時間意義上的。第九章第一句說：「楊百順七十歲時想起來，他十九歲那年認識延津天主教牧師老詹，是件大事。」

這顯然是加西亞・馬爾克斯的「多年以後」的技巧，而不是《水滸傳》寫法了。提前告知讀者，楊百順會活到七十歲，而且還會回過頭來檢討自己的漫長人生。其實是虛晃一槍，楊百順中年以後的人生，在小說裏其實是個空白。

空間、人物一集中，時間上一有晚年回想，原本的「擬話本」《一句頂一萬句》，瞬間變成了一個由舊白話寫成的當代小說了。

第九章楊百順的命運轉折是因為先後認識了兩個人，一個是七十歲的意大利傳教士老詹，另一個是接替小韓做縣長的老史。百年中國小說貫穿的三種人物形象，就是士、官、民。《老殘遊記》等小說裏，這三者關係比較簡單清楚：「士見官欺民」。「五四」以後，尤其是魯迅筆下，「士」可以有好多種，有抗爭的「狂人」、《祝福》《故鄉》裏內疚的「我」、潦倒的孔乙己，還有《阿Q正傳》裏做幫兇的長衫黨等等。在現代文學中，「官」通常並不直接出面，做壞事的只是幫兇爪牙。最複雜的是「民」，僅僅一個短篇《藥》裏，「民」就分了三、四種。

劉震雲的《一句頂一萬句》前八章主要都寫「民」，各種各樣的底層民眾——殺豬的、賣豆腐的、販竹的、剃頭的、染布的、趕車的……雖然這些以不同方式謀生的底層羣眾嚴格區分也有窮富之分，但小說主要寫他們之間在生計方面的合作和說話方面的矛盾。但是，小說的轉捩點（劉震雲可能也沒有完全想到）就是「民」和「士」、「民」和「官」發生實質性的聯繫。

整部《一句頂一萬句》，幾百個人物線索，各種社會生態，真正算作知識分子的只有一個老詹。他本名叫詹姆斯・希門尼斯・歐爾・本斯普馬基，意大利人，會中文，在延津傳教四十年，一共只發展了八名教徒，平均五年只發展一個教徒。楊百順勉強算是第九個。因為百順在哥哥婚禮上發怒甚至想殺人，後來去了老蔣的染坊挑水，十三個夥計分五、六個派別。「這些年楊百順經歷過許多事，知道每個事中皆有原委，每個原委之中，又拐着好幾道彎。」雖然他小心打工、謹慎說話，結果還是因為無意中放走了老蔣的一隻寵物猴子而被炒了。荒山野嶺走投無路，碰到老詹。為了生計，勉強信主，改名楊摩西。知識分子對民眾的啟蒙，很多也是從生計開始「說話」。老詹介紹百順到老魯的竹業社去打工，晚上給摩西（百順）講經，弄得摩西白天犯困，破竹出差錯，又被炒了。也是碰巧，因為摩西（百順）在社火隊羣眾表演中扮了一個閻羅王，居然表演出色，因為這是他在虛擬世界中獲得了幾天的第二身份，就被縣長老史招去縣政府種菜。

這個細節，士、官、民三者齊全。主人公出現了人生一個較順心的轉折。當然士、官、民交集的好景不長，不久老詹病死，縣長老史被撤職。當時，上司是否和更上級的官員搞好關係，決定了下屬的官運，也決定了民眾的命運。在縣政府種菜期間，楊百順入贅，「嫁」入了一家饅頭莊。店主姜虎死後，他老婆吳香香主持生意。不過婚後夫妻說不着話，他倒和吳的女兒巧玲關係很好。

後來百順改名叫吳摩西，「摩西」是因為信教改，「吳」是因為老婆改。他卻發現自己的老婆跟鄰居銀匠老高私通。摩西之前也還自認為跟老高很說得着，是知心朋友，可見說得着話並非人際關係的最高境界。小說上部就結束在吳香香和老高私奔，吳摩西（楊百順）帶着養女去找，因為鄉間輿論，帶了綠帽必須有所反應。結果老婆沒找到，卻把養女巧玲弄丟了。平凡生活當中，最有戲劇性的就是老婆給丈夫戴綠帽，然後丈夫還要去追。從《水滸傳》到二十世紀都沒有變化。各色人等也差別不大。

下部「回延津記」，一開始突然變了文風，幾十年以後，解放後、「文革」後人民有名字了。主人公叫牛愛國，是巧玲（曹青娥）的次子。其他大部分人物終於有了正常的名和姓，第一句就是——「牛愛國三十五歲時知道，自己遇到為難的事，世上有三個人指得上。一個是馮文修，一個是杜青海，一個是陳奎一」。句子雖簡單，卻概括了下半部的主要內容——主角牛愛國一直艱難尋找說得着話的知心朋友。

小說上、下兩部完全兩個時代，人物隔了兩代。社會、政治、文化的巨大變化，小說故意不寫，幾乎看不見。小說強調的是這種變化之中的不變。變化是甚麼？小飯鋪變成了「老李美食城」，又變成了「老馬汽修廠」，饅頭莊變成了醬菜廠，教堂變成了「金盆洗腳屋」，當年挑水的井現在成了捲煙廠等等。吳摩西大鬧的南街，現在是雜貨鋪旁邊的劇場。總之變化處處有，不變處更多。在社會、政治巨變之中，人們仍然忙於生計，仍然說不着話，仍然要尋找出軌私奔的老婆。

一度我以為下部會改成新白話「五四」文體，以增加前後的語言對比。但沒有，說着說着劉震雲又繞回到原來的世情擬話本的舊白話文風。上部和下部的連接點，除了都是河南延津地區人，而且祖孫隔代親屬關係以外，更突出一點是兩個時代兩個男主角，楊百順（吳摩西）和牛愛國（吳摩西養女巧玲的兒子）都有一個出軌的老婆，而且都不是偶然出軌，都是明目張膽要跟別的男人出走，而且兩個男主角都有自己喜歡的小女兒——巧玲和百慧。不僅如此，他們在尋找老婆的過程中，發現出走的男女活得也很艱辛，甚至很動人。

四、「家庭」的屈辱感……

在「生計」和「說話」之外，小說的第三個關鍵字是「家庭」。「家庭」又充滿了中國現當代文學的一個貫穿主題——屈辱感，或者是對屈辱感的麻木，表現的是家庭崩潰的可能和對挽救家庭的努力。

牛愛國當汽車兵後復員，生計不是問題。他跟三個人說得上話，其中，和杜青海不在一個部隊，偶然宿營時吸煙，就說起話來，居然越說越有話說。小說詳細描寫了兩個人怎麼說話：

> 牛愛國從小說話有些亂，說一件事，不知從何處下嘴；嘴下得不對，容易把一件事說成另一件事，或把一件事說成兩件事，或把兩件事說成一件事。
>
> 杜青海雖然說話慢，但有條理，把一件事說完，再說另一件事；說一件事時，骨頭是骨頭，肉是肉，碼放得整整齊齊。

……

兩人在戈壁灘上，或開汽車，或坐在弱水河邊，牛愛國一件一件說出來，杜青海一件件剝肉剔骨，幫牛愛國碼放清楚。杜青海遇到煩心事，也說與牛愛國。牛愛國不會碼放，只會說：

「你說呢？」

杜青海只好自己碼放。碼放一節，又問牛愛國。牛愛國又說：

「你說呢？」

杜青海再自己碼放。幾個「你說呢」下來，杜青海也將自己的事碼清楚了，二人心裏都輕快許多。

這麼詳細地抄錄，因為這裏的「說話」其實是一個情理區分邏輯判斷的過程。《一句頂一萬句》裏面，「說話」既是交友 —— 經心、過心，也是誤解 —— 把一件事說成另一件事，而且還是思維和邏輯混淆與判斷的過程。

幾年後牛愛國結婚了，有了小孩百慧。夫妻卻有隔膜，兩個人見面沒有話說。「一開始覺得沒有話說是兩人不愛說話，後來發現不愛說話和沒話說是兩回事。」外人看風平浪靜，牛愛國發現老婆龐麗娜和開照相館的小蔣有染，而且談笑甚歡。（說話比性還重要。）

牛愛國開了三天汽車，找到話友杜青海，問是殺人還是離婚。杜青海回答：「你既殺不了人，也離不了婚。」杜青海的建議是「忍」，「量小非君子」。敘事者這時插嘴：「杜青海出的主意，打根上起就錯了。」

另一個朋友馮文修，退休後賣肉，喝醉酒就亂說話，所以往來有限。還有個朋友叫陳奎一，腦子比牛愛國還亂。牛愛國三十多歲了，受過正規的學校教育，當兵多年，也是新社會長大的，居然只有這麼三個人可以說話。馮文修醉酒，陳奎一比他還不靠譜，杜青海好像腦子清楚，可是出的主意也是錯的，所以他的整個人際關係網，只有一個姐姐還能說上幾句話。最能溝通的倒是他女兒百慧，雖然年紀很小。

小說花了不少筆墨，倒敍巧玲當年怎麼被三個男人倒賣，這也就是曹青娥（牛愛國母親）的一生。一講舊事，小說又恢復擬話本的文體，突出悲苦與平淡。現實當中，牛妻龐麗娜與照相館小蔣，被小蔣的老婆捉姦。書中寫的捉姦過程，相當瑣碎，使人想到《繁花》。《一句頂一萬句》和《繁花》都是新世紀最出色的中國世情小說，在當代文學史上一北一南互相呼應，中間隔了一個王家衛（馮小剛為甚麼拍不了《一句頂一萬句》？值得思考）。

牛愛國懲罰老婆的方法就是拖着不離婚，一邊在夢中幻想殺老婆，一邊自己也在開車中途，睡了美食城老闆的年輕妻子章楚紅。小說不動聲色地寫了一段床戲，說章楚紅用溫水幫男人洗下身，事後才知道，因為她丈夫有性病。章楚紅蹲下身，用嘴噙住了牛愛國……兩人在床上忙了三個小時。章楚紅喊得屋裏的缸盆都有回聲。結果牛、張床戲不只是肉體，女人要跟他遠走他鄉，男主角動搖退卻了，正好母親生病，於是回鄉。

小說最後部分是一個有雙重意義的尋根回鄉，一是曹青娥臨死前記掛多年前故鄉舊人的音訊，要兒子去找當年楊百順，也就是吳摩西的蹤跡及其後人。二是牛愛國在回延津家鄉過程中有所感悟，一邊假裝尋找出軌的老婆龐麗娜，一邊又要尋找情人章楚紅。這時章已經離婚，據說去了北京做色情行業。

小說沒有結尾，或者說結束在一種過程、狀態之中。小說略過了時代洪流，略過了社會變遷，寫的是一種七十年循環的底層常態，男女忙於生計，難於「說話」，最後尋找背叛自己的老婆或者丈夫，一種沒有英雄的「水滸」傳統。

小說裏的「一萬句」，體現在全篇重複在「說話」。可是其中哪一句能頂上這一萬句呢？

上部第十三章，偷走吳摩西老婆的鄰居銀匠老高說了三句話：

第一句是：「話是這麼說，但不能這麼幹。」

第二句是：「事兒能這麼幹，但不能這麼說。」

第三句是：「要讓我說，這事兒從根上起就錯了。」

三句都有意思。但這是三句，不是一句。

另一處，老曹要嫁女了，老婆不同意，說：「我看你是成心，與人聯起手氣我。把我氣死了，你好再娶個小。」小說敘事者說：「已經把一件事說成了另一件事。」這句話在小說裏反覆出現，好像也能頂上萬句，就是語言的歧義、誤解，無法溝通。事理人情，而人情、人倫正是中國鄉土社會（以河南為樣板）的深層秩序所在。

還有一個選擇就是「只說好話」，牛愛國一度照着朋友的建議，只對老婆說好話。牛愛國發現話也不是好找的，好話也不是好說的……兩人本來無話，專門找來的話，就顯得勉強；兩人說不來，就無所謂壞話或是好話……牛愛國一張嘴，本來不是說好話，是說一件事，龐麗娜也捂耳朵：「求求你，別說了，我一聽你說話就噁心。」這句話也真「頂」了一句。

牛愛香告訴弟弟自己要結婚了，說：「姐現在結婚，不是為了結婚，就是想找一個人說話。姐都四十二了，整天一個人，憋死我了。」這也是關於「說話」的一句話。還有牛愛國最後在故鄉找舊人舊事的時候，有人勸了他一句，好像漫不經心，卻也是一句金句：「日子是過以後，不是過從前。」這句能不能頂一萬句呢？

「一萬句」的繁瑣、囉嗦、細碎、重複的擬話本敘事效果當中，是人情、世俗、人倫、人際關係的隔膜、疏離與難以溝通，同時也看到了這種世俗、人性、人倫、人情秩序的延續、修補與代代相傳。

三個名字——百順、摩西、愛國——三個符號之間，變化少，延續多。阿城曾懷疑改造國民性是否可能，他認為改造國民性就要改造中國社會生態的世俗性質[4]。劉震雲的長篇在某種意義上繼承了魯迅的使命。維繫人倫人情秩序的「說話」，很多時候情理不分，充滿誤解，言不對題，無法溝通。但在另一層意義上，劉震雲的小說也在懷疑，要改變這種世俗人情、人倫秩序是否可能，或者至少將會何等艱難？

中國的世情歸根到底還是取決於老百姓怎麼謀生，怎麼「說話」，怎麼「男女」。如果不「說話」呢？那就是另一個作家的題目了——「不響」。

參考書目 / 文章

禹權恒：《劉震雲研究》，鄭州：河南大學出版社，2015 年。

李丹夢：《文學「鄉土」的地方精神》，北京：北京大學出版社，2014 年。

阿城：《閒話閒說：中國世俗與中國小說》，北京：作家出版社，1998 年。

孟繁華：《「說話」是生活的政治 —— 評劉震雲的長篇小說〈一句頂一萬句〉》，《文藝爭鳴》2009 年第 8 期。

賀紹俊：《懷着孤獨感的自我傾訴 —— 讀劉震雲的〈一句頂一萬句〉》，《文藝爭鳴》2009 年第 8 期。

李丹夢：《鄉土與市場，「關係」與「說話」 —— 劉震雲論》，《中國現代文學研究叢刊》2021 年第 10 期。

---

1 劉震雲：《一句頂一萬句》，首次發表於《人民文學》2009 年第 2、3 期；武漢：長江文藝出版社，2009 年。以下小說引文同。

2 李敬澤，轉引自野似夏《如何評價劉震雲的小說〈一句頂一萬句〉》，「知乎」2023 年 11 月 20 日。

3 李丹夢：《鄉土與市場，「關係」與「說話」 —— 劉震雲論》，《中國現代文學研究叢刊》2021 年第 10 期。

4 阿城：《閒話閒說：中國世俗與中國小說》，台北：時報文化出版有限公司，1984 年，頁 105。

第二部

2010-2021

2010

韓松《地鐵》

科幻小說與魔幻小說

晚清小說大致可分為四類 —— 社會譴責、俠義公案、青樓狹邪、神魔奇幻。社會譴責類「五四」以後成為主流。青樓狹邪或隱或顯，後來也存在於郁達夫、張愛玲、張賢亮、賈平凹等人的嚴肅文學當中，或者也存在於張恨水、瓊瑤的言情小說裏。俠義公案有不同形態，金庸等武俠小說是正宗，莫言等探索小說也是傳承。反而西遊式的神魔奇幻傳統，在充滿戰爭、革命、動亂的二十世紀中國，是表現相對比較弱的一個文類，經典作品屈指可數。

梁啟超的《新中國未來記》作為未完成的長篇，開啟了關於中國政治前景的幻想模式。小說預見到十年後清朝滅亡，共和國建都南京，未來影響中國命運的一個大黨在上海建黨，後來革命成功，上海又開世博會，蘇俄爆發革命，中國革命的道路需要在大眾民主與政治改良當中選擇等等。之後一百年，中國革命的歷史現實，不斷證實梁啟超的這些神預言。但同樣這一百年，同類的文學後繼乏人。

從神魔奇幻文類看，基本上直到二十一世紀初才出現新的變種及科幻文學，可以視為怪力亂神小說的最新發展。這類科幻小說的代表，當然首推劉慈欣的《三體》。郝景芳的小說《北京折疊》在 2016 年也獲得第七十四屆雨果獎最佳中短篇小說獎。可是劉慈欣說：「韓松與別人確實不同，他的感覺比我們多一維，因而他的科幻也比我們多一維。如果說中國科幻是一個金字塔，二維科幻是下面的塔基，三維科幻則是塔尖。我無法解讀韓松的作品，真正有深度的文學作品，都是無法解讀的，只能感覺。」[1]

為甚麼劉慈欣如此推崇韓松的科幻小說呢？

神魔奇幻文類中，其實有魔幻小說和科幻小說的分別。魔幻是科學原理不能解釋的事件和場景（比如人變甲蟲、透明的紅羅卜等）。魔幻的目的是寫周圍的現實。科幻是科學原理有可能解釋的事件、故事和場景（比如倒計時、納米技術、太空電梯等等）。《百年孤獨》接近前者，《三體》接近後者。那麼《地鐵》屬於哪一種形態呢？

一、地鐵：小說的主角，所謂的「天機」

《地鐵》2010 年由上海人民出版社出版。既是一部長篇，也是五部中篇。每個中篇可以獨立成篇。五部之間人物不同，主角一致，主角就是地鐵。

第一部「末班」，故事相對比較簡單，講述一個快退休的員工趕末班地鐵的故事。開篇寫城市的夜景：他舉起頭，見天空赤紅而高大，如一片海，上面有個黑色的、奇圓的東西，像盞冥燈，被骷髏一般蒼白色的摩天大樓支起。漆黑的月亮下面的城市，竟若一座浩闊的陵園，建築物堆積如丘，壘出密密麻麻、凹凹凸凸的墳頭，稀疏車流好似幽靈，打着鬼火，在其間不倦遊蕩。[2]

比起後面地鐵裏的文字，災難前氣氛算是和平景象。主人公走下月台，如走進墳地，車廂裏乘客「均木雞般呆坐着……這一幕他也看久看膩了，麻木不仁了」。列車在前進，但是沒有出現月台，他碰了一下鄰座乘客，這個乘客手上有一本《讀書》雜誌。這本中國八十年代重要的知識分子雜誌作為某種符號在《地鐵》各部都有出現，十分醒目。但主人公發現自己像空氣一樣能穿越乘客的身體。這是「一虛九實」的魔幻寫法：一個不可思議的情況，主人公變蟲，秀才發瘋等等，但是周圍眾人一切正常。局部的變異，比全方位的魔幻更深刻地顯示現實的荒謬。在這個意義上，《變形記》《狂人日記》也都是科幻小說。

但《地鐵》不只是局部「變形」。男主角在某個月台下車了。月台上沒有人，車上也沒有人下來。空氣中沖來一股膻怪味兒，像亂葬坑中的屍體在腐爛……污濁腐朽、搖搖欲墜的圍岩上，掛滿結晶的、人血似的大顆水珠……看不到人類的痕跡 —— 沒有看板，也不見任何文字、符號、圖示和標識……他彷彿回到了夢遊的歲月。

「夢遊的歲月」，夢遊是虛，歲月是實。

男主角下了車但出不了站，這時回頭看見車門裏湧出很多怪人，「矮矮的個子，草綠色的身體，穿着灰色連褲服」。這些怪人在搬運昏睡的乘客，把乘客放進大的玻璃瓶。一小時後，怪人們和乘客都消失了，只看到一張身份證，就是主角先前觸碰過的那個乘客的。

第二天白天主角離開車站，又看到城市一切正常，到處是廣告、早點、地鐵人員、警察等等。越正常越荒誕。昨夜的事消失了。回到公司，處長、同事、年輕人都不明白主人公到底想說甚麼。等了一天報紙也沒報導，到處詢問到處被人嘲笑。「這時他覺得：大概城市裏所有人其實都已知曉秘密了，只有他一人被瞞着！」這是世人皆醉我獨醒，還是世人皆醒我獨醉？

> 城市從建成的那一天起，它的那些樞要部門，就馬不停蹄地，在不斷製造並隱匿各種秘密……他甚至想到了奧斯威辛集中營……他還年輕的時候，夢遊年代的防空演習……年輕人都籌備

盛大節日一樣，紛紛熱議即將來臨的新型戰爭……

然後小說詳細回述當年年輕人如何想像偉大戰爭，甚至壯烈犧牲，還有演習警報、防空洞。小說寫：「單位的頭頭們面目嚴肅，舉着火把和手電筒。彷彿正是有了他們的帶領，大家作為一個集體，才敢於行動。他昏頭昏腦地走在中間……」然後是全程抓通緝犯、防空洞裏夢遊等等。夢又突然中斷，小說寫：—— 地鐵也正是這樣的吧。說不定這就是所謂的天機。

二、令人困惑的謎團

韓松意象的政治指涉不難辯認，讀書，奧斯威辛，集體忘卻等等。令人困惑的倒是「地鐵」代表甚麼？是城市基礎？現代科技？人類歷史？還是卡夫卡《城堡》般的迷宮？或者是四通八達的系統和無所不在的組織？

白天上班時填表，小說主人公「他深知自己做的其實是一件地下工作 —— 正如地鐵，表格也構成了深窟中線路複雜的秘境，完整無缺地來自過去，卻又是一個尚在形成中的、脈絡繁複的明日世界，並對當下生活展開肆意的入侵，專橫地霸佔資源，武斷地製造衝突，野蠻地破壞格局……他太熟練了，掌握了太多的秘密，不得不退休了。」中國的科幻，極其寫實。

科幻作家韓松，生於重慶，畢業於武大，歷任新華社採訪室主任，《瞭望東方週刊》執行總編，現任新華社對外部副主任等等。換句話說，他的日常工作與他筆下的小說世界看似反差極大，其實又有某種本質的同構關係。

從列車逃生的男主角，在圖書館裏翻查有關地鐵的歷史資料，知道地鐵線三十年前動工，當初曾經有過爭論：到底是要放在地下六十米深，還是十五米深？作為參照的北方某鄰國，顯然是指蘇聯，為了備戰的需要，把地鐵修到六十米深，西方國家一般是五到十五米。

主角回憶當初修地鐵時，「不時有夢遊者組成隊伍，巨浪一樣，從附近席捲而過，千人一面地喊出震天動地的口號 —— 那時還沒有可口可樂廣告，只有樸素而激奮的標語，遮天蔽日地上下翻飛⋯⋯在環城地鐵的沿線上方，剛好便是巍然屹立的古城牆，已歷七百餘年了。時候一到，說拆就拆，毫無商量⋯⋯」主人公從資料上發現，當年建地鐵主要目的是戰備，民用交通是第二位的。到了現在 ——「相當於全國人口總數三分之一的人們，在這地下作幾十公里長度的封閉式旅行⋯⋯他不禁對這片土地上將要發生的劇變滿懷忐忑與期待。」

可是那天夜裏的地鐵事故究竟是怎麼回事呢？男主角照着青年乘客的身份證查到地址，找到一位中年婦人，說身份證上是她父親，而她父親多年前在一次夢遊中自殺身亡了。謎團啊，又是夢遊，難道那次事故也是夢遊？那次事故象徵甚麼？每個讀者可能都有自己的猜測與答案。

第一部結尾時，主人公老王也被發現在裝了綠色藥水的瓶子裏，火化以後骨灰就消失了，只剩下一個十字架。就是說曾經目睹一次地鐵事故，並獨自逃生的快退休員工老王，白白做了一番關於地鐵的調查，仍然被外星人或甚麼別的怪力亂神消滅了。

小說第一部充滿敘事謎團，記錄夢遊時代和「那次事故」。但這只是《地鐵》最淺顯的第一部。小說由五部獨立的中篇組成，第一部「末班」，一個坐末班地鐵的快退休員工，逃過了一場在地面上看起來毫無痕跡的事故，但男主角最後還是被外星人裝在瓶子裏消失了。第二部

「驚變」則從另一個角度重述「地鐵事故」。也許不是同一個事故，也不只是中國故事的角度，而是人類異化的視角。

「驚變」的主角周行，在白天高峰時段擠地鐵，發現地鐵忽然不停站了，「外面連一個月台也不再出現，飛掠過去的，都是深海般的黑暗」。乘客們開始慌了，周行確認自己不在夢中。他「面前的女人蛇一樣怪異地扭動身子」。半個小時以後列車還在疾駛，乘客們議論說可能控制失靈，可能外面停電、進入緊急狀態等等。「一個半小時就這樣過去了，車外的黑暗依然無際……」大家開始餓了。接下來是荒謬情節觸發的現實反應：「但最難受的，還是人與人這麼長時間地擠靠着，完全沒有私人空間，體臭的味道更加濃烈了，臉上骯髒的毛孔都看得一清二楚。乘客們彼此能感受到對方體內器官的蠕動和血液的湧行……再這樣下去，人都快要被逼瘋了。這一切，在以前又是怎麼日復一日地承受過來的呢？真不可思議。不停車的地鐵，說不定每天都在坐吧，只是一覺醒來，就忘卻了。」

前半段擁擠是人的生理狀態，後半段日復一日是人類社會生態。開始有人喊生病、救命了，周行卻和擠在前面的女人有了溝通，「他本對這女人充滿嫌惡，卻在與她談話時，竟然是一片溫柔關愛」。周行從女人想到自己妻子，又想到車上可能有逃犯，以及自己想殺甚麼人，終於歸結到對自己命運的醒悟。「他僅僅是這人羣的一員，而大家作為一個集體，被一件自己完全無法控制的巨物裹挾着，老鼠般瑟瑟作抖地擠成一堆，動彈不得，臭烘烘地，速度一致地永遠地向前……」

「老鼠」是《地鐵》裏除了人以外最平凡的一種生物，或者說是一種活動的符號。面前的女人說遇上鬼了，「但這個鬼究竟是從哪裏來的呢？為甚麼總是緊緊跟着人們呢？周行至死怕也回答不了這個糾纏了多少代人的問題」。韓松筆下有很多這種從具體的處境引發出去，可以做多重聯想的金句。

四小時以後，有人提議爬車到車頭去看看究竟怎麼回事，雖然警察反對，但有個叫小寂的攀岩者，還是大膽爬出車窗。之後小說便「話分兩頭」，一個視角仍然是周行繼續體會關在車廂牢籠裏的處境，尿騷味中，被面前女人的胸部擠壓。他們爭奪食品，任憑男女之間的曖昧發生……另一個視角是小寂爬到車窗外往前移動，看見每個車廂裏出現了不同的情景：有的車廂「乘客們像罐頭物質一樣擁擠」；有的車廂全部人都在昏睡；有的車廂少了一半人，「剩下的乘客就像動物園籠子中的狼一樣，疾速地來回走動」；有的車廂甚至全是空的；有的車廂看到滿滿的人，「原來，乘客們正擠在一起埋頭吃東西。他們拿着的，是人手、人腿和人肝……大家吃得滿嘴鮮血淋漓」。宋明煒說韓松小說與魯迅文學息息相關[3]。從人羣內部、從現實看，是求生、奪食、亂倫；從人羣外部、從歷史看，是爭鬥、暴力，也是求生。王德威評論說：「韓松有一種極其特別的『幽黯意識』，從中延伸出一個大歷史思維的脈絡。」[4]其實還是和霍布斯關於人性兩特點——「無限追求快樂」和「害怕突然死亡」有關，和《三體》裏的黑暗森林理論也不無相通之處。

到此為止，都還可以做理性分析，再下去魔幻就加速了。周行與少婦不斷做愛，很快他滿面鬍鬚，眼前的女人「頭髮間，生出了大把的銀絲，彷彿霜打的冬樹」。上車只有十幾個小時，再看周圍的乘客都在急劇衰老（很像老同學重逢且回顧人生）。女人狠掐周行手臂，罵他要他找東西吃。旁邊還有小孩馬上要出生，又有人在計劃吃別人。車廂外，小寂發現列車也在發生變化，變得一眼望不到頭。有的車廂裏好幾百乘客排成同心圓，手接電線，人與列車一體；有的車廂全是蟑螂，或者身體變成動物；也有的車廂建立了自己的朝廷；最後他又回到原先的車廂，看到了很多比「裸猿」更小的生物，似乎是人類的後代……最後列車到站時（甚麼站？），車上下來的是螞蟻、蟲、魚、樹形的生物，列車又裝了很多生物重新出發。

《地鐵》第二部細節荒誕，敘事視角卻很清楚：一個角度是內視角，目睹人羣、人類社會自己陷入災難加速混亂；另一個角度是外視角，審視人類歷史殘酷內卷的若干基本類型。

三、荒誕的狂歡

第三部「符號」是前兩部荒誕情節的進一步狂歡。比如寫城市的街景：「暗紅的雨絲也撲了過來，是摻了工業色素的酸雨，沒日沒夜地下，是城市中最潮的主流藝術。在腐敗的雨露的澆灌下，在佈滿痰跡、廢紙、精液的街頭，生機勃勃地長出了奇花異草，是經過基因重組的熱帶植物。」這是現代技術版的《死水》。

還有一段文字，可以說是卡夫卡到了中國以後變成殘雪。「他鑽入一孔導洞，洞壁形如一環一環的黏膜，膿水咕嚕咕嚕從上面流出來……地上躺着一具腫脹的裸屍，充滿脂肪的腹部龜裂開來……連腥臭粗大的腸子裏，也長滿了密密麻麻、凹凸不平的綠灰色小顆粒——這就是愛的結晶嗎？一羣模樣奇特的老鼠，正蹲在屍體上咀嚼……跟夢境中一模一樣，死人是偵探。肥碩多油的、彷彿總是蠻有把握的偵探，就這樣孤獨地死了。」

四、寓言體人類簡史

《地鐵》第四部叫「天堂」，十六歲少年五妄，被大家選中擔任車長十八世，要帶領他的部族向宿敵龍之族復仇。五妄選擇四十四號隧道，他的女人叫澄子，世上只有鼠語者（一種進化了的長得很高的老鼠）能和人類交流。小說主要場景是隧道、月台、廢墟。「隧道的世界，便這樣不斷地延伸和擴大，最後形成了超一體化的網絡。」「一體化」是學者洪子誠用來婉轉概括五十年代毛澤東文學生產機制的學術概念，[5]「超一體化」更有現在「元宇宙」的話語風格。澄子說因為一次大爆炸（這是天文學的概念）隧道逐漸形成。與隧道世界相對應，還存在「上一個世界」，也叫做「天堂」……五妄想，「上一個世界」……既可以指時間上的「以前」，也可以指空間上的「上面」。……從濡濕而黏稠的腸膜間，苔蘚一樣孕育出了與眾不同的形而上觀念。

於是五妄帶領部眾，想去上面的天堂（魔幻中仍有現實）。去的路上碰到了粘土人發明了火，火使人們「看見」:「既然黑暗已能代表一切，為何又要有光明？五妄不解……如果每個人都能自己看清楚世界，那還需要車長嗎？……五妄拋棄了引路者的角色，和澄子及部眾一起，加入了粘土人的部落——炎之族。」

車長、引路者的象徵意義，人們比較熟悉，但炎之族象徵甚麼呢？小說寫炎之族雖然有火，但是不做帶頭人，沒有壯志雄心，不久就碰到了洪水，水火衝突。這時五妄發現前人類遺留下來的隧道推進機，水火衝突好像非常原始，卻找到了一個人類遺留下來的先進機器。好像第四部更加接近於寓言或者遠古神話，寫的卻是人類大災難以後的將來。

之後是輪之族，「為着一個絕望的理想，大家世世代代充滿希望地工作着」，甚至《讀書》雜誌也成了機車技術手冊。如果輪之旅象徵八十年代，之前的水火衝突神話災難就是上一個「艱辛探索」時期。最後，機車終於被發動起來了（回到工業革命啟蒙時代？），機車變成列車，乘客裏就已經有了魚形的人、樹形的人、蟻形的人，與前面第一部結尾相呼應。

到了一個月台，羣眾發出歡呼，出現沒有面孔的女人跳下鋼軌集體自殺。「五妄意識到，列車誤入了狼之族的設伏」，狼之旅像是過去和未來的世界大戰？或者與「戰狼文化」有關？於是列車失控了，照明熄滅了，人類進化到了自己的身體會發光的狀態。再下一部族的人類全是女人，屬於一個叫德里達的自治體。女人們修復車輛，讓動物們雜交，包括男人（「米兔」走極端？）。「五妄發現，她們所遵循的一套義理和程序，也都源於《讀書》的教導。」《讀書》有這麼大的力量？德里達自治體發展出一套新的文明。五妄手握着澄子的心臟，說那個世界不屬於人類，鼠類是人類的頂替者，整個第四部像是一個簡化的寓言體的人類簡史，人類最後走向何方呢？五妄最後看到了銀河列車。列車「正一列套着一列，在真正無際而絕冷的黑暗中趕路」。所以五個中篇也像列車一樣，一列套着一列，一直在趕路。

五、是廢墟還是天堂？

最後一部「廢墟」，卻是整部《地鐵》裏最有光明色彩，最像典型科幻作品的一章。地球已經被異族的馬面人佔領了，人類後代逃到各個小行星。偶然有人類後代的老年人，組團回故鄉旅遊，憑弔廢墟。但這次老人團裏混入了兩個年輕人，霧水和露珠。他們表面上參觀遺址公園，其實另有使命。老人到了地球，馬面人交代注意事項——不准拍照，不准離隊，不准錄音，不准交配。老人們「如今在異族的照顧下活得好好的，不錯啦……他們想，自己要是牛馬該多好，就可以名正言順地為異族效勞啦」（回鄉團的理想心態？）。

逃亡至小行星的人類，今天重回地球參觀，頗感幸運，他們的身份都「保存在託管基金會的概率電腦裏面。他們的一舉一動，從生到死，都受着嚴密的監控」。霧水和露珠假裝情殺，才從電腦監控中逃了出來。《地鐵》前四部，除了第一部神秘的地鐵事故，還可以勉強形容為科幻，屬於以科學常識為基礎的神奇幻想，第二、三、四部，諸如地鐵不停站後人類的變態反應，種種死水般的城市景象，由炎之族、輪之族、狼之族等組成的人類簡史等，已從「科幻」變成「魔幻」。在中國的政治語境中，「科」字容易吸引新生代，不僅可以給包含政治指涉的魔幻文字提供保護色，而且也可以聯繫到「科學話語共同體」如何在中国興起等的學術課題。[6] 到了第五部，科幻又回來了，霧水和露珠暫時拋棄肉身，公會（人類在外星的某種組織）為他們安裝了全套新機器、新肉體、新思維，使他們逃離老人參觀團，獨立尋找人類五百年前出現災難的真正原因。寫到這裏，武俠科幻技巧承載了歷史尋根任務。霧水和露珠又碰到半人高的變種老鼠，然後頂風冒雪找到一個特別的已關閉的觀光區，像船廠，也像實驗室。好像「007」最後總歸要一男一女去某個神秘基地探險救世。此時在行星上，失敗的人類還在爭論五百年前的歷史教訓，是先被異族消滅了，還是在一個大型實驗中，由於失誤自我毀滅呢？霧水比較弱，無論體力還是腦力都要靠女孩子幫助。他們穿過很多屍骨，居然還看見血肉豐滿、燦爛生動的男女老少。小說解釋：「似乎是在災難之後，即刻被某種勢力施用高科技手段，原封不動地連同現場一塊兒，着意封存了下來……」。除了鼠狀動物，少男少女還遇上了一個金髮碧眼中年男人，是異族，原來他也在尋找秘密武器。這個廢墟探險者從懷裏掏出一卷東西，是甚麼重要的文件寶物讓大家都在尋找？原來又是《讀書》雜誌。

我前後曾在《讀書》上發表過多篇文章，讀到此處，雖然出戲卻也入迷。普洛普分析過，神話故事裏總要出現一個寶物。少男少女的尋找有甚麼意義呢？是廢墟還是天堂呢？我非常驚訝又毫不奇怪，他們最後居然又碰到了地鐵。

還是這個問題，到底地鐵是甚麼？中國式的高科技成就？新質生產力的象徵？「數碼列寧主義」的網絡？或者，地鐵就是一個系統，或一切系統？

上世紀初國難深重，梁啟超的幻想小說想像未來充滿光明。百年後國家富強，《北京折疊》《地鐵》《三體》等科幻小說反而憂心忡忡想像災難烏托邦，這是為甚麼呢？

參考文章

賈立元：《韓松與「鬼魅中國」》，《當代作家評論》2011 第 1 期。

陳楸帆：《詭異邊緣的修行者 —— 著名科幻作家韓松專訪》，《世界科幻博覽》2007 年第 9 期。

汪曉慧：《改造・重構・追問 —— 論韓松科幻小說中的空間書寫》，《中國比較文學》2020 第 2 期。

賈立元：《鬼蜮裏的漫遊者 —— 韓松及其寫作》，《南方文壇》2012 第 1 期。

宋明煒：《「於一切眼中看見無所有」—— 讀韓松科幻小說〈地鐵〉》，《讀書》2011 年第 9 期。

陳思：《「強度」的文學及其相關問題 —— 以韓松〈地鐵〉為例》，《南方文壇》2012 第 1 期。

李廣益：《詭異與不確定性 —— 韓松科幻小說評析》，《當代作家評論》2007 年第 1 期。

康淩：《如何批判技術異化 —— 讀韓松〈地鐵〉》，《南方文壇》2012 年第 1 期。

宋明煒著，樊佳琪譯：《科幻研究的新大陸》，《文藝理論與批評》2019 年第 3 期。

1 轉引自張傑：《劉慈欣稱讚韓松：他的科幻比我們多一維》，《封面新聞》2017 年 11 月 24 日。

2 韓松：《地鐵》，上海：上海人民出版社，2010 年。以下小說引文同。

3 見韓松：《地鐵》封底，上海：上海文藝出版社，2020 年。

4 見韓松：《地鐵》封底，上海：上海文藝出版社，2020 年。

5 洪子誠：《中國當代文學史》，北京：北京大學出版社，1999 年，頁 IV。

6 汪暉的有關研究，可參見黃宗智〈探尋中國的現代性〉，引自何吉賢、張翔編：《探尋中國的現代性：汪暉學術思想評論集（一）》，北京：東方出版社，2014 年，頁 7。

2010

劉慈欣《三體 III》
愛的專制主義？

一、《三體》三部曲：從冷峻到溫情

如果說第一、二部的《三體》，比較講究理性邏輯，第三部就更多一些感情的線索；如果說生死存亡的戰鬥是前兩部的主要骨幹，那麼第三部的文學主題就是愛與犧牲；如果前兩部可以套用魯迅的名言或者說魯迅的精神——「直面慘淡的地球人生」，那麼第三部就是出現了冰心式的意象——星星、草地、小花、母愛。

從主要人物設計上看，前兩部的主角是發射紅色信號引來三體入侵的葉文潔，是太空軍中的英雄也是當前中國青年網民崇拜的偶像章北海，當然還有面壁人當中的中國代表——清醒、理智、冷峻的羅輯。這幾個主角的共同特徵就是冷峻、冷靜甚至冷漠。

第一部裏葉文潔目睹科學家父親被批鬥含冤而死，母親卻還要揭發。荒誕亂世，使她不僅憎恨那個革命時代，而且還將「文革」悲劇與當代地球上的生態困境等聯繫起來。追尋「文革」的前因後果，已經不是二十一世紀初劉慈欣以及他的無數崇拜者最關心的問題，但無意間《三體 I》還是開創了一種對「文革」的另類反思方向。不像其它八十年代中國小說那樣，僅僅將「文革」理解為中國革命（或者是探索現代性道路上）的一次「出軌」或者「教訓」，而是把「文革」與世界危

機 —— 主要是西方文明危機，而不是國際共運危機 —— 相提並論，並瞬間上升為地球人類的危機。大的情節當然是葉文潔做了地球三體人組織的領袖，小的細節比方說她曾經冷酷謀殺了基地政委，還有自己的丈夫。作為一個女兒、母親和知識分子受害者，葉文潔是一個少見的冷靜、冷酷的形象。

《三體 II》裏的章北海曾經推進一種無工質輻射推進飛船（不明覺厲），就用隕石子彈暗殺了當時的航太工業負責人（為了正當目的可以不擇手段）。之後章北海預見將來會更缺政工幹部 —— 冬眠數百年以後，到一個太空艦隊任掌握實權的執行艦長，一口否定了艦上可能產生的民主制度，顯然也是一個很有決斷、很冷靜的幹部形象（後來 Netflix 改編《三體》，好像不太理解章北海這一中國幹部形象的意義）。

至於羅輯，身為面壁人當中的中國代表，開始好像很佛系或者說玩世不恭，喜歡有山有湖有美女有美酒的別墅，後來卻在冰水裏悟出了葉文潔講的黑暗森林理論：一要生存，二總量有限，所以萬事萬物見光死。羅輯基本上也是注重智慧、理性，而不大會感情用事的人物。這幾個主要人物的理性、智慧、冷靜，也很符合《三體》前兩部的基本背景，冷酷地報復地球，冷靜地面對敵人，冷漠地描寫災難。

但是第三部的基調明顯由冷轉暖。首先悲劇人物雲天明，患絕症要安樂死，可是他卻用自己偶然獲得的一筆錢，買了一顆二百多光年以外的恒星 DX3906，送給他單相思的女友程心。程心收到星星禮物，覺得很浪漫。在感激、激動之下，把雲天明的腦子送上太空，以執行了解三體秘密之類的使命。這個非常神奇的情節，被小說鄭重其事地渲染，以後到底能不能救地球另當別論，至少是在第三部的開端，已經埋下了一段童話般的溫馨浪漫的伏筆，這是前兩部《三體》所沒有的。但真正顯示主人公程心的「冰心氣質」和「聖母情懷」，還是要到她接任執劍人後的十分鐘，那是《三體》情節的一大轉折，也是小說主題的第一次閃光。

二、威懾時代的恐怖平衡

《三體》第二部結束時，羅輯和三體人達成一項威懾協定 —— 如果三體人依靠水滴等高技術手段進攻地球，羅輯將發射信號暴露三體人的太空位置，這樣在宇宙當中三體和地球將同時毀滅 —— 這種「恐怖平衡」，當然並不魔幻。我們每天生活在這樣的世界裏，以前主要是美蘇兩個核大國的「恐怖平衡」，他們各有幾千枚核彈，其他國家（中國、英國、法國等）到目前為止只有幾百枚，不在一個等量級。在「恐怖平衡」當中，簡單說就是「誰動手，大家一起完」。在這個意義上，《三體》的威懾年代極其寫實。而且到了新世紀，越來越接近現實。

但有一個問題很具體，就是怎麼樣或者由誰來掌握決定兩個文明系統生死的開關按鈕？好像之前美國總統生個小病，核彈提包就要由副總統臨時掌管。俄羅斯領導人出國訪問，在歡迎儀式上也帶個核彈提包，令人矚目。《三體》的精彩之處，是很多虛幻的情節，都能寫得非常詳實具體，令讀者感到非常逼真。但是至少有兩個關鍵情節，頗有可商榷推敲之處。

其一就是執劍人如何執劍，怎樣交接。這麼重要的決定人類命運的責任，地球上的人們願意交給一個人負責。經過種種心理測驗，大家（哪個大家？）認為羅輯的心理素質可以承擔此重任，畢竟給地球帶來短暫和平繁榮的威懾戰略，也是羅輯的成就。《三體》不止一次描寫在地球、國家，甚至在一艘太空艦上，當人們有機會重新組成新的政治制度的時候，選擇極權專制的機率，遠高於選擇投票民主。因為據說太多人參與決策，就會誤事。如果用 AI 又怕機器獨裁，或者智子（三體派來的無形侵略者）會來干擾。但是總有一天執劍人羅輯年紀大了，近百歲了，要換一個執劍人。冬眠中的程心就被人喚醒了，她有一顆恒星的所有權，這時地球的聯合國要買她恒星的兩個行星。「在公眾眼中，最理想的執劍人是這樣的：他們讓三體世界害怕，同時卻要讓人類，也就是現在這些娘兒們和假娘兒們不害怕」[1]。為甚麼說「假娘們」，就是因為那個時候男人都在向女性化方向發展。經過一番競爭，程心被選為新一任的執劍人。從這裏開始，程心也成為《三體III》無可爭議的主人公。

三、關鍵性轉折：更換執劍人

經過很多不同角度的鋪墊，終於小說寫到了更換執劍人這個關鍵性場面，這也是《三體》從第二部到第三部的真正轉捩點。程心在聯合國首長陪同下，在一個守衛森嚴的地下室看到了羅輯。「羅輯盤腿端坐在白色大廳正中……他穿的整潔的黑色中山裝格外醒目。」在地下每天穿中山裝（中國符號）也挺辛苦。「他端坐在那裏，呈一個穩定的倒丁字形，彷彿是海灘上一隻孤獨的鐵錨，任歲月之風從頭項吹過，任時間之浪在面前咆哮，巍然不動……他知道智子使得敵人能看到自己的目光，這目光帶着地獄的寒氣和巨石的沉重，帶着犧牲一切的決絕，令敵人心悸……就這樣，羅輯與三體世界對視了五十四年，他由一個玩世不恭的人，變成一位面壁五十四年的真正面壁者，一位五十四年執劍待發的地球文明的守護人。這五十四年中，羅輯一直在沉默中堅守，沒有說過一句話。」

最後時刻，羅輯站起來向對面的白牆（假想後面是敵人）略略致意，然後跟程心的目光短暫交流，「羅輯用雙手把開關交給了程心，程心也用雙手接過了這個地球歷史上最沉重的東西，於是，兩個世界的支點由一位一百零一歲的老人轉移到一個二十九歲的年輕女子身上」。

接下來的情況《三體》迷們都知道，羅輯馬上被國際法庭以「世界滅絕罪」逮捕。埋伏在太陽系的五、六滴水滴，立刻向地球發送信號引爆基地進攻。在十分鐘的時間內，程心沒有反應過來，或者說她是堅守她愛的信念，沒有讓地球跟三體同時毀滅。於是威懾戰略失效，三體開始侵略地球。接下來是全世界人口被迫移民澳洲，智子指揮的聯合國軍統治地球。

在大量精彩文字當中，讀者也來不及在細節上吹毛求疵，比方說五十四年裏羅輯不用去洗手間嗎？他睡覺的時候開關也放在枕邊嗎？但睡着了怎麼辦呢？地球生命所繫，不能多一些人一起完成羅輯的使命嗎？程心也沒有助手嗎？正因為《三體》在很多細節上通常是處理得非常寫實的，所以讀者才會提出這樣的疑問。當然讀者也來不及再追問了，因為更大更嚴重的危機已經來了。

四、為了活着自相殘殺

因為新任執劍人程心十分鐘的愛心遲疑，她不願意也不忍心即刻毀掉三體和地球，所以三體智子派水滴迅速摧毀了地球上的幾個引力廣播發射站。這些發射站原來可以將三體星系在宇宙間曝光，這就是所謂威懾時代的基礎。然後三體又派了一個高智商機器美女，名字也叫智子，在三體太空艦隊到達之前先開始管理地球。之後的描寫雖然是荒誕想像，卻也寫得十分現實。世界上很多國家其實在歷史上，都有被別國或者異族大規模佔領的真實經驗。在小說裏，世界各國人口都要移民到澳洲。

智子美貌優雅，但偶爾揮刀砍殺地球民眾的姿式，令人們覺得反抗無望。因為軍事、科學技術水準相差太大，所以各國軍隊和聯合國武裝力量便只能在這位美女智子指揮下維持人類秩序。而反抗力量，包括年邁的羅輯，為數甚少。

小說從這裏開始，敍事角度轉向大部分以程心為視角。程心眼看着無數民眾移民澳洲的悲慘狀況，生活方式一下子倒退到原始時代了，為了簡單活着就互相爭奪，彼此攻擊，對此充滿內疚。她也被其他地球人譴責，反而是智子，在暗中保護她。其間新移民和澳洲人發生衝突，僅僅堪培拉的一次衝突就死了五十多萬人，還有一次十多天的大混亂中，幾千萬人斷水、斷糧。小說描寫：「在這塊擁擠饑餓的大陸上，民主變成了比專制更可怕的東西，所有人都渴望秩序和強有力的政府，原有的社會體制迅速瓦解，人民只希望政府能給他們帶來食物、水和能放一張床的生存空間，別的都不在乎了。」魯迅引用過中國老話，「亂離人，不及太平犬」[2]。但是「太平犬」也不好做：在澳洲移民大致完成時，智子突然又宣佈，三體艦隊來到前三個月，澳洲又要被全封閉，封城、封州、封國。在斷電斷網的情況下，四十二億人類將在澳洲大陸上自相殘殺，大部分人會被淘汰。等到艦隊到達時，這個大陸上將剩下三千到五千萬人。最後的勝利者，據說可以開始文明自由的生活。當然這就是三體所許諾的地球的前景。聽到這個聲明，程心在人羣中頓時失明、昏厥。（這就是愛的報應嗎？太殘酷了。）

有一艘萬有引力號太空艦，奉命花五十年的時間追擊叛逃的「藍色空間」號。眼看快追上了，反而在一個水滴的盲區，被「藍色空間」號船員給佔領了。「藍色空間」號上有一千二百多人，在六十年前都宣誓接受政工幹部章北海的領導，現在由褚岩上校指揮——又一次見證中國軍人神武。

兩艘太空艦一共一千四百一十五人，他們在一起莊嚴地舉行了一次以三分之二人，即九百四十四人為界限的投票。結果大部分人經過民主程序，同意啟動宇宙引力波發射，去完成地球上來不及完成的暴露三體的戰爭行為。當然，地球、三體都被暴露，三體將被毀，地球也難逃災難。在澳洲發生的事情證明，「亡球奴」等於滅亡，不如掙扎一下，或許還有一些時間可逃脫厄運。

章北海的下屬到底是救了地球？還是害了地球？艦上人員少數願回地球，大部分繼續向太空航行。這個階段小說描寫太空船，偶然進入了一個空間，見識了四維現象。據作家說：「四維感覺是人類迄今為止所遇到的唯一一種絕對不可能用語言描述的事物。」既然不可能用語言描述，書中又反覆解釋四維現象，所以讀者最後還是一頭霧水，亦屬正常。好在小說很快又回到三維世界發展：三體星系果然被毀，三個太陽，有一個被太空中的光粒擊中毀掉，三體文明至此就被消滅了，留下兩個太陽在那裏。太空中應該還有零星的三體艦隊。

按照黑暗森林理論，接下來因為地球被曝光，也將遭到滅頂之災。怎麼自保怎麼自救呢？這時智子（三體人的代表）突然來找程心和羅輯喝茶，告訴他們地球可以發佈一種自我安全的聲明。怎樣令宇宙相信地球是安全的？一時間全球各界都在想辦法，卻沒有頭緒。地球人一貫熱愛和平，地球人不是戰狼，地球人從來沒有侵略的DNA……可是問題是怎麼讓人家知道？怎麼讓人家相信呢？

五、浪漫太空會

小說這時出現一個峰迴路轉，智子告訴程心，雲天明還活着，而且可以安排見面。科幻災難中突然童話重現，感覺神奇。小說詳細描寫程心坐太空電梯到所謂的拉格朗日點（地球跟太陽中間的一個引力點）。行進過程，具體觀感和程心的視覺聯想，都非常逼真。這時程心眼睛已經復明，也打消了要自殺謝罪的念頭。雲天明的大腦應該在當年送往太空的半路上被三體艦隊截獲了，然後通過大腦裏的 DNA 複製了整個人。現在通過視頻，他能夠站在某一個地方的麥田裏，和程心（隔了數百年）視頻對話，十分親切清晰。名義上，這是程心、雲天明的私人會面，但事先說好，全程受監控。程心可看到視頻旁邊有綠色、黃色、紅色三色燈，綠色代表沒問題，黃色是警告，紅色就代表談話結束了，參與者也被毀滅了。這種被監控方式在今天也不難想像，但紅色不是代表毀滅，只是禁號。程心和雲天明為了地球和自己的利益，嚴格遵守三體制定的談話規則。他們的談話過程成了《三體 III》的一個重點情節，篇幅很長。前半段是兩人的試探，很難有實質性的情報交流，後半段的更大部分，雲天明講了三個童話故事——

第一個故事講冰沙王子。一個針眼畫師在紙上把國王、王后，還有一眾大臣都畫死，換句話說就是在紙上把他畫出來，這個人物就死了。他也畫了公主，但還沒有成功，因為公主用一把傘遮擋着，所以雖然被畫還沒有死。第二個故事是講公主在衞隊長等人的保護下逃到了海邊，海裏有一種魚會咬人，所以他們去不了另外一個島。第三個故事是講有一個叫赫爾辛根默斯肯的香皂，把它放在小船後面，小船就可以在有吃人魚的海上漂走，因此他們從島上請回了深水王子，回來殺掉了篡位的冰沙王子。最後公主放棄了王位，跟衞隊長（當然應該是帥哥）一起離開島嶼，過自由幸福生活去了。

三個故事就像平常的神話，在小說裏就讓當時地球上的高官、科學家，當然也包括很多《三體 III》的讀者，費盡心機去解讀，看看其中有沒有甚麼重要的情報或者救世妙方。結果看了半天也還是要靠劉慈欣來指點（至少我自己是永遠猜不出來的）。原來香皂驅動小船代表了一種空間曲率驅動方式。赫爾辛根默斯肯代表了挪威那個地方有個大旋渦，令人可以想到黑洞理論。把人畫死，作為一種死亡方式，就是小說後面大量描寫的所謂「二維化」。

地球上的專家分幾十上百的專案組，組成史上最大規模的文學批評解讀運動，得出結論，雲天明冒生命危險告訴程心和地球：第一，三體的船是靠空間曲率驅動的。第二，將光速降到很低時，可以形成黑洞，可以保護地球。第三，二維化是致命的，不過這一條程心和地球人當時都不明白。

這一大段敘事是吸引人的，這些謎語情報經過作家詮釋也是有意思的。在整本硬核科幻長篇裏加入這些童話元素，也頗有陌生化效果。問題是從常理來看，三體當時星系已毀，零星的艦隊在逃亡求生過程中，有甚麼必要花費這麼多的心思 —— 設置紅、黃、綠燈，審查童話等等 —— 來安排程心、雲天明浪漫的太空重逢呢？明明是地球導致了三體被毀，三體艦隊不是應該利用目前的技術優勢，馬上毀滅地球，實現報復嗎？換句話說，這個太空浪漫會和這個童話故事，雖然給讀者帶來了一些閱讀趣味上的調劑，或者情節設置上的陷阱，但是從三體的角度看，好像沒有必要。

三體艦隊和智子及水滴，一貫冷峻、冷酷、冷靜，而且劉慈欣的小說是科幻現實主義。如果是在郝景芳、韓松筆下，這類神奇細節就是常態，倒不必細究了。可是出現在《三體》裏，佔了這麼大的篇幅，我始終有點疑問，三體人安排這個浪漫太空會， for what？

六、三個方案與四大危機

程、雲太空會以後，地球高層對於如何躲避將來的滅頂之災，大致有了三個方案。一個叫掩體計劃，把人類的大部分搬到木星、海王星、冥王星背着太陽的那一面。這樣太陽假如被襲擊，人類還能生存。第二個就是製造低光速的黑洞，把太陽系變得與宇宙隔絕，不是與世隔絕，因此取得獨立的安全。第三個就是太空飛船，用曲率驅動以光速帶人類離開太陽系。

無論哪個方案都是腦洞大開，技術上第一個比較切實可行，後來果然實行。期間又出現警報，說太陽被襲擊了。程心這時是星環科技的老闆，還只有三十來歲。在太空船即將驅動時，下面有一幫小孩也想登機，她覺得很可憐，就讓助手艾 AA 臨時考試救了其中的三個。當然，這樣做的時候也不能再去看其他小孩的目光了 —— 考驗人道主義的邊界到底在哪裏。緊急情況下，其它的飛船都已經點火啟動了，但程心堅決不准，因為下面還有人羣。此時點火起飛，會燒傷下面無辜的人羣，但是不點火的話，完全可能飛不了。生死關頭，程心讓讀者看到美軍撤出阿富汗首都機場的情景，愛心的殘酷後果。更能體會程心母愛潛意識的另一個情節，是她堅決制止了維德的太空飛船計劃。維德是最徹底的理性主義專家，一度他也想做執劍人，甚至企圖要槍殺程心，他覺得由這年輕中國女人執掌地球命運靠不住。後來他要求程心把龐大的星環集團 —— 使讀者想起現在扎克伯格、比爾・蓋茨、馬斯克的那些大集團 —— 交給他來領導。維德想藉此來研究光速飛船，就是帶領人類逃離太陽系災難的第三個方案。程心同意交出公司給他試驗，但有一個條件，就是「萬一出現人命危機了，你要在冬眠的時候把我叫醒，而且叫醒了以後，我有最後的決策權」。但仔細想想，你在冬眠中，叫不叫你的權力還在維德手裏。這個協定就說明程心其實非常信任維德。結果還真發生了危機。掩體計劃大致成功後，聯邦政府不許維德公司繼續太空飛船實驗，據說是因為牽涉到一種叫反物質的危險材料等等。面臨的選擇就是要麼繼續實驗，眼前會有戰爭，但將來長遠可能救人類。要麼停止實驗，全部依靠掩體計劃，眼前是和平。當然，醒來的程心毫不猶豫地就叫停了實驗，至少眼前避免了戰爭。多年以後，程心才知道自己耽誤了人類寶貴的三十五年，使人類失去了逃脫被二維化的唯一機會。

《三體》三卷總體講，都是藉助虛構的太空災難，來解讀地球上的種種危機。災難分三個階段，一是遠比地球科技水準高的三體文明，想要移民來地球，也是佔領地球。他們將在四百年以後到達，而早些時候智子已經在控制地球上的科學和其它人類活動了。這個遙遠的災難使地球人產生了末日意識，一時間國家間爭鬥少了，聯合國更強大了，地球人更團結了，相對而言，中國人在地球上也更重要了。

小說裏災難的來源來自中國，全球三體組織的領袖是中國人，面壁者只有中國人成功，太空軍司令常偉思、艦長章北海，還有首先觸摸水滴的是北大的丁儀教授等等。雖然《三體》的黑暗森林理論比較靠近社會達爾文主義，並不契合馬克思的學說，但在整個星球災難當中，中國人在地球上的地位明顯上升。這也是小說在中國青年讀者中頗受歡迎的原因之一。

地球上的危機，最簡單、最基本的有四種：階級矛盾、種族歧視、性別鬥爭、人與自然。《三體》第三部在情節上是處理地球與外星關係，在主題上其實主要關心地球上的社會政治制度，並探討「究竟甚麼是人性本能」。

同樣是科幻故事，《北京折疊》主要寫階層鴻溝。同一世界、同一社會、同一城市，人們生活在不同的空間。科技魔幻是技術，小說主題是階級矛盾。《地鐵》的變形、異化，主要也指涉人羣的爭鬥，包括人類本身的異化。《三體》在第一部也有涉及階級的問題，比如有北京幾個老人，退休的知識分子就在議論，誰該走、誰該先走，為甚麼誰可以走，有錢人是否擁有更大的生存權利。《三體 III》也在描寫光速飛船實驗時討論超級富豪坐小船逃走：

> 從法律角度講，至少在目前，沒有國際法或國家法律禁止團體或個人建造恒星際飛船，在巨行星背陽面避難也不被看做是逃亡主義，但這裏出現了一個人類歷史上最大的不平等：在死亡面前的不平等。在歷史上，社會不平等主要出現在經濟和社會地位領域，所有人在死亡面前基本上是平等的。
>
> 當然，死亡上的不平等也一直存在，比如醫療條件的不均、因貧富差距造成的在自然災害中不同的生存率、戰爭中軍隊與平民的生存差異等等，但還從來沒有出現過這樣的局面：佔人類總數不到萬分之一的少數人能夠躲到安全之處生存下來，而剩下的幾十億人在地球上等死。
>
> 即使在古代，這種巨大的不平等都無法被容忍，更不用說在現代社會了。這種現象直接導致了國際社會對光速飛船計劃的質疑。

弔詭的是，這種從階級平等出發的對光速飛船計劃的合理質疑（「白左」觀念），在小說裏竟阻礙了光速計劃最終解救人類和太陽系的可能性。按劉慈欣的描寫，原來只需要一千多艘太空光速飛船的尾跡，就能造成為地球和太陽帶來安全的黑洞。不知是作家有心，還是現實無意，我們在這裏看到了階級鬥爭理論反而不促進人類進步。今天讀者也可懷疑馬斯克的星空計劃，或扎克伯格的「元宇宙」，是否有益於天下大多數受苦人？

無論《三體》中這些有關階級矛盾的描寫，是否只是邏輯推理或者含有預言玄機，明顯可見階級鬥爭並不是整部長篇解析地球危機的主線。同樣的情況也出現在民族矛盾中，第一部寫羅輯當面壁人，他的建議被美、英、日、俄等國駐聯合國代表公開嘲笑，似乎有點描寫國際外交的意思，但整部《三體》尤其第三部，涉及種族問題成分很少。回想「移民澳洲」，也沒有寫歐美移民和亞非移民有甚麼大的不同遭遇。按說這裏有很多可以發揮的餘地。在種種逃生方案當中，也沒有看到各個民族有國家利益和集體無意識之間的不同選擇，也沒有見過種族之間的衝突因地球危機而更大規模爆發。《三體》第三部，人類命運共同體面對智子，種族、膚色、人種之間的矛盾，幾乎可以忽略。

所以，現實世界的兩大基本矛盾，階級矛盾和民族矛盾，在《三體》裏都沒有成為主要矛盾。至於第三個矛盾 —— 男女之間的關係，倒在第三部有重要發展。前兩部也有羅輯的七情六欲，但和故事主線關係不大。第三部程心做主角，後來還有她的助手 AA，女性主導世界，和羅輯、維德等有強烈對比。以程心的聖母情懷和言情美貌，來反襯嚴酷的維德、冷峻的羅輯。但是，維德再兇，甚至槍傷過程心，但程心依然將公司交給維德，並相信他能夠在緊急關頭叫醒她。維德也是，這麼冷酷，為了事業不顧他人生命，但最後還是為了小女子程心寧死而屈。小說到最後階段，雖然沒有像童話慣例那樣，讓程心、天明太空長久再會，但是也給程心安排了一個健康的中年男性科學家關一帆。同時又讓女助理在孤寂的逃亡中，能夠有雲天明這麼一個好男人陪伴。（好像男女搭配，太空不累。）《三體》第三部的性別戰爭，如童話般和諧，也給地球人將來的遠景留下一絲希望。

七、「愛的專制」：對極權專制的理解與警惕

既不突出階級對立，也不着重民族矛盾，性別戰爭也能調和，那麼《三體》通過太空災難，主要討論地球上的甚麼危機呢？

我以為，第一是科技和危機面前的人類社會制度。在寫澳洲移民時，劉慈欣就發出過這樣的社會政治預言，「聚集在這塊大陸上的人類社會像寒流中的湖面一樣，一塊接一塊地凍結在極權專制的堅冰之下。智子砍完人後說的那句話成為主流口號……」「人類自由墮落的時代結束了，要想在這裏活下去，就要重新學會集體主義，重新拾起人的尊嚴！」「包括法西斯主義在內的形形色色的垃圾，從被埋葬的深墳中浮上表面成為主流。宗教的力量也在迅速恢復，大批的民眾聚集在不同的信仰和教會之下，於是，一個比極權政治更老的僵屍——政教合一的國家政權開始出現。」

從敘述語言看，《三體》對於極權專制的態度有些矛盾，既有理解又有警惕，既有預言又有虛構。小說不止一次地描寫在地球、在國家，甚至只是在一艘太空艦上，當人們有可能重新改組和選擇政治制度的時候，選擇極權專制的機率遠高於選擇投票民主。比如「青銅時代」號要攻擊「量子」號，後來軍事法庭要作為戰爭罪行審判，結果發現有一千六百七十人，佔了全艦近九成五，他們都投票贊成攻擊。所以投票的民主並不一定帶來明智、正確的結果。小說裏有這樣的議論：「一方面，人類社會達到空前的文明程度，民主和人權得到前所未有的尊重；另一方面，整個社會卻籠罩在一個獨裁者的陰影下。」「隨着時間

的流逝，羅輯的形象由救世主一天一天地變成了一個不可理喻的怪物和毀滅世界的暴君。」「有學者認為，科學技術一度是消滅極權的力量之一，但當威脅文明生存的危機出現時，科技卻可能成為催生新極權的土壤。在傳統的極權中，獨裁者只能通過其他人來實現統治，這就面臨着低效率和無數的不確定因素，所以，在人類歷史上，百分之百的獨裁體制從來沒有出現過。但技術卻為這種超級獨裁的實現提供了可能，面壁者和持劍者都是令人憂慮的例子。超級技術和超級危機結合，有可能使人類社會退回黑暗時代。」

對比小說三卷中三個主人公，非常耐人尋味。第一部是用同情的筆調寫葉文潔甩鍋復仇。對主人公造成傷害的是「文革」，為甚麼把這個仇恨遷怒於整個地球，發射信號？當然不知道後果，但自覺地擔任地球上反抗組織領袖，等於號召、組織、領導世界革命。作家試圖理解這種有毀滅效果的革命心態及其來龍去脈。在年輕一代讀者看來，這種「甩鍋復仇」比只會一味控訴、哭哭啼啼的革命悲劇，或者一味抱怨自己受難的「祥林嫂文學」等等，貌似有更大的雄心視野。但是小說的發展就打開了「盒子」，引來了「客人」，再發展下去，聽天由命。

第二部用欣賞的筆調，寫羅輯理性求生、冷靜處理危機。第二部其實包括第三部的一部分。表面上是滿足中國年輕讀者的「中國夢」（地球危機中，中國地位上升了，世界語一半中文一半英文，常偉思、章北海等中國軍官，丁儀、關一帆等中國科學家執掌人類命運）。然而實際上小說的主題，或者說小說又更欣賞羅輯、章北海等人的冷峻、冷酷、冷漠、不擇手段。也許作家認為，這才是「中國夢」所最缺乏的心理素質和人格精神。

到了第三部，作家既歌頌又懷疑程心的愛心救世。一方面，中國精神救世，緊要關頭愛心高於理性，執劍人沒有盡到責任，一度致使人類陷入災難。後來還叫停了可以拯救地球的光速飛船計劃，耽誤了人類出逃大計。但小說最後還是借了關一帆之口，說：「我知道你作為執劍人的經歷，只是想說，你沒有錯。人類世界選擇了你，就是選擇了用愛來對待生命和一切，儘管要付出巨大的代價。你實現了那個世界的願望，實現了那裏的價值觀，你實現了他們的選擇，你真的沒有錯。」就是說，人類至少一度相信或者有人相信，愛應該超越功利，甚至生存需要。「義」終究高於「利」，雖然在小說裏，人類為了程心所信奉的愛而被毀滅，那也無可後悔。當然，要表達這樣愛的宣言，也是要有少數太空光速飛船，使個別人能夠逃離太陽系，再自願犧牲返回，為了宇宙再生。

總而言之，《三體》的重點既不是寫階級矛盾，也不是講民族歧視和性別戰爭，而是反覆強調高科技和重大危機不一定導致民主，反而可能產生極權專制。不過《三體》中的極權和專制也不必然是負面概念，有時候可能是「愛的極權」或者「美德的專制」。第三部的主人公程心，代表着一種母愛般的「極權」，和大公無私、毫不利己、充滿犧牲精神的「專制」。至於這種「愛的極權」和「美德的專制」對人類社會的複雜影響和悲壯後果，也正是《三體 III》的主要想像。

有了「科幻小說」這件洋外衣（裏面還有「科學主義」的中西合璧的背心），《三體》無論在反思文革歷史、宣揚「中國夢」，還是信仰達爾文、斯賓塞世界觀或者想像數碼極權專制的未來，都比同時期其他當代小說要更具鋒芒，且更受上下左右中外受眾歡迎。

參考書目

吳飛：《生命的深度——〈三體〉的哲學解讀》，北京：生活・讀書・新知三聯書店，2019 年。

李淼：《〈三體〉中的物理學》，長沙：湖南科技出版社，2019 年。

李廣益、陳頎編：《〈三體〉的 X 種讀法》，北京：生活・讀書・新知三聯書店，2017 年。

杜學文、楊占平編：《我是劉慈欣》，太原：北嶽文藝出版社，2015 年。

杜學文、楊占平編：《為甚麼是劉慈欣》，太原：北嶽文藝出版社，2015 年。

石曉岩主編：《劉慈欣科幻小說與當代中國的文化狀況》，北京：社會科學文獻出版社，2018 年。

宋明煒：《中國科幻新浪潮——歷史・詩學・文本》，上海：上海文藝出版社，2020 年。

1 劉慈欣：《三體 III》，重慶：重慶出版社，2010 年。以下小說引文同。

2 魯迅：《燈下漫筆》，引自《魯迅全集》第一卷，北京：北京人民文學出版社，2005 年，頁 223。

2011

王安憶《天香》
致敬紅樓的明代「女權」故事

王安憶和賈平凹、莫言、余華等作家一樣，自八十年代進入文壇後，幾乎一直處在當代文學的主潮之中。在中國最有實力的作家羣裏，王安憶的獨特之處，一是女性敍事角度，二是都市細節感官，三是王安憶比其他人更多有意無意的風格變化。從最初的《雨，沙沙沙》清新的少女氣息，後來《小城之戀》等衝破性文學禁忌，到 1985 年《小鮑莊》被認為是尋根文學的代表作之一，曾經一度和韓少功《爸爸爸》、阿城《棋王》、莫言《紅高粱》齊名。其實八十年代王安憶還有一些作品，不那麼有名，卻也立意獨特。比方說短篇《窗前搭起腳手架》，寫知識分子迷信工人形象，後來失望。中篇《流逝》《牆基》寫「文革」也沒有能夠真正消滅階級鴻溝。這個主題後來在金宇澄《繁花》裏有更大規模的開發。中篇《命運交響曲》，有可能是以她丈夫為原型，寫一個音樂家的奮鬥、失望，當年獲王蒙稱讚。1989 年以後，王安憶沉默了一段時間，寫出了著名的中篇《叔叔的故事》，檢討知識分子如何背負和利用苦難來作為政治資本。當然人們更熟悉的是九十年代的《長恨歌》，是一部既寫女人又寫城市的小說，是中國當代文學裏「城市文學」的一個高峰，也是 1949 年以後「女性文學」的代表作之一。

簡而言之，八、九十年代王安憶就像文藝隊伍中的一個好學生，長輩、領導和青年人都很滿意，看上去「五分加綿羊」，實際上暗藏鋒芒。然而到了二十一世紀，王安憶又在寫甚麼呢？她很勤奮地寫了長篇《匿名》《考工記》《一把刀，千個字》《兒女風雲錄》，這些作品都得到了評論界和大學教授們的稱讚。但是最能體現她風格變化的還是《天香》。

開始讀《天香》，人們不禁疑惑，王安憶為甚麼要以幾十萬字描寫一個她似乎不熟悉的明朝婦女刺繡的故事？書中雖然也提到歸有光、唐伯虎、徐光啟，但很少有人會把它當作歷史小說或者故事新編來讀。《天香》到底在寫甚麼？讀完以後人們會發現，這是近幾十年來中國作家最有野心的向《紅樓夢》傳統的一次致敬和學習。對比同一時期劉震雲的《一句頂一萬句》，可見南北不同風格作家不約而同在語言、文體上向古典小說尋根。劉震雲模擬的是《水滸傳》話本，淡化了忠勇俠義，延續了鄉民世俗。王安憶學習的是《紅樓夢》腔調，淡化了王朝背景，延續了閨怨世情。

一、陰盛陰衰的大家族

《天香》學步《紅樓夢》的格局十分明顯。第一就是寫一個私家花園的興衰，其中有四、五代人的悲歡。天香園是嘉靖三十八年，由申儒世、申明世兩兄弟所建，就像寧國府、榮國府。故事後來主要都發生在明世一府。當時儒世（兄長）剛從道州太守卸任，明世將赴江西道做官。大家族的官府背景，小說裏寫得很淡，主要筆墨都在花園草木、奢侈生活、酒宴細節、閨房風景等。

第二，大花園大家庭中，女人比男人更多、更顯眼、更重要。《紅樓夢》裏賈政為官，寶玉是男主角，但更多的篇幅寫賈母、王熙鳳、林黛玉、薛寶釵，乃至襲人、晴雯、平兒等等。《天香》裏的申家宅子，最早是儒世、明世各佔一半，老太太居中。後來添建的時候，儒世一半都是平房，明世一半十分奢華。明世有兩個兒子，柯海和鎮海。小說裏柯海的妻子小綢，他的妾閔女兒，還有鎮海的兒媳婦希昭，以及孫女蕙蘭等，這些跟「天香園繡」有關的女人，才是《天香》真正的主角。男主角中，比較引人注目是阿潛，侈靡、薄弱、多情，和妻子希昭、伯母小綢的關係，不難令人想到寶玉和熙鳳、黛玉的三角。

雖是陰盛陽衰，陰又依託陽而興衰。寫衣服首飾之類，本非王安憶的強項。但風景，尤其是庭園景色，確實濃墨重彩。《天香》不僅延續紅樓腔，作家也希望有所突破。畢竟是二十一世紀的作品，女性除了多情柔弱、心悸癡迷以外，還有莊敬自強，逐漸成為專業人士，呼應了有關晚明就有資本主義萌芽的中國歷史論述。

陰盛陰衰格局裏，《天香》的男人們，也都有一些性格對比規律。比如儒世、明世就有避世、入世之別。儒世在建園之初就對官場失望，後來一味退避。明世起初在仕途有野心，幾年後也是心灰意懶。所以後來天香園的格調就是「一夜蓮花」，生性華麗，追求精緻。園子在黃金時刻，小說寫：「眼前景象如何嬌媚，流光溢彩，多少偏離讀書人之道。」同樣的反差在明世的兩個兒子身上更加明顯，柯海比較像明世，有才、有錢、好玩，一度也企圖制墨，也算有自己的產業。鎮海出身貴富人家，卻早早信了佛，婚後出家，留下兒子阿潛 —— 有寶玉般的性格。另邊廂奎海，是明世與妾小桃的兒子，流於濁世，參與拍賣被騙，有點像低配版薛蟠。在天香園裏，也是一個特例。

儒、道、釋互補，在《天香》裏主要通過男性角色設計的對比而體現。但女人們的性格就不那麼容易歸類了。

二、預言夫妻關係的「床戲」

小說前半部分有兩段「床戲」—— 當代女作家想像的明代床戲，十分精美，也對通篇小說的情節發展有重大影響。

一是柯海新婚，妻子小綢來自七寶徐家，嫁粧中不少詩文，還有一副對聯：

> 上句為：點點楊花入硯池，近朱者赤，近墨者黑；下句是：雙雙燕子飛簾幕，同聲相應，同氣相求。很合洞房花燭的情景。然而事實上，全和預期不同。一晚上，新人們都拘謹得可怕，大氣不敢出。燈影裏，只看見帳幔被褥一團一團金紅銀綠，直到燈熄火滅，才摸索着解衣上床。黑暗中不提防碰着手腳，立時閃開，再碰着，再閃開。待到行夫妻之事，也是萬般為難，不是別手別腳，就是無從左右，互相都不知怎麼辦才好。
>
> 不過，身體的廝纏終讓人親近起來，雖還矜持着，心裏卻不再那麼緊張。後半夜時，下弦月起來了，小院子裏就像汪了一潭水。新人的屋子裏滿是錦緞綾羅，壅塞熱鬧，此時也清冷下來，薄光中，柯海看見新嫁娘臉龐的側影，柔和嬌好……[1]

從這裏開始，全知角度轉到男性視角。

> ……心裏這才生出一股興奮。他往近處湊湊，問：怎麼叫你？新嫁娘被他說話聲嚇了似地一動，沒回答。柯海就又問：怎麼叫你？還是沒回答。柯海就換一種問法：你娘怎麼叫你？柯海以為還是不答，不料那邊的人臉一埋，被窩裏發出甕甕的聲音：你娘

怎麼叫你！那聲腔有些耿。柯海不由一樂，將臉追過去說：是我問你！那邊人又不說話了，柯海就曉得脾氣也是耿的。兩人這麼問來問去，其實問的是對方的乳名，誰都不肯先說，必要對方的拿來換。這一鬧就鬧乏了，都睡過去。

整個一大段所謂「床戲」，寫的是新婚之夜的男女說話，沒想到就預示了以後幾十年的夫妻關係。

下一夜，他們彼此都說出了各自兄弟的乳名……柯海領教了新媳婦的傴，也領教了女人的有趣，他思忖，女人原來是這麼不同的一種人，真是以前不知道的。

「小綢」是柯海亂猜不成，隨意給新娘起的名字，她真實的乳名叫蠶娘。男主人雖然擁有了新娘子的命名權，也開始感受到女人的心意和情重，但並沒有足夠看重身邊的女人，更沒有想到這個女人後來在整個天香園家族史上的重要作用。

這時候的天香園前途似錦、家族興旺：「申家的大門富麗堂皇，楠木樓更是聞所未聞，勿論男女，都是花團錦簇，滿眼絲光流溢……老爺回家，祭拜，出殯，又接風洗塵，然後又是造新房子，添人口……總之是一波未平，一波又起。這一家就沒甚麼平常的光景，日日都在辦事情，轟轟烈烈。」

三、充滿想像力的明朝「女權」

婚後三年，有了女兒乳名「丫頭」。出門在外的柯海忽然說要納妾，小綢不動聲色，只把房中「柯海的大枕頭，換上丫頭的小枕頭」。等男人回來時，「小綢着人將飯菜用攢盒送到屋裏來，正喂丫頭吃飯。柯海張了幾下口沒說出話，眼淚卻下來了。自此，小綢再不與他說話」。淡淡的一句，卻道出了後來大半部小說的一個主要情節骨幹 —— 小綢再不與柯海說話。

柯海一直是天香園的男主人，小綢也一直是天香園的大奶奶，家族地位就像王熙鳳。其實柯海納妾是朋友促成，旅途當中見到一個織繡師傅姓閔，「忽見簷廊底下，坐一個小人兒，伏身專注，不知在做甚麼。定睛一看，是個十四五的丫頭，穿得很好，綾子的衣裙，白底上一朵朵粉花。一雙細白的手拈着針，憑着花綳一送一遞，繡的也是小朵小朵粉色的花。因是伏着頭，看不見臉，只看見黑亮亮的鬢髮後粉紅色的耳輪」。臉都沒看清楚，只見一個耳朵輪廓，「柯海不由佇步，微微一笑」。當時柯海是大富大貴人家，他這麼停下一看一笑，閔師傅就把女兒送給他了。小說寫：「柯海其實沒甚麼不願意，只是怕得罪小綢。小綢又無權阻止他納妾，她自己也有理虧的地方，頭胎生了丫頭，脾性那麼不饒人，可他就是怵她呢！」當代作家想像明代禮教 —— 納妾合理，生女是錯。

接下來是另一段「床戲」，還是男性視角。

> 柯海讓錢先生一夥灌了個稀醉……喊着喊着進了溶溶一洞紅光中，就沒了知覺。等到睜開眼睛，四下已是一團黑，酒意過去大半，周身無力，卻有一股寧靜，想：這是甚麼地方呢？甚麼都看不見，只覺有肉桂般的氣息漸漸沁來。
>
> 左右轉動頭，尋着氣味的來源，身邊忽然窸窣動起，一個小東西從身上爬過，幾乎沒有一點重量。接着，漆黑裏穿出一豆光

亮，洇染開來。光暈中，一襲綢衫速速拂過，就有一盅茶到了嘴邊。柯海欠起身子，就着茶盅喝一口，方才覺出口中的苦和乾。餘光裏一雙小手，牢牢扶着茶盅，那肉桂的氣息就近在了身邊……燈熄了，細細的足從被上過去，進到床裏側，臥下不動了。肉桂的氣味蟄伏下來，一時間聲息全無。

抄引的這兩段「床戲」，放在當代文學全部的床上文字背景看，也不遜色。之後小說寫：「柯海每日與這小東西同床共枕，卻並不曾好好打量過，滿心裏都是小綢。」可憐這個閔女兒，不僅沒有相貌特寫，甚至也沒有真正的名字，小說裏一直就稱為「閔女兒」。

小綢性情高傲剛烈，後來一直不跟丈夫來往，更不要說同床了。柯海竟也是心重情深之人，一直又尊敬又思念小綢。王安憶筆下的明朝「女權」有點女性主義想像力：阻止不了納妾，卻可以對丈夫「冷暴力」，不理不睬，還不失少奶奶的身份地位。而且，這一段舊式婚姻的悲劇，後來卻造就了「天香園繡」的藝術成果。

四、針線細密姐妹情

中國傳統刺繡有「四大名繡」的說法 —— 湘繡、蜀繡、粵繡、蘇繡，都有一兩千年的歷史。「四大名繡」之稱是十九世紀中葉形成，除了藝術傳統，出口、商業化也是一個重要原因。而嘉靖年間松江地區的「顧繡」，始於露香園主顧名世之子顧匯海之妾繆氏，擅繡人物和佛像。她的媳婦韓氏，會仿宋元畫入繡，劈絲精細，氣韻生動，精工奪巧。「顧繡」史上記載就是家庭女紅，也叫「韓媛繡」，基本上用於家藏和送禮。

這個露香園「顧繡」應該就是王安憶《天香》故事的來源和靈感。刺繡臨摹名畫名帖，已是獨立的藝術品；長篇小說寫傳統工藝奇葩，顯然又是別有意蘊發揮。或者是續寫「大觀園」繁華，或者是探究女性烏托邦的多種可能。

柯海娶小綢後不久，他的弟弟鎮海也娶了媳婦。鎮海媳婦小說裏沒名字，就一直叫「鎮海媳婦」，她的家境比較好，嫁粧比較多，所以小綢感到自卑，表現出來就是自傲。開始階段，妯娌之間關係有點僵，但是鎮海媳婦性情良善，常常有意讓着小綢，漸漸兩人交好。更進一步，鎮海媳婦還有意設法緩和小綢跟閔女兒，也就是柯海妻妾之間的關係。

小說裏有不少段落，寫三個女人研習女紅，小綢跟閔女兒並不說話，所有溝通都經由鎮海媳婦傳遞，氣氛既尷尬又感人。王安憶向來喜歡寫姐妹情誼（sisterhood），《長恨歌》裏，王琦瑤和女同學的親密情誼常常被冷靜解剖。在小綢、閔女兒和鎮海媳婦三人關係中，看上去較勁，內心還是暖的。這也是整部《天香》的一個特點，不僅寫出了《家》《妻妾成羣》所批判的大家庭女性悲劇，也不僅是給這些女人一個避世或新生的特殊途徑，靠刺繡自我解脱，甚至得到社會承認等等。更重要的，是對女人之間關係的一種總體的正面想像，就是女人之間雖然表面看來也要鬥氣、較勁、爭奪，實則是良善之下的可憐天下女人心。

鎮海媳婦美麗善良，但阻止不了丈夫出家，自己也因病早逝。鎮海媳婦之死使小綢萬分悲痛。之後小綢便與閔女兒合作，「天香園繡」漸漸出名。這期間她還是不和男主人柯海說話，溝通靠人傳訊。（好多年都不理丈夫還能做「鳳姐」，委實厲害。）妻妾比較，閔女兒是技術技藝好，繡花功夫了得。小綢則是書香氣質，她嫁粧裏就有一盒祖傳墨寶。

除了這一對妻妾合作以外，「天香園繡」能夠成為一門藝術，還靠一個重要人物，就是下一代鎮海之子阿潛的媳婦希昭。《天香》寫男人和女人的關係，總體比較粗線條。之前抄引兩場床戲，婚後不肯說乳名，小東西從身上爬過去……都是假藉男人目光在觀察女人的行止、體態。較大篇幅濃墨重彩的是女人和女人的心理交往。鎮海媳婦和小綢是一例，小綢和希昭更是一例。希昭極有才，繡藝方面有天賦，人也高傲，她和小綢同樣氣質，針尖對麥芒，心理鬥爭很久。她們也不是婆媳，希昭的丈夫阿潛是鎮海媳婦的兒子。阿潛在天香園裏是個「小寶玉」，生性柔弱謙敏，到處討女人喜歡。喪母以後尤其得大伯母小綢的寵愛。婚後阿潛又極愛希昭，所以一直處於這兩個天才女性的溫情關愛之中。

當然，阿潛和寶玉一樣，最後也得放棄榮華富貴，離家出走，看破紅塵，精神出家。無論如何，有一段時間阿潛在希昭、小綢兩個女人之間，間接地促成了「天香園繡」的藝術成就。所以這部長篇裏，一是妻妾困境，二是女紅藝術，三是女人命運，王安憶寫了三重主題的遞進。小說最後四分之一，情節卻離開了這個曾經繁華榮耀但一步步走向凋敝衰落的天香園。

五、從大家閨秀到市井婦人

隨着柯海的另一個兒子阿昉的女兒蕙蘭的故事，小說轉入了比較清貧世俗的百姓家庭。「天香園繡」的歷史，松江「顧秀」「韓媛繡」，也是從富貴大院走向俗世。現代讀者也有機會離開深宅大院，觀看想像明朝市井社會當中的女人命運。

小說裏有個官員楊知縣，主要有三場戲，一是柯海同父異母的弟弟奎海（書中唯一一個負面人物），混入珠市炒文物被騙，還想打官司。官司被楊知縣壓下，挽救了申家的面子。為了答謝，天香園砍了很多桃樹送給楊知縣，據說因此傷了園子的命脈。第二次是某次宴會，楊知縣坐首席，還帶了一個叫徐光啟的年輕人，小說裏徐光啟坐在首席說話還被人笑。第三次是楊知縣好心幫柯海孫女蕙蘭說親，嫁入小康張家，但是婚期一拖再拖。因為申家後來入不敷出，沒錢辦嫁粧，要把小綢、希昭的繡品賣掉或者送人，來貼補天香園的開銷。對這兩個女人來說，這事既光榮又羞恥。所以當蕙蘭出嫁前，因為家裏不夠嫁粧，她就開口要了一份空頭禮物，不是金銀財寶，也不是庭園花木，而是「天香園繡」的名號。用今天的說法，就是要商標所有權，也就是智慧財產權。

但是嫁到了張家，到底是尋常百姓，即便天香園日漸破敗，比較起來也是兩個世界。蕙蘭的老公張陛病死，公公也病死了，老公的哥哥又入贅女家，所以昔日小姐蕙蘭，就陪着婆婆還有她的小兒子燈奴（在天香園的譜系來講，這已經是第六代了）艱辛度日。通過柯海和第二個妾落蘇所生的兒子阿暆（柯海一系唯一的兒子）做經紀，蕙蘭的繡品得以賣給龍華廟。這種情況又不同於小綢、希昭的明繡換錢，因為阿暆傳來的訂貨單，指名要繡羅漢。當年這種訂貨有些屈辱，今天看來（尤其在「京都學派」的中國研究看來）是現代性的突破：訂單就是近現代意義上的生產了。這時人們知道蕙蘭的空頭嫁粧十分重要 —— 王安憶為幾百年前的女性同胞及晚明資本主義尋找出路。

「天香園繡」從深宅大院富貴婦人消遣時光，既為反抗命運也為怡情養性而創作的刺繡書畫，在經濟衰落的大背景下，蛻變或者發展成市井女人的謀生方式。

六、針線穿引的女性命運

女傭人戥子，十幾歲還沒成年，在蕙蘭家裏做一些粗活，卻對蕙蘭手上的刺繡很感興趣。類似細節後來(或者說更早)也出現在淩叔華的短篇《繡枕》裏,也是大家小姐在刺繡,傭人女兒在旁邊觀看羨慕。可是戥子不僅看,還幫忙分線,把一條線分成十六股,後來也能分頭髮。看着、學着,然後就想拜師。此事被申家人知道,小綢就把隔壁房的孫女蕙蘭叫去訓了一頓。大意是「天香園繡」原是詩書琴棋一類養性之物,流落至市井為生已屬無奈,再傳給下等僕人,也不知是何等人物,這是作踐糟蹋,萬萬不可。

蕙蘭也明白,自己再窮也還是貴族出身,用了「智慧財產權」,也不能胡亂傳技藝。可是女傭戥子怎麼也不放棄,還帶來一個不幸被毀容、手卻很巧的少女,蕙蘭終於被感動。女人包括女傭下人很苦,再苦也應該有活路。蕙蘭於是私下傳藝,還舉行拜師儀式。不想某日希昭來訪,當自信又開明的她了解了全部真相以後,相信真的藝術是模仿不了的。也可以說這是天才、自信而又開明的王安憶,讓希昭代表天香園默認了蕙蘭的非正式的繡藝學校兼工廠。於是,女紅藝術品成了女人經濟來源,再變成家庭工廠產品。同樣的道理,貴族女性刺繡,成了市井婦人維生,再變成一門手工藝出口行業。

簡而言之,《長恨歌》裏王安憶不僅寫城市、寫時代,也寫一個女人的一生。《天香》裏王安憶不僅寫花園、寫刺繡,更寫幾代女人的命運。這都長篇文字很美,有點像語言上的刺繡,有工藝、有功夫,更有人情。

比方最後希昭找蕙蘭:「論一時繡活,希昭便告辭回去,蕙蘭送到門口。戥子還在剔窗欞,背着身子,看都不看。但等希昭下樓,忽對希昭背影剜一眼,讓蕙蘭看見,心中一驚。木呆如戥子,眼中竟也會有這般鋒芒。」這個「剜了一眼」,真是絕了。不僅是女傭戥子的罕見眼神,也是僕人一代女性的集體無意識。

讀完全篇，感覺王安憶的女性主義理想，就是讓「王熙鳳」和「尤二姐」一起開創「顧繡」，然後由「黛玉」發揚光大，最後讓「襲人」或者「晴雯」傳出「大觀園」，由更底層的女僕們帶到民間。一般來說，王安憶在新世紀的作品，保持在水平線上，更加溫柔敦厚，較少「反骨」，比九十年代的作品更多一些暖色。針線細密姐妹情，可憐天下女人心。

參考書目／文章

王安憶、張新穎：《談話錄》，桂林：廣西師範大學出版社，2008 年。

王安憶：《故事和講故事》，上海：復旦大學出版社，2011 年。

張新穎、金理編：《王安憶研究資料》，天津：天津人民出版社，2009 年。

吳義勤主編：《王安憶研究資料》，濟南：山東文藝出版社，2006 年。

吳芸茜：《論王安憶》，上海：華東師範大學出版社，2010 年。

李淑霞：《王安憶小說創作研究》，青島：中國海洋大學出版社，2008 年。

王安憶、鍾紅明：《訪問〈天香〉》，《上海文學》2011 年第 3 期。

張新穎：《一物之通，生機處處 —— 王安憶〈天香〉的幾個層次》，《當代作家評論》2011 年第 4 期。

周保欣：《「名物學」與中國當代小說詩學建構 —— 從王安憶〈天香〉〈考工記〉談起》，《文學評論》2021 第 1 期。

王德威：《虛構與紀實 —— 王安憶的〈天香〉》，《揚子江評論》2011 第 2 期。

徐炯：《〈天香〉：從「實證」到「構虛」的小說文章》，《中國現代文學研究叢刊》2018 第 6 期。

1　王安憶：《天香》，首次發表於《收穫》2011 年第 1 、2 期；北京：人民文學出版社，2011 年。以下小說引文同。

2011

嚴歌苓《陸犯焉識》

海外視角的中國故事

本書主要選讀中國內地小說，嚴歌苓的作品是否符合這個定義值得商榷。首先嚴歌苓現在可能不是中國國籍，丈夫是美國外交官，他們的跨國戀愛故事充滿戲劇性，而且她丈夫一度還擔任了美國駐台北辦事處的官員。嚴歌苓小說相比其他當代小說顯然多了一種從海外觀察中國的視角。

第二，嚴歌苓本人以前是解放軍文工團員，出生於作家、革命幹部家庭，對中國革命以及民情地氣十分了解。所以她的作品大部分在內地出版，讀者羣主要也在內地，獲得了很多台灣的文學獎項。嚴歌苓寫的故事基本上都是中國故事。

第三，嚴歌苓的小說《少女小漁》《扶桑》《金陵十三釵》，包括《陸犯焉識》，都被著名導演（李安、張艾嘉、張藝謀、陳凱歌等）買下版權拍成電影。嚴歌苓是當代小說與電影工業合作的典範。她的作品在海內外通行，而且在文學、電影界跨越，也許和她作品的三個特點有關：一是海外視角，二是革命歷史，三是女性感官。

長篇小說《陸犯焉識》由兩條敍事線交叉，講三個故事：第一個就是男主角中年後在大西北的勞改生活，九死一生；第二個是男主角及其家庭的民國生活，也是男主角的前半生；第三個是男主角勞改釋放以後，如何回到或者說回不了他的家庭。第一部分是張賢亮「勞改文學」的加強版。第二部分是倪吾誠（王蒙《活動變人形》）和七巧（張愛玲《金鎖記》）等民國故事的修訂版。第三部分真正是嚴歌苓的獨創，所以被改編成電影。

在中國當代小說中，「勞改文學」不是「監獄文學」，而是知識分子被改造的文學。說《陸犯焉識》是《綠化樹》2.0 版，有兩個互為因果的理由。一是痛苦、慘烈、煽情程度。二是敘事角度，從個人感受改為當年感受加上事後和局外的分析。

張賢亮寫右派勞改，或者勞改釋放以後在附近農場繼續監督勞動，主要的痛苦一個是饑餓，另一個是性饑渴。《綠化樹》有大量篇幅寫各種各樣饑餓的感覺。男主角後來獲得「美國飯店」馬纓花的愛情救援，標誌就是一個結實的白麪饃饃。眼淚落在饃饃上，饃饃上有女人的指紋，女人的愛情宣言就是從今以後「有我吃的，就有你吃的」[1]。「食色性也」，告子古訓。在《男人的一半是女人》裏，勞改生活造成的性壓抑，一度導致性無能。後來男主角偶然參與革命行動，用身體當沙包堵洪水，意想不到恢復了性功能。

在嚴歌苓想像的勞改生活當中（我們只能說她想像，她不像張賢亮有真實的體驗），饑餓已經是太普通了。男主角六十多歲，性饑渴也不再是主要矛盾。但是這個勞改營裏的生態，卻遠比張賢亮的經歷程度嚴重，而且花樣百出。

一、露骨寫實主義：勞改營的慘烈生態

首先是整體生態，死亡的可能性增加。小說一開始就說明男主角的囚犯號碼，原來是二八六八，五個月以後改成一五六四，後來就改成二七八。剛到大荒漠上犯人會大批死亡，死於高原反應，死於饑餓，

死於每人每天開三分荒地的勞累，死於寒冷，死於「待查」[2]。後來「待查」成了犯人們最普遍的死因。小說裏多次描寫勞改營裏有不少右派醫生，但為甚麼會有這麼高的死亡率？似乎有點矛盾。但所謂「待查」，其實很多死因是囚犯內鬥。《綠化樹》裏偶然也有犯人之間勾心鬥角，但不嚴重。《陸犯焉識》在這方面花了很多筆墨。每個犯人都有一個「罪惡」背景：偽營長、少年殺人犯、國民黨警察頭目、知識分子權威等等。在非常惡劣的生活環境下，犯人之間就有很多荒謬、離奇的內鬥。解放軍戰士守衛持槍遠遠看着，有時也無法或者不願介入干預，甚至部隊和監獄管理部門還會有衝突。

一個明顯例子就是「加工隊」這一章，寫輕犯（被判十年以下的犯人）要整重犯（無期和死緩的犯人）。有個激情殺人犯梁葫蘆，曾經殺死正在通姦的母親及其情夫。小說寫他被輕犯綁在馬後拖行。即使這麼拖，少年犯還很講義氣，並未供出男主角藏了一塊白金的歐米茄手錶。而陸焉識居然也不肯犧牲手錶去救援少年犯。除了覺得少年犯兇殘活該，還有一個更重要的原因，他要用手錶來賄賂官員 —— 為了請假到場部看一部關於血吸蟲的紀錄片，電影裏有他多年未見的女兒。

> 梁葫蘆也差不多腦漿塗地了。他的葫蘆頭已經開了瓢，此刻在地上寫着黑紅的天書。地是半透明的，雪面上結了一層冰殼。
>
> ……
>
> 梁葫蘆的腿被劈開，一隻腳繫一根繩，掛在馬的兩側，讓馬把他當扒犁拉。這架人形扒犁在不平整的管道底部顛簸，與雪地接觸面最大的是後腦勺和上半個脊梁。

當然腦袋上連頭髮帶頭皮都掉下來了。直到解放軍來干預，獄醫趕到：大半個後腦勺粘在雪地上，跟雪地凍成了一片……獄醫用一把小鐵鍬往梁葫蘆後腦勺下作業……終於把梁葫蘆的頭顱剝離出來。男主人公湊到跟前，看到冰雪和凍土上長着梁葫蘆的頭髮和頭皮，也看到梁葫蘆頭皮上長着凍土和去年的枯草。說頭皮不準確，應該說是顱骨。枯草直接紮根在梁葫蘆白生生的顱骨上。這些細節太血腥了，用夏志清的術語，這是「露骨寫實」(hard-core realism)[3]。

勞改營裏犯人內鬥情況嚴重，在《知青小邢》這一章裏，已經是1974年。一個知青跟一個貪污犯為了瑣事爭執，最後引發全屋火災，兩人均被燒死。除了死亡率和內鬥，還有一些非常慘烈的細節，比方人跟動物搏鬥。男主角終於獲得領導的批准，到場部去看女兒參與的紀錄片，回程時遇險，在雪地裏和兩隻大狼搏鬥。因為他的嘔吐物裏帶有酒精，結果醉倒了大狼，旁邊兩隻小狼只是觀看，男主角最終才驚險脫身，比傑克・倫敦的《熱愛生命》還要慘烈。嚴歌苓的煽情，有很多評論者批評，但是讀者頗歡迎。

二、犯人與看守，可以成為患難之交？

《陸犯焉識》寫大西北勞改生活的另一個重點，是犯人與看守人員之間的互動關係。這方面嚴歌苓花的功夫比張賢亮大得多。《綠化樹》裏村幹部都是善良好人，《男人的一半是女人》當中有個支書曹學義，睡了男主角的老婆黃香久，但也只是為了鋪墊知識分子性無能的前因後果。

《陸犯焉識》當中的鄧指導員，是整部長篇中除了男主角及其家人之外最重要的人物。主人公二十多年後離開大草原，竟然視隨時可以槍斃自己的指導員為生死患難之交。

小說前後分三段，描寫鄧指導員，同時也都在寫陸焉識的性格。在第一段故事中，為了獲准去場部看女兒參與的紀錄片，陸焉識用手錶賄賂鄧指導員，對方收了手錶予以放行，不料手錶竟然壞了。關鍵時刻，男主角靠修表手冊修好了手錶。整段故事令人提心吊膽，將犯人的可憐、恐懼、小心、無奈表露無遺。而鄧指導員則是表面嚴肅，實際留情。

小說第二段幾乎像偵探、驚恐小說。原來鄧指導員懷疑自己老婆出軌，就吩咐人稱「老幾」的陸焉識暗中監視。老幾果然發現了鄧指老婆（穎花兒媽）與人私通，而且手錶因為高原反應而亂走，成了物證。小說裏有個場面，鄧用槍指着老婆和老幾，說兩人中有人撒謊，誰撒謊就槍斃誰。老幾平常謹小慎微、膽小怕事，生死關頭居然為穎花兒媽冒死做假供，實際上他跟鄧指老婆一點關係也沒有。男主角在勞改農場，以及之前之後在美國、在上海，基本上是一個無用的讀書人形象，卻在那一瞬間突然高大起來，也似乎獲得了鄧指導員的信任。後來另外一個河北看守，一直想害老幾，老幾多次得到鄧指的保護，逃過數劫。

第三段故事是老幾獲釋，這時已經肝癌晚期的鄧指導員，告訴老幾其實自己早就知道他是偽裝口吃，也知道他在保護自己老婆。兩個男人在女人問題上價值觀一致，都是寬容和感激女人的。這種專政對象和專政機器的交流關係，在小說裏，很多評論都忽視了，其實是非常重要的。

三、雙重敘事角度，探究歷史意義

嚴歌苓的《陸犯焉識》和張賢亮的「勞改營文學」不同，不僅因為細節更荒誕，生態更惡劣，文字更煽情，場面更悲催，還在於敘事角度不同。

張賢亮的「勞改文字」，嚴格限制在右派犯人章永璘的角度，也就是犯人當時的感受 —— 如何承受，如何抵制，如何想辦法渡過難關，如何盡可能活下去。犯人當時的角度不是抱怨，不是抗議，也不是客觀分析、理性評論，比如寫饑餓，主要突出章永璘耍小聰明，更換盛粥的容器，以獲得盡可能多的稀飯。即便後來他發現自己老婆與支書通姦，身體不行的知識分子也不敢抗議，只能在想像中與宋江、莊子、馬克思等人對話，尋求自我安慰。

《陸犯焉識》也有犯人老幾當時的感受 —— 用第三人稱，但同時忍不住會加入顯然是事後和局外的評判。比方說犯人內鬥了，主角在那裏心驚膽戰，小說就會加入這樣的評論：「懲罰自己的同類是做積極分子最省力的方法。」「在此地誰有塊心病，有塊暗傷，一定會有人來揭它戳它，你的痛不欲生可以舒緩大家的痛不欲生，一份不幸給大家拿去，醫治集體的不幸。」「在這裏鐵石心腸是正常的心腸。」

少年犯被強姦犯用馬拖的時候，眾犯人只是圍觀，「去看看自己的慘如何轉嫁到了他人身上，看看他人的慘如何稀釋自己的慘。」「壞的人民跟好的敵人不一個性質。」

所有這些議論，與其說是受害人當時的認識，不如說是事後甚至是海外的一種批判角度。在嚴歌苓的小說裏，事後和海外視角會和犯人當時的感受一起出現。從技術上看，張賢亮是一味扮傻，有再現歷史心理真實的好處。裝得太象，以致於八十年代還有讀者批判他「感謝苦難」。嚴歌苓的人物有時也傻，但作家不能掩飾自己聰明，當年老幾心情與事後孫女記錄盲寫文稿，這中間是有了雙重敘述。作家希望的效果，就是又要展現當年的痛苦，又要從事後的角度評判這種痛苦的歷史意義，這是一個雄心勃勃的寫作計劃 —— 細節前提是讀者必須相信主人公能夠「盲寫」。

四、知識分子的人生悲劇，是偶然還是必然？

嚴歌苓《陸犯焉識》中的犯人蓬頭垢面，頭髮如草，嘴中無牙，指甲長得像銳利工具，渾身氣味沖天，整天做苦活、餓肚子，犯人之間還要內鬥，還要拍領導馬屁，還要跟動物搏鬥，還要忍受種種便秘、灌腸、精神崩潰等生理和心理痛苦……這樣寫下去，這個長篇敘述，讀者怎麼受得了？就算讀者對勞改制度，對六、七十年代的社會政治教訓有歷史反省，至少在閱讀效果上，王德威說，對於這種「露骨寫實」，「我們難免感到審美疲勞。或對類似書寫避之唯恐不及」[4]。

於是，嚴歌苓話分兩頭，兩條故事線索交叉展開。一章是勞改的苦難大西北，另外一章就是主人公前半生的故事：富家子弟到美國留學和在上海的生活。甘肅、青海的大西北跟民國的上海、美國，形成了一章一章的交叉對比。一章是饑餓、內鬥、血淋淋，下一章就是年輕人結婚、留學，和意大利姑娘戀愛。有時候是呼應的，這一章在寫偽裝口吃，應付指導員，甚至在青海逃亡，另外一章也寫他在重慶，莫名其妙坐了國民黨的牢，回到上海又被特務欺負。

嚴歌苓並置描寫陸焉識的前、後半生，當然不只是為了調劑敘事氣氛，而是有意無意地在梳理二十世紀中國讀書人的歷史處境。

陸焉識的原型，嚴歌苓的祖父嚴恩春是哈代小說《德伯家的苔絲》的第一個中文譯本的譯者，留美博士，後來是廈門大學教授。嚴恩春四十歲時因對時局失望自殺（顯然陸焉識六、七十年代的大西北生活，不是她祖父的故事）。所以留美婚姻有原型，勞改歸來是虛構。

現當代文學比較著名的民國知識分子形象如方鴻漸、倪吾誠，大部分就是在社會上有才無用，在家裏既自尊又窩囊。陸焉識也屬於這種類型，他在父親去世後挽留了繼母恩娘，但後來全家都在恩娘的眼淚威勢下生活。恩娘和七巧一般，先是在夫家被欺負，然後就欺負家人。小說裏陸焉識留美前被迫娶了恩娘指定的女人馮婉喻，到美國以後，雖然可以和意大利戀人戀愛，但不敢發展，五年後乖乖回上海。

嚴恩春作為舊知識分子的原型，比較概念化，恩娘的一言一行、表情、動作更加活靈活現，像作家在寫她的一個極熟悉的家中長輩。在整部長篇的意義結構中，恩娘的主要功能就是把男主角訓練得既聰明又懦弱，而且把女主角馮婉喻訓斥得既溫柔又堅強。張賢亮寫勞改，男主角也有個上海富家背景，不過虛晃一槍。在八十年代的背景下，這個右派平反以後還拒絕美國親戚的援助，要留在大草原，「子不嫌母醜，狗不嫌家貧」，因此受到社會讚揚。嚴歌苓有沒有學習張賢亮的寫作策略呢？

錢鍾書、王蒙細寫方鴻漸、倪吾誠作為民國新派知識分子的先天弱點，卻沒有讓他們有機會在新社會真正「洗澡」;《活動變人形》的「審父」部分也比較抽象。嚴歌苓後發制人，她雄心勃勃地把一個大家都理解的無用的民國知識分子故事，和一個大家都熟悉的悲慘的六、七十年代知識分子故事連貫起來，這中間關鍵的交集處 —— 陸焉識如何會成為犯人 —— 在小說裏卻躲躲閃閃，一直作為懸念讓人們猜測。

陸焉識是 1954 年肅反時，因反革命言論被判刑十五年。犯罪有偶然因素，也有必然因素，有時代背景，也有個人原因。早在三十年代，陸焉識就捲入了一篇文章的論爭。他認識一個衝動的左派文人大衛・章 —— 雖然起了個洋名，其實是中國人。他還認識比較傾向自由主義的淩博士，屬胡適一派的。陸焉識無意加入任何一個陣營，但只要寫文章，就無可避免會被歸類到某個派別，有時「左者嫌其右，右者嫌其左」。抗戰時，陸焉識在重慶就因發表個人言論被國民黨關進牢房兩年。照理說這是革命經歷，但到了 1948 年，他又不願意讓大衛（左派的文人）帶他的姪子（一個歐洲的左翼青年）去參加學生政治運動。大衛跟他說：「上海很快要解放了。要想與人民為敵，就去告發我。」……焉識問：「誰給他權利讓他代表人民的？人民又是誰？」

陸焉識雖然看不慣大衛的革命作風，但實際上還是設法保護他。因為保護大衛，自己丟了教職。沒想到大衛還指責他告發，令陸焉識非常氣憤：「革命我不反對，但是革命者認為他的命比百姓的命更值錢，碰到性命攸關的時候就拿百姓犧牲，我不能跟這樣的革命者來往。」兩人就此吵翻。解放後大衛做了教育官員，發表文章說「能不能放手讓反感共產主義的教授教育新社會的大學生」。天真的陸焉識竟然還給大衛寫了封信說：「知識分子的生命在於接受知識、分析知識、傳播知識，甚至懷疑知識、否定知識，在他接受和分析的時候，他不該受到是非的仲裁。知識分子還應該享有最後的自由，精神的自由。」

一向不問政治的賢妻馮婉喻，當時就勸丈夫不要這樣寫信，可丈夫不聽。軍代表看到了這個情況，要他反省認錯，陸焉識說認錯沒門，寧可辭職。他以為可以另找工作。之後這位讀書人就要花二十多年的時光，去反省他四十歲的天真。後來他女兒有句話倒是最理解他了，她說：「像你這樣的人，人家硬要你做的事，你做起來怎麼會開心？」現在的讀者可以幫他分析一下，這個讀書人的悲劇，是偶然還是必然？是時代原因還是個人原因？

如果說在 1949 年前後的這一系列誤會衝突裏，還有一些時代發展的必然因素，那麼 1954 年的加刑，卻不能不說是純屬偶然。當時上海某區公安局長江帆涉嫌軍統被捕，大家因此推斷這個軍統潛伏下來一定包庇反革命，於是被輕判的犯人就要加刑，陸焉識的刑期從原來的十五年加到了二十五年。他不服，大鬧法庭，說每個法官要在新的判決書上簽字，說以後不會再加了，因為這樣隨便加，不合法。當然了，這就是抗拒，態度不好，還要再加刑，於是就加到無期，加到死刑，一度就已經到了死囚病房。嚴歌苓這樣寫，不知有史料依據，還是海外視角的想像。

後來又糊裏糊塗改到了死緩和無期，陸焉識真地是「焉識」——弄不清楚甚麼原因。小說最後才說明，原來是賢妻馮婉喻，犧牲貞操獻身某官員，才獲得丈夫減刑。張愛玲小說裏也有女學生為了救男友嫁老幹部，在張氏筆下這是非常罕見的，令人難以相信的高尚愛情。《陸犯焉識》裏馮婉喻的犧牲色相救夫，雖然很煽情，但也有點符合人物的性格邏輯。

整部長篇中的兩條敍述線索，最後匯出第三個故事，就是陸焉識後來釋放回到上海，回到賢妻和兒女身邊。張藝謀的電影《歸來》就是改編自第三個故事。

五、錯位的愛情與無法擺脫的過去

陸、馮婚姻是家長指令，所以民國時期焉識並不愛自己的妻子，去重慶教書也是一個人去，把妻子對他的恩愛視為理所當然。婉喻卻是一貫地賢慧。轉捩點是入獄以後，婉喻每個月（後來是每三個月）定期探監，帶去丈夫需要的食品和安慰。後來勞改犯要遷移去大西北，婉喻居然在鄉下監獄附近租房，等着搬遷的那一刻，等了七、八天。在鐵罐車小窗裏，陸焉識意外地看見妻子淒慘送行的身影。那一瞬間男主角突然發現自己對妻子的愛。當然這種遲到的愛，後來在越來越艱苦的大西北歲月中，也越來越強烈，越來越銘心刻骨，幾乎成了男主角後來能夠活下去的唯一動力。這是嚴歌苓寫革命歷史故事的女性視角，不是眼前的女人救男人於苦難，而是過去的女人讓男人在苦難中活下來。

1963 年陸焉識有一次奇跡般地逃亡，千辛萬苦逃到上海，一路都見到自己的通緝令。但他不敢驚動家人，因為女兒電話裏已經警告他了，如果還念及家人的話，請斷絕關係。男主角怕連累家人，只在城裏暗暗跟蹤。這個場景比較淒慘。小說最後交代，妻子婉喻其實憑嗅覺就知道丈夫在附近，但是他們也沒有聯絡。

最後這個男人居然為了家人再回勞改營自首，又過了十幾年的勞改生活，這期間他不斷地盲寫（自傳）。嚴歌苓在小說裏是陸的孫女，她讓我們讀的小說就是他的盲寫。小說的高潮當然是勞改釋放後與家人重逢，這時主角已經是婉喻了，她一直牽掛丈夫，等丈夫歸來，卻患了失憶症。丈夫回來，她不知道這是誰，只知道有個男人誠誠懇懇，天天耐心陪着她。男人當然是要償還自己遲到的愛情債務，婉喻也接受這個好心男人的照顧，但心裏還在思念她心目中的焉識。他們的兒子很勢利，女兒很聰慧，還有局外旁觀的孫子、孫女，還有很多其他的親戚，想了很多辦法都幫不上忙。

婉喻思念丈夫卻不認識丈夫的橋段，在張藝謀那裏變成了電影的核心細節。王德威說電影把小說演成失憶版社會主義王寶釧的故事，沒有對嚴歌苓所思考的問題作出有效的回應，編劇和導演對原作的體會不足[5]。如果這個說法成立的話，我們要想想嚴歌苓到底在思考甚麼問題。

第一，知識分子不識時務是否是罪？現在已經取消了的勞改制度，在歷史上有沒有值得反省的地方？必須指出，小說裏的過去雖然黑暗重重，但對未來還是充滿希望。1976 年釋放陸焉識的時候，一個幹事說：「『四人幫』倒台了……這次鬥爭以後，就再也不會鬥爭了。」

第二，原來銘心刻骨的愛情也可以是錯位的。婉喻癡情愛上年輕的焉識，焉識渾然不覺。等焉識懂得這份愛情的時候，他們遠隔千山萬水。等他終於回到愛人身邊，妻子卻已經不認識他了。「不認識」「失憶」這是好聽的說法，其實細節描寫的老太太老年癡呆，最後很暴力，可能傷人，自己在家裏又裸體，簡單通俗的說法就是腦子壞了。旁觀者清，焉識再也追不回失去的愛了。

電影《歸來》淡化了小說對幾十年大西北生活的反思，把過去簡化為主要是 1957 年和「十年」的創傷。當然這已經是非常艱苦的工作了。這部電影是張藝謀中後期創作中少有的保持水準之作。電影以馮婉喻的失憶為焦點，失憶演變成一種無法擺脫過去的處境。「無法擺脫過去」其實是這幾十年來各種「十年」論述的核心主題，靠安慰沒用，靠轉移無效，簡單的忘卻或者假裝翻篇、自以為不存在了，也都有點自欺欺人。如果不是自我欺騙，那何必要刻意躲閃或者說故意忘卻呢？

但是電影《歸來》有一個嚴歌苓小說所沒有的象徵意義，那就是怎樣才能真正地擺脫過去。從心理學上來講，重回現實就是最有效的擺脫噩夢的方法。在鞏俐飾演的婉喻面前重演車站捕人的那一幕戲，也許就能令她回想起她真實的丈夫。這大概也是當代小說不厭其煩要講述這段歷史的「集體無意識」，目的還是想讓國人從內心裏表達懺悔，擺脫過去，以防將來。

小說的結尾意味深長，陸焉識在妻子死後，也很難在上海的兒女家庭生活，最後失蹤了。正面意義上，象徵他是一個追求自由的人；

負面意義上說明，他的名字裏一旦多了一個「犯」字，這個「犯」字也就永遠加在他的名字中間了。

張賢亮的右派勞改主角最後不去美國，留在大西北。嚴歌苓的作品悲慘得多，曲折得多，但結尾據說陸焉識也是要回去大草原，這說明甚麼呢？是張賢亮和嚴歌岑的知識分子主人公，必然共用相同的命運？還是嚴歌岑和張賢亮，擁有相同的理想？

參考書目 / 文章

葛亮：《此心安處亦吾鄉 —— 嚴歌苓的移民小說文化版圖》，香港：三聯書店，2014 年。

董娜：《嚴歌苓小説的敍事論理》，北京：中國社會科學出版社，2018 年。

周航：《嚴歌苓小説敍述三元素研究》，廣州：暨南大學出版社，2017 年。

朱立立：《身份認同與華文文學研究》，上海：上海三聯書店，2008 年。

陳思和：《中國當代文學史教程》，上海：復旦大學出版社，2008 年。

劉登翰：《雙重經驗的跨域寫作：二十世紀美華文學史論》，上海：三聯書店，2007 年。

莊園：《女作家嚴歌苓研究》，汕頭：汕頭大學出版社，2006 年。

劉紅英：《嚴歌苓小説的空間意象與文化隱喻》，《華文文學》2016 年第 3 期。

孫謙：《論嚴歌苓長篇小説〈陸犯焉識〉的空間敍事》，《北京社會科學》2014 年第 12 期。

袁棟洋：《性別場域缺失者的女性書寫 —— 談嚴歌苓的〈陸犯焉識〉》，《當代文壇》2015 年第 1 期。

曾洪軍：《多重話語 荒誕品質 —— 論嚴歌苓新作〈陸犯焉識〉》，《名作欣賞》2012 第 24 期。

龔自強、叢治辰、馬征 等：《二十世紀中國知識分子的磨難史 —— 嚴歌苓〈陸犯焉識〉討論》，《小説評論》2012 年第 4 期。

1　張賢亮：《綠化樹》，《十月》1984 年第 2 期。

2　嚴歌苓：《陸犯焉識》，北京：作家出版社，2011 年。以下小說引文同。

3　C. T. Hsia, “Conclusion Remarks,” in Chinese Fiction from Taiwan: Critical Perspectives, ed. Jeannette L. Faurot (Bloomington: Indiana University Press, 1980), p. 240.

4　王德威：《從「裸命」到自由人——嚴歌苓的〈陸犯焉識〉》，引自《陸犯焉識》，台北：麥田出版，2014 年。

5　同上註。

2011

李銳《張馬丁的第八天》

有歷史意義的一場床戲

李銳 1966 年中學畢業，1969 年到山西呂梁山區下鄉插隊，1974 年開始發表小說，1977 年到《山西文學》編輯部，1988 年成為「山西省作協」專業作家，後當選為「山西作協」副主席。2004 年，有三位中國作家獲得「法蘭西藝術與文學騎士勳章」，分別是莫言、余華和李銳。不過在 2003 年李銳辭去了「山西作協」副主席一職，同時退出了中國作家協會，此事一度引起國內外矚目，不過李銳還保留着「山西作協」會員。李銳應該是趙樹理之後山西最有名的作家，早期代表作是 1988 年出版的短篇小說集《厚土 —— 呂梁山印象》，由十六個短篇組成。作為插隊知青，李銳更多關注農民的命運。小說裏出現的隊長濫用權力，外鄉女人來討飯，隊長要「先過了一水」，但公社書記搶了隊長的情人，隊長也無可奈何。這些情節令人想起畢飛宇的《玉米》。《厚土》曾經獲得第八屆全國優秀短篇小說獎和第十二屆台灣《中國時報》文學獎。李銳的小說有很多歐洲語言的譯本，瑞典漢學家馬悅然生前一直在翻譯李銳的作品，所以多年來也一直有李銳可能獲得諾貝爾獎的傳聞。

《張馬丁的第八天》是李銳 2011 年的作品，最先發表在《收穫》上。王德威撰文推薦，說小說裏有一段「寫出了當代小說中最為驚心動魄的一幕」[1]。李銳的《張馬丁的第八天》與近二十年「細密寫實主義」的形式潮流有些不同。劉震雲、王安憶、金宇澄的長篇小說都是散點透視，並不以戲劇性的情節做長篇的結構中心，而是很多角色、紛繁線索並行，緩緩地挪動時代，寫幾代人或者幾十年的「清明上河圖」。而《張馬丁的第八天》卻是將幾乎全部人物的情節線，都聚集在一個關鍵場景中，凝聚在一個關鍵時間點上。這個關鍵點匪夷所思，竟然是一對異國男女的床戲。

一、強烈的戲劇性：凝聚在一場床戲

男主角是意大利人，教堂執事，中文名叫張馬丁。他在中國北方村民衝擊教堂時，因保衛主教而受傷陷入昏迷，當天即被認定死亡。孰料「死者」三天後居然「復活」，而在他昏迷期間，主教已經以張馬丁之死，要求清朝官府處決了造反首領張天賜。

床戲的女主角就是張天賜之妻張王氏。張王氏在丈夫臨死前希望給丈夫「留種」但失敗，後來找小叔子「留種」也沒成功。現在她幻想眼前這個意大利男人是她丈夫的投胎轉世，所以一定要和這個男人發生關係，完成為丈夫「留種」從而日後報仇的使命。

一般來說，短篇小說常寫偶然性和奇跡，長篇小說更多寫必然性和日常。長篇小說《張馬丁的第八天》卻正是寫不可思議的偶然性和奇跡。一個多世紀以前的中西宗教、文化、政治、道德衝突，全部凝聚在這一對男女的奇幻交合的片刻，所有故事都以這個交合為焦點。在這個瞬間，被鄉民當作「娘娘」崇拜的張王氏赤身裸體，非要與一個「死而復生」的外國男人性交，以為這個男人是丈夫轉世（其實正是這個男人的假死，害死了她的丈夫）。雖然小說寫的是具體的歷史事件，作家在小說後面還煞有介事附錄了《舊約》《淮南子》的語錄，德國皇帝的命令，還有不少西方學者對義和團運動的研究，但李銳寫的與其說是歷史小說，不如說是更接近於神話寓言。

《一句頂一萬句》《天香》乃至《繁花》的散點全景、世俗人情，也許和新世紀以來國學振興的文化背景有關。相比之下，2011 年的《張馬丁的第八天》，更堅持三十年代傳統，也就是來自於歐洲十九世紀文學的方法 —— 以高度戲劇性的故事，經營長篇結構，情節強於細節，寓言強於寫實。

作為歷史小說，《張馬丁的第八天》人物不夠多，不夠複雜。陳平原在《二十世紀中國小說史》裏曾經引用《冷眼觀》中的一句話：「如今洋人怕百姓，百姓怕官，官又怕皇上，已成牢不可破的循環公理了。」陳平原補充：「其實還應當加上『皇上怕洋人』，那麼這個循環公理才真正成立。」[2] 李銳的小說雖然人物不複雜，但完整地再現了這個晚清「循環公理」的各個環節。「百姓怕官，官又怕皇上」比較簡單，主要由孫知縣的處境來體現。孫知縣不如莫言《檀香刑》裏的縣令那麼複雜。李銳在「洋人怕百姓」這個環節上，寫得比較濃墨重彩。洋人不是真地怕百姓，而是要籠絡中國百姓，因為要傳教。

作為洋教士，劉震雲《一句頂一萬句》裏的詹牧師終身勞苦，也被官府欺負，他還在鄉間扮演知識分子的角色。換句話說，劉震雲筆下的傳教士是一個正面形象。李銳筆下的傳教士，尤其是高主教，顯然承載了更多複雜的理念。

作為寫實主義，《張馬丁的第八天》細節也不夠多，重要情節關頭主要是藉人物對話表現劇情。幾個主要人物好像是性格為情節服務。所以這部長篇最精彩也最不可思議的是幾個違反常理的情節，作家花了大功夫要讓讀者接受、相信這些情節。為了推進奇幻的床戲高潮，也為了藉助符號化的人物試圖回答重大的歷史（甚至是現實）難題。

二、洋教 VS 土神：代表西方列強的傳教士

第一個偶然性情節是意大利教士喬萬尼・馬丁，在暴民衝擊教堂時因保護高主教「死」了。由於瑪麗亞修女堅持要給他完成一件刺繡長服，推遲了兩三天下葬，居然就給了喬萬尼從棺木裏醒來的機會，原來他只是深度昏迷。小說用了倒敍手法，一開篇喬萬尼已經「復活」，而且被教會及華人社會同時拋棄，所以這個「復活」是小說故事的起點。

主教萊高維諾是帶了棺木來中國的意大利神父，一生獻身傳教，已經在中國北方某地形成了很強的宗教勢力，背後還有經濟勢力和政治勢力。比方說在天災時救濟中國農民，農民反洋教時又可以要求清廷鎮壓等等。在前述「循環公理」中，高主教是一個重要角色。高主教視喬萬尼為義子，二人感情很深。為了強調主教跟教士之間的關係，作家用了中國的父子感情來解釋，很有意思。

當喬萬尼被張天賜等農民襲擊「致死」，高神父便以意大利神職人員之死，要脅清廷懲辦農民。原先目標是藉此剷除當地洋教的一個象徵性對手——紀念女媧的娘娘廟（此廟是農民為了消除水災的信仰寄託）。

這裏的象徵意義非常明顯，以耶穌對抗中國民間神仙，以世界「公理」對抗清代「天理」。造反的農民張天賜，寧可犧牲自己生命，也要保護娘娘廟。在這一回合洋教與土神的衝突當中，假死的張馬丁成了重要的關鍵證據。作家一方面用了相當正面的筆調，描寫高主教的宗教熱忱，好像他身後就是基督教的偉大教義和高尚道德。但另一方面，又描寫神父處理喬萬尼假死的政治手腕與欺騙手法。作為人物刻畫，主教的性格分裂，比較符號化，缺乏心理描寫和理性反思。但作

為寓言符號，西方傳教士代表列強，企圖殖民中國，既要傳播「先進」文明，又包含着剝削壓迫手段，主教形象頗符合百年來國人對西方文明的總體印象。

萊高維諾神父明知喬萬尼還活着，還要鄭重其事將他下葬，這個情節簡化了他的性格，卻深化了小說的主題。假死的喬萬尼被下葬了，造反的張天賜被殺頭了，可是「復活」的張馬丁該怎麼辦呢？他是西方文明侵略的一個活生生的證據。

幾個關鍵的離奇情節，一是意大利教士喬萬尼，身受重傷，被誤認為死了。二是意大利主教決定隱瞞喬萬尼的「復活」。三是喬萬尼（張馬丁）不願為了天主而隱瞞真相，他站在自己的墓地前驚訝、困惑，最後決定公開自己的「復活」。先是誤會，然後是計謀，最後是反叛。

高主教已經對張馬丁說明了教義和利害：「慈悲的天主讓你復活，是為了讓你回到信仰者中間，把這個奇跡帶給我們，讓我們親眼看到天主的萬能，讓我們滿懷感恩之心，永遠追隨他。天主讓你復活，不是為了讓你回到異教徒當中給他們反對天主的把柄⋯⋯喬萬尼，回答我，你願意背叛神聖的天父嗎？」[3]

這是非常典型的用宗教包裝政治，但是張馬丁不接受，出於最簡單也是最高的對天主、對真理的信仰。張馬丁退出了教會，承認自己假死。當然，之後的命運可以想像，他一方面被西方教會拋棄，另一方面被中國鄉民仇視，一個人在冰雪之中幾乎凍死（李鋭幾乎有點夫子自道）。

主教代表西方政治，張馬丁體現宗教信仰。作家對「西方勢力」一分為二，既有武裝士兵，也有修女善心。在「西方勢力」對面，孫知縣代表清廷官府。在張天賜這個概念化的民間英雄之外，小說裏還有張天賜的兄弟，還有鄉民鄉親們，還有聶提督、陳五六等愛國官兵，但是最有代表性的中國人物，還是張天賜的妻子張王氏。如果說小說裏娘娘廟象徵中國文化，張王氏則是娘娘廟裏的偶像兼羣眾基礎，雖然她的行為匪夷所思。

張王氏做的幾件事，一件比一件「荒唐」。第一件事是在丈夫臨死前到牢中去「留種」。吳趼人《二十年目睹之怪現狀》裏也有類似的描寫，一個死刑犯花錢推延行刑日期，為了讓女人進牢房可以給他「留種」。官員受了賄後，把死刑的文書錯發到不同的地方，給死刑犯留下了「留種」的時間。可是張王氏在牢中為丈夫「留種」失敗，據說是因為例假，這個細節男作家寫得比較粗糙。第二件事是按照丈夫遺願，張王氏又去找小叔子天寶「留種」。等於哥哥沒了轉找弟弟，好歹也是張家的「種」。可是叔嫂床戲未成，畢竟太毀三觀，天寶不敢。

第三件事是全書高潮，張王氏把奄奄一息的張馬丁從冰雪中救回，然後一口認定這個意大利男人就是她丈夫投胎轉世，而丈夫轉世當然就是為了「留種」，為了將來復仇。其實眼前這裸男正是她丈夫被殺的禍水。所以意大利處男和中國寡婦的床戲，作為故事的核心情節非常魔幻。小說是否在象徵寓言層面，幻想西方基督教義與中國民間信仰之間某種奇幻相通的可能？

三、最敏感的歷史題材：義和團運動

除了五十年代初的「土改」以外，義和團運動也是中國當代作家最感興趣或者說最為困惑的歷史題材之一。三十年代李劼人《死水微瀾》，描寫教民和四川農民幫會之間的爭鬥。莫言《檀香刑》，同時寫了同樣重要的三個主角 —— 造反者孫丙、劊子手趙甲和錢縣令。小說對侵略者德國人簡單批判，但是描寫晚清社會矛盾 —— 劊子手的職業道德、縣官的政治權術和造反者正義的義和團精神，解剖這三者矛盾時，莫言寫得比較複雜。劉震雲《一句頂一萬句》，把西方傳教士寫成幾乎完美的受欺壓的正面形象。相比之下，李銳的《張馬丁的第八天》，以中西宗教信仰矛盾為主線，對「西方勢力」做了二元化的處理：既有主教的虛偽，也有張馬丁的天真。更重要的是，對於反抗洋教的中國民眾，也做了戲劇化的分類。有張天賜、聶提督這樣的民族英雄，也有義和團的殘酷暴行，更有癡迷、魔幻的張王氏。張王氏還有其他四、五位鄉間女人，一定相信英雄張天賜借了意大利男人軀體來轉世（傳統中國文化精神借西方形式憂國救民？）作為歷史小說當然近乎荒誕，作為寫實主義也是魔幻，但作為李銳精心設計的中西衝突的寓言，希望百多年前西方現代性進入中國時，能留下一些優秀的混血品種，卻不失為一種既殘酷又美麗的歷史願景。

小說中教堂文化的兩重性 —— 主教虛偽、教徒虔誠 —— 也代表了中國知識分子對西方文化的矛盾觀感。對貫穿百年的由義和團、娘娘廟混合成的中國農民反洋教運動的警惕，也是李銳小說比較受海外漢學家注意的原因之一。

小說第五章，關於義和團殘酷性的描寫十分引人注目。陳五六原是聶提督屬下一個下級軍官，小說寫他收留了一個親戚葫蘆。葫蘆本是犯人，救他就要找個替身頂罪。然後陳五六把葫蘆帶到自己家裏來，讓他跟自己殘疾的女兒蓮兒結婚。看似和小說主題無關的細節，原來竟是伏筆。到了第五章第一節，蓮兒、葫蘆等普通鄉民，莫名其妙就受到了義和團匪徒襲擊。義和團的人說：

> 「我告訴你我是誰，我是欽命義和團東河城裏的二師兄，轉世英雄秦瓊，秦叔寶，我們扶清滅洋專殺洋鬼子、二毛子！現在連

朝廷都依仗我們義和團……誰家裏兒有他媽洋貨就砸誰！誰他媽是二毛子就他媽宰了誰！」

話音未落，二師兄抬腳把葫蘆踹在一邊，伸手拉過蓮兒，一把撕開蓮兒的前襟，又一把扯斷了蓮兒貼身的兜兜，蓮兒雪白的胸脯和奶子暴露在光天化日之下。蓮兒一聲慘叫昏死過去。

上述義和團行動有幾個要點：一是獲得朝廷支持，這是政權背景；二是自我認同是繼承了古代英雄，這是廣義的族權；三是通過轉世獲得授命，這是神權、信仰系統；四是不僅打擊洋鬼子，更要打擊二毛子，就是將中國的教民等於漢奸，而且採用的手段殘暴，沒有人道底線。這種政權、族權、神權三結合的革命行動，其口號、信念、方法，當代國人不會感到陌生。作為歷史研究，不免太過戲劇化。作為國族寓言或者說是預言，則想像力豐富。

四、複雜的中西文化宗教衝突

小說第五章第三節繼續描寫欽命義和團攻擊教民。佟掌櫃旗幟上書「天齊大聖大帝總管人間凶吉福禍」,「替天行道 轉世英雄黃飛虎」。這個「替天行道」跟外來的天主一樣，他都要總管人間。

驕陽之下，狂熱的人流像洪水一樣在天石鎮的街巷裏席捲而過，凡是信教的人家都被擁進去搶砸一空，除了聖像、《聖經》、十字架而外，洋布、洋紙、洋線、洋火、洋蠟、洋釘、洋燈、洋鏡子、洋玻璃、洋鐵桶……任何和「洋」字沾邊的東西也都被搜出來搗毀、砸爛，扔進火堆，人流所到之處摧枯拉朽，遍地狼藉。

既然義和團首領也都自己覺得是轉世而來，所以人們也不懷疑張王氏相信她丈夫的轉世。張馬丁被強迫「留種」以後就病死了，張王氏一度被奉為娘娘廟主。五個混血兒，當然都是洋鬼子餘孽。這個情節在小說裏是重舉輕放，最後由修女瑪麗亞提出方案，五個孩子先歸教堂養育，免得被鄉民們打死，以後由他們或者他們的母親們決定，到底是留在教堂還是回到民間。

小說的結尾，有點匆忙。這麼尖銳的中西矛盾，很快就得到了和諧、現實的解決方案。也許歷史本來就是充滿各種現實妥協，小說只是特別強調矛盾衝突的偶然性和奇跡。總體看，這部小說細節閒筆太少，情節比人物更加重要，核心是寓言象徵，西方勢力一分為二，中國文化有英雄、官府和民間三方代表。民間信仰是核心，一直努力「留種」為了復仇的張王氏，她的犧牲精神、使命感、神奇幻想感官，是整個故事的關鍵。在中西政治文化宗教衝突中，小說想盡量不偏不倚或者說客觀、超越。放在新世紀中國民眾情緒的閱讀語境下，小說還是突出對義和團傳統的批判，對「西方勢力」盡量複雜的辯解。僅就形式看，李銳雖以山西鄉土作家出名，《張馬丁的第八天》卻是同時期最富西方戲劇性情節結構的中國長篇。倘若「長篇最好寫必然性和常態」這理論可以成立，《張馬丁的第八天》如果壓縮成一個中篇，在藝術上是否會更加純熟？

參考文章

王本朝：《當文化成為信仰以後 ——〈張馬丁的第八天〉的基督教敍事》，《南方文壇》2016 年第 5 期。

王曉瑜：《人的生存困境與思想者的精神困境 ——〈張馬丁的第八天〉簡析》，《現代中國文化與文學》2015 年第 1 期。

傅書華：《曠世的絕望 個體的悲涼 —— 讀李銳〈張馬丁的第八天〉》，《文藝爭鳴》2013 年第 1 期。

李銳、傅小平：《歷史從來都是萬劫不復的此岸 —— 關於李銳〈張馬丁的第八天〉的對話》，《黃河文學》2011 年第 10 期。

李銳、續小強：《「煎熬」的歷史觀：〈張馬丁的第八天〉及其他 —— 作家李銳筆談》，《名作欣賞》2011 年第 10 期。

李銳、邵燕君：《用方塊字深刻地表達自己 —— 李銳訪談》，《上海文學》2011 年第 10 期。

王德威：《一個人的「創世紀」》，《讀書》2012 年第 2 期。

王春林：《糾結：文化衝突中的人性困境透視 —— 論李銳長篇小說〈張馬丁的第八天〉》，《文藝爭鳴》2012 年第 10 期。

靳悅：《李銳〈厚土〉的「身體意象」分析》，《文學界（理論版）》2011 年 7 期。

---

1 王德威：《序：一個人的「創世紀」》，引自李銳：《張馬丁的第八天》，南京：江蘇文藝出版社，2012 年。

2 陳平原：《二十世紀中國小說史・第一卷（1897-1916）》，北京：北京大學出版社，1989 年，頁 200。

3 李銳：《張馬丁的第八天》，首次發表於《收穫》2011 年第 4 期；南京：江蘇文藝出版社，2012 年。以下小說引文同。

2011

金宇澄《繁花》
當代世情小說代表作

一、方言、文言、政治術語與對話文體

2012年我初讀《繁花》，居然可以用上海話來讀，以為是文壇奇葩，《海上花列傳》一系的失散孤兒。沒想到《繁花》引起了各方好評，不僅上海評論家程德培撰長文作序[1]，台北《印刻》的主編初安民熱情關懷小說中寫的1949年以後的上海，就連北方學者，比如北大中文系的陳曉明教授等，也認為《繁花》用普通話閱讀照樣有魅力[2]。之後更有王家衛，買了電影、電視劇的版權。十年之後，電視劇《繁花》在中央電視台播出，又引起各方反響，在電視工業圈內外，在大眾審美趣味層面，甚至在「中國式的民間資本主義」等意識形態話題方面，《繁花》都成為某種現象級的作品。當然，電視劇在劇情方面屬於再創作，與小說原著貌離神合。小說《繁花》也改成比較忠實原作的話劇，連場滿座。

在近二十年中國小說的語境裏，《繁花》也並不完全是孤軍獨創。聯繫劉震雲的《一句頂一萬句》、王安憶的《天香》等同時期的長篇，二十一世紀初，中國小說界其實出現了「尋根文學」的第二次發展——從文體、語言及世情內容方面，都有超越「五四」回到晚清的跡象。《繁花》和《一句頂一萬句》南北呼應，《清明上河圖》的寫法，

細碎繁瑣，百姓日常生活的細節展覽，至少是 1949 年以來最豐富、最瑣碎的世情小說。

藉用魯迅對晚清「青樓小說」的經典評語[3]，同是近年長篇小說的細密寫實主義，王安憶《天香》是對古代女性生態的烏托邦式「溢美」，劉震雲的《一句頂一萬句》則是對北方鄉民生態的某種「溢惡」——直面麻木灰暗的人生，幾十年都找不到說話的人。而金宇澄的《繁花》則是對上海男女世情的「近真」寫實。《一句頂一萬句》寫了兩個時代——民國初與改革開放以後，居然一直延續瑣碎、麻木、灰暗基調。《繁花》也寫了兩個時代——「文革」初與改革開放後，也始終貫穿各種男女之間的苦中作樂或者樂中見苦的生活形態。

金宇澄是《上海文學》雜誌的主編，工作職責看了多年的各種各樣的小說文本，眼高手也不低。《繁花》最初是網絡專欄實驗滬語入文，受到一些同樣有興趣嘗試滬語讀寫的文學愛好者的支持。這也是韓邦慶《海上花列傳》傳統的延續。胡適、張愛玲都曾非常推崇《海上花列傳》，張愛玲晚年更是努力要把《海上花列傳》從吳語（蘇州話）譯成國語。金宇澄對滬語和國語的關係，有自己的考慮。他說《繁花》「採用了上海話本方式，也避免外地讀者難懂的上海話擬音字，顯現江南語態的敘事氣質和味道，腳踏實地的語氣氛圍。小說從頭到尾，以上海話思考」。「……以上海話思考、寫作、最大程度體現了上海人講話的語言方式與角度，整部小說可以用上海話從頭讀到尾，不必夾帶普通話發音的書面語，但是文本的方言色彩，卻是輕度，非上海語言讀者羣完全可以接受，可用普通話閱讀任何一個章節，不會有理解上的障礙。」[4]

這是一個很特別的要求——從頭到尾都以上海話思考、寫作，又能以普通話閱讀。真地能夠做到嗎？我們不妨試驗一下，隨意找一段，就以小說第一章第一節為例。

「滬生經過靜安寺菜場，聽見有人招呼，滬生一看，是陶陶，前女朋友梅瑞的鄰居。滬生說……」[5]

我專門請教金宇澄，這個地方的「說」，是否滬語。上海方言一般不會說某某「說」，應該是「滬生講」。金宇澄解釋，這個「說」是藉用了蘇州話。同樣意思，在舊白話小說裏是「道」，「五四」之後是「說」，在這裏也可以用「講」，可是他堅持用「說」。「滬生說」，有點像蘇州彈詞開篇，也有吳儂軟語的味道。

「滬生說，陶陶賣大閘蟹了。陶陶說，長遠不見，進來吃杯茶。」「吃杯茶」，上海人是把「喝」也叫「吃」，比如吃咖啡、吃酒。「滬生說，我有事體。」我有事。「陶陶說，進來嘛，進來看風景。」陶陶請滬生到他賣大閘蟹的攤位來看風景。「滬生勉強走進攤位。陶陶的老婆芳妹，低鬟一笑說，滬生坐，我出去一趟。」這裏「低鬟」是比較文言的書面語。這是描述句。這部小說的原則是描述可以用普通話甚至文言，對白則用上海口語。「兩個人坐進躺椅，看芳妹的背影，婷婷離開。」「婷婷玉立」的「婷婷」。「滬生說，身材越來越好了。」男人之間誇對方老婆「身材」，要有一定程度的朋友關係，以及一定的談話氛圍。「陶陶不響。」這裏第一次出現了小說中的名句。別的男人誇你老婆身材好，這時男人怎麼回應？有點尷尬，也有點得意。說謝謝，太西式了，不像陶陶一個小市民的口氣。承認老婆身材好，又太粗魯了。所以「陶陶不響」。「不響」是《繁花》裏出現次數最多的一個代表性句子，之後詳論。「滬生說，老婆是人家的好」，這是舊上海的一句典故。張愛玲有篇文章《自己的文章》，是在被迅雨（傅雷）批評後的自辯。因為老話說「文章是自己的好，老婆是人家的好」。滬生自然認為「老婆是人家的好」，此話一點不錯。「陶陶說，我是煩。滬生說，風涼話少講。」太太已經這麼漂亮了，還要說「煩」，意思是你矯情，「凡爾賽」。「陶陶說，一到夜裏，芳妹就煩。」「滬生說，啥。」這個「啥」實際是問號，但是這部小說幾十萬字好像堅持通篇不用問號，凡是到需要問號的時候，他也用句號，用「吧」、「啥」來代替，作家筆下故事細節雖然雜亂，文體語法卻特別統一和講究。「陶陶說，天天要學習，一天不學問題多，兩天不學走下坡，我的身體，一直是走下坡，真吃不消。」這是故意套用當代政治術語，天天要學習之類，講的是老婆性慾旺盛，床事太頻繁，陶陶吃不消（是否也向讀者暗示，天天學習，大家可能也吃不消？）另一位首都大院背景的京腔作家王朔，也擅長用毛文體影射性事，「不破不立，破字當頭，立也就在其中了」，南北呼應，都在寫兩種「方言」（地域方言與官方語言）之弔詭貫通關係。

滬生是律師，有很多案例「是老公每夜學習社論，老婆吃不消」，男人需求太強。「陶陶說，女人真不一樣，有種女人，冷清到可以看夜報，結絨線，過兩分鐘就講，好了吧，快點呀。滬生說，這也太嚇人了，少有少見。」他們一邊講生活中的三級內容，一邊講書本裏的風花雪月。「陶陶說，湖心亭主人的書，看過吧。」這個「湖心亭主人」不是張岱《湖心亭看雪》，是「上下本《春蘭秋蕊》，清朝人寫的。滬生說，不曉得。陶陶說，雨夜夜，雲朝朝，小桃紅每夜上上下下，我根本不相信，討了老婆，相信了。」在小說裏，陶陶是個非常世俗的角色。「滬生看看手錶說，我走了。陶陶說，比如昨天夜裏，好容易太平了，半夜弄醒，又來了。滬生不響。」你老和我講晚上這些事，滬生只好不響。「陶陶說，這種夫妻關係，我哪能辦。」「哪能辦」上海話就是「怎麼辦」。「滬生不響。陶陶說，我一直想離婚，幫我想辦法。」原來小說一開篇，說了半天床事，實際是陶陶要律師滬生幫他想辦法離婚。和劉震雲《一句頂一萬句》一樣，世俗民情，離不開男女婚姻生態。「滬生說，做老公，就要讓老婆。」「陶陶冷笑說，要我像滬生一樣，白萍出國幾年了，也不離婚。」意思是你知識分子虛偽，夫妻國內外分居好幾年，也不離婚，這算讓老婆？也讓讀者思考，在床上盡責吃不消，或夫妻長期分居和諧「冷暴力」，哪一種才是「讓老婆」?「滬生訕訕看一眼手錶」,「訕訕」，上海話就讀不出來了。「準備告辭。」「陶陶說，此地風景多好，外面亮，棚裏暗，躺椅比較低，以逸待勞，我有依靠，篤定。」這段話文字平淡，其實有「顏色」。說他在街上賣大閘蟹，居然也有不少桃色風景。「我跟老阿姨，小阿姐，談談斤頭，講講笑笑，等於軋朋友。陶陶翻開一本簿子，讓滬生看，上面謄有不少女人名字，位址電話。陶陶撣一撣褲子說，香港朋友送的，做生意，行頭要挺，要經常送蟹上門，懂我意思吧，送進房間，吃一杯茶，講講人生。滬生不響。」

最有意思的就是，小販賣蟹泡女人，還要「講講人生」。好像有的領導摸着女秘書的手講「人文精神」。省略號、問號等標點在小說裏是基本不用的。當然對於陶陶的這種吹嘘，滬生只好繼續不響。

以上所引只是長篇小說的引子，可能正是寫作初期的網絡小說形態。語言技術上有幾個特點。第一，可用上海話讀，但用普通話也基本看得懂。文字裏有很多上海的口語:「吃杯茶」「哪能辦」「篤定」「軋朋友」等等，包括這句著名的「不響」，有沉默、無語、無奈等很多意思。結合上下文語境，不會構成特別大的閱讀障礙。第二，上海方言中又夾有一些書面文言，「婷婷離開」「低鬟一笑」，還引用了古人書卷，一些冷門的掉書袋在小說裏不時出現。少量的書卷氣與大部分的世俗場景在小說中並置。第三，描述床事，使用當代政治話語，如說老婆床上太厲害，是「天天要學習，一天不學問題多，兩天不學走下坡」。用時代術語或動作，來講床第隱晦之事，「大雅」的政治用語與「大俗」的男女生態細節互相貫通。第四，小說中主要筆墨，不寫人物外表或內心，不寫情節場景與動作，也少寫風景、事件及歷史背景，大多數文字都在寫對話。絕大部分的戲劇性就是兩個人的對話。陶陶說……滬生說……陶陶說……滬生不響……對話佔全部文字的比例極高。而且，儘量不用問號、省略號和感嘆號。故事雜亂，文體統一。

後來，陶陶雖然對自己老婆芳妹不滿意，但還是勉強地、辛苦地克制了一個出軌的機會。陶陶後來的桃花運才是小說的一個高潮。小說的第一段只是一個伏筆。

二、小說結構：男人樹枝與女人繁花

金宇澄原來打算以「上海阿寶」為書名，顯然阿寶最接近於作家的敍事觀點。但因為小說採用話本文體，大量對白支撐版面，人物的心理描寫和抒情機會並不多，阿寶的性格也並不突出（後來電視劇《繁花》以阿寶為男一號，貌似時代弄潮兒，遍地風流，其實寶總的複雜性格也很難深究下去）。小說中阿寶和滬生的個性差異不大，都是比較正經的上海人，談戀愛比較文藝腔，不大開隱形或明顯的黃色玩笑。碰到桌上周圍眾人的黃腔談笑，他們的基本態度就是「不響」——「不響」是他們的標準姿態。

小說名改成《繁花》，自然接上了《海上花列傳》「花」的傳統，也突出了小說中的女性羣像。這些女人的形象儘管不如阿寶、滬生那麼正經，但各有獨特的生命姿態。

乍一看《繁花》錦繡繁茂的「女人花」，在小說裏好像是以男人的「樹枝」為線索展開。長篇的引子，看上去只是陶陶對滬生講低俗故事。如果堅持把這「黃色故事」讀完，讀者才能理解作家為甚麼要把這段「低俗故事」放在小說開端，以及這「低俗故事」在人生意義、偉大時代中的重要性。

> 陶陶拉緊滬生說，最近有了重大新聞，羣眾新聞，要聽吧。滬生說，我現在忙，再會。陶陶說，相當轟動。滬生說，陶陶講的轟動，就是某某人搞腐化，女老師歡喜男家長，四號裏的十三點，偷鄰居胸罩。陶陶說，絕對有意思，我講了。滬生說，我現在忙，有空再講。陶陶拉緊滬生說，我簡單講，也就是馬路小菜場，一男一女兩個攤位。滬生說，放手好吧。

不斷地重複兩個人的說話，就有點像好萊塢電影鏡頭的正反打，不斷重複，不厭其煩。讀者可以想像兩個人的神情態度。

> 陶陶鬆手說，當中是小馬路，男的擺蛋攤，馬路對面的女人，年長幾歲，擺魚攤。滬生說，簡單點。陶陶說，馬路上人多，兩個人互相看不見，接近收攤階段，人少了，兩個人就互相看。滬生說，啥意思。陶陶說，雞蛋賣剩了半箱，魚攤完全出貨，自來水一沖，離下班還有三刻鐘，男女兩人，日長事久，眉來眼去，隔了馬路，四隻眼睛碰火星，結果呢。滬生說，互相送雞蛋，送小黃魚。陶陶說，錯，雞蛋黃魚，有啥意思，到這種階段，人根本吃不進，因為心裏難過，要出事體了。滬生說，吃不進，生了黃疸肝炎。陶陶說，瞎講有啥意思。滬生看手錶。陶陶說，街面房子三十六號，有一個矮老太，一米四十三，天氣熱，矮老太發覺，太陽越毒，越熱，賣魚女人的台板下面，越是暗，賣魚女人，岔開兩條腳膀，像

白蝴蝶，白翅膀一開一合。矮老太仔細一看，要死了，女人裙子裏，一光到底。

這樣自然主義地細寫賣魚、賣蛋底層羣眾在工作中「搞腐化」，目的何在？接下來的故事，才更重要。矮老太覺悟很高，「朝陽羣眾」跟蹤賣魚女和賣蛋男姦情的全過程，最後由魚攤女人的老公出面，帶了徒弟當場捉姦。捉姦細節太精彩，本來要走的滬生，也不走了。陶陶說「我講一遍，就緊張一遍」。此句須重點關注，為甚麼講一遍就緊張一遍，講述本身的緊張、興奮、刺激、恐懼，值得研究。最後「前後弄堂，居民嘩啦啦啦啦，通通跑出來看白戲，米不淘，菜不燒，碗筷不擺，坐馬桶的，也跳起來就朝外面奔，這種事體，千年難得。滬生說，好意思講馬桶，再編。陶陶說，是百分之一百的事實呀，居委會幹部，也奔過來看情況，四底下，吵吵鬧鬧，轟隆隆隆隆，隔壁一個老先生，以為又要搞運動了，氣一時接不上，褲子濕透」。

這一大段細節誇張，格調不高，但想像一下，細思極恐。文革時期上海弄堂羣體捉姦的狂歡氣氛，當然不同於作家在小說裏所引述的瑪麗亞被眾人責罵的聖經故事，也有異於今人更熟悉的「大咖」、貪官在電視上交待嫖娼細節或者鋼琴家電影明星在網上被羣眾圍觀他們的「性」經歷。時代背景不同，傳播途徑也不同，但圍觀與狂歡的形式以及背後的人性基礎（或者說劣根性）卻有相通之處。利用這種羣體狂歡的政治統治技術和權謀可能也有相似之處？金宇澄故事的特異之處，一是羣體狂歡之中，最主要執行脫衣懲罰的是通姦婦人的丈夫。那麼多弄堂裏狂歡的革命羣眾，之所以像陶陶一樣，「講一遍就緊張一遍」，因為潛意識裏他們也知道，自己只是僥倖逃過同樣的命運。所以小說一開局滬生、陶陶這一系列低俗故事，頓時有了連貫的意義：

所以，不管多累，還是要「學習」；所以，分居兩國，也儘量不離婚。所謂「克己復禮」，《繁花》裏的世俗八卦，分分鐘聯繫道德人心。

「滬生說，這個老公，自以為勇敢，其實最齷齪」，捉姦把老婆和情人全身赤裸拉出來，在全弄堂裏出洋相。同時期劉震雲小說的情節核心——兩個時代，兩個男主角，也都是被環境逼迫要去追尋（盡可能懲罰）出軌的女人。陶陶是一個充滿喜劇色彩的悲劇人物。陶陶的妻子芳妹，老公抱怨她晚上「學習社論」太頻繁，吃不消。同時陶陶賣大閘蟹，又在外面「花插插」。很可能因果關係是顛倒的，老婆沒辦法，只能叫他晚上多交功課。芳妹在家務和生意上都很能幹，甚至對老公也寬容，開隻眼閉隻眼，並沒有窮追猛打。芳妹顯然不符合現代女性主義的標杆，卻是上海世俗觀念中所謂「拎得清」的女性，某種賢妻良母的上海弄堂畸形版。

陶陶後來在社交中認識了一個北方女子潘靜，又有工作又有文化（這個女人形象在同名電視劇中被醜化老化了）。兩個人一度去長寧影院樓上的咖啡廳，黑矇矇跳慢舞，不料舞廳突發火災。陶陶平常像個典型的上海滑頭小男人，居然緊要關頭拉着搶救潘靜和另外一個陌生女人，驚險逃出火場。事後陌生女含情脈脈表示謝意，潘靜更把自己公寓的鑰匙交給陶陶，含義不言自明。陶陶明明對潘靜是有好感的，但是猶豫不前，直到潘靜主動找他，他一面支支吾吾，小說寫：「潘靜媚軟說，我要你陪我。陶陶不響，捏緊褲袋的房門鑰匙，鑰匙有四隻牙齒，三高一低，指頭於齒間活動，磨到了發痛。」這個鑰匙細節很精彩。最後陶陶還是把鑰匙還給了潘靜。

這些男女細節都不是單線發展，而是混雜在一大堆的各種人物的紛繁線索當中，斷斷續續。如果不是連續閱讀小說，恐怕每次都要回顧一下，梳理一遍人物關係表。

小說以阿寶、滬生、小毛三個男人的青少年成長以及後來中年生態為主線，結構上分成兩個時段 —— 六、七十年代和九十年代。兩條線索一三五、二四六交叉展開。《陸犯焉識》也是這樣，《一個人的聖經》也用這種雙線交叉的寫法，當然目的都是想顯示時代的對比。

《繁花》裏的六、七十年代上海往事，近乎於幾個主角的成長小說，細節非常生動，寫集郵，電影院買票，旁觀「掃四舊」等等，是當代中國小說中從百姓角度（而非受難者或造反派角度）記錄「文革」歷史碎片的最佳作品之一。但到了九十年代，小說主要寫各種飯局，形式上延續的是「青樓文學」的文化傳統，內容主要是「文革」後經濟野蠻繁榮，吃吃喝喝當中的男女人慾橫流，寫生意，其實也寫政治。人物眾多，你方唱罷他登場；線索紛亂，情色生意「搗江湖」。仔細讀完《繁花》，就等於在上海生活了幾十年，看到了上海的各個階層，而且還是上世紀革命前後的幾十年。

陶陶只是《繁花》風景中的一個典型上海小男人，但他的故事卻令人難以忘卻。婉拒潘靜後，陶陶又認識了華亭路擺攤的女孩小琴。小琴的特點就是軟、柔、順，她每次都送陶陶一些實用的衣服，多聽、多笑、不說，身體靠近，小說寫她「人像糯米團子」，非常傳神。「小琴說，走開呀。口裏一面講，身體一面靠緊，滾燙。」到了家裏，「小琴進來，人已經不穩，貼緊陶陶，眼淚就落下來」。後來陶陶跟滬生講，「女人，我見得多了，但是碰到這種一聲不響，只落眼淚的女人，第一趟。滬生不響」，因為滬生有看法。「陶陶說，這個社會，毫無怨言的女人，哪裏來……進了房間，鑽到我身上，就落眼淚，這叫悶嗲，講來講去，要我注意身體，對待姐姐，就是芳妹，多多體貼，兩女一男，三個人，太太平平過生活，一面講，眼淚落下來了。滬生不響。」滬生為甚麼不響呢？可以說他不相信陶陶的豔遇，或者不相信陶陶的敍述，也可以說滬生羨慕，或者奇怪，或者佩服、感動等等。講不出來，只好不響。

這樣的婚外戀狀態持續了很久，倒是陶陶覺得內疚了，於是跟老婆芳妹說要離婚，被老婆從家裏趕了出來，就去與小琴同居。終於有一天，在滬生律師的協調下，芳妹同意離婚。陶陶和小琴獲悉消息自然高興萬分，不料卻樂極生悲，小琴從陽台上失足跌下摔死。陶陶傷心到麻木，直到看見小琴在帳簿裏記的一些日記：「姓陶的，根本不懂溫柔，但我想結婚，想辦法先同居，我閒着也閒着。」「冷靜，保持好心情，等他提結婚，不露聲色，要堅持，我已經堅持不下去了。」日記裏還提到另外一個男人大江：「一肚子花花腸子，死冤家，喜歡他這樣子，最近不方便見了，不能聯繫，再說吧。有一頁寫，保持笑容，要堅持，陶陶離婚應該快了⋯⋯」看到這裏，陶陶怎麼想？讀者怎麼想？大概也只能不響。

阿寶、滬生、小毛三個男主角中，小毛是比較成功的一個形象。評論家西飏在給台北印刻版的《繁花》作序時說「小毛的出現對這部小說太重要了」[6]，一則因為小毛的階級成分，二則也和小毛生命中的幾個底層婦女形象有關。小毛住在長壽路大自鳴鐘一帶，相對阿寶原先住的淮海路、南昌路等，大自鳴鐘靠近上海工廠區「下只角」。小毛住三層閣頂樓，房子底樓是家理髮店，二樓住着海員和妻子銀鳳。海員常年在外，銀鳳忍不住就引誘少年小毛。在銀鳳是正常的慾火，在小毛卻是性的啟蒙。不料二人的姦情被二樓鄰居——一個曾經引誘銀鳳未遂的老男人——全程監督記錄，之後告知銀鳳丈夫。引子裏就說過，捉姦是一個全書很重要的線索。事發之後，在小毛娘安排下，小毛奉命與寡婦春香成婚，銀鳳一家搬走，事情就這樣不了了之。小毛原來是學練石擔武功，他跟阿寶、滬生是跨階級的哥們，但結婚以後不告而別。好在春香是個好女人，真心照顧小毛，可惜難產早逝。

小毛不知道為甚麼頗有女人緣，後來還要跟一個非常做作折騰的汪小姐假結婚。汪小姐當然是代表九十年代商界的蝴蝶（和電視劇中努力奮鬥的外貿大樓年輕科員完全不同）。汪小姐在某個郊遊飯局當中和一位徐總白日「隱身」種下「果子」，後來給朋友圈帶來諸多震盪混亂。汪小姐和小毛的假結婚，在小說裏是兩個社會階層的一個極不自然的交叉點。

通過小販陶陶的「桃花運」，讀者認識了刀子嘴豆腐心的上海女人芳妹，看到了偶然動情的女強人潘靜，還有見面就落淚，貌似溫柔如水的奇女子小琴。在工人小毛身邊，有大膽熱情的海員之妻銀鳳，還有苦命賢妻做不成良母的春香，以及商界蝴蝶渾身事蹟的汪小姐。這還只是《繁花》女性羣像之冰山一角。

《繁花》中的女人也並不一定與情色有關。阿寶少年時喜歡鄰居蓓蒂，是一個虛幻、純真的洋娃娃般的形象，後來和阿婆一起消失了。滬生少年戀人叫姝華，是個比少男成熟的知識女性，後來知青下鄉後生了幾個小孩，神志不太正常了，浪漫變成淒美。小說裏滬生後來和白萍結婚，妻子出國以後就沒了音信。滬生身邊還有菱紅、蘭蘭等很多說不清楚的曖昧關係。阿寶又跟一個在電車賣票的雪芝拍拖，沒有修成正果。

小說裏的女人眾多，說不清楚誰是真正主角。另一女主角李李對阿寶有意思，她的身世更是傳奇。在九十年代開了飯店，招呼各路客人、商賈、富豪，是「當代阿慶嫂」，頗能交際。某天李李帶阿寶到她南昌路的家，做完事情阿寶開了燈，發現臥室裏擺滿陳舊殘破的洋娃娃，各種各樣受傷的玩具木偶。阿寶一看腦子就亂了，因為這些「架子上的玩具，材料，面目，形狀，陳舊暗黃，男男女女，大大小小，塑膠，棉布洋囡囡，眼睛可以上下翻動，卷頭髮，光頭，穿熱褲，或者比基尼外國小美女，芭比，赤膊妓女，傀儡，夜叉，人魚，牛仔，天使，所謂聖嬰，連體嬰，小把戲，包裹陳舊發黃的衣裳，裙衩，部分完全赤裸，斷手斷腳，獨眼，頭已經壓扁，只餘上身，種種殘缺，恐怖歌劇主角，人頭獸身，怪胎，擺得密密層層」。

物件堆砌是《繁花》的一個重要寫作特點。在新時期，是由汪曾祺開始的，到劉震雲以後，這種堆砌就比較有顏色了。難怪阿寶睡在床上腦子亂了，美女睡房放了這麼多殘缺、恐怖的怪胎洋娃娃做甚麼呢？這女主人公到底是甚麼人呢？就在這樣的詭異氣氛之下，浴後穿睡衣的李李走出來，對阿寶講了她的身世。原來李李出身高級工程師家庭，曾經離家出走做模特走 T 台。後來被好朋友騙到澳門夜總會，被迫要跳脫衣舞，因不肯就範被人在小腹刺青，造成了一輩子的傷害與陰影。後來李李雖然也遇到好心人相救，經濟自立重新做人，但身上敏感部位的傷痕，一直刺痛她。李李和阿寶的關係，也是無疾而終。李李在小說結尾出家為尼。

《繁花》從引子開始就寫世情男女。如果說《白鹿原》是當代歷史演義的名篇，《紅高粱》是當代俠義小說的佳作，《三體》是最著名的當代神魔奇幻小說，那麼《繁花》（還有《廢都》《長恨歌》）就是當代世情男女小說的代表作。世俗裏的男女關係有少年浪漫，有善良賢慧，但更多是各種出軌或者綠茶心機，種種交易冒險，各色庸俗傷痕。在處理男女關係的模式上，後來王家衛改編電視劇，以阿寶為中心，沿用了香港小說的「一男多女」模式（這種模式在內地小說中比較罕見）。香港文藝小說中的代表作，如劉以鬯的《酒徒》、崑南的《地的門》，大眾小說中徐速的《星星、月亮、太陽》等，都以一男三女為基本情節結構。這種小說情節模式其實來自於三十年代鴛鴦蝴蝶派作家張恨水的《啼笑因緣》。在《繁花》前，王家衛已在《花樣年華》《2046》等片中多次操練了這種模式，關鍵是男主角要「帥」的正氣（梁朝偉、胡歌），然後才有眾女星環繞（張曼玉、章子怡、王菲、鞏俐、劉嘉玲、馬伊琍、唐嫣、辛芷蕾……）。電視劇的成功只是「一男多女」，其實在小說中，每個男主角都有一個自己的「一男多女」模式：小毛有海員妻子、寡婦春香，後來還和汪小姐假結婚。陶陶有令他吃不消的妻子，有送鑰匙的潘女士，還有「人已經不穩……眼淚就落下來」的小琴。滬生在少年時癡戀上山下鄉的姝華，後有兩地分居的妻子，還有女朋友梅瑞等。最少女友的倒是阿寶，但也有純情少女蓓蒂和性感女友李李。每個男人身邊幾個女人，和這些女人的穿插包圍，是小說繁複混亂的總體結構中隱約可見的支架線索。但是這些形形色色的男女故事，都還只是世情的一個側面。從另一個角度看世情，人們還會看到上海的不同地段、不同區域、不同階級，還有不同的鬥爭歷史。

三、地名符號與歷史命運

《繁花》以方言敘事、細密寫實、世情男女著稱。在梳理男女線索、「樹枝」與「繁花」種種之後，我們還要討論世情生態之基礎，也就是上海的階級地圖。

《繁花》反反覆覆不厭其煩地羅列很多上海具體的路名、街道，一方面可能因為是作者實實在在的青少年記憶，記憶常常是具體的、細碎的，而不是抽象、宏觀的。另一方面卻也隱含着作者對上海市民生態的階級分析框架。

程德培說：「阿寶、滬生和小毛是同齡人，恰好同學少年，他們之間的友誼、情感和交往牽引《繁花》那長長的敘事。但他們的家庭背景又各自不同，資本家、軍人幹部和工人延伸出各自不同的歷史和生存環境。當然也暗藏着作者的意圖。洋房、新老弄堂、周邊棚戶、郊區工人新村都是他們各自生存的場所，我們只要留意一下作者手繪的四幅地圖，就可想而知小說所涉足的區域。經歷了十多年不停頓的取消階級差別的革命和運動，但差異殘餘依然存在，或者另一種新的差異正在產生。」[7]

金宇澄的小說不僅好像客觀地呈現前後兩種社會和階級差異，更重要的是無形當中令人思索這兩種階級差異之間的邏輯關係。

小說第一章第一節，阿寶登場，小說寫他的少年生活環境：

> 阿寶十歲，鄰居蓓蒂六歲。兩個人從假三層爬上屋頂，瓦片溫熱，眼裏是半個盧灣區，前面香山路，東面復興公園，東面偏北，看見祖父獨幢洋房一角，西面後方，皋蘭路尼古拉斯東正教堂……

這裏的香山路、皋蘭路、復興公園，以及阿寶祖父的洋房所在的思南路，都在法租界內，是傳統的低調高檔住宅區。小說裏對思南路的歷史後來還有考證。阿寶的祖父是資本家，阿寶的父親曾經參與中共地下工作，但解放後仍然受衝擊坐牢。整體上，阿寶一家在小說裏代表資產階級生活背景。後來全家被抄，被迫遷到近郊的工人聚居區曹楊新村，生活、物質條件上反差巨大。

阿寶的世界裏，除了南昌路國泰影院、思南路洋房等等，還有小女孩蓓蒂和保姆阿婆。蓓蒂和阿婆是一對符號，分別代表純真和忠誠。在小說中間部分，她們失蹤了。西颺慶幸蓓蒂最後再沒有出現，說這個冰雪聰明的小姑娘沒有老，沒有胖，沒有變俗氣，更沒有嫁人，作者將她留在了過去，永遠穿着她的裙子和那些失去主人的鋼琴相伴。蓓蒂在《繁花》裏，就像紅衣小女孩在斯皮爾伯格的《辛德勒的名單》裏一樣。

李歐梵等學者曾討論香港、上海「雙城記」，互為鏡像。[8] 在《繁花》裏，香港也是一個符號，代表了外部世界，在各個歷史時期都影響上海。小說寫：「當時上海首開日本商品展覽會，照片裏的香港，讓上海人心思更為複雜，男女客人看得發呆。」小說裏阿寶收到他哥哥從香港寄來的明信片，蓓蒂選了一張維多利亞港風景，阿寶祝蓓蒂聖誕快樂。這是「文革」前的事情。阿寶的朋友滬生卻選了一張啟德機場，寄給上海大自鳴鐘西康路某弄五號三樓，小毛收。這裏的大自鳴鐘、西康路，和前面講的思南路、香山路構成重要的反差。大自鳴鐘是工人區，通常叫「下只角」。阿毛向窗外看：附近一帶，煙囪冒煙，廠家密佈，棉紡廠，香煙廠，藥水廠，制刷廠，手帕幾廠，第幾毛紡廠，絹紡廠，機器廠鋼鐵廠，日夜開工。西面牙膏廠，如果西風，「留蘭香」味道，西北風，三官堂橋造紙廠爛稻草氣味刮來，腐臭裏帶了鹹氣，辣喉嚨的酸氣，家家關窗。

現在思南路還是高檔文化區，思南會館是名人演講、文青打卡熱點。大自鳴鐘一帶已經沒了工廠，建成了一些山寨版的巴黎、羅馬雕塑和豪宅。盧灣區已經被黃埔區合併了，靜安區也包括了閘北區。但這並不說明貧富鴻溝問題已經消除。

滬生住在茂名路洋房，與阿寶在同一區。阿寶的祖父是資本家，滬生的父母是空軍幹部。資本家和高幹，是「上只角」的基本居民。因為讀民辦小學，滬生曾經在不同居民弄堂房子上課，所以他對上海中下層民情生態有更多了解。滬生和阿寶、小毛的相識，是因為他們都在國泰電影院排隊買票。「排隊」是打破階級隔膜的最普通方式。

上海作家常常特別關注不同地段、不同房子之間微妙的階級差異。王安憶寫過《牆基》《流逝》，程乃珊寫過《窮街》。《繁花》引子寫，滬生到他女友梅瑞的「鋼窗蠟地」新式弄堂去，兩個人「辦事」的時候，梅瑞毫無顧忌，小說說這「是房子結構的原因」。一筆呼應了後來小毛在閣樓上與銀鳳偷情，全過程都被竊聽。在上海，房子在哪裏，房子甚麼結構，影響、關係重大（電視劇觀眾可留意王家衛請不少名人客串玲子的鄰居世界，強調世俗生態與心態之關係）。本來 1966 年發生的事情，正是要改變「上只角」與「下只角」的貧富差異局面，或者說上、下只角應該顛倒過來。

四、動亂時代的階級鬥爭

第九章，滬生和同學去看外區同學來淮海路「破四舊」：

> 一個女人抱頭坐地，上面有人剪頭髮，下面有人剪褲管，普通鐵剪刀，嚓，長波浪鬈髮，隨便剪下來。女人不響，捂緊頭髮，頭髮還是露出來，嚓。下面剪開褲管，準備扯。下面一剪，兩手捂下面，頭上就嚓嚓嚓剪頭髮，連忙抱頭，下面一刀剪開，嘶啦一響扯開。女人哭道，姆媽，救命呀。一個學生說，叫啥，大包頭，包屁股褲子，尖頭皮鞋，統統剪，褲腳管，男人規定六寸半，女人六寸，超過就剪。只聽周邊有人說，小癟三，真是瞎卵搞，下作。高中生站起來說，啥人放臭屁，啊，骨頭發癢了。幾個學生立起來，警惕尋視。大家不響。一個中年男人謙恭拍手說，太好了，真是太好了，堅決支持，女人的屁股，已經包出兩團肉來，包到這種程度了，再不剪，像啥樣子呢。學生看了看，蹲下去。中年男人說，

扯呀，扯開來，扯大一點。人頭攢動，只聽嘶啦啦，褲腳管一直扯到大腿以上。周圍人，包括滬生與兩個同學，齊聲叫好……

此刻，高中生立起來，拍拍中年男人說，喂，啥單位的。中年人遲疑。高中生說，叫啥名字，啥成分，講響一點。中年人低下頭笑笑。另一學生，也起身說，不肯講對吧，要吃皮帶吧。中年人說，講成分嘛，我算小業主，我。高中生說，癟三，瞎卵搞，下作，是啥意思。中年人慌忙搖手說，哪裏是我講的，我一直是拍手呀，一直講支持……

整個這一大段都可以試着用上海話來讀。總之旁觀者也被打了，女人逃走了，學生繼續追趕，大家跟隨，只剩下那個中年人貼牆站立，不敢動。以上情景，剪頭髮、剪褲管我是親眼見過的。旁邊有沒有人抗議或附和或被打，那是小說情節。那個中年人的形象，特別耐人尋味。

看完這段運動街景，「滬生說，實在太刺激了」。同學又告知還有一個更風騷的香港小姐，現在大家都去抄她的家了，於是又拉了滬生一起去。「香港小姐」其實是中年婦女，反抗、罵人：「小赤佬，窮癟三，弄堂裏的窮鬼，欺負到老娘頭上來了。」這一罵中學生們更來勁了，「大家快來採取革命行動呀，活捉『大世界』女流氓呀」。最後場面殘暴，身體暴露，連滬生同學也丟凳子砸窗。事後他說出造反動機：「其實，我已經悶了好幾年了，最受不了有人罵我窮癟三，『我不禁要問』了……」「我不禁要問」加引號，因為這是當時社論裏的一個常用句式。「……人人是平等的，這隻死女人，過去罵我，也就算了，到現在還敢罵，我不摜這只凳子，算男人吧。」

這段話試圖在解釋中學生紅衛兵當時暴力行動的心理根源，一句話貫通了運動前的社會差異秩序與運動中的革命造反秩序。《繁花》對政治社會事件表面上只是羅列現象，其實也暗示着這些根源。一方面是通常秩序下面的階級壓抑，日積月累，導致特殊時代的激烈反抗。另一方面則是有些民間的私人矛盾，在特殊時代就會被引導擴大為階級鬥爭。

第十一章第二節，滬生與小毛一邊擔心阿寶家被抄，一邊議論有個鄰居小業主自首坦白的悲慘後果。小業主有個鄰居，常常獨霸水龍頭，脾氣一直刁。小業主鬥不過她，就跑到曹家渡找一個道士來做法，搞一些甚麼迷信來整這個鄰居嫂嫂。不料運動來了，道士被抓，小業主害怕，看到標語他就自己跑到居委會去坦白交代。這個故事沒人知道。但鄰居的男人是三代拉黃包車的，聽到小業主找道士做法，他一面先打自己老婆的耳光，然後再砸那個小業主的鋪頭。弄堂裏的人像看戲一樣「潮潮翻翻」（很多很多）。「潮翻」的發音正好是「造反」。百姓間的「人民內部矛盾」，在運動當中就會偶然（也必然）升級到敵我鬥爭，這是當代國人「世態人情」的革命特色。

在《繁花》裏，階級鬥爭有很多偶然性。阿寶父親是資本家出身，解放前參與地下工作，1949 年以後還是進監獄，歷史問題很晚才平反。滬生父母是空軍幹部，卻因 1971 年林彪一案而下台，當然也影響滬生的命運。小毛是真正的工人家庭，父親是上鋼八廠工人（和本人同廠）。我家住的地方倒是南京西路這一帶，又和滬生、阿寶那一區比較靠近。所以我對這兩個地段的差異對比，有很多親身了解和真切體會。

純粹工人階級的小毛，後來和中、下層婦女的故事遠比阿寶、滬生的戀愛情調更加生動而複雜。甚麼出身，住在哪裏，碰到甚麼事，命運如何，在小說裏處處有階級線索可循，不是革命道理可以概括的

（上海後來的文學評論家，其個人觀點、觀念趣味也和住在哪個地段有關。這是題外話）。

有一幕十分驚心動魄：阿寶父親終於平反了，阿寶在復興路一間老公寓房裏找到了父親老上級歐陽先生過去的同事，也是革命同志黎老師。這間公寓房子已經被人搶去一半了：

> 阿寶慢慢推門，慢慢進去，先一嚇，一股黴氣，房間居中，擺一隻方枱子，旁邊坐一個白髮老太。阿寶說，黎老師。枱面上，一雙舊棉鞋，鞋墊，半碗剩菜，痰盂蓋，草紙，半瓶紅腐乳，蚊香，調羹，破襪子，搪瓷茶杯，餅乾桶，肥皂，鋼鐘鑊子，藥瓶，咬了幾口的定勝糕，乾癟蘋果，發綠黴的橘子，到處是灰。

《繁花》常常使用這種物件堆砌法，以這房間裏景象的細密寫實效果，令人感慨。女主人已盲，她以為自己丈夫和歐陽先生都被鎮壓了，其實他們都為革命做過特殊貢獻，但是從桌上的「展覽」，人們看得出，過去若干年，黎老師也活得像從事地下工作一樣。

相比之下，《繁花》的九十年代敘事大多在展覽阿寶、滬生、汪小姐、李李等人參與的各種各樣的飯局，展覽像《海上花列傳》那樣的當代「叫局」風光。人物都簡稱為徐總、康總、丁總、吳總。呼應劉震雲《一句頂一萬句》裏的老楊、老高、老李、老馬等等，作家故意淡化名字和個性，以突出他們身份的共性。有些飯局場面小說家調動自如，頗有技巧，但是如果在飯桌上也能涉及這些商家與官場和市民間的複雜關係（這種關係，嚴肅的讀者都可以想像，後來王家衛就讓汪小姐挑戰體制內外，讓李李出入金融江湖，也讓阿寶來代表一個時代），如果能夠把小說第一敘事線索裏的階級差異、社會差異和階級鬥爭，在九十年代的飯桌上延續下去，繼續變形……當然小說裏也有這方面的草蛇灰線，比方說第十六章，陸總對三陪女一會兒甜蜜哄騙，一會兒殘暴訓斥，細節令人髮指。這正是階級矛盾在新時代的與時俱進。小說裏還有汪小姐的假結婚，還有李李的被紋身和最後出家……

為甚麼《繁花》的九十年代場景主要是粗鄙繁榮，而六十年代的革命卻在暴力中有青春氣息和視角？一是為了儘量去挖掘突顯六十年代革命的可能具有的打破階級差異、社會秩序的某種合理性，二是證明九十年代繁華並沒有消除階級差異和打碎社會秩序。所以在這兩個時代中間，歸根結底，這是一場甚麼樣的革命呢？人民不響，上海作證。

五、技巧總結：對話、不響、堆砌……

要深入討論《繁花》中的世俗男女、階級鬥爭，我們必須再討論小說的寫法和技巧。《繁花》文字技巧的特色，第一，對話在全部篇幅中所佔的比重；第二，「不響」在小說裏的多種功能；第三，名詞對象的堆砌與敘事寫實的細密；第四，對話以外，描寫文字的四字句式；第五，上海方言入文的語境效果。

金宇澄在《繁花》的「跋」裏，表達他的寫作原則，他說要「放棄『心理層面的幽冥』」，這個「心理層面的幽冥」就是要捨棄敘事者對人物的大段心理描寫，這種歐化格式曾經是「五四」文學的一大突破；「口語鋪陳，意氣漸平」[9]，「意氣漸平」就是說敘事者不在行文中顯示自己的情感傾向，只讓讀者在人物之間的對話中自己體會。

舉個例子，引子裏陶陶向滬生抱怨自己老婆在床上「功課」多，這時敘事者和滬生都是不響，並不顯示出對陶陶這種低級趣味的鄙視，但是這對話的效果已經顯示了陶陶的性格以及二人話題的世俗性質。金宇澄在「跋」裏繼續說：「如何說，如何做，由一件事，帶出另一件事，講完張三，講李四，以各自語氣，行為，穿戴……」在張愛玲以後，《繁花》是最詳細展覽人物穿戴的小說。「劃分各自環境，過各自生活。對話不分行，標點簡單」，「標點簡單」的結果，是廢除了問號和感嘆號。在這些細碎行文標準後面，金宇澄暴露了他的文化野心，甚麼野心呢？就是他說的：「《繁花》感興趣的是，當下的小說形態，與舊文本之間的夾層，會是甚麼。」

一眼看去或者逐段讀來，人們不難發現，對話佔全部篇幅的比重，《繁花》可能超過當代任何一部長篇。前面引用的街道老太幫着戴綠帽的老公和徒弟弄堂捉姦這場戲，全部是陶陶在講話，滬生在聽，偶爾反應「不響」。（在我修改此文時，全國的短視頻都在追究上海某中學女教師與男學生通話記錄被她丈夫在網上公開，羣眾捉姦的狂歡氣氛似乎幾十年不變。）小說中無數的故事，絕大部分都出自某一個人物的口述，但聽者卻也不會缺席。比方第七章第三節，寫 1966 年阿寶和鄰居女孩蓓蒂及保姆阿婆離開上海到紹興。阿婆一直相信家鄉老墳裏有埋黃金，到了鄉下就問鄉親：

> 農婦説，好呀，只是周圍的墳墓，完全推平了……聽到墳墓議論，一個老農説，老墳，真真一隻不見了，挖光了。阿婆説，啥，還有皇法吧，黄家老墳，裏面全部是黄金，啥人挖的。周圍一片譏笑聲。一個男人説，平整土地運動，搞掉了……1958 年做豐收田，缺肥料，掘開一隻一隻老墳，挖出死人骨頭，燒灰做肥料，黄家老墳，挖了兩日天，挖平了。

之後又說了半天，阿婆才明白 —— 阿婆說，我曉得，出了大事情，原來，我黃家老墳掘平了。旁邊農婦說，黃家老墳，收了四年稻了。農婦男人說，挖出一副好棺材板，大隊就開會，分配，做枱子，做小船。農婦說，掘出一隻棺材，裏面有兩條被頭，有人立刻拖走了，攤到太陽下面曬幾天，鋪到床上過冬。大家議論紛紛。

六十年代農村的情況，不用作家直接敘述，而是當地農民七嘴八舌，這樣比較能增加敘述的真實性。比方說棺材裏挖出被子曬了還能用，阿婆還能說「今年，馬上就要出事體了」（1966 年）等等，這種情節如果是敘事者來寫就太離奇了。而且我們看到，對話都不加引號，不用冒號、問號，整體上就類比仿照對話的實況。雖然常常是一方敘述一件事情、一些情況，但聽者即便不響（或者像阿婆這樣不相信），他也不缺席，他老在交流、質疑、爭論，所以構成一種對話關係。

十九章第二節講述小毛生活圈裏的兩個中下層美女 —— 蘭蘭和大妹妹，在大光明被盯梢的經歷。大妹妹說她們在南京路被盯梢，還被拉進派出所。「滬生說，平白無故捉人，不可能的。蘭蘭說，之前，我跟大妹妹一路走，背後一直有兩隻『摸殼子』盯梢」，這個「摸殼子」我也不大明白，大概就是「二流子」的意思吧。「這兩隻騷男人，從余姚路，一直盯了八九站路」，盯到南京路，那中間路蠻長的，半個多小時。「緊盯我跟大妹妹，狗皮膏藥一樣，根本摜不脫，其實，我跟大妹妹一點不顯眼，後面這兩個死人，打扮比較飛，想不到，讓兩個『暗條』發覺了，也開始緊盯不放，這就等於，路上一共六個人，前面，是我跟大妹妹，後面，兩隻騷貨，再後面，兩隻『暗條』。六個人一路走，一路盯，一路跟，我如果早點發覺就好了，等走到南京路『大光明』，黃河路口，兩個男人上來搭訕了，怪就怪大妹妹，肯定是發情了，發昏了頭，我真是不懂，後面這兩隻騷貨，啥地方好呢。大妹妹說，不許亂講，我根本無所謂的。蘭蘭說，我得不到大妹妹信號⋯⋯」

甚麼叫「信號」？就是說一般這種被盯梢的女子，要是她們感興趣的話，她們會做出一些表情，另外一個就明白甚麼意思。「不曉得心相」，不知道她心裏想甚麼，「悶頭走到黃河路口，後面上來搭訕，剛開口叫一聲阿妹」，上海話其實叫女生「阿妹」比較少，「大妹妹聽到，身體就不動了。大妹妹笑說，不許瞎講，不許講。蘭蘭說，我停下來，大妹妹一回頭，就癡笑」，「癡」是當時女生互相罵人的一句話。「我想不通了，吃癟了」，就是蘭蘭說，意思是這樣的男人你也去對他笑，真是我實在想不明白了。「大妹妹說，亂講，我會回頭，會這樣子笑吧。蘭蘭說，大妹妹，笑得像朵喇叭花。大妹妹說，瞎三話四」，「瞎三話四」就是胡說八道，「要我對陌生男人笑，我有空」，這個是上海話的說法，「我有空」意思是說，這是不可能的事情，我吃飽沒事情做啊？「蘭蘭說，笑得像朵梔子花，白蘭花，我看得清清爽爽。大妹妹說，再瞎講。大妹妹伸手就捂蘭蘭嘴巴，蘭蘭掰開大妹妹手說，真的呀，當時大妹妹看看背後的男人，笑眯眯講，叫我做啥，有啥事體呀。大妹妹急了，伸手要打。小毛說，瘋啥，讓蘭蘭講。大妹妹鬆開手。蘭蘭說，一女一男，一前一後，只搭訕了這一句，也就是證據了，兩個『暗條』，馬上衝上來，一人兩隻手，當場捉牢四個人，走，進去談談⋯⋯」

這是非常生動的、具有時代特徵的警察抓流氓的一場戲。蘭蘭事後的敘述，不斷被大妹妹打斷，都不加引號的，以證實這兩個人物在這場戲中所扮演的不同角色。最後四個人被兩個警察帶到附近派出所，「老派講⋯⋯全中國流氓阿飛壞分子，全部加起來，也沒有南京路多，男流氓女流氓⋯⋯」，「潮潮翻翻」。他們在派出所裏講《霓虹燈下的哨兵》，又問男女之間是不是認識等等，最後總算寬大處理。四個人的話題又被滬生所說的另一個外地槍斃女流氓「吸精犯」的故事轉移了。當時是女大男小，老阿姨吃「童子雞」的故事，又暗暗戳中了聽者小毛和銀鳳的苦衷……

重讀這一段四人的談話，既見證了「文革」中警察在南京路盯梢，又注意到大妹妹事後不斷打斷蘭蘭敘事，自我辯解，也顯示女生在男生面前的表演本能。整個「盯梢」故事都是由對話構成，敘事當中又充滿了不同說話者的不同態度以及性格。而蘭蘭、大妹妹都被小毛視為「拉三」(女流氓、風騷女)。其實蘭蘭後來是嫁了香港人，大妹妹到內地工廠，南京路回頭一笑的資本主義氣息全部被清洗掉了。以上隨便舉兩個例子，便可見對話在全部敘事中的主導地位，有意挑戰「五四」歐化文藝腔。大部分情況每段都有一個主講者，聽者有各種反應，當然《繁花》最突出的一個標誌就是「不響」。

「不響」的第一個功能是不同意。比方說引子裏梅瑞想拋開滬生追阿寶，理由是「我姆媽覺得，滬生缺房子，父母有『文革』嚴重問題。滬生說，我懂了。梅瑞說，不好意思。滬生不響」。你說你是因為房子、父母問題丟開我，這算甚麼正當的理由呢？鄙視！所以不響。

「不響」的第二個功能是不想妄議，也是陶陶向滬生抱怨老婆晚上「功課」多，吃不消，滬生不響。意思是你們夫妻床事跟我講，叫我怎麼說？

第三個功能是無可奈何，表示忍讓。上面第一個例子，滬生也可以說是對梅瑞的寡情無可奈何，就你這德行，還讓我說甚麼好呢？對吧？

「不響」的第四個功能就是裝聾作啞。中學生在淮海路「破四舊」剪人頭髮，有人議論，中學生武力威脅四下尋人，這時候出現一句「大家不響」。這個「大家不響」當中，其實就有以上多種可能，既不同意，又不敢妄議，然後無可奈何，只好裝聾作啞。

今天人們會把裝聾作啞說成是「裝睡」，在某種程度上又發展出「不響」的第五個功能——麻木不仁。不僅是看客，有時候還是幫兇。當然有時候「不響」也可以是一種抗議。

眼看這幾十年來中國的各種政治、社會變化，上海可以說始終是一句話——不響。

《繁花》另一個敘事特點就是堆砌，堆砌對象，堆砌名詞，在李李睡房裏堆砌各種各樣的奇形怪狀的洋娃娃——展示一個新時期風塵女子的生態及心態。在黎老師的桌上堆砌了各種各樣混亂的生活雜物——展覽一個被運動無辜埋沒幾十年的老教師的悲慘經歷。這種堆砌，在汪曾祺小說《大淖記事》裏山清水秀，在王安憶小說《天香》裏則是五彩繽紛。劉震雲也堆砌，《一句頂一萬句》裏都是農具、生計、勞動狀態。《繁花》將這類堆砌法推到極致，有時也過於賣弄、繁瑣。比方第五章寫阿寶集郵。郵票當然能引起同代人的親切回憶，但是跟蓓蒂講外國郵票嘗試水果分類就略顯細碎：蓓蒂說，枇杷，楊梅，李子，黃桃，黃金瓜，青皮綠玉瓜，夜開花，蓬蒿菜，可以當作一套吧。阿寶說，這不對了，就算開水果店，也不像的。蓓蒂說，外國票，是可以的……蘋果，生梨，花旗蜜橘，葡萄，捲心菜，洋蔥頭，黃瓜，洋山芋，番茄，芹菜，生菜，大蒜頭，大蔥，香菇，蘑菇，胡蘿蔔，香瓜，西瓜……為了表現小女孩聰明、可愛吧，邏輯、堆砌也有點太「繁花」了。

《繁花》以對話為主，描寫部分很少長句，但有些文言四字句。引子裏寫梅瑞「淺笑輕顰，吐屬〔囑〕婉順」。第二章第二節，一幫商人去郊遊，「江南曉寒，迷蒙細雨，濕雲四集」。到了太湖，「山色如娥，水光如頰，無盡桑田」。這段風景後面的情況是兩男兩女出去玩，與誰同房要摸牌決定，非常刺激。「兩個女人，各懷心思，燈短夜長，老床老帳子，層層疊疊的褶皺，逐漸變濃。」寫頹廢也很含蓄。事實上，小說但凡寫到文句典雅，風景如詩的段落，通常不是好戲將至，而是隱蔽「戰場」。九十年代徐總跟汪小姐有一次在下午茶時間「炒飯」，後來引出了很多風波，但是事發當時，小說卻描寫眾人在天井聽蘇白彈詞。「春風春鳥，秋風秋蟬，夏雲暑雨，冬月祁寒……女角嬌咽一聲，吳音婉轉，嚦嚦如鶯簧……天井畢靜，西陽暖目，傳過粉牆外面，秋風秋葉之聲，雀雜訊，遠方依稀的雞啼，狗吠，全部是因為，此地，實在是靜。」當然大家要想像這個「靜」的後面是甚麼。

《繁花》中還有眾多上海方言的使用，麼側烏黑（一片漆黑）、死腔（裝腔作勢）、交關（有很大關係）、俠氣（很）、無天謝地（胡天野地）、打棚（開玩笑）、剛西屋（講死話）、領市面（知道行情）、老鬼伐脫手（老鬼不脫手）、篤定泰山（極有把握）、最近發了條頭（最近下了命令）等等。滬語方言部分，是電視劇《繁花》與小說原著最明顯的相同之處，不僅在方言入文學方面是極重要的一次探索（正如胡適、張愛玲很久以前的盼望），對中國大眾媒體的語言政策也不失為一次調整。

同樣是有意用繁瑣的文字複製世俗生態，劉震雲和金宇澄是南北唱和。劉震雲《一句頂一萬句》怎麼也講不清楚人跟人之間如何能說上話；金宇澄的《繁花》則將人跟人之間能說的話，由一萬句變成一句——「不響」。

原刊於《文藝爭鳴》2024 年第 5 期。

參考文章

金宇澄：《〈繁花〉創作談》，《小説評論》2017 年第 3 期。

李清宇：《入於賦心：論〈繁花〉的「鋪張」敍事》，《南方文壇》2015 年第 2 期。

陳宇：《〈繁花〉的敍事策略》，《北方文學》（中旬刊）2020 年第 1 期。

錢文亮、金宇澄：《「向偉大的城市致敬」—— 金宇澄訪談錄》，《當代文壇》2017 年第 3、4 期。

王春林：《〈繁花〉：中國現代城市詩學建構的新突破》，《現代中文學刊》2014 年第 1 期。

張定浩：《擁抱在用言語所能照明的世界 —— 讀金宇澄〈繁花〉》，《上海文化》2013 年第 1 期。

陳曉明：《當代史的「不響」與轉換 ——〈繁花〉裏的兩個時代及其美學》，《文藝爭鳴》2018 年第 9 期。

張屏瑾：《日常生活的生理研究 ——〈繁花〉中的上海經驗》，《上海文化》2012 年第 6 期。

王書婷：《「博物詩學」視野下的〈繁花〉文體解析》，《中國現代文學研究叢刊》2019 年第 5 期。

程光煒：《為甚麼要寫〈繁花〉？ —— 從金宇澄的兩篇訪談和兩本書説起》，《文藝研究》2017 年第 12 期。

朱軍：《〈繁花〉的都市本體論》，《當代作家評論》2015 年第 5 期。

項靜：《方言、生命與韻致 —— 讀金宇澄〈繁花〉》，《中國現代文學研究叢刊》2014 年第 8 期。

1 程德培：《我講你講他講 閒聊對聊神聊 ——〈繁花〉的上海敍事》，引自金宇澄：《繁花》，台北：印刻文學生活雜誌出版有限公司，2013 年，頁 9-26。

2 陳曉明：《當代史的「不響」與轉換 ——〈繁花〉裏的兩個時代及其美學》，《文藝爭鳴》2018 年第 9 期。

3 「直到道光年中，《紅樓夢》才談厭了。但要去常人之家，則佳人又少，事故不多，於是便用了《紅樓夢》的筆調，去寫優伶和妓女之事情，場面又為之一變。這有《品花寶鑒》《青樓夢》可作代表……到光緒中年，又有《海上花列傳》出現，雖然也寫妓女，但不像《青樓夢》那樣的理想，卻以為妓女有好，有壞，較近於寫實了。一到光緒末年，《九尾龜》之類出，則所寫妓女都是壞人，狎客也像了無賴，與《海上花列傳》又不同。這樣，作者對於妓家的寫法凡三變，先是溢美，中是近真，臨末又溢惡，……」魯迅：《中國小說的歷史的變遷》，引自《魯迅全集》第九卷，北京：人民文學出版社，1981 年，頁 338-339。

4 金宇澄：《〈繁花〉創作談》，《小說評論》2017 年第 3 期。

5 金宇澄：《繁花》，最早於 2011 年在上海本地論壇「弄堂網」連載，紙本首次發表於《收穫》(長篇專號) 2012 年秋冬卷；上海：上海文藝出版社，2013 年。以下小說引文同。

6 西颺：《坐看時間的兩岸 —— 讀〈繁花〉記》，引自《繁花》，台北：印刻文學生活雜誌出版有限公司，2013 年，頁 29。

7 同註 1，頁 29。

8 李歐梵：《上海摩登：一種新都市文化在中國 (1930—1945)》(修訂版)，上海：上海三聯書店，2008 年。

9 金宇澄：《繁花》，台北：印刻文學生活雜誌出版有限公司，2013 年，頁 549-551。

2011

賈平凹《古爐》
1966 年的鄉村

當代小說如何講述完整的中國故事，其中一個關鍵環節便是如何講述「十年」(1966-1976) 的故事。如果刻意回避「十年」故事的來龍去脈、社會根源、政治後果和歷史意義，當代歷史和當代文學史的書寫都是不完整的。和《芙蓉鎮》《霸王別姬》《動物兇猛》《平凡的世界》等小說相比，《古爐》的特點在於：第一，從支書支撐的農村底層社會結構，分析「十年」故事的必然性(基礎和起因)。第二，從霸槽這個特殊人物，講述「十年」事變的偶然性。第三，從男童敘事主角講述「階級敵人」在「十年」故事中的功能與意義。第四，從古爐武鬥講述農村「文革」與傳統鄉土械鬥的歷史關係。

賈平凹是二十世紀八十年代以來最重要的中國作家之一，他的作品不僅數量多(連評論者也來不及看)，而且傾向複雜。他同時或者是隔一段時間，就會做一些不同方向的主題、文體的探索。賈平凹和路遙、陳忠實都是陝西作家(某種程度上也是中國作家)的代表，他們的作品大致寫出了近百年來相當部分中國人的生態、夢想和命運。但也有一些微妙的分工，路遙寫的是農民夢想，陳忠實寫的是時代命運，賈平凹寫的是鄉土生態。賈平凹寫的是最樸素的生態(有時候是人為製造的博物館式的生態)，用的也是叫城裏人讀來十分費腦的鄉土語言。賈平凹不像趙樹理那樣寫農民喜歡的故事，他的農民故事說到底是寫給文學圈的人看的。讀起來很辛苦，但是他近年的長篇總有十幾到幾十萬的基本銷量，這說明賈平凹的文學世界擁有其固定城市讀者羣。

拙著《重讀二十世紀中國小說》曾選讀賈平凹的《廢都》，但並不代表《廢都》一定是賈平凹最重要的代表作。賈平凹的《商州初錄》1984 年就開啟了尋根文學的潮流。本世紀引人注目的細密寫實小說，其實正是 1985 年尋根文學的一次從價值觀到文體語言的深化。賈平凹不僅是當年尋根文學的始作俑者（杭州會議上賈平凹雖然缺席，但是他的作品《商州初錄》受到阿城、李陀、黃子平等人的盛讚），現在他的《秦腔》《古爐》《帶燈》等長篇，也是新世紀細密派的代表作品，而《廢都》在整個當代文學當然是個奇葩，是晚清青樓文學甚至《金瓶梅》傳統的有意無意的傳承。賈平凹的《秦腔》獲得香港浸會大學「紅樓夢獎」。這次我選讀《古爐》，讀到一半也有點後悔，太長了，六十多萬字，碎碎念、「土」得掉渣，一時間還找不到戲劇性的線索，有些段落要重看或者看完以後回看，才發現裏面的精彩之處。與此同時，我也慶幸讀了《古爐》，進入了賈平凹的鄉土世界，看到了一個與眾不同的中國故事，一個農村版的「十年」故事，關於鄉村日常生活如何與大革命發生關係。

《芙蓉鎮》或者《繁花》在「文革」開始時，鄉鎮或者是淮海路上，已經有了「革命」的舞台，只等唱戲。但在古爐村，在 1966 年前，這個鄉土世界好像和後來的革命潮流毫無關係，這個鄉土世界只是循環着「吃喝拉撒屎尿屁，柴米油鹽生死場」，只是重複着種地、收麥……小說和《芙蓉鎮》一樣，有冬 - 春 - 夏 - 秋 - 冬 - 春這麼一個循環。在前一個冬部和春部，也就是小說的前半段，古爐村的政治經濟生態，很值得做一個簡單的分析。

一、農村社會結構的四個要素

小說裏出現的人物眾多，和劉震雲《一句頂一萬句》、金宇澄《繁花》在敘事策略上有相通之處。人物自然出場，不做專門介紹，一不注意根本不知道這是一個人物。「樹下圪蹴着一堆人，有田芽，有長寬，有禿子金，還有灶火和跟後」，「護院的老婆和行運在山門前吵架」[1]等等。劉震雲只寫姓，老楊、老吳、老王、老張等等，存心讓讀者在閱讀疲勞中看不清個性，突出他們的共性，即老百姓的生存。《繁花》在九十年代的那條敘事線索中，作家也好像故意要讓讀者記不住搞不清。飯桌上不是甚麼總，就是某小姐。賈平凹寫的村民也是要出現很多次，讀者才知道他們的身份、性情、特點，或者說作家也故意淡化他們的個性特點，而是呈現一羣面目不清，都有點阿 Q 相的農人羣像。有故事沒性格，整體生態比個人性格更重要。這是「清明上河圖」寫法的共同特點。

但是《古爐》又和《一句頂一萬句》或《繁花》不同，那些看似只是背景的羣眾形象，在幾十萬字長篇規模中，漸漸地、悄悄地就會成為我們的熟人。開始我們只注意狗尿苔、支書、霸槽等主角人物，但後來天布、水皮、磨子、灶火、迷糊、禿子金、杏開、半香、戴花等等，都是活靈活現的人物，活在主角身邊，活在我們眼前。讀賈平凹的小說要有耐心。

賈平凹說：「長篇小說就是寫生活，寫生活的經驗。如果寫出讓讀者讀時不覺得它是小說了，而相信真有那麼一個村子，有一羣人在那個村子裏過着封閉的庸俗的柴米油鹽和悲歡離合的日子，發生着就是那個村子發生的故事。等他們有這種認同了，甚至還覺得這樣的村子和村子裏的人太樸素和簡單，太平常了，這樣也稱之為小說，那他們自己也可以寫了。這，就是我最滿意的成功。」[2]

相當程度上，賈平凹獲得了這種成功。看完《古爐》，這個村子在我腦海裏久久不忘。賈平凹在後記裏聲明，小說裏描寫的是「故鄉的小山村的『文革』，它或許無法反映全部的『文革』，但我可以自信，我觀察到了『文革』怎樣在一個鄉間的小村子裏發生的」。小說的第一部分第一節到第二十五節，寫的就是「十年」前古爐村的政治經濟秩序和百姓日常生態。這種秩序和生態的差別就是——開會就是秩序，不開會就是生態。

《古爐》鄉村秩序由四種力量合成，一是支書和村幹部，二是「四類分子」，三是大部分貧下中農，四是個別不滿古爐生活秩序的農民或者說少數不安分的人。但這四種力量的組合只有在開會的時候才同時出現。開會是由支書主持、掌控的，他一咳嗽，會就開始了。然後一定要旁邊站兩三個「四類分子」，沒有他們站着，這個會就不成格局。這點非常重要，沒有「敵人」，怎麼來界定「人民」呢？有「敵人」才說明其他人屬於「人民」。但是只要不開會，這些村民「吃喝拉撒屎尿屁，柴米油鹽生死場」，幾類人的界線在日常生活中是不太分明的。誰的鼻子、耳朵受了傷了，給他擦點鼻涕，來止住痛。這邊肚子不舒服了，又幫他想一個甚麼方法等等，這是生活常態。生態跟開會是兩個不同的世界或者說不同的秩序。

支書全名叫朱大櫃，在小說的前半部是極重要的角色，基本就是古爐村的「黨」。他在「土改」時期入黨，之後在村裏掌權十七年。這個支書的形象有幾個特點，第一是態度和善，沒有官員架子。小說第二章支書出場，在巷口被瘋跑的一個十一、二歲的小孩，也就是本書的敍述主角狗尿苔撞倒在地上。「袖筒裏的旱煙袋都摔了出來」。狗尿苔說：

爺，支書爺，我不是故意的。

支書卻笑了，說：知道你也不敢故意的，把你的鼻子撞疼了？

狗尿苔的鼻子撞在了支書褲帶上的那串鑰匙上，紅得像抹了辣子水。

牛鈴說：哎呀，這下狗尿苔聞不出氣味了！

支書說：啥氣味不氣味的，不准胡說。

小說裏寫這個男孩有些特異功能，凡是聞到怪味道，村裏就要出事情。「支書一下子嚴肅起來，他說：狗尿苔，你出身不好，你別散佈謠言啊，乖乖的，別給我惹事！」讀者看到，一出場，就是一個既和藹又不失威嚴的支書形象。

支書的第二個特點，就是村裏甚麼事情他都管——生老病死。比如老順，一個四十多歲的光棍，有一次河裏發大水，他無意中撈了一個女人上來，支書就鼓動老順把名叫「來回」的女人「辦」了。「支書說：我同意了，她就算是你的女人！」一句話，像民政局文件一樣有效。第十六回寫開石媳婦難產，支書也特地去探望。最後雖然娃死了，但是鄉親們對支書的關心還是十分感動。

有些村民糾紛很難處理，支書卻都很有技巧地化解。比方說三十九回寫禿子金投訴，說天布和他老婆半香通姦，支書就叫天布脫褲子，天布是民兵連長，小說寫：「那東西昂着，支書用柴棍兒在那口日上一粘，拉出了一條絲來，支書變了臉，拿腳蹬了天布的屁股……」因為天布是民兵，所以要處罰，但也還是要保護，怎麼辦呢？支書又叫來了被戴了綠帽的禿子金，「支書卻拿過鋼筆，把筆身子給了禿子金，自己拿了筆帽，讓禿子金把筆身子往筆帽裏塞。禿子金不明白，這是幹啥，去塞，筆帽一晃，再塞，筆帽又一晃，就是塞不進去。支書說：塞不進去吧？男女關係就那麼容易呀？」意思就是告訴禿子金，通姦的事情你老婆也是有責任的吧。支書的手法雖然粗俗，但這個手段卻是細密。

支書不僅關心「生」，也關心「死」。隊長滿盆死後沒有棺木，砍了一棵八成家的桐樹，但趕不及做棺材。支書這時就把自己做好的棺材先借給滿盆——由此可見基層「父母官」的誠意和代價。

除了態度和諧，關心鄉民生老病死以外，支書的第三個特點是很懂領導藝術。村裏一度很多人都丟了鑰匙，其實是狗尿苔藏了一個人的鑰匙，所以大家就輪流偷隔壁的。支書表面要查，說世風日下，但其實就把這事擱下了，心想：「做領導的，有些事能說不能做，有些事能做不能說」。村裏有點小文化的水皮向支書彙報工作，先講開石開拖拉機被砸了腿，然後為了表揚說他「是特殊材料製成的人」，支書說這句要刪，因為開石不是黨員。第二，水皮說「得稱讓蜂蜇了」，「來回又犯了病」，「田芽和她婆婆置氣」。「支書說：啥雞毛蒜皮事！還有沒有第三？水皮說：有第三，霸槽和禿子金吵架了……支書說：吵，吵，吵，就知道個吵！」私底下其實他對鄉民很不耐煩，但威信很高。馬勺就說了「支書就是咱古爐村的黨」，村口寫的標語也是「有困難找黨員，有問題找支部」。

支書的第四個特點（不是重要性的排序），就是他也能利用「遊戲規則」悄悄為自己謀利益。一般人不知道，有些細節是後來運動當中才被揭發。比方說古爐村的瓷器被他拿去送縣領導，以換取上級的支持。支書也精心策劃要把生產隊的公房賣掉，說是為了籌錢買拖拉機，其實是他自己要買，結果這件事後來也被史無前例的大「風暴」給阻止了。

研究「皇權不下縣」的歷史學家們，也許認為維護祠堂權威、調解鄉民糾紛乃至捉姦修路抗災等，都曾是鄉村士紳階級的工作，但支書顯然一個人承擔了這多種功能，而且手法更靈活，態度和藹可親。

村裏開會一定需要反派，「階級敵人」在古爐村也很重要。小說裏主要敵人有三個，一是地主兒子守燈。此人性格陰險，充滿階級仇恨，私底下剪斷民兵連長天布家的一些植物根苗。小說有補充，土改時期朱大櫃睡了守燈他媽，仍然批鬥守燈他爸，可能這就是守燈後來一直刻骨仇恨的原因。運動中守燈也成了一種另類的造反派。第二個「四類分子」是男主角狗尿苔的外婆。阿婆的丈夫去了台灣，是當兵的，所以平安（狗尿苔）這個男孩就成了「四類分子」的孫子。好在古爐村未成年的「四類分子」還是被區別對待，所以開會也不用站着。第三個反派是神神叨叨的文化人善人。村民都靠善人說病——「說病」就是有人生病了，善人跑去也不診脈，也不給藥，就跟病人講人生哲理，分析病因病情，偶然再加一點中醫的接骨等等，其實有點類似現在所謂的心理治療。形勢緊張的時候，善人也要站着開會。這個善人料事如神，有點像《白鹿原》裏的朱先生。賈平凹特別說明這個人物有原型，「他說着與村人不一樣的話，這些話或許不像個鄉下人說的，但我還是讓他說」。在某種意義上，善人也是小說裏知識分子的代表。另外有一個人物叫水皮，他有點文化，但完全不是知識分子。

小說交代「古爐村原本是沒有四類分子的，可一社教，公社的張書記來檢查工作，給村支書朱大櫃說：古爐村這麼多人，怎麼能沒有階級敵人呢？於是，守燈家就成了漏劃地主」。旁觀者看到，沒有這幾個「敵人」，村裏的政治秩序就無法建立。後來的「文革」，一方面要推翻、摧毀以支書為核心的古爐的秩序（當然這個秩序也不是以「土地私有」為保障的，早就是支書支配一切）。但另一方面，「十年」期間對待「階級敵人」的方法，卻和支書年輕時相同。支書和「敵人」以外，大部分是羣眾，比較受支書重用的有隊長滿盆、民兵連長天布（他比較好色，也比較勇猛）、水皮（一直倒來倒去）。和大部分羣眾都很不一樣的一個人物是霸槽。少年狗尿苔認為「霸槽是古爐村最俊朗的男人，高個子，寬肩膀，乾淨的臉上眼明齒白」。這是唯一一個既不買帳支書（他說朱大櫃算個屁），也不願意老實、安穩種地務農的古爐村人。支書、羣眾和「敵人」也許存在於偉大祖國的每一個邊遠農村，但如果同時還有一個這樣不安分的「鄉土王子」，便形成了點燃時代烈火的某種「乾柴」基礎。

狗尿苔曾經很喜歡霸槽。霸槽不幹田裏的農活，卻在公路旁小木屋幫人補鞋、補輪胎謀生。他把酒瓶砸碎了灑在路上，說這樣來找他補胎的人就多一點。他欠隊裏的收入提成也不還，而且還非常大膽地和隊長的女兒杏開睡覺。總之，這是一個不務正業、特立獨行的鄉村人物。如果在九十年代以後，說不定還能發家致富，可時代偏偏安排六十年代中期是屬於他的時代。某天他在公路上遇到了步行串聯的城裏的紅衛兵，霸槽的生活從此改變，古爐村其他人的生活也隨之改變。一個「偉大」的時代，在賈平凹筆下無比詳細、極其瑣碎、高度寫實、非常殘酷地開始了。

二、正邪難分的兩派鬥爭

要是在古爐村正好沒有一個像霸槽這樣不安分的農家子弟，要是霸槽當時也在生產隊種地，並不在公路旁補胎修鞋賣太歲水，要是沒有一個叫黃生生的紅衛兵，匪夷所思一定要到古爐村來煽風點火鬧革命，要是沒有這一連串的偶然性，古爐村的歷史就會不同嗎？

支書掌權十多年，無論如何也會得罪一些社員，因為分配不公，和不同的姓氏有親疏關係等等。「賣公房」的確可能在公權力運作中獲得私利，支書還將古爐村的瓷器免費送給公社和縣裏的領導（當然幾乎每個村莊也都在如此運作）。官民關係的確弔詭，氏族矛盾也沒法在這以支書為核心的安穩秩序中完全消解。因此還是這個問題：接下來要發生的事態，是不是完全不可避免？

在 1966 年，那是一個非常窮困的山村，沒有電，自行車、手電筒都十分稀罕。農民們閒時吃稀，忙時吃稠（也不是吃乾，就沒有乾飯這回事）。任何一次吃肉在村裏都像是重大節日，饑餓和生病像屎、尿、屁一樣，都是颳風下雪、家常便飯。可是作家強調這些自然生態，和後來發生的事情又有甚麼關係呢？既然是史無前例，就是說以前人們再苦、再原始，也沒有接下來的事情！真地沒有過？真地就是史無前例？結論還是不要下得太早。

有一段時間霸槽離開了古爐村，狗尿苔（狗娃）特別惦記他。「他覺得村裏誰還對自己好呢，除了牛鈴就是霸槽。」把《古爐》和之前的「文革」經典，比方說《芙蓉鎮》相比，至少有兩個不同。《芙蓉鎮》裏胡玉音被批新富農，那是 1964 年的「四清」，《古爐》的動亂卻始於 1966 年。第二個更大的區別是，《芙蓉鎮》有明顯的正面人物和反派角色，整個悲劇幾乎可以概括為 —— 少數壞人破壞多數好人[3]。但在古爐村，我們卻很難區分正派和反派，甚至到了後來武鬥激烈、生死搏鬥的時候，讀者也還比較難以簡單地找到必須同情的一方。在霸槽等「造反派」與支持支書的「秩序維護派」之間，理性上讀者可能較多同情後者。可偏偏小說的敘事者，十二歲的男孩狗娃，卻一直和另類人物霸槽是好朋友，或者他自以為是好朋友。整個長篇所有人物事件都是貌似客觀敘述，只有狗娃可以有心理活動或者抒情的權力。所以一個類似於《透明的紅蘿蔔》的男孩心理角度，平衡了整部長篇的敘事傾向，使得古爐後來發生的很多悲慘事情，就不再只是好人與壞人之爭。這或許也是賈平凹對 China 的理解（《CHINA》是《古爐》的英文書名，china 的原意就是爐中燒出來的瓷器）。

三、自上而下的「火種」

小說第二十四回，狗娃跟着霸槽開着手扶拖拉機到了洛鎮，大開眼界。在街上看到一羣人「都是學生模樣，舉着紅旗，打着標語，高呼着口號。狗尿苔從來沒見過這陣勢，說：誰家結婚哩？不像是結婚。是耍社火？霸槽看了看，說：鎮中學的，開體育運動會吧」。後來霸槽看到橫幅上的字寫的是「文化大革命萬歲」，他說：「這文化我知道，革命我也知道，但文化和革命加在一起是怎麼回事？」霸槽也不明白。這是小說的第一個轉捩點。

狗娃被遊行隊伍裹挾了三個小時才找回霸槽，霸槽告訴他是縣中學派了五個代表到北京被毛主席接見。後來有專門的「文革」研究，1966 年全國停課時，大學生是五十三萬，中學生一千三百萬，小學生一億。[4] 毛主席在北京八次檢閱紅衞兵，總共大約是八百萬人，相當於全國中學生總人數的六成以上。霸槽最初還以為中學生開運動會，說明這「火」是自上而下而來的。但也可以這樣理解，廣大農村有多少像霸槽這樣的不得志青年？他們無法在支書的「秩序」裏發揮才能、實現理想，於是抓住自上而下的「火種」所帶來的希望。開始只是一個概念，概念背後當然就有權力架構。

「公路上，開始有了步行的學生，這些學生三個一夥，五個一隊，都背着背包，背包上插個小旗子，說是串聯，要去延安呀，去井岡山呀，去湖南毛主席的故鄉韶山呀。」「這些朝聖的學生在小木屋門口都要坐下來歇歇，霸槽就供應他們涼茶，也為他們修補着鞋，不收錢」，而他們這些學生講的道理，霸槽、狗娃都聽呆了。他們戴的軍帽、像章，讓這幾個農民羨慕得要死，就是這些軍帽、像章，後來也令古爐村天翻地覆。

這時候支書也沒有閒着，他去公社見了張書記，說「書記的指示，要密切關注時局發展，每個村嚴密監視四類分子」。支書覺得霸槽也是個不安分的人。老隊長滿盆死了以後，本來誰接隊長還決定不了，麻子黑為了奪權，就想毒死他的競爭者磨子。不料毒錯了，毒死了磨子的爸爸歡喜。麻子黑犯了罪人家抓不到他，他喝酒後自己跟一個他以為要好的公安幹部招供了。支書想到霸槽是一個潛在的競爭者，所以他馬上就任命了磨子接任隊長。這個隊長當然難當。就在霸槽從學生那裏搶到軍帽而沾沾自喜的時候，支書也跟民兵連長天布分析形勢，天布說：「這天是共產黨的天，地是共產黨的地，文化要大革命還是小革命，共產黨還能收拾不住？！支書說……凡是運動，就是讓牛鬼蛇神先跳出來，他們暴露了，共產黨再收拾他們。」這段對話，道出了「十七年」和「十年」的異同關係，「同」都是運動，「異」就是用「十七年」方法應對「十年」形勢已經不夠。加在一起可見這個「前三十年」有多複雜。

學生一般只是路過，卻有一個黃生生，號稱是縣裏派到洛鎮的聯絡員，在霸槽小木屋住下不走了。支書覺察苗頭不對，破天荒親自來到小木屋。黃生生說：「你要知道我來幹甚麼？我就是煽風點火的……文化大革命在別的地方已經如火如荼，古爐村卻還是一個死角，我就是來消滅這個死角的！」

聽上去像是文學虛構，其實不然。同樣的話，我親耳聽過。1966年秋天，我有個親戚從北京到上海，就皺着眉頭對家裏人說：「上海怎麼這麼落後？到現在還沒有批判陳丕顯、曹荻秋（上海的兩個書記）。」他當時在北京某大學參加了一個造反組織，覺得自己來上海有責任「點火」，像摩西一樣傳達神諭，喚醒上海人民。不過臨走時他也小聲地提醒家人：「穿西裝的舊照片趕快燒掉」。

言歸正傳回到《古爐》，黃生生、霸槽帶領一些村民，開始在古爐村「破四舊」，最初參加的有迷糊、禿子金、開石、跟後、行運、鐵栓等村民，這些人中，迷糊生性野蠻，像一個怯懦的流氓，禿子金基本上是「被欺者欺人」。也有一些人形象不太清晰的，只是盲從。「破四舊」包括先去破壞村口的石獅子，搜四類分子的家，要守燈燒書，燒舊家具。然後對各家各戶都說，凡是舊東西都拿出來，舊的燭台、瓜皮帽、木格燈籠、樟木箱、銀項鍊等等，最後就要上房拆那些舊房子屋脊上的裝飾。

這麼落後貧窮的古爐村，手電筒、自行車都稀罕，可是隨便一挖竟有這麼多「物質文化傳統」存在。「破四舊」時支書也不反對，稱病不出，但還是堅持生產秩序，對霸槽說：「小夥子，看着你這衝勁，我倒想起一個人了。」「霸槽說：誰？支書說：我！我年輕時鬧土改，就是你現在的樣子！」這話很有意思，在支書一邊是自誇也是懺悔。狗娃喜歡看熱鬧，他跟支書和霸槽都好。碰到困難，他的辦法跟孫悟空一樣，就是去撒尿（這部小說裏「尿」字出現的頻率恐怕是當代文學之最）。作家可能覺得這樣的寫法接地氣，自然主義、鄉土氛圍，但屎尿屁次數花樣實在太多。也許是從吃得粗到排得粗這一農村實景的寫實，但是不是也有某種象徵隱喻：既然入口受管制，那只能靠出口放肆宣泄。

當霸槽、黃生生等人拆村民屋脊時，引起了夜姓、朱姓兩派村民的衝突。接近支書這一派，就有民兵連長天布、升任新隊長的磨子，還有灶火等等，他們策劃反擊。這時老隊長滿盆的女兒杏開就向她的情人報信，霸槽跟黃生生連夜逃走，有一段時間村裏似乎恢復了平靜。

老隊長滿盆死了，村民正在等響器班來吹吹打打辦喪事，沒想到突然鑼鼓喧天，居然來了五輛卡車。霸槽回來了，帶來了縣無產階級造反派聯合總部的很多同志。接着就有鬥爭大會，這是小說的第二個轉捩點。第一個是軍帽、像章「點火」，第二個就是「開會」。

這會跟以前不一樣，不由支書負責，而是霸槽主持，鬥爭對象是公社張德章書記，即支書的頂頭上司。張書記被體罰、戴高帽，昔日大家敬畏的領導，現在被鬥得很慘，眾人看着都很害怕。於是《古爐》的「文革」進入了第三階段，就是在宣傳和「破四舊」以後的奪權階段。

在城裏也是這個次序，先是宣傳——報紙、廣播、接見等等，然後到處「破四舊」、抄家，然後就是開會奪權。古爐村雖小，但是歷史悠久，「五臟」俱全。霸槽成為古爐村「聯指」發起人，水皮是參加的第一人，之後就有迷糊、禿子金、開石、行運等等。這時人們突然發現，參加的都是對支書、隊長有意見的人，也就是說口號、旗幟不同，關鍵還是有利益衝突。中間派有一個叫馬勺的就說：「他霸槽沒給過我吃的喝的，我又沒惡過支書、隊長，我參加啥呀？」這就是中立派的理據。

「聯指」派奪權之初，有兩個攻勢。一個是搭架子貼大字報。鄉村秀才水皮寫了「十問」：

> 一問古爐村是共產黨領導下的古爐村還是個別人把持的獨立王國？二問古爐村執行的是社會主義政策還是個別人為所欲為？三問村幹部為甚麼都是一族的人，別的姓的人難道都死了……？四問生產隊的公房為甚麼要賣，是為集體謀利益呢還是變了法佔

為己有……？五問瓷貨一共收了多少錢，從來沒公佈過帳目，錢都幹啥去了？六問誰安排地主分子去的窯場，是讓他去勞動改造還是以燒瓷貨的名義逍遙法外？……

一、二問都是「大帽子」，四、五問是乾貨，屬於實質問題。今天回頭看，支書的「秩序」裏，確有貪腐嫌疑。問題是貪腐應該怎麼解決？是通過制度性的財產監督限制權力，還是通過運動方式的政治鬥爭？小說提出了大問題。

「聯指」派的第二個攻勢，就是借五輛卡車大聲勢進村之威，不僅鬥了張書記，煞了支書威風，霸槽還參與主持了杏開爸爸（滿盆）的喪禮。就是說霸槽搶奪了支書的位置，要在村民婚喪紅白大事當中，也要體現造反派的領導。

小說寫霸槽這個人，性格不太統一，前半部分任性、狂妄，有點不按牌理出牌，等到成為造反頭頭後，卻變得很有心機，甚至有時講策略，比方說後來他也反對砍掉山上的大樹，反對用炸藥處死灶火等等。這也可能是人們的某種幻想吧，以為造反派、極左派如果真正掌權，也不會完全無法無天。當然，這個「如果」迄今為止並沒有機會驗證。

就在革命造反順利進展之際，霸槽將古爐村「聯指」改名為紅色榔頭戰鬥隊，這時村民才想起舊事——那一年天布他大和牛鈴他大為蓋房的風水鬧得拿钁動鍁的，要出人命呀，別人都去勸，霸槽在拾糞，他不去勸，突然把糞筐往地上一丟，說了句：我非當個特別人不可！

說得好聽一點，霸槽不想重複千百年來農民的宿命，可是他這個「特別人」又做甚麼事情呢？燒窯的師傅擺子說了一句話：「事情怪得很，誰要當村幹部，都砸窯神廟，當年支書砸，現在霸槽又砸。」

這個瓷窯實際上是村裏唯一能賺錢的來路，當然它後來也被霸槽等人給封了。下一步當然就是審查、批鬥支書，然後查瓷窯的舊賬，要交代怎麼買公房等等，支書被關進了柴草棚。另邊廂，天布、磨子等朱姓為主的村民，也成立了紅大刀隊。於是古爐村「文革」便進入了第四個，也是最慘烈的階段，在宣傳、「破四舊」、奪權以後，就是派仗。

男主角狗娃，自以為跟霸槽有些友誼，可是他的婆婆比較同情支書和紅大刀一派。這個小孩，誰也看不起他也看不見他，他卻看到了很多人看不見的東西，看到了史無前例的大革命在古老的鄉村，漸漸進入高潮。

四、以革命為名義的村民械鬥

借着狗娃的感官視角，讀者進入了 1966 年的古爐村，目睹了霸槽等造反派如何實踐「文革」初期三階段，一是口號宣傳，二是破壞四舊，三是努力奪權。接下來就到了第四個階段——打派仗的武鬥階段。其實嚴格說來派仗武鬥也是奪權階段的一部分，小說裏霸槽、黃生生等人都清醒意識到，武鬥結果會影響下一步革命委員會裏的權力分配。他們也都期望能夠進入那個還沒有成立的革命委員會。在全國範圍內，這是 1967 年的大事情。

但除了幾個造反派頭頭，更多的派仗參與者，其實只是被動應戰，被復仇情緒驅使，或者也為了眼前的經濟利益，甚至是無意識中宣泄平日積累的舊怨私仇，比方說禿子金在紅榔頭隊奮力作戰，相當程度是因為睡他老婆的天布是另外一派的頭目（當時支書以插鋼筆調停，對他更加是侮辱）。兩派對立爭奪一開始並不是武鬥，一度是家族為界站隊，「紅梆頭」大多姓夜，「紅大刀」主要姓朱。兩派都以這種姓氏的關係、家族的關係，讓誤入敵營者反戈一擊。這種以姓氏、家族來發展造反幫派的情況，使得「文革」武鬥居然恢復到歷史悠久的農村械鬥傳統。

「紅大刀」隊長是民兵連長，後台是支書，所以比較顧及「促生產」。「紅梆頭」更擅長「抓革命」。小說裏五十四回有個細節，寫磨子在支書、天布等人勸說下，重新承擔隊長職責，到村口打鐘。生產隊的鐘聲在中國當代小說裏，大概從來沒有像這一次這麼響亮、振動人心，而且出人意料。因為在五十年代以後，生產隊響鐘常常是敲響私人土地耕種權利的喪鐘，代表了集體化、公社化的革命潮流。而磨子的鐘聲卻神奇地使派仗中的村民，至少他們的家人，一起來到了生產隊的田裏，儘管分開距離，但總歸是一起在忙生產、掙工分。「再和人有仇和地沒仇呀！」這是鄉親們說的話，也是賈平凹寫鄉村文革的重要特點。在這之前支書已經將瓷窯的帳本、鑰匙等交給了霸槽，兩派也搶奪、瓜分了瓷器的收藏、稻穀的儲備等集體財產。支書被關押，支書老婆只好老着面皮去求霸槽的情人杏開。一度支書被放回家，但不久霸槽就帶了兩個持槍人員，把支書帶到了鎮上的學習班（其實是一種變相的監獄）。支書被抓對「紅大刀」派當然是打擊，而「紅梆頭」派的秀才水皮，這時教大家念毛主席的詩，「暮色蒼茫看勁松……勁松是甚麼，在中國就是毛主席，在古爐村就是霸槽，過去古爐村樹立了朱大櫃，今後我們要樹立的就是霸槽」。聽來好笑，笑了以後細思極恐。但不久水皮真有機會「大出風頭」。因為上面來了幹部，召集兩派聯合開會搞大團結，狗娃也去了，小說這麼寫：「也就在這一刻，他看到了一幕令他一生都難忘的事。」這麼抒情的句式，很像作家的自白了：「如果他晚來一會兒，他就錯過一部分機會，如果他晚來更多一會兒，他就錯過了全部的機會，來的正是時候。事後，狗尿苔也覺得奇怪：這是天故意安排了要讓他看到嗎？」這麼慎重其事鋪墊，看了甚麼事情？「狗尿苔來到會場，會場的氣氛十分熱烈……兩派就開始了呼喊口號。榔頭隊領呼的是水皮，紅大刀領呼的是明堂，兩派各呼各的，形成了競賽，比誰的口號喊得新，聲大又齊整。」霸槽最初以為運動就是運動會，仔細想想說的真不錯，運動的會。兩邊越喊越激烈，狗尿苔等羣眾站在中間隔開雙方，但反覆左右看，「喊呀，喊呀，喊了就文化大革命呀，不喊就不文化大革命呀」，越喊越響。這個中間的人脖子都伸長，腦袋晃動：「毛主席萬歲……革命無罪！」灶火和水皮對喊：「擁護毛主席！打倒劉少奇！擁護毛主席！打倒劉少奇！」越喊越快，只聽到「席——！奇——！」混亂當中水皮喊着，「擁護劉少奇打倒毛主席！狗尿苔覺得不對呀，舉起的胳膊停在空中，榔頭隊的人……也突然停了……一時鴉雀無聲」。很快「紅大刀」天布說，「武幹，武幹」，就是武裝幹部，「水皮在喊打倒毛主席，他反革命了，現行反革命」。這樣的事情可能嗎？喊錯口號是可能的，但天布也不敢重複這句反動口號，否則他也會有罪。但無論如何土秀才水皮被抓了現行，這對霸槽一派是一個打擊。

這種方法也能打倒對方，天布一派受了啟發、鼓舞。不久禿子金在慶幸家裏的豬沒病死時，隨口抱着豬說了一句，你要「萬壽無疆」，就有人打報告了，因為這話侮辱了毛主席，也是現行反革命。天布就跑來叫狗娃做人證，狗娃正為難要不要做這個人證，霸槽也來找他了，說「紅大刀」隊的磨子、牛鈴撒尿時說毛主席萬歲，狗娃你也出來作證，這件事情也是現行反革命。其實這都是霸槽的計策，他故意讓對方知道狗娃可以兩面作證，那這樣抓現行，互相抓來抓去有完沒完呢？後來還是調停，雙方都放棄了控告對方的辱毛罪。

小說裏「毛像」的圖騰作用是無處不在的。後來打仗武鬥的時候，也都是拿一塊牌子上面披着毛像，就是一個擋箭牌了，你也不能打我，這類的細節很多。但雙方的對峙、擱置辱毛罪的指控，只是武鬥連環升級中的一個暫停。

賈平凹寫鄉土文革，一是強調運動前秩序也有問題（革命也有理由），二是過程很詳細，特別多細節。有一段時間雙方的人都得了一種奇癢無比的疥瘡怪病。據說瓷窯裏的灰可以醫病，「紅榔頭」就上山去搶瓷窯灰，「紅大刀」眾人隨後攻山。在山坡上，一派在上面，一派在下面，眼看要真刀血肉相拼了，這時整天講古典道理的善人和狗娃（兩個「反派」），故意打破蜂箱放出蜜蜂，暫時阻止了兩派的肉搏血戰。

之後「紅榔頭」搶灰毀了山上的瓷窯，「紅大刀」火燒對方大本營窯神廟。這些地點名稱的象徵意義，都和瓷器 China 有關。雙方暴力一步一步升級，試讀一段雙方打到村裏巷戰，短兵相接的場面：

> 天布提了刀衝出院門，也正是紅大刀的人趕了過來，金箍棒的人頓時也亂了，有往村道別的巷打過去的，而大多數扭頭往回跑，退到了石獅子那兒，又從石獅子那兒退到堺畔。黃生生就大聲叫喊，公路上又有一夥人向村口跑來，手裏都拿着一個酒瓶子。灶火說：這狗日的勢紮得大，還帶酒哩。天布便說：往下趕，誰搶下酒誰喝！話未落，一個酒瓶子日地就飛過來，落在他們面前十米左右，轟，瓶子竟然爆炸了，四個人當即哎喲倒下，每個人褲子還穿着，血從褲管裏卻流了出來，倒下的就有灶火，別人的臉還乾淨着，他的臉被煙霧熏黑，嘴張着，牙顯得又長又白。鎖子和田芽以為他被炸死了，喊：灶火！灶火！灶火沒有死，他是被炸蒙了，聽到叫喊，雙手摸了一下頭，頭還在，又摸了摸褲襠，褲襠

的東西還在，有頭有毬就沒事，他一咕碌爬起來，發現手背上出了血，就把手在臉上抹，黑臉上抹上了血，有黑有紅，黑紅黑紅，他那只沒了兩根指頭的手指着黃生生罵道：狗日的，你敢用炸彈？！又扔過來一個酒瓶子，酒瓶子又爆炸了，騰起一團煙霧，雪花，泥點和玻璃渣子濺得到處都是。

這些戰鬥場面血肉紛飛，通常只會出現在解放戰爭或者抗日文學當中。再往前的現代文學中，二十年代文學研究會作家許傑有個名篇叫《慘霧》[5]，寫的就是浙江天台的農民械鬥，但場面沒有這麼血腥，作家有意避開了血戰細節，寫的是家裏女人的感受。當代小說寫這種血肉戰鬥，逆着歷史時間而倒行，從國內戰爭逆行上溯到民國初年的原始械鬥。

一度兩派山上山下割據，霸槽想像自己不是被包圍，而是在延安，附近也有座塔。人有時候是會被環境催眠。後來獲得了鄰鄉「聯指」支援，霸槽派衝下山進入巷戰，旗號是解放古爐村。本來，他們都是鄉親、社員、鄰居，雞跟貓串來串去的農民，現在巷戰生死搏鬥。一是面對着持刀甚至炸彈、隨時可能發動進攻的敵人，必須狠心。二是很多說不清楚的仇恨、冤屈，在這時得以發泄。甚麼時候少算了工分，哪年傷了牲口，有一次誰調戲了誰的老婆等等，「人民內部矛盾」全部上升到你死我活。運動喚醒了普通人很多潛在的獸性。還有一些更嚴重的情況，比方下毒犯麻子黑越獄，特別跑去用刀捅當年跟他爭奪隊長之位的磨子，結果麻子黑自己也受傷了，倒是地主兒子守燈出手相救，實為階級報復。另外，禿子金之前忍受老婆跟天布通姦的綠帽之恥，現在趁着「戰亂」，他找到了天布媳婦，不是強姦，而是撕開女人的衣褲，放進一隻掙扎中的貓。紅了眼的學生黃生生也差點殺了善人，善人和狗娃反而還要救黃生生。其中守燈和麻子黑，特地趁亂要去殺支書，作家在這裏安排被老順撈回來的瘋女人來回，拼死救了支書。當代中國小說裏，《古爐》寫運動中的武鬥，最為詳細，最為殘酷。

最後戰果「紅大刀」派失利，天布、灶火逃走。水皮的「文革歷史統計」說紅大刀隊傷十三人，紅榔頭隊傷十五人，鄰鄉援軍死一人，傷十六人，其他羣眾被傷七人，朱大櫃也受傷。至於房子、家具、麥草、樹木，死傷多少牛、豬、狗、貓等不計其數。

賈平凹的小說告訴我們，數字其實一點都不說明問題，獸性本是人性的一部分。悲劇有其必然性，但是否也是多種偶然性的重合呢？有沒有辦法避免呢？避免的時候人們不知道，不記得，也不感恩。就像一個人上街走路、開車，然後平安回家，正好沒碰到車禍，人還在照樣為生活煩惱，還在照樣為了「現代性」焦慮。像這樣的巷戰，古爐村的歷史怎能忘卻？

這部小說裏另外一種不忘卻的方法，就是「聯指」派舉行勝利遊行，抬着自己一派的傷者黃生生、迷糊，顯示解放古爐村付出的代價、犧牲。之後又來了一個馬部長，背手槍的女幹部，帶領「縣指」幾十個人駐守古爐村，因為在全省、全縣的武鬥大局當中，古爐村是「聯指」的一個重要據點。這些在派仗中暫時獲勝的造反派，可以在供銷社、銀行（都是國家機器）借錢、借糧。長得並不好看的馬部長，還和霸槽發生關係被傳染了疥瘡。小狗娃卻在旁邊十分同情懷孕的杏開。全身心投入古爐革命大業的學生黃生生，最後死了，連一向寬容的善人也說老天有眼。

小說是沒有寫到運動後期（我覺得有些遺憾）。霸槽、馬部長佔領古爐村，甚至砍了中山頂上象徵性的白皮松。好在小說始終沒有將任何一方簡單地妖魔化，特別是山上山下乃至血肉巷戰的時候。讀者很難完全支持任何一方，這是作家厲害的地方，讀者必須為雙方感到可悲。

當然傾向性還是有的。最後有三個情節上的意外突轉。第一個逆轉是地主兒子守燈和下毒犯麻子黑也成立了戰鬥隊，說明「十年」中的造反派真是非常複雜。他們也是造反有理？海外研究「文革」史料，對於造反派到底有多少種，跟紅衛兵有甚麼差別，各家各說。有些就是當年的紅衛兵、造反派的過來人，現在變成了研究專家。但反過來從內地看，也正是因為「文革」資料收集太難，歷史研究太少，所以像《古爐》這樣的小說就十分珍貴了。史失而求諸小說。

第二個逆轉是逃亡的天布、灶火居然大膽回村，先救出了磨子，還二度入村，要救政訓班（相當於學習班）裏被冤枉關押的好人。灶火的這個行動很像抗日神劇裏的戰士，令人感到既神奇又可疑。

當然第三個最大的逆轉是最後解放軍突然出現了，抓了霸槽、馬部長，消滅或者說是收服了「聯指」這種派性當中的武裝力量。最後這個意外突轉，一方面是釋放了古爐村武鬥以來讀者的壓抑感，因為雖然兩派都有問題，但畢竟支書和天布這一派是更注重生產，更傾向於「文革」前的秩序，因此也更令一般讀者認同。另一方面，霸槽和馬部長的關係很容易令人想到《芙蓉鎮》李國香、王秋赦的這種反派模式，所以有點道德上的貶低傾向。因此讓霸槽、馬部長暫時失利，對於在小說閱讀過程中壓抑很久的讀者來說，多少是一個安慰。

當然了，細心的讀者也可以再聯想下去。1967 年出動的軍隊，在「文革」史上屬於哪一派呢？軍隊直接參與地方派仗，又會產生怎樣的政治後果和歷史影響呢？賈平凹唯恐讀者不明白，所以人民文學版的《古爐》在封底印了這麼一段話：

在我的意思裏，古爐就是中國的內涵在裏頭。中國這個英語詞，以前在外國人眼裏叫做瓷，與其説寫這個古爐的村子，實際上想的是中國的事情，寫中國的事情，因為瓷暗示的就是中國。而且把那個山叫做中山，也就是從中國這個角度整體出發進行思考的。寫的是古爐，其實眼光想的都是整個中國的情況。

這是賈平凹自己的說明。一般來說作家對作品的說明可以不看，我們最主要的還是讀作品。

參考書目

賈平凹：《平凹自述》，北京：中國社會出版社，2013 年。

賈平凹：《關於小説》，北京：生活・讀書・新知三聯書店，2015 年。

郜元寶、張冉冉編：《賈平凹研究資料》，天津：天津人民出版社，2005 年。

李星、孫見喜：《賈平凹評傳》，鄭州：鄭州大學出版社，2004 年。

孫見喜：《危崖上的賈平凹》，廣州：花城出版社，2008 年。

費炳勳：《賈平凹論》，西安：西北大學出版社，1990 年。

辛敏：《賈平凹紀事》，西安：陝西師範大學出版總社，2012 年。

劉斌、王玲主編：《失足的賈平凹》，北京：華夏出版社，1994 年。

李碧芳：《勞倫斯與賈平凹比較研究》，廈門：廈門大學出版社，2014 年。

李伯鈞主編：《賈平凹研究》，西安：陝西師範大學出版總社，2014 年。

楊輝：《「大文學史」視域下的賈平凹研究》，北京：人民出版社，2017 年。

王新民：《策劃賈平凹》，西安：陝西師範大學出版總社，2018 年。

---

1 賈平凹：《古爐》，首次發表於《文景》2011 年 3 月號；北京：人民文學出版社，2011 年。以下小說引文同。

2 賈平凹：《古爐・後記》，北京：人民文學出版社，2011 年，頁 603-604。

3 拙著《為了忘卻的集體記憶 —— 解讀 50 篇文革小說》（北京：生活・讀書・新知三聯書店，哈佛燕京叢書，2000 年）有過較詳細的評論。

4 Roderick Macfarquhar / Michael Schoenhals: *Mao's Last Revolution,* (Cambridge, MA: Harvard University Press, 2008).

5 許傑《慘霧》，引自茅盾主編《中國新文學大系・小說三卷》，上海：良友圖書公司，1936 年。

2013

韓少功《日夜書》

對苦難的嬉笑與炫耀

韓少功在中國一線作家羣中，向來是以理論興趣和文化視野著稱。他的早期創作和張承志、梁曉聲接近，有一種理想主義的紅衛兵—知青情結（Complex）。他自己翻譯過米蘭・昆德拉的《生命中不能承受之輕》。又在小說《日夜書》裏談論基因課題或者是維特根斯坦。除尋根文學代表作《爸爸爸》《女女女》之外，韓少功後來的小說都有意識地進行形式探索，比方《馬橋詞典》。他一邊兼任南方某地的文聯主席，一邊一年至少有半年住在湖南鄉村。韓少功的整個生態，很像他的同鄉前輩沈從文在《邊城》題記裏所期盼的那種狀態。「本身已離開了學校，或始終就無從接近學校，還認識些中國文字，置身於文學理論、文學批評以及說謊造謠消息所達不到的那種職務上，在那個社會裏生活，而且極關心全個民族在空間與時間下所有的好處與壞處」。[1]

在《古爐》之後讀《日夜書》，既是出版時間巧合，又形成風格對比。兩位作家都是 1985 年尋根文學的先驅，賈平凹的《商周初錄》是一種文體材料的尋根，韓少功的《爸爸爸》是觀念策略的尋根。二十多年過去了，他們現在怎麼尋根呢？

一、「鄉下人進城」和「城裏人下鄉」

程德培說過，當代文學有「鄉下人進城」和「城裏人下鄉」之別。「五四」以來，兩類最重要的形象就是農民和知識分子，他們一旦在文學中同框，總會產生極有歷史意義和藝術價值的作品。比方說阿Q臨死前，被一個穿長衫的人批為「奴隸性」；比方說《白鹿原》裏「族權」「政權」與「神權」的複雜交集；比方說史鐵生筆下，知青和老農民討論大隊分紅好還是單幹好；又比方說福貴講述他活着的故事，一定要有個文青在旁邊沉默地傾聽，「士見官欺民」。

賈平凹和韓少功似乎是「尋根」的兩個極端。《古爐》中比較有生命力的形象是磨子、天布、禿子金、狗尿苔等等，相比之下紅衛兵黃生生、造反派馬部長，甚至是代表作家觀念的善人，這些相對比較單薄的形象，都是知識分子。《日夜書》正好相反，紅衛兵、知青角色各個形象鮮明，農民、農場的代表，比方吳場長、秀鴨婆等等，多少有點概念化，既粗魯又善良，對知青既管教又同情等等。差別不僅僅是一個側重於寫農民，一個側重於寫知青，更在於賈平凹關心農民的生態，韓少功更關心知青的心態。因此他們的描寫方法、敘事角度有很大的不同。

《古爐》的敘述角度是低於一般人的，站在一個無辜的「四類分子」的娃子的角度，他甚麼都不懂，只能記錄他所看到和他不懂的東西，尊敬支書，崇拜霸槽，對性好奇，羨慕人家有自行車等等。只有在最關鍵時刻，比如要不要作證決定人家命運的時候，狗娃才能堅持人性本能。而《日夜書》的敘事角度是高於大部分人的，高於作品中的幾乎所有人。所以《日夜書》始終運用一種諷刺、嘲笑，當然也包含寬容、理解、抒情的筆調。

主人公叫陶小布，名字很晚才出現，大部分時間就是「我」，「我」回憶知青經歷既輕鬆又沉重。他寫馬濤這個革命家，從欽佩到嘲諷；寫馬楠、小安子這些女生，是寬容、善意的醜態誇張；寫陸副廳長等貪官就像《華威先生》那樣憤怒地諷刺；寫知青奇才賀疤子，看上去是嘲笑，卻也有欽佩。韓少功的敍述主體是高於一般人，以諷刺、幽默為基調，內含感慨、抒情，所以乍看像錢鍾書，其實更接近於王蒙的風格。總之知識分子看農民、看中國、看自己，都是這種基本的敍事姿態。

這兩種敍事傾向在很多作家的作品裏都有呈現，賈平凹和韓少功只是比較極端——《古爐》是碎碎念細密寫實手法的典型，《日夜書》在二十一世紀仍然頑固堅持抒情，始終不忘紅衛兵—知青的初心，這也是很有意思的文學現象，大概也說明這種初心其實從下至上，一直都有社會心理土壤和集體無意識基因。

我們都記得保爾・柯察金的名言：當他回首往事時，不因虛度年華而悔恨，也不因碌碌無為而羞愧；這樣在他臨死的時候，他就能夠說：我已經把我的整個生命和全部精力，都獻給了這個世界上最壯麗的事業——為了人類的解放而鬥爭。[2] 一度五、六十年代青年人都會背這段話，還抄在日記本裏。今天很難說多少人真正地想為人類的解放而鬥爭，但是這句格言打動人的核心還是「因為虛度年華而悔恨」，「因為碌碌無為而羞愧」。

人們常常逼問自己，眼下自己做的事情將來會不會後悔？悖論是為了將來不後悔，就得犧牲當下嗎？現在有個說法叫「活在當下」。再追問，究竟怎樣才算虛度年華，怎樣才是碌碌無為？是否一定要到臨死的時候才能回首下這個判斷呢？

這些就是韓少功長篇《日夜書》所要提出的問題。好像一個知青或者一代知青臨死之時（小說裏多次寫到對死亡的心理準備）回首往事，仍然不會因為虛度年華而悔恨，即使苦難無意義，但經歷有價值；也仍然不會因為碌碌無為而羞愧，雖然幾個不同類型的知青大部分都是失敗，或者成功也很無聊。

《日夜書》的核心不只是回憶或者懷念知青歲月（知青歲月也是「十年」歲月的一部分），而是在後來的人生和國家發展軌跡上，重新看見那段歲月。說得更具體一點，小說是寫知青經歷和後知青生活的對話。知青經歷，在小說裏是一種浪漫的苦難。首先承認這是苦難。小說寫下鄉前「全國大亂結束了，中學生幾乎都被趕下鄉去」。當時有這覺悟已經夠「反動」了，很多中學生當年真是想改天換地而熱情下鄉。在學校裏——

> 白牆上到處是紅衛兵的標語殘痕。窗户玻璃在武鬥的石塊和槍彈下所剩無幾。樓梯上的一個大窟窿標記出這裏曾為戰場……我們不久前的紅衛兵司令部，但這裏已沒有大旗橫挑在窗外，沒有我熟悉的鋼板、蠟紙、油印機、糨糊桶，只剩下幾張蒙塵的桌椅，完全是匪軍潰逃後的一片狼藉。[3]

這段描寫，好像是失敗，其實有留戀。寫出了紅衛兵和知青的精神聯繫。其文化道具，是「十七年」的戰爭文學，「匪軍潰退」。敘事者「我」是跟比他高五屆的紅衛兵頭頭郭又軍一起下鄉的，小說寫「跟隨軍哥一同乘火車，再轉汽車，再轉馬車，在路上昏昏沉沉顛了兩天多」，最後就到了一個叫白馬湖的地方。飯裏有沙，油燈如豆，雪大壓倒帳篷，「還不到第二天挑湖泥，我就已經後悔不迭了」，辛苦的農活跟遠大理想完全不相干。活幹不完，天黑還在工地，軍哥回來接的時候，「一線鼻涕晃悠悠落在我手上。我已經沒有力氣說一聲謝謝」。小說寫：「多少年後，我差不多忘了白馬湖。多少年後，我卻從手機裏突然接到軍哥上吊自殺的消息。」

八十年代以來，「多少年後」的句式一直影響中國當代小說，尤其是尋根派和重寫歷史的小說。但像《日夜書》那樣，多次採用，多次重複「多少年後」，還是很少見的。也許是有意向加西亞・瑪律克斯致敬，也許確實是支撐全書的骨架——知青歲月、革命時代要到多少年後才知道它的意義和價值。韓少功這部長篇的重點，其實不是在當年往事，也不是在多少年之後，關鍵就在中間的「多少年」之中。

白馬湖是個茶場，知青之苦首先是餓，常常「肚皮緊貼背脊，喉管裏早已伸出手來。男人們吃飯簡直不是吃，差不多是搬掉腦袋，把飯菜往裏面嘩啦一倒，再把腦袋裝上，互相看一下，甚麼也沒發生」。

這在知青是受苦，但在狗尿苔或者章永璘來看，其實已是享受。糧食不夠吃紅薯，然後「屁聲四起」，於是工地上「吃的對象、方法、場景、過程、體會一次次進入眾人七嘴八舌的記憶總複習……到了腹中漸空之時，『看在黨國的分上』一類不好笑了，『讓列寧同志先走』一類也不好玩了，腸胃開始主宰思維」。

知青的生活狀態，證實思維從來就是被腸胃主宰的，李澤厚的概括是「吃飯哲學」，馬克思的觀念是「生存決定思想」。所以《日夜書》裏抱怨知青之苦——饑餓、為飯票賭博等等，好像很特別，其實那是農民「活着」的常態。韓少功從「多少年後」的角度寫苦難，他是訴苦，其實也是炫耀。

到公社趕集，「來自四鄉八里的知青在這裏混出了幾分熟」，「天下知青是一家。兩撥落難人隔河相望」，聚在一起知青怎麼交流？小說裏，只有對話，沒有說話人的主體。

「你們讀過《斯巴達克斯》？」

「哎呀呀，通俗文學在這裏就不必談了吧？」

「那你們讀過吉拉斯的《新階級》？」

「也就看兩三遍吧，不是太熟。」

「說說《資本論》吧。」

「不好意思。請問是哪個版本？是人民版，還是三聯版？還是中譯局的內部譯本？我們最好先約定一下範圍，不要說亂了。」

「你們知道誰是索爾仁尼琴？」

「你是說《伊凡・傑尼索維奇的一天》還是《瑪特遼娜的家》？你要是想聽，我都可以給你講一講。」

「那……請問你們如何評價奧威爾的《1984》？」

……

講文化好像打牌一樣較勁。當然這個話題也會轉:「你犁過田？你做過瓦？你燒過磚？你炸過石頭？你下過禾種？你閹過豬？你車過水？你會打連枷？你會打土車？你一天能插多少秧？你遭遇過雷擊？你一次能挑多重的穀？你打死過銀環蛇和貓頭蛇……」

分析一下，這裏知青之間的炫耀分兩部分。第一種炫耀是知青對同學或農民，炫耀自己知道吉拉斯、索爾仁尼琴等等，表現出一種文化優越感。（回想起來，我當時也是兩腿都是泥，但回家照樣看哈代的《黛絲姑娘》，或者同學之間寫信也會說「仰天大笑出門去，我輩豈是蓬蒿人」，這是一種心理的療癒。）

第二種炫耀在農村其實沒有意義，任何人都犁田、插秧、打蛇……但是知青說出來，向當時或之後的城裏人炫耀自己經歷的苦難，包括但不限於插過秧、打過蛇。後來假如有機會進大學，還會向之前的五、六十年代背景的「中年教師」們證明，你們在書本上崇拜的工農生活，我們才是親身經歷，所以我們能寫小說或評小說。又可以像《日夜書》那樣，向之後的八零、九零、零零後青年來證明，你們完全忘卻了、無視了苦難和革命，而那苦難和革命恰恰是國人身上最重要的體驗和烙印。

其實知青一代，矖文化一知半解，幹農活血汗無歸。但是隔了多少年以後，韓少功就給了我們機會，讓我們的嬉笑、諷刺、幽默、訴苦，其實都可以是一種炫耀，炫耀我們在無文化的時代追求文化，炫耀我們在革命運動中吃苦不耐勞。這不是很特別的一羣、一夥、一堆、一代人（或者是一個人）嗎？

《日夜書》以仿紀傳體式，寫老紅衞兵頭目郭又軍，寫革命家馬濤，寫平庸的知青後來變成走紅的畫家，寫女知青的小資情調在農村的遭遇，也寫一些知青後來如果進了官場會怎麼樣，甚至也有人成為發明家等等。《日夜書》主要不是寫「文革」中具體的知青運動，而是討論「文革」後幾十年來的知青精神，或者說是六十年代的革命精神的生與死。

二、要理解當代中國，必須理解知青一代？

今日的讀者可能好奇或疑問，說知青吵死了，到底有多少人？幾百萬、一千萬，放在全國總人口看，那也不過幾十分之一、幾百分之一。而且知青一開始就輸在起跑線上，中學造反抄家，之後下鄉吃苦，回城後在社會競爭中，大部分也是弱者，現在不是下崗就是退休，男做保安女跳廣場舞。

但另外一方面，作家裏，很多都是知青，老總們、官員們，不管甚麼級別，知青「成功」的比例恐怕都高過之前之後的非知青。知青一代的價值觀曾經是反叛，今時今日謀劃應對「百年未遇的變局」，又何嘗不是對現狀的一種應變、對舊秩序的一種挑戰？也許要理解當代中國，必須理解知青這一代？

《日夜書》裏的敘事主角陶小布，當年是白馬湖知青羣眾的一分子。整部小說都由他對於所有人和事的嘲諷、幽默、感慨、抒情所構成——諷刺、幽默顯示他的智商、道德及時間上的優越感；感歎、抒情又顯示他因為時間流逝而生的自憐自艾。

韓少功在與劉復生的《關於〈日夜書〉的對話》（標題是《幾個五零後的中國故事》）裏說，自己近年「幾部長篇其實都是小說的『散文化』，一直想把某些非小說因素加到小說中去，讓小說的形式更開放——其實是讓歐式小說形式更開放」。「如果說《馬橋詞典》更像筆記體，那麼這本《日夜書》可能有點接近紀傳體，人物相對獨立，但互有交叉。雖然這樣不一定好，但也算是我對本土文化先賢致敬的一種方式吧。」[4] 韓少功的小說文字其實還是比較歐化，在文體結構上有點想「復古」。《日夜書》「在多少年後回首知青，是否虛度年華，是否碌碌無為」這個大框架下面，寫了幾種不同的類型，也是今天知青精神延續的幾種形態。

第一個最突出的形象就是馬濤。馬濤是白馬湖女生馬楠的哥哥，和郭又軍在紅衛兵是同一派，是城市這一派的王牌辯手。小說寫他「要格言有格言，要論據有論據，要諷刺有諷刺，要詩情有詩情……戰友們一高興，齊聲歡呼『馬克濤』，就是小號馬克思的意思」。「他當時走到哪裏都不缺乏我這樣的仰慕者，不滿現實又野心勃勃……一張嘴，一放言，就是面對中國和世界，就是今後三十年乃至百年。」身在白馬湖茶場，他說甚麼？「說一說東南亞應該怎麼辦，歐洲與非洲應該怎樣變，偉大領袖『重上井岡山』一語到底是何意思，能不讓人眼睛發亮？討論一下第三國際的教訓在哪裏，北約和華約的各自隱患在何處……」

雖然敘事者「我」，當時是仰慕，後來是諷刺，但實際上馬濤的這些興趣與豪情，也是主人公「我」，甚至也可能是韓少功的讀者們的興趣與豪情。小說寫：「各種革命在這裏串味。革命既然是流行色，地下革命便是憤怒青年的美酒——不管這種憤怒是來自貧困，還是來自失戀，還是來自家仇國恨，還是來自讀書後的想入非非……革命的某種形式感，諸如緊緊握手，吟詩贈別……」。其實「吟詩贈別」是大部分中國古詩的來源，歷史上和革命不一定有關。「嚴肅論爭，還有在驚濤拍岸前久久的沉思，已足以讓人醉心於輝煌。何況這還是青年社交的一種有效媒介，就像馬克思說過的，在廣闊的大地上，任何人憑藉一首《國際歌》，都可以在任何一個角落找到同志——對於我們來說，當然還意味着找到一頓充饑的飽飯，幾支劣質香煙，他人慷慨相贈的舊膠鞋。」

韓少功對這一代人的革命情緒，既有張承志式的深情回味，又有王朔般的調侃解構。「坦白地說，如果沒有這種豪情憧憬，我的青春會苦悶得多。人是很奇怪的動物，一旦有了候任銅像或石像的勁頭，再苦的日子都會變得無足輕重，甚至還能放射出熠熠光輝。」「候任銅像」，就是想像自己多麼偉大，以後可以變成銅像。作家將這種「候任銅像」的幻覺比作以前的宗教和以後的明星夢，其實是不一樣的。在別的作家如賈平凹那裏，「候任銅像」的幻覺可能就演變成了佔領山頭的霸槽了，造反派想像自己在延安。在《日夜書》裏，「我開始重新看待腳上的鐮刀傷痕。作為格瓦拉的崇拜者，我當然不再自憐，倒有一種把傷痕當作勳章的驕傲。」這一句不僅形容馬濤，也是《日夜書》全書的主題。不知道在韓少功之前和之後的幾代國人，會不會也有這種「候任銅像」的慾望？「我開始重新打量前面的崎嶇山道。作為甘地的崇拜者，我當然不再歎息，倒有一種把艱辛當作資歷和業績的興奮。」「候任銅像」有點像「艱辛探索」一詞的空白主語。韓少功的小說比較好評論，因為作家有時把複雜的理念說得很清楚。但同時韓少功的小說也比較難評論，因為作家已經把複雜的理念說得太清楚了。

「我開始重新審度繁華街市。一個鄉下人，心裏裝着馬克思和巴黎公社，裝着『重上井岡山』那種坊間流傳的密旨，哪還有工夫嫉妒？哪還有工夫自卑？」小說寫當時的紅衛兵知青，腦中想像着巷戰起義，心裏默念「人民萬歲」的口號，他們可能很看不起為物質「內卷」「躺平」的後面幾代人。敍事者為甚麼要這麼強調、肯定當年的虛幻理想、悲慘命運，也是因為作家對後來中國幾十年的世俗化變化感到失望？「我躺在拖拉機貨廂上，懷揣一封來自馬濤的信。信中關於國內革命形勢的分析讓我無法入眠。照信中的說法，湖北的情況很好，四川的情況也不錯，廣東方面已有朋友打入革委會，上海那邊則有朋友進入了新聞界和哲學界，更重要的是，四十七軍看來很有希望……」。正當讀信人在嚴肅思考「農民運動確實重要，但該從何處着手」，「我還沒把中南海的縱橫捭闔理出一個思路」的時候，一聲巨響，我從拖拉機上摔了下來。可見今天「喝地溝油的命，操中南海的心」是有傳統的，這種傳統就來自於文學作品中的覺醒年代，也來自於實實在在的知青體驗。

當時也的確有知青偷渡去參加「抗美援越」，馬濤成了令人「無比崇拜卻無緣得見的思想大俠，知青江湖中名聲日盛的影子人物，曾任某紅衛兵小報的主筆」。馬濤的言論被人傳抄，成了格言，馬濤自己卻在生活中低能、健忘，出很多洋相。有一次因為逃票在廣場被示眾三天，重見同伴們的第一句話說：「告訴你們，我知道維特根斯坦錯在哪裏了。」

到此為止，馬濤是個正面形象。「多年後，他已遠在太平洋的那一邊，音信渺茫，相見時難，但還是不時潛入我的恍惚，觸動我內心中柔軟的一角……他是第一個劃火柴的人，點燃了茫茫暗夜裏我窗口的油燈，照亮了我的整個少年時代。」

可是，「我」所崇拜的馬濤突然被捕了，「一封不知出自何人的告密信，舉報馬濤的危險言行」，馬濤被抓去了省城。從小說看，原因之一是「他曾提議建黨，草擬過一份黨綱」。在這之前馬濤其實已經精神過敏，懷疑自己被人秘密郵檢，被人竊聽。後來作為「現行反革命犯」坐牢以後，他妹妹馬楠去探監。馬濤說他身體受傷，要「恢復體力和思考力，他需要西洋參、蜂王漿、魚肝油丸 —— 據說一種產地澳洲的鯊魚肝油特別好」。馬楠和他母親傾囊而出，賣了玉鐲、金首飾，馬楠還賣血，終於帶了些奶粉之類再去探監。馬濤瞪大眼，發現沒有魚肝油丸，對話就此展開：「你得明白，從某種意義上說，我是一個屬於全社會的人。」「哥，很對不起……」「我不需要你們憐憫……我可以吃糠，可以吃爛菜葉，餓死也算不了甚麼。我只是可惜有些事，比如偌大一個思想界的倒退，也許是十年，也許是二十年。」

從這時起，馬濤的形象完全變了。開始好像是監獄壓力改變人，六年後出獄，「文革」已經結束了，馬濤還是長髮不剪，囚衣不換，為了丟失一本筆記本大罵家人：「我真的不在乎監獄，不在乎死。喚醒這個國家是我活下去的唯一意義。」之後有記者採訪，他不滿意。有人介紹他免試入大學讀研究生，他很快又跟導師鬧翻。對家裏的人，比方說對妹夫「我」大發脾氣，「陶小布，你也算是跟了我很多年。可悲呵可悲，今天我總算看清了，你完全不了解我，你們沒一個了解我」。

後來馬濤和肖婷結婚並出國了，出國後又抱怨外國的有關機構對他不夠珍視，住房太小，地位不夠高，說有次會議主持人「列舉中國傑出的民間思想家，只把他排在第十一位，僅在『等等』之前」。

又過了若干年，馬濤遠離了政治，回國後「定位是哲學的王者歸來，與哪一派都不沾邊的民間思想達人」，也不知道韓少功在這裏影射甚麼人。這時馬濤提倡「新人文主義」，當時內地流行叫人文精神，不知道這之間又有沒有關係。「新人文主義」「作為一種根本性的全球解決方案，一種避免地球生命第六次大滅絕的治本之策」，這好像是預見到現在的事情。實際上這時的馬濤已經得腎癌，脾氣還是一貫地不好，為小事發火，所以很難說馬濤的故事是喜劇還是悲劇。韓少功後來在小說之外的解釋說：「相對於他的立場和觀點，他的人格心態更讓我有痛感。這種痛感也許恰好來自於我對他的珍惜。」

作家對馬濤的態度有些矛盾。一方面，珍惜他當年指點江山、激揚文字的革命傳統。不知道這種傳統是每一代都有，還是在知青一代身上，生態和心態的關係最反差、最反諷？另一方面，作家也警惕「這種自閉症和自大症的病態」，說「在某種程度上也是新專制主義的一個幽靈」。「專制主義」加上「新」字，除了數碼手段外，和各種老專制主義有甚麼實質區別呢？

三、不同知青典型的不同命運

另外一個知青形象是郭又軍，和理想遠大、心胸狹窄的馬濤相比，郭又軍是趨利避害、現實求生的知青典型。同是紅衛兵頭頭，郭又軍下鄉僅一年就招工進了縣城，因為根正苗紅，「常被外貿公司派遣去香港，隨火車押運活豬」。在小說《繁花》裏的香港和韓少功筆下的香港，是兩種不同的文化符號。「文革」後，郭又軍又遷回省城，雖是老三屆卻沒考上大學。本以為可以在工廠混上去，不料時代大變，工人下崗，黨員不吃香，所以後來亂打工，放不下身段。丟自行車想偷回，又當場被抓。總之作為紅衛兵、知青，郭又軍是一個平庸的典型。後來「我」在他家見到的都是麻將桌，他還不斷向我申訴，舉報馬濤的告密信不是他寫的。

郭又軍後來在知青團體中的貢獻，就是幾十年不斷，召集每年年初四的白馬湖知青聚會。「不知為甚麼一直擔任知青事務總管的角色，在縣城那幾年，他的住所就是知青接待站……」。大家聚在郭又軍處，總說「我們那時候」。主人公總結說：「比較而言，啟蒙前輩也好，衛國老兵也好，懷舊態度大多是單色調，只有自豪，絕少悔恨，幾乎是雄赳赳的一心一意。」（其實這個說法也太簡單化。簡單化看待歷史，正是知青一代的先天缺陷。）「但從白馬湖走出來的這一羣要曖昧得多，三心二意得多。他們一口咬定自己只有悔恨，一不留神卻又偷偷自豪；或情不自禁地抖一抖自豪，稍加思索卻又痛加悔恨。他們聚集在郭又軍這只老母雞的翼下，高唱一首首老歌，津津樂道往事。」不知道是因為這一代人特別天真？還是對當代革命持這種回首往事態度的，也不只是這一代人？

在馬濤、郭又軍之外，小說裏還有幾位女性。小安子本名安燕，喜歡看世界地圖，喜歡游泳，裸露身體嚇壞農民。郭又軍本來是可以留城照顧父親的，就是為了小安子才下鄉。可是小安子喜歡的是雨中散步，受不了各種小蟲，見了茅坑就哭，總之是個小布爾喬亞女生。她後來和郭又軍在一起，辦事的時候，床邊要掛巨幅領袖像，還要放流行革命歌曲，甚至有受虐傾向。小安子出國前就把自己的日記本留給了「我」（敍事主角），還留下女兒丹丹陪伴生癌父親郭又軍直至病逝，見證普通知青的平凡命運。

安燕在茶場的室友就是馬濤的妹妹馬楠，她也是一個怕積雪，不敢騎自行車，也看不懂種豬爬背，說它「怎麼多出了一條腿」？這麼一個城市女生，農民叫她「懂懂」，意思是傻瓜。可是小說寫「女人大多是地下礦藏，是需要慢慢發掘……」，慢慢地、漸漸地，高人一等、諷刺眾生的男主角愛上了馬楠。小說裏馬楠後來是一個賢慧型女子，但是絕對容易吃醋。這個女性形象其實並沒有甚麼特別的地方，只是顯示主人公無處不在的諷刺，在這個女人身上更多的就是寬容。

韓少功是絕對不會單獨、孤立、封閉地寫知青歲月，這是他和王小波的最大不同。王小波《黃金時代》裏的知青歲月就是全部人生，既是寫實又是象徵，看不到頭的。韓少功寫的知青命運，一定延伸着他們後來的變化。比方姚大甲，在農場裏賭飯票，買竹半夜在木匠家避雨，就睡在棺材旁邊。和「我」同居一室，生活習慣非常邋遢。因為打架搗亂，農場場長就罰他單獨勞動，可他照樣胡塗亂畫，創作《偉大的姚大甲暢想曲》。多少年後，大甲回城進了劇團，辦了畫展，打過羣架，開過小工廠，投資煤礦，最後移居國外後靠畫畫出了名。他用農場場長當年罵人的話（「夾卵」、「搞卵呵」等等），創作了一些現代派畫作，主人公說看上去像凍肉庫，以「亞利瑪：人民的修辭」為題的畫展卻成功了，姚大甲也因此成了知名畫家。

主人公陶小布用諷刺眼光寫周圍所有人，那他自己是怎樣的一個知青呢？我們看到他崇拜革命者馬濤，嘲笑未來畫家姚大甲，暗戀女生安燕，最後愛上並忍耐賢慧的馬楠，他說「補衣的女人更像女人」。為了表現陶小布從知青進入官場的成功與失敗，小說特別設置了一個不屬於知青圈的人物陸學文。這個陸副廳長很擅長於套近乎、傳播緋聞。他對陶廳長說「俺大嫂哥甚麼時候回來」，甚麼叫大嫂哥？他就是假定說，你是我的大哥，然後你老婆的哥哥那就變大嫂哥了。「他從奧斯陸回來了吧？」奧斯陸是諾貝爾和平獎評選地，特別點出敏感的地名。「我」覺得這個副廳長吹噓拍馬、搞關係、傳八卦一流，辦正事就是一條蟲，有時候廢得沒底線。而且這個人特別有意思，他常在「室內高聲打電話：『中央軍委嗎？』『國務院嗎？』」，這和《圍城》裏有個教授老是把一封官員來信放在桌上展覽是同一個傳統。作為知青出身的廳長，「我」決心有所行動，可是上級的副省長卻保陸學文。小說詳細分析了上級為甚麼要保護陸副廳長的多種可能。對官場選舉規則和民主程序如何被人利用和操縱情況，作家都很有興趣和研究。繼續審核陸副廳長的過程中，「我」收到了幾十個說情電話，「有老同學，有前同事，有首長的秘書，有司機，有處長，有報社的記者」。最後陶小布 ——「我」這個從知青升上去的廳長 —— 也只好退休。陸學文也停職調到其他單位。殺敵八百，自損一千。不管怎麼樣，表明知青為官還可以不忘良心，牢記使命（雖然代價很大）。這些官場境遇與當年知青理想有甚麼必然聯繫？這正是《日夜書》想提出、想回答的問題。

在馬濤、姚大甲、小安子、馬楠及陶小布之外，小說還有一個比較奇葩的人物賀亦民，是郭又軍的弟弟，也是「我」的小學同學。因為在城裏被警察追捕，這個小偷王就逃到了白馬湖，來了就勸「我」病退，要「我」斷指自殘，以便回城。多年後，他在城裏開公司，談吐、作派依然流氓，「一個小矮子，當年的一個垃圾生，眼下把鈔票當磚頭甩，在寫字枱那邊人模狗樣。」其實賀疤子的缺陷有家庭原因，從小被父親打，後來又沒考上中學，漂泊社會，賭博作弊，混入幫派，一度假裝讀書騙女生。賀疤子到深圳辦工廠破產，可是有一次見到他大哥被警察欺負，還衝動地以磚相助。最重要的是這個「打工爺」「電器王」「發明帝」折騰數十年，居然為一間國家石油公司發明了一個超越國際水準的技術項目，不僅如此，還出於民族主義，堅決不賣給海外公司，但求公司女總裁色相陪伴。最後他當然還是被警察抓走了，因為過去曾經為兄襲警。

韓少功這部分是越寫越玄，不是作家控制人物，而是人物指揮作家。小說意在顯示知青後來發展的多種可能性，但賀疤子的奇葩成功也實在有點誇張，看上去有點像余華筆下的李光頭。當然，在這片神奇的土地上，在九十年代到新世紀的神奇年代，也不能說完全沒有可能。和《日夜書》全書基調相配合來看，那就是諷刺變成了誇張，而誇張當中又包含着欽佩。也許這也是《日夜書》的意思 —— 種種當代奇葩都可以在知青文化土壤上各自生長。

還有甚麼不能想像的嗎？可以有政治上巨大的成與敗，或者藝術上的真、假虛榮，為甚麼就不能期待科技上的神跡呢？否則怎麼稱之為「新時代」？從最壞的局勢，演變成最強的力量。但就在這種貫穿全書的諷刺、嘲笑筆調下，有一種抒情的聲音。這種抒情的聲音不只是對昨天的留戀，對今天的歌頌，還有對明天的一種悲涼。小說有一節題為《更高的東西》：

> 眼下這一刻，我已站在未來了，已把自己這部電影看了個夠，也許正面臨片尾音樂和演職員表的呼之欲出。我不知在演職員表裏能看到哪些名字，能否看到自己的名字。更重要的，劇情已明朗，未來已成過去，我憑甚麼說這一堆爛膠片就是「更高」的甚麼？

壞消息是，當我們回首往事的時候，既因虛度年華而悔恨，又因碌碌無為而羞愧。而好消息是，我們還知道悔恨，還懂得羞愧……

參考書目

韓少功：《文學的根》，濟南：山東文藝出版社，2001 年。

何言宏、楊霞：《堅持與抵抗：韓少功》，上海：上海人民出版社，2005 年。

韓少功：《為語言招魂》，鄭州：河南文藝出版社，2015 年。

韓少功：《大題小作》，上海：上海文藝出版社，2017 年。

韓少功：《進步的回退》，上海：上海文藝出版社，2017 年。

孔見：《韓少功評傳》，鄭州：河南文藝出版社，2008 年。

廖述務編：《韓少功研究資料》，天津：天津人民出版社，2008 年。

廖述務：《仍有人仰望星空》，北京：新星出版社，2008 年。

劉復生、張碩果、石曉岩：《另類視野與文學實踐：韓少功文學創作研究》，北京：北京大學出版社，2012 年。

孔見等：《對一個人的閱讀 —— 韓少功與他的時代》，南京：江蘇文藝出版社，2013 年。

廖述務：《韓少功文學年譜》，上海：華東師範大學出版社，2018 年。

---

1 沈從文：〈邊城・題記〉，引自《邊城》，上海：開明書店，1948 年，頁 3。

2 奧斯特洛夫斯基著，梅益譯：《鋼鐵是怎樣煉成的》，北京：生活・讀書・新知三聯書店，2018 年，頁 239。

3 韓少功：《日夜書》，首次發表於《收穫》2013 年第 2 期，同年由上海文藝出版社出版單行本；北京：人民文學出版社，2019 年。以下小說引文同。

4 韓少功、劉復生：《幾個「50 後」的中國故事 —— 關於〈日夜書〉的對話》，《南方文壇》2013 年第 6 期。

2015

閻連科《日熄》

另類喪葬經濟鏈

《日熄》中的敘事主角，一個十來歲的小鎮青年，對小說中出現的作家說：「閻伯，你能不能把你的故事講得暖和一些兒，我看你的書我總是身上冷。你的書裏陰氣太重。」[1] 閻連科的小說，既不是之前我們分析過的露骨寫實主義（他的小說裏並沒有很暴露、很殘酷的細節），也不是近二十年出現的細密寫實主義（閻連科的小說既不具體也不細密），而且閻連科的小說也很難歸入「浪漫」「夢想」一類，既不像鐵凝、王安憶能夠追求女性主義的夢，也不像《狼圖騰》《我的丁一之旅》或者《風聲》那樣，追求「戰狼夢」，或男人的性幻想，或密室遊戲快感等等。

閻連科的小說在抽象、預言和魔幻方面，有點像殘雪的寫法，但是少了蟑螂、老鼠等審醜意向，多了政治寓言的意向。閻連科稱自己的作品是「神實主義」，「我不在乎對現實的形似，更講究對現實的神似」[2]。寬泛一些，也可以將閻連科的小說歸類為魔幻現實主義。比起八十年代的尋根文學，魔幻成分增加了，現實篇幅減少了。

莫言的《透明的紅蘿蔔》，絕大部分篇幅非常寫實，寫農村小孩日常生活，但就是靠那個透明的紅蘿蔔，昇華改造了整個寫實結構。《白鹿原》寫歷史演義，卻也穿插神奇的白鹿傳說。田小娥死後在村民心目中的顯靈，也是用極小部分的魔幻來增強絕大部分的寫實。賈平凹的《古爐》，記錄十年農村風波非常詳盡，其中也有狗娃和動物的魔幻或幻覺的對話。總之，八十年代以來中國的魔幻現實主義，就像卡夫卡的《變形記》，百分之一的魔幻（人變甲蟲），加上百分之九十九的現實（甲蟲出現以後，「蟲」和人們的不同反應）。這個配方比例後來不斷變化，到莫言的《生死疲勞》和閻連科的《受活》，荒誕因素變成形式框架，小說核心還是現實內容。在閻連科的《受活》中，買列寧遺體就是「變甲殼蟲」，小說的重心卻是由縣長的奇思妙想引申開去，從「土改」到「文革」到「改革開放」幾十年農民的命運，到殘疾人和正常人的不同遭遇。《受活》成功刻畫了兩種幹部形象——好心辦壞事的典型和「白貓黑貓」的新典型。兩個形象都延續和深化了二十世紀中國小說史上的幹部、官員形象系列。如果說《受活》還是魔幻包裝，主體寫實，《日熄》則顯示了閻連科創作本身的進一步變化。在《日熄》裏，魔幻荒誕成分大大超過寫實背景。同是魔幻現實主義旗號，一般說來魔幻成分少，文本就接近於內容複雜的小說；魔幻成分多，作品就接近於宣講道理的寓言。

實際上寓言也有廣義、狹義之分。廣義的寓言可以通過集體無意識體現，故事的層次非常豐富，比方《阿Q正傳》；狹義的寓言，比如《農夫與蛇》《狼來了》，則直接以故事講道理。《日熄》究竟是哪一種寓言？小說裏的火葬、土葬、人油、告密乃至夢遊、日熄等等，是意象還是寓言？有甚麼樣的有意或無意的象徵作用？

一、喪事經濟鏈：死得無聲無息

小說敘事主角又是十來歲的鄉鎮小男孩。當代中國小說以鄉村男孩的視角展開敘述的範例很多，比如莫言的《透明的紅蘿蔔》、賈平凹的《古爐》、蘇童的《河岸》，還有格非的《望春風》等等。是純粹巧合？還是有某種文學現象的必然性？容後討論。

《日熄》中的小孩叫李念念，父母開了一家冥器店，專賣紙錢、花圈。鎮上的民眾，歷來習慣土葬，不願意採取官府提倡的火葬。雖然土葬要佔土地，某種程度上會損害子孫後代的生存空間，但是農民有老傳統，在生老病死等基本問題上，政府的主張不一定有效。大家為了悄悄土葬，喪事隱秘簡辦，死得無聲無息。這個故事背景略有誇張，但也不是不可能。接下來的情節比較奇怪：李念念的父親李天保，向火葬場告密，並且獲得經濟報酬，成為冥器店的額外收入。

當然這是缺乏職業道德，泄露客戶隱私。但是既然怎麼葬法也是國計民生大事，誰家死了人也歸政府管，怎麼可以算隱私？站在這個角度，李天保其實根本不必為他的告密而羞愧，幫政府及時掌握村鎮上人口變化情況，責無旁貸。但李天保也不是直接向鄉政府或者派出所彙報——這是故事裏的一個漏洞，照理說有派出所在，人怎麼能夠私自死亡土葬——而是向他的妻弟邵大成（也就是「我」的舅舅）「告密」。舅舅是火葬場老闆，獲得冥器店老闆李天保的告密後，便開車去辦喪事的人家運送屍體。如果屍體已經悄悄土葬，那就要掘開新墳，火炸屍體，然後再送去火葬。過程中，死者的家人自然悲痛憤怒。火葬場做了一筆生意，冥器店老闆收到一筆告密費，這個喪事經濟鏈雖然有點小荒誕，但比起由此而引發的後面的魔幻情節，那幾乎還都是非常現實主義的。

二、告密與人油

在《日熄》裏，告密這個情節既現實又魔幻，十分重要。告密之所以存在，一是所告之「密」，的確可能違規犯法——土葬是犯規，喪事不報派出所也是違法的；二是告密之人會受到鼓舞獎勵，李念念的爸爸獲得獎金。但是「告密」另一方面又令人害怕和警惕，因為所告的「違規」和「犯法」，只是一時政策，長久看可能根本沒錯。歷史上很多學生告老師，事後看可能沒錯。而且告密常常意味着對道德信任的背叛，尤其是要告父母、告老師、告愛人。通過網絡告愛人，近年又成為羣眾吃瓜的潮流。這種以背叛親情而獲益的行為，如果加以普及和表揚（沒有上級表揚，就不會有告密），長久以往有損社會道德的基礎。所以閻連科的《日熄》，特別強調父親向火葬場的告密，成為他心頭一個犯罪包袱，也是小說情節發展的一條主要導火線。

小說中同一情節線索，火葬土葬是寫實，告密有些荒誕，但只有「人油」才是真正魔幻。李天保在他妻弟的火葬場發現一桶一桶的油，原來是燒屍體後留下的，還能賣錢，可以用來製造肥皂或其他工業用途，甚至不排除做食用油。李天保對於「人油」這件事深感不安，覺得是他告密的惡果和罪證。所以他要用告密的獎金，廉價買下這些人油，然後一桶一桶地運到水壩工地，藏在那裏。李天保覺得，藏起人油不讓它循環再用，是他減少自己犯罪感的一種方式。

「人油」在象徵意義上，是村民被燃燒後的亡靈，或是民眾被壓榨後的證物，放在那裏，以後又有甚麼用——李天保當時是不知道的。只有作家閻連科是知道「人油」將來的用處的，這是小說極重要的伏筆。

三、夢遊：夢與醒的文學意象

在火葬、土葬、告密、「人油」等符號後面，小說中另一個貫穿始終的關鍵字是夢遊。《日熄》裏的夢遊一度在鄉鎮上無所不在，小說分了很多卷、很多節，好像結構很複雜，其實通篇只寫一天一夜。就像李銳的《張馬丁的第八天》一樣，《日熄》其實是能夠寫成中篇的。如果在八十年代中期，它就是《收穫》上的一個中篇。但是在二十一世紀的文學生態裏，長篇有很多文化工業意義上的好處，出單行本、銷量、獲獎等等。

一開始的夢遊就是娘在家裏，睡夢中還能剪紙，村民張才在大街上公然撒尿，還有男人在街上裸體，有個女人以為自己要生產了，還有人夢遊去了麥場勞動，也有人就跌在水裏淹死。小說寫：「聽說鄰村有戶人家夢遊時，當爹的在麥場上把他兒媳強姦了。」有個張木頭把和他媳婦鬼混的磚窯王給打死了。就是醒着敢想不敢做的事情，在夢裏敢作敢為。

夢遊還會傳染，夢遊的人還以為旁人在做夢，醒着的也不清楚誰在夢遊，自己到底是醒着，還是在睡夢中，所以這是一種集體的催眠。張愛玲在散文《談音樂》裏有一段話：

> 大規模的交響樂自然又不同，那是浩浩蕩蕩五四運動一般地衝了來，把每一個人的聲音都變了它的聲音，前後左右呼嘯嘁嚓的都是自己的聲音，人一開口就震驚於自己的聲音的深宏遠大；又像在初睡醒的時候聽見人向你說話，不大知道是自己說的還是人家說的，感到模糊的恐怖。[3]

當然這裏的「夢」和「醒」是一個更加廣泛的文學意象。魯迅在「鐵屋」中也要把人家「叫醒」。「夢」和「醒」是二十世紀中國文學的一個連貫主題。而在《日熄》裏，大幅度、大規模地寫鎮上的各色人等的夢遊，其象徵意義至少有幾層。

第一是寫一些人麻木、愚昧，缺乏自我意識，活着就跟睡着一般。「鐵屋中的沉睡的人們」，快樂甚至安靜地睡死過去。

第二種，夢遊也可以是有意地自我催眠，或者說裝睡、裝夢來回避、應對人生難題。

第三，醒着不敢做的事情，夢遊中就做了。比如報仇、強姦，以及後來衍變成全鎮範圍的偷竊、搶劫和武鬥。所以破壞現行秩序，是夢遊的一個基本內容。比方村長夢想跟寡婦王二香好，所以他在夢遊中就求主人公李天保，要把自己老婆毒死。夢遊暴露人性之惡，或者說是解脫社會桎梏，打破社會秩序。

第四，小說第六卷第三節，淩晨 2:35 到 3:00，詳細描寫了政府的集體夢遊：

> 上下左右全都夢遊了。只有燈泡和日光燈管是醒的亮着的……原是民國間一個鄉紳家裏的三進四合院。後來就成了鎮政府的所在地……一任一任鎮長和他的屬下都忙在閑在這青磚青瓦裏。讀報紙。學文件。開會議。指導鎮轄的村村落落及伏牛山脈間的大大小小事。這一夜，鎮政府的幹部全都夢遊了……
>
> 他們在夢遊中做着一樁皇帝勤政早朝的事。半月前鎮上來了劇團演出宮戲《楊家將》和《包公案》。現在這戲服有了真用大用了。鎮長穿着那套帝王袍。副鎮長穿了宰相袍。帝王袍上繡着絲龍和絲鳳。滾邊都是金顏色。寬大的衣袖如褲管一模樣。那些一品相服和大臣服，也都有金色的滾邊和紅腰圈……除卻鎮長副鎮長，其餘別的鎮幹部，相隨依次都穿着武官將服和文官服。那些原來鎮上的通信員和伙夫們，也都高升穿了朝廷裏的官服和

僚服……打掃衛生的，現在成為官人舉着肅靜的牌子……政府廣播站的播音員，她們成了皇后成了格格了。成為給皇帝搧扇子的宮女了。

皇帝讓宰相講巡視江南見聞，宰相說：「所到之處，均見國泰民安，百姓富裕。無不對皇上感恩戴德，大呼吾皇萬歲萬歲萬萬歲。」皇帝又讓李都督，就是鎮武裝部的李闖副主任，講大西北邊疆情況。李都督聲如洪鐘：「謝陛下皇恩浩蕩，派將軍我到西北陣守邊關。邊關三年前兵荒馬亂，戰事不斷，民不聊生……我依照皇上您的謀略聖旨，先平外而後安內，鎮守邊關，迎敵苦戰……人人都寧可戰死疆場而無後退求生者……現在……邊地和平，田作豐收，國泰民安，百業大康……萬歲萬歲萬萬歲。」

李都督長篇大論，眾官聽得無比佩服。也有民政大臣講了豐收後的危機，要提防「引發江山不穩之隱，不固之險。望吾皇對臣此卑言三思三思」。這個大臣「做出要為天下人諫言上奏而不惜一死的模樣」。皇上正在為難時刻，有人神色慌張跑進來，說有刁民上訪。於是皇上（夢遊的鎮長）就派李副主任前去處理。其實上訪者是專業上訪戶，七十二歲的高秉承，他也曾想以後不再上訪了，沒想到李副主任不允許，因為不上訪就得不到維穩費了。

作為諷刺小說，這場鎮政府集體夢遊太過顯露粗糙。作為寓言小說，夢見傳統復興與其說是魔幻文字，不如說是非虛構寫實。

第五，集體夢遊中，小說主角「我」和爸爸李天保，卻也做了一件平時想做而不敢做的事情。他們燒了很多茶，摻了甚麼酒，喝了可以讓大家解除夢遊，恢復清醒，所以他們救援行人路人，且一家一家地送清醒茶。人家開門以後，不管是夢是醒，李天保便跪下懺悔求饒。

說自己以前怎樣將人家的喪事告密獲獎金，害得人家只好火葬，甚至被挖墳、炸屍。中國文學中少見的懺悔意識，在半醒半醉中以夢遊的名義進行。聽的人，比方說年長的五爺，自然十分生氣，但也沒有叫家人來懲罰，而是叫李天保父子快走吧，別再提了，別再提了。小說寫：「爹拉着我的手裏都是汗。」之後又到柳叔家，人家也是生氣——

> 爹就給人家跪下來。噗通一聲跪下來——打我吧——你們打我吧——朝我臉上吐痰吧——你們朝我臉上吐痰吧。就突然說了當年人家死人他去告密掙錢的事。把人家說得驚着了。啞着了。不知如何是好了。畢竟都是十幾年前的事。畢竟土葬火葬那是國家定的事……人家也就恨恨一會寬諒了。恕饒了。說幾句又冷又熱冷熱混合着的話——沒想到你會做這事……起來吧，都說伸手不打賠罪的人。

就這樣一家又一家。在一家有車有房，比較富裕的顧紅寶家，對方操起了一根棍子舉在半空，但後來終於還是諒解了。

總之，小說中全鎮人都在夢遊或者半醉半醒，官員在做帝王夢，主人公在懺悔，很多人昏睡、麻木，也有人裝睡，假裝夢遊。還有人在夢中做出醒時不敢做的事情，甚至做醒時不敢做的夢。夢遊是《日熄》的一個核心情節。

但是鎮上的搶劫越來越厲害了，人的很多慾望平時被法律、道德或習俗束縛，一旦有鬆動變故的可能，就會朝惡的方向發展——因為革命，因為動亂，因為地震，因為集體夢遊。

閻連科的文字，是一種偽裝的寓言童話效果，後句呼應前句，故意重複：「鎮子沉在半睡半醒間。有人從夢遊中醒來又睡了。有人一夜都睡在死裏沒有夢遊也沒有下床小解大解去。可現在，也還有人不知是在夢遊還是在醒着，從街上晃過去，一點不知這一夜這世界這鎮上到底發生了啥兒事。正在發生啥兒事。」「爹拉我的手裏滿是冷的汗。我的手上全是爹的冷汗和冰水一模樣。身上全是我的冷汗和冰水一模樣。」

小說寫到舅舅住的富人社區，精美描寫充滿了階級仇恨。小說寫到外鄉人進鎮，又寫鎮上夢遊的民眾，以李闖王為領袖，人人頭綁黃絲帶，明明是羣體暴力，卻號召回到太平天國，回到明朝。

這一夜非常漫長，武鬥失控，眼看要出現更大的災難。這時李天保一家，還有很多其他村民都盼着趕快天亮，希望天一亮，大家的夢會醒，災難會過去。這時就出現了小說潛伏已久的一個最主要的象徵，就是日熄 —— 太陽遲遲不出來，還是像黃昏黑夜般的昏黑。本來所有的夢遊、夢遊引起的災難應該是暫時的，但如果沒有太陽的話，就沒有白天。這時才想起來，作家和李天保早早埋在水庫邊上的幾百桶人油。

李天保認為，只要山上點火，鎮上的人們就以為是天亮了，所以一夜夢遊以及它所象徵的災難、革命、動亂、浩劫等等，就可以過去了。於是他以獎金為引誘，動員村民搬油，從山洞搬到山頂的一個巨坑。喚醒民眾的竟是火葬積澱的「人油」？結束（還是假裝結束）黑夜的光明竟是民眾被侮辱被損害的證據？

閻連科突然在小說裏出現，被小男孩主角所仰慕。「閻連科」還跟他母親討論過他的文學使命：

> —— 你真的要寫呀。
>
> 他朝母親點了一下頭。

——你不寫就真的心裏難受渾身難受和生病一樣嗎。

他朝母親點了一下頭。

——就真的活着和死了一樣真的不寫就會死了嗎。母親的聲音猛的重着高抬着。

他默沉一會兒。如想了許久樣。又朝母親很慢很重地點點頭。和一個人在法場上點頭選擇刀刑和繩刑的死法樣。

小說尾段，作家把自己寧死也要寫作的精神，投胎到了冥器店老闆李天保身上。這些人油是無數民眾曾經被欺壓（火葬）的見證物。李天保搬了幾百桶人油到山頂後，用自己的身體到油坑中去點火。為了用光明打破日熄，用昔日災難鐵證拯救現在夢遊的鎮民、村民。李天保最後的表現好像黃繼光或普羅米修士一樣。一個為了數百元獎金而告密，令村民土葬被掘、屍體被炸的冥器店小老闆，最後在夢中下跪，向鄉親懺悔，然後以身殉火，點燃象徵民眾被壓榨的人油，從而解救大眾。閻連科這部小說到底想說甚麼故事？各位讀者，你們又看到了甚麼樣的寓言？

參考書目 / 文章

閻連科、張學昕 :《我的現實 我的主義:閻連科文字對話錄》,北京:中國人民大學出版社,2011 年。

閻連科、梁鴻 :《巫婆的紅筷子》,桂林:灕江出版社,2014 年。

梁鴻編著 :《閻連科文學年譜》,上海:復旦大學出版社,2015 年。

林源編選、中國人民大學文學院組編 :《説閻連科》,瀋陽:遼寧人民出版社,2014 年。

林建法主編 :《閻連科文學研究》,昆明:雲南人民出版社,2013 年。

張學昕 :《閻連科的「夢遊詩學」》,《揚子江評論》2019 年第 3 期。

李丹夢 :《極端化寫作的命運 —— 閻連科論》,《南方文壇》2006 年第 6 期。

閻連科 :《當代文學中的「神實主義」寫作 —— 在常熟理工學院「東吳講堂」上的講演》,《東吳學術》2011 年第 2 期。

孫郁 :《從〈受活〉到〈日熄〉—— 再談閻連科的神實主義》,《當代作家評論》2017 年第 2 期。

陳曉明 :《給予本質與神實 —— 試論閻連科的頑強現實主義》,《文藝爭鳴》2016 第 2 期。

1 閻連科 :《日熄》,台北:麥田出版,2015 年。以下小說引文同。

2 閻連科、張學昕 :《我的現實 我的主義:閻連科文字對話錄》,北京:中國人民大學出版社,2011 年。

3 張愛玲 :〈談音樂〉,引自《流言》,北京:北京十月文藝出版社,2021 年,頁 210。

2016

格非《望春風》
後發制人的學院派小說

格非原名劉勇，被認為是當代小說家中的「學院派」。一則因為他的經歷，二十一歲於華東師大畢業後一直留校任教，讀博士。2001 年調到清華大學，擔任清華大學文學創作和研究中心主任。二則也因為他對文學創作確實有學術研究，出版過《小說藝術面面觀》[1]、《小說敘事研究》[2]、《卡夫卡的鐘擺》[3]，還評論過博爾赫斯等等。

格非的博士導師錢谷融先生，是我的碩士導師，所以我們嚴格說來是同門師兄弟（雖然他讀博時我已離開華東師大到香港教書）。格非客氣，說他做學生時上過我的課。1982 到 1987 年我任華東師大中文系的講師和副教授，格非 1981 到 1985 年就讀中文系本科，所以上過課也是可能的。不過本科大課人多，我當年也沒有慧眼識天才。

現為中國作協副主席的格非，除了學院經歷、學術研究外，被稱為學院派作家，還因為他的主要作品，尤其是後期屢獲大獎的長篇小說，有很自覺的技巧和學術探索實踐，還有對意識形態與民眾情緒的精準把握。

格非起步很早，二十三歲就在《收穫》發表中篇《迷舟》，後來又有《褐色鳥羣》，當時被認為是先鋒派小說探索。講究技巧，撲朔迷離，評論家一頭霧水，但是一片叫好。九十年代以後，格非就逐漸從先鋒派回歸講故事，從中篇、短篇發展到以長篇為主，從模仿現代主義到回歸現實主義。除余華外，格非是另一個轉型的範例，相比之下馬原的轉變就比較艱難。

一、小說中的「父親」

格非的短篇小說《大年》[4]，很早就顯示了解構革命歷史故事的高超技巧。小說中玫是鄉紳丁老太爺的姨太太，窮人豹子搶糧被吊打時，玫就注意到他的裸體很健美。後來豹子經讀書人介紹投了「新四軍」，臘月三十率眾攻入丁家大院，槍斃了早前釋放他的丁伯高，可還是找不到二姨太。《大年》有兩層解構，一是解構「農民反抗地主」的模式，不只是地主欺負農民，黃世仁要搶喜兒，而且農民也要搶奪地主的女人。這個橋段後來在畢飛宇的《平原》、陳忠實的《白鹿原》、張煒的《古船》、賈平凹的《古爐》裏，都反覆出現。二是解構「讀書人引導農民反抗」的模式。小說裏是掌握話語權的教書人唐濟堯，代表黨槍斃了「違反命令」的農民土匪豹子，並帶走了地主的姨太太。格非的小說《大年》，同時顛覆了五十年代的「紅旗譜」模式和八十年代的重寫革命歷史，後發制人。

《望春風》也是寫一個村莊裏的人事地圖和人際關係。村裏有名有姓幾十個人，有地主、富農，甚至「匪特」嫌疑人；有各種經歷人事更迭的鄉鎮幹部，男女關係混亂；還有一些鄉下讀書人、很多普通農民。他們互相之間既是鄰居又是親戚，雞犬混雜，恩怨往來。但《望春風》所整理的農村圖景，已不像《大年》中階級鬥爭那樣你死我活，也不像賈平凹的《古爐》那樣鄉民械鬥。《望春風》一共四章，單單看前兩章，人都出場了，故事都發生了，可是還不知道小說到底要寫甚麼。

小說第一句：「臘月二十九，是個晴天，刮着北風。我跟父親去半塘走差。」[5] 半塘是一個地方，走差就是父親出去工作，他幫人算命，帶上了九歲的兒子。兒子走得慢，「我漸漸就有些跟不上他。我看見他的身影升到了一個大坡的頂端，然後又一點點地矮下去，矮下去，乃至完全消失。過不多久，父親又在另一個大阪上一寸一寸地變大、變高。」

這個動態畫面，後來在小說裏多次出現，可能是作家得意之筆。寫兒子看父親先矮下去，又一寸一寸變高、變大，也有象徵意義。和《古爐》中的狗娃、《河岸》裏的少年、《兄弟》裏的男主角一樣，男孩都有一個「階級敵人」的家長，在現實中連累了少年主人公，但後來，主人公又很尊重、崇拜他的長輩（很多時侯是父親），並且為他們的父親鳴冤叫屈。當代文學中這種「為父不平」的共通情結，與「五四」小說主人公的「弒父情結」形成極有歷史意味的對照。

僅從文字看，鄉村小孩說前面的父親身影「乃至完全消失」，多少有點書卷氣。父親要兒子在他臉上親一口，也是一個比較突兀的寫法。對比《活着》，福貴送女不舍，用手摸摸女兒的臉，女兒也用手摸摸父親的臉，這個瞬間父親非常意外地感動，最後把女兒抱回家了。《望春風》裏是父親要兒子在他臉上親一口，不大象鄉村人際關係的習慣。小說也寫，鄉村父子之間有這樣的肢體接觸，大家覺得很彆扭。

「太陽終於在磚窯高高的煙囪背後露了臉。那熔岩般的火球，微微顫慄着……頃刻間，天地絢麗，萬物為之一新」……「為本來毫無生氣的山川、河流、村舍染上了悅麗之色」。這些非常文藝的句型，格非和賈平凹或金宇澄不同。百度有評論說，「格非始終堅持用規範、純正的語言寫作……他的文字確切而細膩，豐滿而華美，這使他的作品宜於翻譯」，不知這是稱讚還是苛求。

在幾乎所有描寫農村生活的當代中國小說裏，有四種人是必不可少的。一是地主、富農、階級敵人，二是村鎮幹部，三是鄉村土秀才、讀書人，四是其他大部分的貧農和人民羣眾。

地主、富農之所以不能缺少，是因為沒有敵人，怎麼確定其他農民屬於人民？怎麼貫徹「以階級鬥爭為綱」？很多當代小說家都有一種討論前幾十年農村階級鬥爭的興趣、責任和使命。《古爐》裏有地主兒子守燈，有國民黨兵遺棄的狗尿苔的婆婆。《古船》裏有抱樸、見素的開明鄉紳父親。《生死疲勞》裏有變驢、變牛、變豬、變狗的地主西門鬧。《活着》裏就是福貴的父親或者福貴自己。柳青《創業史》裏也有富農姚士傑等等。總之地主、富農不可缺少。

格非的《望春風》裏第一頁第一句出場的「我」的父親，也是一個富農，而且後來我們知道他不僅是富農，還牽涉上海某敵特組織，是典型的「階級敵人」。可是他在小說裏很受村民歡迎，基本上是一個正面角色。當然，八十年代以後中國小說裏的地主、富農大部分都是比較正面的角色，說明當代文學在政治上，有一種對階級鬥爭擴大化「撥亂反正」的「集體無意識」（或意識形態共識）。

《望春風》裏的階級敵人除了算命人，還有抽鴉片的趙錫光，他因為1949年春天觀天象，把自己的碾坊、油坊、百十畝土地全部賣給別人，結果土改就被劃成中農。趙孟舒擅長古琴，其實很像一個文人，還在陳毅面前演奏過古琴，但他被劃成地主，1955年夏天公開批鬥時，大小便失禁。批鬥據說是溫和的，幹部也很包庇他，但是他自覺屎尿失控沒臉活下去，就服毒自殺。趙錫光的長孫叫同彬，後來和「我」是好朋友，他們實際上都是財主的後代。

這是一個很值得討論的文學現象，當代長篇小說的敘述主角大都是地主、富農的兒子，狗尿苔、福貴、抱樸、見素，包括《望春風》裏的男主角。這不像是一個純粹偶然的現象。試析原因有四：第一，身為「敵人」的孩子，對於階級鬥爭擴大化的歷史，有更深刻、更真切的親身體會。第二，凡小康人家墮入困境，就更能看見世人（包括農民）的真面目，這是魯迅的觀點。第三，財主家庭背景，即便已受衝擊，可能仍然有（或曾經有）相對完善的家教，比同齡同村的其他少年更多一些殘存的「禮教」，比方說《古爐》。當然這只是後來小說家的想像，不一定是社會真實情況。第四，從小孩的角度展開一個社會的大畫面，可以有選擇地忽略一部分他不理解的，或者是他想避開的歷史真相。回到《望春風》，這個財主的兒子的視角更加重要。因為到了小說後半部，「我」就不再只是一個敘述視角，而且是小說的真正主角。

二、農村故事裏的「幹部」

農村故事的另一個主角一定是幹部。

張煒《古船》裏刻畫了兩個窮苦出身的邪惡幹部——趙多多和四爺。賈平凹《古爐》裏的支書，既真誠關心羣眾，又私下貪腐弄權，這個形象使得整個鄉村「文革」的背景耐人琢磨。余華《活着》寫縣長老婆生病，讓學生抽血抽死人，可縣長卻是福貴的戰友，是一個典型的好心辦壞事的幹部。好心辦壞事的幹部是高曉聲、茹志鵑以來很多作家的書寫策略。

相比之下，《望春風》的主角趙德正，卻是一個《創業史》以來相當罕見的正面幹部形象。德正父母早亡，「這麼一個瘦骨嶙峋的孩子，連褲子都沒有，成天在村子裏晃蕩」。老地主趙孟舒建議讓他看守祠堂，吃百家飯長大。1950 年初土改隊來了，村裏卻選不出農會主任，打不開局面。來自縣裏經歷過淮海戰役的嚴政委（小說裏不叫「淮海戰役」，叫「徐蚌戰場」，這是國府方面的說法，看來少年主角受了富農父親的影響)，指定要全村最窮的人當農會主任。村民們說：「若要論我們村裏最窮的人，那就是趙德正了。根本不用選，這個人，窮得叮噹響，打小沒爹沒娘，可以說上無片瓦，下無寸地，一人吃飽，全家不餓。」結果趙德正就缺席當選了。當時有個婦女反對，說趙德正不識字，結果趙德正還是做主任，此女就做了農會副主任，這是格非精心佈置的一條草蛇灰線。

格非沒有像馬原、殘雪那樣一直堅持現代主義先鋒探索，但是他把馬原的這種敘事圈套，轉移到他的「學院派」長篇結構裏了。所以《望春風》裏常常有「在講述這件事之前，我還要提及另一個『插曲』」或者是「五十多年後，我……寫下上述這段文字時，內心……」。這種後設的敘事技巧，貌似讀書人偶然跟虛擬讀者對話。小說寫趙德正做農會主任以後，不僅有威嚴，而且辦實事。光棍時住祠堂，木材先用來蓋學校，娶妻後才蓋房，木材不夠就挖無主墳，用舊棺木蓋新房。趙德正對富農「我」的父親十分照顧，小說裏的階級關係並不緊張。趙德正聲稱他一生要做三件事，一是蓋學校，後來真地蓋成了；二是挖山，後來真地挖掉一座小山，改造成大片良田；三是「死」，這件事卻很艱難。

趙德正雖是個好官，但曾和村裏的風騷女人王曼卿睡過覺。王原是妓女，引誘過村裏很多人，包括敘述主角和他的小夥伴們。「一女多男」也是當代男作家常用的一個模式，通常此女性感、風情，和不同勢力的男人皆有瓜葛。王曼卿的丈夫有一天就請趙德正去喝酒。趙德正的老婆春琴勸他不要去：「就算她王曼卿是金枝玉葉，被你攏這麼多年了，生地也犁成了熟地，生面也叫你揉成了熟面……還有甚麼丟不開的？」小說雖有一些書生腔，但人物對話非常鄉土生動。趙德正不聽老婆勸，結果去了以後被人打暈，一絲不掛捆綁遊街，罪名是強姦（不管是城裏還是鄉村，捉姦都是好戲）。格非寫到緊張處，筆調非常平淡。村民們看不下去了，就把來抓人的公社武裝部長等人打傷。但是趙德正還是因此丟了官。

這事其實是上面鄉長的陰謀，下面的其他幹部也是獲益者。後來高定邦就被任命為大隊書記兼革委會主任。「在村子裏的男人與王曼卿的複雜關係中，高定邦開始得有點晚，但卻是堅持得最久的一位……高定邦不僅繼承了趙德正的官職，也把王曼卿順便繼承下來了。」所以趙德正丟官跟男女關係無關，只是鄉村官場鬥爭的藉口，因為他得罪了公社書記。

除了趙德正，《望春風》還寫了上下不少官員幹部。提拔趙的嚴政委後來調去專區，似乎是個好領導，不過主角母親章珠後來發現，她是被嚴政委有意介紹或者說送給上級首長的。接替趙德正的高定邦、高定國兩兄弟，村民們就懷疑他們是共用一個老婆梅芳。武裝部長曹慶虎的兒子曹小虎，後來在高定邦安排下，壓制羣體事件中的鄉村民眾，保護資本家新貴的利益。所以以革命鬥爭的名義也好，以經濟建設的理由也罷，小說中的各級幹部幾十年來一直在管理羣眾，只有趙德正是一個例外。

除了地主和幹部，農村故事裏也總有讀書人——被鬥自殺的趙孟舒很懂古琴，中農趙錫光教過幾個農家子弟，外鄉人唐文寬很會講故事。但小說中最重要的讀書人角色，其實還是「我」的父親——算命先生。也因為父子感情，在「我」的敍述當中，父親的形象頗高大，不僅在於他會算命，好像還有觀察推理的科學根據，更在於父親自殺前曾對兒子有一番人生囑託，包括對村裏人的一些預言。比方教他到了新地方，兩年不要交朋友，而要先觀察。比方跟他說，好人不會沒缺點，壞人也不會一無是處。看到兒子恨梅芳，說這是感情用事，沒道理。小夥伴當中，父親說同彬心地乾淨，「你看他的眼睛，又亮又清對不對？……你可以把他當成一輩子的朋友來結交」。而提及堂哥禮平，父親則說：「這是一個狠角色……這個人將來必然會在村子裏興風作浪，做出一番驚天動地的大事來。離他遠點，但也不要輕易得罪他。」

這些預言當然精準、神奇，因為都是主人公幾十年後才寫的。如果在《古爐》村裏，禮平就是造反派霸槽。可是格非沒有把他的視線停止在大革命的六十年代，他要往後繼續觀察鄉村的命運。所以禮平這個人物後來發跡，成了「朱方集團」老闆，他的買地拆遷計劃「興風作浪，驚天動地」，使得整個村莊都被毀滅消失了。

這才是格非《望春風》與其他農村小說的真正不同。別的長篇只寫民國的鄉村，比方《白鹿原》，或者是「十年」的鄉村，比方《古爐》。格非從民國、「文革」寫起，最後使鄉村消失的竟是眼前這個新時代。學院派的好處就是後設、後發制人，就像當年《大年》比《紅高粱》等小說更清醒地解構革命歷史故事。《望春風》在檢討革命災難方面輕輕下筆，同時在批判當代資本方面先領風騷。這是既減少風險，又迎合大眾的寫法。

三、農民進城

《望春風》的第三章叫《余聞》，好像只是交代一些人物後來的結局。其實小說的主題在第三、第四章才真正展開和昇華。

在主角「我」生長的鄉村，經歷了「土改」和「文革」，地主、富農和鄉村幹部、鄉村學生以及更多的村民羣眾之間，在格非筆下是有矛盾卻無死鬥，有恩怨卻不打派仗。總體來說有壞事無壞人，或者像郝鄉長這樣弄權整人的壞人一般人也遇不上，階級矛盾大致緩和。很多作家花大筆墨寫的大躍進、大煉鋼鐵或自然災害大飢荒等慘劇，在《望春風》裏都是被省略、被忽視的。也許是儒家傳統在人倫關係中的持久影響，兩個趙姓村莊倖存到 1970 年代末，然而之後會發生甚麼事呢？

就在父親對兒子一番人生哲學囑咐以後，不久他就在當地一間小廟便通庵，懸樑自盡。雖說是革命時期，富農之死卻還是得到了村裏有尊嚴的安葬，並沒有說他自絕於人民，要再受侮辱。但對於「我」（趙伯渝）這個在鄉村養豬、放牛長大的青年來說，除了一個富農成分會算命的父親外，還有一個一直未出場的，據說是嫁給城裏高幹的母親。有消息傳母親要把兒子接到南京，以致他在家鄉的地位顯著上升，甚至有個美麗的村女雪蘭，急急忙忙要嫁給他。但是小說並沒有出現苦盡甜來的套路。置於象徵性背景看，改革開放和農民工進城也沒有造成普通人命運的戲劇性轉變。

「我」進城以後才知道母親已經過世，留給兒子的是幾十年間寫的幾十封日記書信。母親雖然嫁了高幹，當初在官位時，卻也沒有能力把遺留鄉間的富農的兒子帶進城裏一起生活。當然母親寄了很多生活用品，包括手錶，但都被「我」的叔叔嬸嬸，也就是堂哥禮平的父母代收攔截了。後來高幹也受到衝擊被打倒，母親跟隨一起受苦，照顧兒子就更不可能了。

兒子到了城裏以後，革命的母親已經去世了，但還是託了其他幹部代為關照，可以在一個小鎮的工廠看管圖書館，或者是在保安室看門，或者一度也自食其力開計程車，其實這也是大部分農民工進城以後的日常處境。新婚不久的妻子雪蘭跟「我」進城後自然失望，不久便離異。

從母親的日記書信看，「我」才知道父親為甚麼自殺。因為母親在高幹丈夫那裏，偶然得知了上海那個敵特組織被破獲，母親出於革命覺悟就寫材料給組織，舉報了前夫當年的歷史問題。又出於道德良知，後悔自己寫材料告發舉報前夫。格非編排這類情節遠不如麥家那麼邏輯嚴密，好在這不是《望春風》的重點。所以告發舉報以後，又以暗語通知前夫，舊案已經東窗事發。小說寫丈夫為了保護他的同門師兄弟，決心自盡，以中斷此案偵查鏈。其實這是自絕於人民，自絕於黨，甚至是有意蓄謀，大膽對抗。

總之男主角「我」雖然有富農父親和革命母親，人生道路也只是一個普通農民進城。他一直沒有甚麼特別的工作經驗和職業技能，也沒有多少社會關係可以依靠。到了 2007 年，他準備寫作自傳小說（《望春風》）時，他說「我小時候讀過幾年私塾，後來在邗橋的圖書館看過百十來本書，這大概就是我全部的文學積累」。

如果讀者果然把小說當真的話——「當真」當然是一個很多人期望的境界，因為也有人真地在網上提問，《望春風》是寫作家自己嗎？——早年的「我」太文藝腔，晚年「我」的文字敍述則缺乏年齡增長的心理滄桑感。但從時代背景看，《望春風》的前兩章，寫革命時代的鄉村，卻沒有特別大的浩劫。由趙德正代表的幹部民眾蓋學校，愚公移山，改天換地。相反，後來寫改革以後的鄉村，整個鄉村卻消失了。由趙禮平代表的官商勾結的資本力量，將農民、鄉村全部遷入了某個城鎮社區，也不知道是不是幸福生活。

從意識形態操作看，少寫苦難少風險，多批官商（尤其是商）得人心，前後三十年互不否定。這部小說出版前已經入選了「廣電總局中國文藝原創精品出版工程」，出版後獲得了文學界的茅盾獎，又獲得了民企百萬獎金的京東獎。

格非在大學裏研究敍事藝術，《望春風》前兩章像是文雅的自傳體，記錄相對和緩的風雨時代。第三章突然轉了寫作方法，小說結構也出現巨大變化，變成了一個個交代人物多年後的結局。有點像韓少功《日夜書》的後半部分。評論家事後說這是中國傳統的紀傳體，每個人物一節，前後三十年歷史處境對比。

《章珠》一節，自然是交代革命母親的離婚、再婚、舉報、思念兒子等等。《雪蘭》一節寫「我」的妻子進城以後的失望，為了分房子推遲離婚，後來嫁去了上海，公公是益民糖果廠副廠長。《朱虎平》一節倒敘兒時幾個小夥伴，風雨夜在趙孟舒老先生吃砒霜的蕉雨山房裏躲貓貓，無意中發現朱虎平和梅芳在涼亭中講黃色故事。《望春風》裏少階級鬥爭，但是男女之間的糾葛無處不在，幾乎所有的人物都在男女關係上有問題。朱虎平拒絕了村女雪蘭的癡情，和美女蔣維貞「育有一子一女。無論是他們的愛情傳奇，還是後來的婚姻生活，在我們那個民風放逸的山村裏，一時間都堪稱純潔的堡壘」。但這座純潔的堡壘在 1992 年蔣維貞被趙禮平帶到深圳、珠海去「開拓業務」以後就倒塌了。朱虎平變成了酒鬼，多年後「我」遇見他時，「他已經六十多歲了，為朱方集團旗下的一個成衣公司看守廠門。」這家集團的老總就是趙禮平。但小說沒寫蔣維貞後來怎樣。這顯然又是一個例證，前三十年形成的一座純潔的愛情堡壘，到了後三十年被摧毀。

《孫耀庭》一節，交代的是「我」在邗橋某工會圖書館的生活，廠長孫耀庭受母親之托照顧男主角，替他安排了工作和住處，當然也就是一般的工作和住處。孫廠長權力有限，晚年再見的時候「我」開出租，孫廠長裝作不認識，說明後來的人情關係更加淡薄了。讀者可以發現看似隨意地交代人物結局，一方面在補回前兩章敘事裏的空白和懸念，另一方面反覆證明，後三十年也沒甚麼好。《嬸子》一節，進一步說明 1978 年以後農村的變化。嬸子到城裏找「我」，叫「我」簽字賣家鄉老房給堂哥趙禮平。鄉親已經來信，說村裏的官員、幹部都在盤算做生意，「不要說高定邦一個小小的村長，就連鄉長陳公泰都在走他們家的門路，搶着給趙禮平拎包呢」。

四、鄉村的消亡？

當代小說裏的前後三十年轉換，側重幹部生態轉變的是《平凡的世界》，從「抓革命」轉向「促生產」。《望春風》卻描寫「官助商欺民」。鄉村女人嫁老闆很正常，「早些年，生產隊的田都分到了各家各戶，現在村子裏幾乎沒甚麼人種地了。這也難怪，一年忙下來，累個半死，一畝地只有五六十塊錢的收入，誰願意幹？」於是鄉親們紛紛辦模具廠、五金電配廠、醬菜廠等等，就連講故事的唐文寬，也拿了個答錄機教人學英語。再下一步儒里趙村就完成拆遷了，一半村民安置在朱方鎮的平昌花園社區，城鎮化了。在別的語境當中，城鎮化是中國式現代化的成就，但在「我」所代言的《望春風》的鄉親看來，卻是故鄉的消失。

第三章裏，《高定邦》一節交代一路不倒的鄉村幹部，隨着大集體名存實亡，也很憂鬱。大隊的地一半荒了，高定邦想挖一條渠讓長江水灌新田（趙德正當年挖山開闢的田），可是沒人幹活。絕望之際，反而是「趙禮平出錢，不知從哪里弄來了幾百個安徽民工，幾乎在一夜之間，就把水渠修得又寬又直」。高定邦老淚縱橫，他的感慨十分文藝腔：「時代在變，撬動時代變革的那個無形的力量也在變。」之後他便辭去了大隊書記一職。

可是這條水渠後來沒有用來種莊稼，有個「來自福建的一位蔣姓老闆……由趙禮平陪着，在村裏村外轉悠了一整天……對我們村一帶的風水讚不絕口」，就想「要把這一帶的土地『全都吃下來』」。他跟趙禮平每人投資一半，蔣負責建妥安置房，趙負責拆遷鄉民。村民不肯遷怎麼辦？接替高定邦的新書記外號斜眼兒，和刑警大隊長高定國計劃逼遷，把附近化工廠污染的水，通過管道倒灌進趙家村，於是村民們只好搬進平昌花園。

現代小說，從晚清的「士見官欺民」，到延安的「士助民反官」，再到八十年代重回「士見官欺民」，再到新世紀，現在是「官助商欺民」。百年來官民矛盾一直存在，新世紀只是「士」缺席，「商」出現。「五四」小說女主角多為書生所救（或救不了），當代小說女主角多傾心於「霸道總裁」。

《同彬》一節，戲劇性地回顧七十年代末，同彬如何在兩個都叫莉莉的女人之間的猶豫不決。《梅芳》一節主要記述一個羣體事件，村裏有個青年國義，被朱方集團下面的恒生造紙廠的卡車撞死。「交管部門不顧國義被撞死在斑馬線上且肇事司機逃逸這一簡單事實，認定事故是由於國義在急轉彎處強行橫穿馬路……應自己承擔主要責任。」死者父親到造紙廠鬧，就被關起來四、五天，少了兩顆門牙。到國義下葬那天，全村人去吊香，梅芳和春琴忍不住拿了菜刀喊着髒話，就要去造紙廠討公道，「一見梅芳和春琴挑了頭，村裏的男人也都紅了眼，抄起扁擔、釘耙，就跟着她們上了路。」這是「儒里趙村的村民最後一次以『集體』的名義共赴急難」。集體兩個字被打引號，令人反思，這兩個字以前有沒有為大家共赴急難，現在呢？這也是當代小說裏比較少見的一個需要維穩的羣體事件。

農民們到場了，刑警大隊已經趕到了，列陣以待。原刑警大隊長高定國看見這個形勢，叫新提拔的刑警隊長曹小虎持械鎮壓。因為造反民眾前面有他的前妻梅芳，還有趙德正的遺孀春琴。刑警隊長猶豫了 ——

曹小虎：「那我們應該怎麼辦？」

高定國：「給集團總部打電話。」

曹小虎：「為這點小事，怎好驚動董事長？」

這句話點出了基層刑警官員心目中到底誰是老闆，孰為重，何為輕。

趙禮平趕到現場，先了解死者家屬要賠多少，家屬們說「怎麼也得有個十萬八萬吧」。「禮平……伸出右手，張開手指……道：『我只能給你這個數』」。次日葬禮後，趙董事長果然送來賠款，令死者家人驚訝，「不是五萬，而是五十萬」。小說寫「飯桌上碼得高高的那堆鈔票，在視覺上有一種令人震撼的衝擊力」，「衝擊力」是要民眾感恩，但「視覺」顯然是知識分子的視角。之前的「士」是父親，後來便是「我」了。

趙董事長還安頓了死者家人的工作，鄉親們感恩戴德。這個羣體事件以及被維穩的過程，第一說明了「官」「商」如何緊密合作。第二說明了在格非小說裏，「商」比「官」力量更大。第三說明用小說批判「商」，比批判「官」更加保險。

《沈祖英》一節又寫「我」在圖書館的平凡經歷。沈祖英是一個一絲不苟的知識分子，在父親自殺後，沈也是「我」的文化老師。《趙禮平》一節當然十分重要，因為作家把趙德正和趙禮平作為前後三十年的兩個村裏人代表來描寫。趙德正在革命年代忠誠苦幹，最後官場失足。趙禮平在改革年代大膽冒險，最後不斷發跡，極有手腕。為了表達作家的愛憎傾向，小說就誇張羅列趙禮平在婚姻中如何極品渣男，平時花心、好色、見美即追、過眼即忘，最後還要編輯自己的格言出書。

還有幾節，作家既然寫，我們也要讀。《唐文寬》寫男同性戀，在當初和後來如何在趙村受歧視。《斜眼》一節寫斜眼接替了高定邦做書記，後來來了一個新鄉長，號稱「邵青天」，決定整治貪腐。斜眼因為有貪腐，害怕了，就想先發制人，去告發邵鄉長收了禮金不出力，朱方集團向長江排放污水，沒想到一舉報別人，自己就被抓起來關了四年。我們注意到，小說寫六、七十年代的官場也沒有這麼黑吃黑，除了趙德正一例。

《高定國》一節寫大隊會計一生算盤打得好，躲過各種危險。老了每天看新聞聯播，之後花園散步。第三章還寫了《老福》《永勝》等等。總而言之，趙姓兩村幾十人，除了一個趙禮平，其他人在後三十年的境遇好像都不怎麼樣。這是互不否定嗎？或者也有另外的傾向。

小說第四章第一節是整部長篇中最抒情，也最接近於點題的一段。「儒里趙村拆遷一年之後的春末，下着小雨，我終於站在了這片廢墟前。」在小說前兩章中，這是一個風景好，景色美，有人彈古琴，有人算命，有各種男女關係，有各種原始生產、生活方式的村莊，如何應對數十年的革命運動，雖有損傷也有努力，比如說辦了學校、愚公移山等等。

小說第三章斷斷續續交代了這座村莊迎來了經濟改革，其結果卻是村莊變成廢墟。「你甚至都不能稱它為廢墟 —— 猶如一頭巨大的動物死後所留下的骸骨，被蟲蟻蛀食一空，化為齏粉，讓風吹散，僅剩下一片可疑的印記。最後，連這片印記也為荒草和荊棘掩蓋，甚麼都看不見。這片廢墟，遠離市聲，惟有死一般的寂靜。」

於是，「我」站在我們家的舊址上，廢墟之中長着野草、留着雜物，「我」走過鄉親們的家園舊址，感慨「悠悠蒼天，此何人哉」？（不知道有多少村民會發出這樣的感慨，還是他們用不同的方式發出格非的感慨？）「我」在「被夷為平地的祠堂前……數不清的燕子找不到做窩的地方」，「我」意識到「自己是一個被母親遺棄的孩子」。

小說的這段話可能引起很多現代讀者的共鳴：「其實，故鄉的死亡並不是突然發生的。故鄉每天都在死去。」「我」「終於意識到，被突然切斷的，其實並不是返鄉之路，而是對於生命之根的所有幻覺和記憶」。

這段抒情可以和《一句頂一萬句》的重返故鄉的結局相呼應，這也是八十年代尋根文學到了新世紀的心理延續。到此為止，《望春風》已經在兩個意義層次上有別於同時代的長篇了。第一，前三十年的村民生活固然不幸，後三十年的百姓生態也未必幸福。第二，後三十年的農民第二次失去了他們賴以生存的土地，對第一次失去土地的過程，作品卻有意無意省略了。

小說如果到此結束，其實也無不可。但作家覺得還應該讓人們在絕望中保留希望，而這希望在《望春風》裏只能是比較浪漫的。《平凡的世界》最後男主角孫少平放棄省領導幫助，不肯回城，留在自己受過嚴重工傷的煤礦，也是一個與現實主義情節不太和諧的浪漫主義結局。《望春風》不僅感慨鄉下人進城之難，更悲憫農民工已無退路，故鄉村莊已經永遠消失。所以小說的浪漫結局，就是五十多歲的「我」和比他大幾歲的嬸嬸輩的趙德正的遺孀春琴，一同回到家鄉當年父親自殺的便通庵，簡單裝修後一起同居，先稱姐弟後為夫妻。「沒有電視。沒有報紙。沒有自來水。沒有煤氣。沒有冰箱。當然，也沒有鄰居。」

「我」和春琴的這種伯夷叔齊般的與世隔絕，當然不大現實。第一，即使是簡陋的便通庵，也是做生意的同彬夫婦出錢替他們裝修安排的。鄉土中國的要義就是人與人的關係，沒有鄰居鄉親，何為鄉土？第二，這片廢墟只因趙禮平公司資金周轉出問題而暫時沒動工，一旦動工，「我」和春琴又沒有了去處。第三，幾十年來春琴一直是長輩，小說也沒寫「我」如何一直癡情暗戀，現在的愛情是否只是鑒於重歸理想的共同信念？或者更多的是同情？

如果說浪漫的定義之一就是不現實，那麼人們仍然可以說《望春風》有一個浪漫主義的結局，無論如何，虛幻的烏托邦也比忘卻或懷念過去的災難更少一些危險。

原刊於《小說評論》2024 年第 6 期。

參考文章

張學昕、格非：《文學敍事是對生命和存在的超越》，《當代作家評論》2009 年第 5 期。

晏傑雄、楊玉雙：《在歸鄉之途解命運之謎 —— 評格非長篇小說〈望春風〉》，《小說評論》2016 年第 6 期。

陳培浩：《小說如何「重返時間的河流」—— 心靈史和小說史視野下的〈望春風〉》，《當代作家評論》2016 年第 6 期。

格非、林培源：《「文學沒有固定反對的對象」—— 格非長篇小說〈望春風〉訪談》，《當代作家評論》2016 年第 6 期。

林培源：《重塑「講故事」的傳統 —— 論格非長篇小說〈望春風〉的敍事》，《當代作家評論》2016 年第 6 期。

格非、王中忱、解志熙等：《〈望春風〉與格非的寫作》，《清華大學學報（哲學社會科學版）》2018 年第 1 期。

廖高會：《「存在」與「家園」的雙重探尋 —— 論格非小說中的鄉愁烏托邦》，《小說評論》2020 年第 6 期。

1　格非：《小說藝術面面觀》，南京：江蘇文藝出版社，1995 年。

2　格非：《小說敍事研究》（「新清華」文叢），北京：清華大學出版社，2002 年。

3　格非：《卡夫卡的鐘擺》（「走近大師」系列叢書），上海：華東師範大學出版社，2004 年。

4　格非：〈大年〉，引自《呼哨》，武漢：長江文藝出版社，1992 年，頁 1-35。

5　格非：《望春風》，南京：譯林出版社，2016 年。以下小說引文同。

2017

周梅森《人民的名義》

官場文學的新突破

本書中至少有兩部作品，《狼圖騰》和《人民的名義》，首先是因為作品的社會影響力而不是純粹文學理由引起大眾的注意。

很多人是先看了《人民的名義》同名電視連續劇，然後才讀小說。電視劇由李路執導，由最高人民檢察院影視中心、中央軍委後勤保障部金盾影視中心出品。這是十分罕見的直接由官方甚至軍方製作的描寫官場鬥爭的文藝作品。這部電視劇播出期間受到廣大民眾的熱烈歡迎。開玩笑地說，一度老百姓寧可不看美女宮鬥、帥哥穿越，也要看幹部們坐着開會。因此《人民的名義》可以看作是官方主旋律與民眾審美興趣的重合。兩個圓形的重合部分中，既顯示了主旋律官場文學的邊界線，也反映了民眾的興趣焦點。

電視劇《人民的名義》從 2017 年 3 月開始在湖南衞視播出，同名長篇小說是在 2017 年 1 月由北京十月文藝出版社出版。幾乎是同步的文化生產，小說的作者和電視劇的編劇都是南京作家周梅森。周梅森，1956 年出生於徐州，在這本書之前還寫過《中國製造》《絕對權力》等作品，獲得過國家圖書獎、「五個一工程」獎等榮譽。

一、官員 / 幹部：百年來的官場眾生相

從 1902 年梁啟超的《新中國未來記》開始，一百多年來中國小說裏的官員 / 幹部形象至少經歷了四個發展階段。中國的文官制度從來都具有向上維護、輔助中央集權向下管理控制農耕文明的社會功能，也一直和科舉、士紳文化密切相關。古代的很多文人可能就是官員，比方說白居易、蘇東坡、李白、歐陽修、王安石等等。即使不是官員，至少也曾想做官員。感時憂國，懷才不遇，士為知己者死等等，這些文學主題都聯繫着「士」和「仕」的關係。當然，這個傳統到了十九世紀末二十世紀初發生了前所未有的大變化。

第一個階段就是晚清，文學中的官員有兩種狀態。一是由「士」而「仕」，但不是傳統的「學而優則仕」，而是「學而醒則仕」。科舉仕途不通，少數讀書人率先覺醒，接受人道主義、馬克思主義、無政府主義等世界文化思潮，進而參與甚至領導社會變革。梁啟超在《新中國未來記》裏所寫的黃克強、李去病就是這種由「士」而「仕」的典型代表。他們領導的中國革命在梁啟超的幻想中改變了中國。晚清文學的另一類官員形象則是貪官。在李伯元筆下，天下十八省哪來的清官？而且買官成本高，貪腐就成為「合理」或者無可避免的「剛需」。在吳趼人的《二十年目睹之怪現狀》中，雖然有敘事者自命為批判者，但小說裏絕大多數的官員都屬於「怪現狀」，其特徵一是貪錢，二是好色，這個傳統後來一直延續到《人民的名義》中。

從「五四」到延安時期，則是第二階段。拙著《重讀二十世紀中國小說》注意到一個現象：在現代文學作品中很少官員形象。在社會上，當然官員還是很有權力，其作為或不作為讓民眾百姓承受苦難。但是在現代小說裏，官員幾乎消失，只有幫兇爪牙（康大叔、孫偵探等），

或者讀書人失敗墮落(「狂人」病癒候補做官,魏連殳做將軍秘書等)。只有鴛鴦蝴蝶派小說才有軍閥直接登場(《啼笑因緣》《秋海棠》),而《華威先生》是一個非常特別的例外。簡而言之,在民國小說裏,官員/幹部的形象遠不如知識分子和農民形象來得重要。

到了第三個階段,也就是延安和五、六十年代的文學作品中,幹部/官員的形象在文學裏又變得重要起來,而且可以簡單地一分為二。國民黨、軍閥、日偽軍官叫「官員」,而共產黨的領導叫「幹部」。「官員」和「幹部」這兩種說法都是中性的。近年來「官員」也不一定就特指國民黨。至於「幹部」其實也不是共產黨的專用名詞。忠奸對立和官民矛盾,是中國傳統文學的兩個最重要的主題模式,都在延安時期得到復興、混合。這個模式一直延續到「十年」時期,在樣板戲裏正負人物反差越來越大,「高大全」對「假惡醜」,不允許中間人物,幹部/官員形象一分為二。

這樣梳理下來,王蒙的《組織部來了個年輕人》是一部超前的作品。他提前點出了八十年代以後才普遍被描寫的執政黨內部的忠奸對立和官民關係,或者也可以說是因為五十年代的形勢,將王蒙小說所描寫的第四階段的官員/幹部形象硬是推遲了二十年才引起大家注意。

八十年代小說裏的官員幹部形象,從官民矛盾看主要是承認百姓、承受苦難,幹部好心無意辦壞事。《活着》是這種敘事策略最成功的範例。最初的開拓者則是高曉聲的《李順大造屋》與茹志鵑的《剪輯錯了的故事》等等。

從忠奸對立看,官方民間都認可的模式則是蔣子龍的《喬廠長上任記》,「好官」大膽改革甚至大膽戀愛,「壞官」陰謀詭計貪圖私利,至於戀愛作風都是小節。該模式的要點是每一級必有正負人物,一層層忠奸的對立,但是最高一級是「忠」的,所以小說裏的結尾是部長下來支持喬廠長（當年林震去敲上級領導的門，裏面燈光明亮）。這個模式貫穿在八十年代以後大部分的官場小說裏，甚至把官場小說發展為一種通俗暢銷的類型小說。

《人民的名義》主要也是忠奸模式，但有一些突破。主要突破有兩點：一個是有名有姓的最高級別官員竟然是負面角色；另一個則是在知識分子和官員之間歷史悠久的某種假想聯盟——讀了書的官員會好一些——在《人民的名義》裏也被打破了。

另一部八十年代後較多描寫官員 / 幹部形象的小說是《平凡的世界》，和《人民的名義》一樣，既受官方推崇，也受民眾追捧。小說裏寫了大隊公社、鄉鎮、縣市、地委、省以及中央各級有名有姓的幾十個幹部，大致上隱隱也有正負角色之分。而他們之間的分別在於，凡是努力抓革命的大部分是負面角色，凡是用心促生產的基本上是正面人物。在這些幹部的複雜的調動升降路線圖裏，幹部們的私德和金錢並不是關鍵因素，對政治路線的態度以及怎樣幫助老百姓致富才是重要的關鍵。所以，前後三十年中國政治的轉變是《平凡的世界》幹部羣象的生態背景。

二、誰是奸佞？誰是忠臣？

《人民的名義》本質上是通俗政治小說，幾乎所有人物都有正負之分。忠奸對立和官民矛盾兩個模式在小說裏結合，以區分幹部忠奸對立為主，與民眾的利益關係是第二主題。因為對人物的政治道德評判最後黑白分明，所以小說在價值觀上並不存在特別的複雜性。人物逐漸暴露真面目的過程，就是小說全部的敘事結構和情節程序。所以小說實際上是全知全能但又假裝困於主要人物「偵探者」的視角局限。小說最主要的敍事推動力是反腐偵探也是官場窺秘，滿足人們的政治好奇心。

小說一開篇，最高檢反貪總局偵查處處長侯亮平，等飛機要趕往H省逮捕京州市副市長丁義珍。當時分管政法工作的省委副書記高育良正召集省委常委、京州市委書記李達康、省公安廳廳長祁同偉、省檢察院檢察長季昌明和省反貪局局長陳海等一眾人開會，商量是馬上逮捕丁副市長還是先停職審查。結果就在他們討論的過程中，也是侯亮平從北京趕往京州的路上，丁副市長已經飛往加拿大。在這一段開會的場面中，大部分角色已經登場，人人戴着面具，個個說着官話。從劇情看，此時完全分不出善惡忠奸（消除簡單的臉譜化，是八十年代以後主旋律文學的進步）。已登場的高、李、祁、季、陳五人中，高育良書記曾是大學教授，陳海、祁同偉和從北京來的侯亮平都是他的學生，人稱「政法系」。而李達康是前任省委書記趙立春的秘書，他下面也有很多秘書出身的幹部，所以被稱為「秘書系」。

「秘書系」是中國政治生態的一個特殊現象，高一級首長的秘書有時比下一級的正職還重要。晚清小說不時寫天朝的高官讓身邊的人下去「撈幾個」。現在有時是領導讓自己的秘書下去「鍛煉鍛煉」，了解地方情況，以後再重用也比較放心。

《人民的名義》裏的忠奸對立有幾個級別。省市一級是高育良的「政法系」對李達康的「秘書系」，雖然實際上陳海和侯亮平這兩個學生並不聽高育良的指揮，但表面上「政法系」還是對「秘書系」佔上風。既是因為老師的面子和地位，也是由於李書記的妻子作為銀行副行長有明顯的貪污行為，李只能跟她劃清界限，但這只是忠奸對立的第一級別。

第二個級別是指新來的省委書記沙瑞金同時對付「高」和「李」，一度是三角關係。但是漸漸地沙書記扶「李」鬥「高」，雖是同級，他有第一把手的天然優勢。沙書記在小說裏有一段名言：「中國的政治就是一把手政治，你不向一把手靠攏，不經常出現在一把手的視線裏，進而把一把手變成你的政治資源，你就不可能出現在一級組織的考察範圍裏」[1]。所謂「考察範圍」就是要升級的前提了。純粹從權勢運作的角度看，沙書記怎麼利用「高」、「李」矛盾在短期內確定自己的絕對領導地位，也是《人民的名義》的另一種閱讀角度。

除了「高—李」鬥和「沙—高—李」三角關係以外，小說裏的忠奸矛盾還有更重要的第三個層次，也就是《人民的名義》的一個突破。在《組織部來了個年輕人》裏，林震鬥不過同級和上級的官員，最後就去敲區委書記的門。在《平凡的世界》裏哪個幹部升職快，都是得到省裏和中央的支持。在《喬廠長上任記》裏也是這樣，忠奸纏鬥，最高一級的是正面形象。但是這個官場小說的常見潛規則好像在《人民的名義》中被打破了。

小說裏有名有姓的官員中地位最高的原省委書記趙立春，「現在又是黨和國家領導人之一」。這樣一位中央的領導最後成為反派，也是《人民的名義》對於中國官場小說基本模式的一個突破。這個突破如何實現？需要一定的政治智慧和文學技巧。

一般來說，當代小說裏比較負面的幹部形象，大部分是區長或縣長(《李順大造屋》《活着》)。寫到中央一級便充滿挑戰性。《平凡的世界》裏有個中央老幹部，只是回鄉探親。可是《人民的名義》卻把現已晉京的前省委領導寫成貪腐幹部後台，雖然這個反派自始至終沒有在小說裏出場，主要以電話的聲音和別人回憶的形式出現，仍然給人留下微妙的難以言傳的想像空間。

周梅森在這裏運用了三層技巧。第一，小說中主要犯罪人是老領導趙立春的兒子。後來兒子被判死緩，趙立春也因此涉嫌違紀違法(當然是因為包庇兒子)。「高幹」因為子女家人經商而出事，頗符合大眾的官場想像。第二，小說把趙立春一家叫做「趙家人」，這是一個源自魯迅的隱喻，泛指權貴階層。主要罪名不是政治路線錯誤，而是經濟上的違法亂紀。「趙家人」沒有反對改革開放，而是在改革開放中，利用國土資源、土地、燃氣等獲利。這也是一種比較契合新世紀民眾情緒的寫法，官商勾結，好像官沾了商才變壞。第三，小說裏寫到，省公安廳長祁同偉在失敗時才醒悟，看上去是「高」「李」兩派爭鬥，其實是「省委書記沙瑞金太厲害了」。「棋局臨近結束，他才看明白了佈陣，自從中央派沙瑞金來 H 省任職，他們這些人就註定要出事了」。這句話很重要，意思是說，與其說是沙瑞金上任以後與「高」「李」鬥，發現「趙公子」犯罪團體，「連累」到「趙」在中央的父親，不如說是沙書記本來就帶着要發現「趙家」犯罪證據的使命才被派來 H 省。沙盤推演：也許中央更高的領導發現了趙立春的問題，所以派沙瑞金到趙的老家來搜集證據。因此「沙」在 H 省的行為是得到了「更高」支持的，所以實際上，「最高」的形象還是正面的。

就算是放在 H 省的政治鬥爭來講，《人民的名義》也隱隱地暗示了官場政界中的一個規律，也就是「前任不敵現任」，「關係不敵組織」。下台前安排再多可靠忠誠的自己人，還是敵不過現實中的組織紀律與利害關係。流水的將也鬥不過鐵打的衙門（雖然還在衙門裏的將總希望有例外）。

當然，政治權術「厚黑學」畢竟只是官場小說的部分內容，而且不一定是最重要的內容。人們不僅關心 H 省政界誰輸誰贏，誰黑誰白，更關心的是輸贏原因何在，區分黑白的標準是甚麼。具體地說，「沙」「李」「侯」「陳」（陳就是陳海的父親，退休檢察長陳岩石）贏了，「高」「祁」「趙」及高小琴等輸了。為甚麼？他們贏在哪裏？其他人又輸在哪裏？小說把前幾位寫成清官忠臣，後幾位寫成貪官奸商。問題是二十一世紀的忠奸標準是甚麼？這才是小說以及改編電視劇既獲獎又受百姓歡迎的基本原因。

三、判斷忠奸的標準之一：是否貪財

「祁」、「趙」、高小琴以及書中幾乎所有的反派官員，他們的第一個共同特點，就是貪財。祁同偉身為省公安廳長，入股山水集團，自然利用權力保護財團賺錢。趙瑞龍利用父親當省委書記的權勢，請高育良批了湖邊的寶地建造美食城，等於是變成了趙家的收銀機。高小琴和高小鳳兩姐妹窮人家出身，含恨忍辱發財，曾經一度被強姦，但是最後她們（至少是高小琴）操作山水集團的私人俱樂部，整天招待當地各級領導。小說裏的一些配角，比方說燃氣集團的劉新建曾經是趙立春的秘書，也是利用國家資源給各級領導輸金送銀，人人都有好處，自己當然也有收穫。省委副書記高育良一度宣稱對錢不感興趣，他學生祁同偉也以為老師只愛權不愛錢。但最後侯亮平還是找到了他的毛病，因為高書記在香港有兩億港幣的基金供養私生子。

形成對照的是，所有正面的幹部人物，也就是沙書記、侯亮平，還有中間被撞昏的陳海以及陳父陳岩石，這些正面人物都沒有經濟問題，他們的生活也沒有經濟困難。小說裏細寫幹部的待遇，但侯亮平拒絕他的發小商人蔡成功的送禮。陳岩石曾經投錢買股，為的是大風廠重新生產，目的是為了說服和幫助工人而不是炒股票。所以通過這部小說（及其讀者觀眾的認可），人們可以看到，貪不貪錢是官員幹部正派與否以及品性是否善良的第一條標準。

假如社會真像小說所寫，要維護幹部團結，讓他們真心為人民服務，最可靠、最直接的方法就是公開並檢查官員及其子女的財政狀況。如果這個辦法一直難以實行，也就說明小說太簡單，社會更複雜。或者說，小說有意無意還是在批判「走資本主義道路的當權派」。

小說一開始，偵察隊長侯亮平就查抄了一個部委項目處處長的家。處長趙德漢（也姓趙！）長得像農民，家裏很貧寒，但是在另一秘密豪宅，處長藏了一整屋的現金。這個畫面給電視機前的觀眾留下了深刻的印象，喚起了民眾直接的憤怒。這既是對貧富不均和官員貪心的憤怒，也是對公權力和金錢關係的憤怒。再引申一步，到底是錢的問題？還是權的問題？還是在權錢結合的過程中產生的問題？在這些問題上，《人民的名義》寫得不算多。

四、判斷忠奸的標準之二：是否好色

第一個標準是「無官不貪」，第二個標準就是「無官不淫」。小說裏最後凡是反派人物，在家庭婚戀方面也一定有問題。

祁同偉是一個于連式的人物，苦出身，在社會上碰壁但不甘心，追一個比他大十歲的女人，據說是在操場上擺滿鮮花下跪求愛。為甚麼呢？因為這個女人的父親是高官，是高育良的上司。這是一個很典型的測試，一個男人，尤其是一個青年人，會不會為了某種權勢而選擇自己的婚姻？通常肯犧牲愛情來獲得權勢的人，將來都是有「前途」的，所以他後來升官了。他對婚姻家庭當然不滿意，所以就和山水集團的高小琴同居（在電視劇裏還有真情實感）。最後的結局，是逃到自己曾經英勇作戰的孤鷹嶺自殺。他曾經有機會打死對頭侯亮平，但最後卻選擇自殺，這時很多電視觀眾對他反而同情。顯然，周梅森對忍辱向上爬的人物也有較複雜的感情。

另一邊廂，「趙公子」是一個高幹子弟商人，對女人當然更加放肆。高家姐妹就是他有份培訓出來的「美女炸彈」，用來腐蝕高育良和祁同偉。高育良在小說裏處處以學者面目出現，家裏的「師母」也善待學生。其實省委副書記也另有苦衷，這也是小說的懸念。他資助情人高小鳳在香港產子，道德面具破碎一地（同樣故事發生在其他作品比如《牛虻》中，可能還是悲劇）。

統計小說裏其他反派人物，可以發現一概都有家庭問題。山水集團的劉慶祝一直「包二奶」，冷淡妻子。以至於他被殺後妻子一點都不傷心，並且在接受審訊後馬上就去跳廣場舞。另一方面，凡是善良正派的幹部，一律都沒有婚戀問題。沙書記的家人在小說裏是空白。侯亮平與妻子是一對恩愛小夫妻，在電視劇裏有點戲份，小說裏只寫他們快樂地做愛。公安局的趙東來和檢查局的一個女官員陸亦可好像要擦出一點火花，但也只是在電視劇裏，小說裏沒有詳細寫。陳海及其父親當然是模範家庭，沒有「女色」問題。

所以，與幹部公佈財產同一個道理，另一個建議就是，如果要判斷幹部忠奸，除了看財產還要看家庭，也就是要審查幹部的婚姻情況，這是一個重要環節。所以讀了小說後，組織部的同事們也許可以總結出一條簡單經驗，要審查幹部，一要看他有沒有錢，二要看他有沒有一個以上的女人。同樣是「新官場文學」，《人民的名義》比較八十年代《喬廠長上任記》，道德標準提高，「思想解放」後退。

李達康是唯一一個忠奸之間的所謂「圓形人物」。他的妻子是銀行副行長，有貪污行為，但他不知情更加沒有參與，他為了仕途堅決離婚。他被新領導沙書記成功挽救，繼續做一個有缺點的「好幹部」。所以李達康很像《日出》裏的李石清。因為錢和女人是關鍵，他妻子貪了錢但他不用，最後又堅持黨性提出離婚，李達康在小說裏是一個既欺人又被欺的官員。

五、判斷忠奸的標準之三：是否走「正確路線」

除了貪錢、貪戀女色之外，驗證幹部究竟是「幹部」還是「官員」的，第三個標準可能也是更重要的標誌就是路線，這裏不是指政治路線而是人事路線。小說的大背景是中央派沙書記來 H 省收集前書記的問題，也就是現任清算前任的問題。所以，順應沙書記意志和指示的幹部大多是「革命幹部」，反對沙書記意志和命令的大多是「腐化官員」。「第一把手」規律沙書記說得非常清楚。但是，在政治鬥爭這條主線之外，小說還涉及了不少官場的遊戲規則。比方說在「高」「祁」師生談話之間，有時也會在虛偽背後現出某些透徹。小說的原文提到「官場上總是這樣，表面上是在談論某一件事，但在這件事背後卻總是牽連着其他人和事，甚至還有山頭背景、歷史糾葛等等」。不知道這是高育良和祁同偉師生之間的領悟，還是作家在一旁的感慨。

小說又寫沙書記、侯亮平在追尋前任趙書記留下的政治資源時，沙書記的父親和前檢察長陳岩石曾經是戰友，因此陳岩石這個退休幹部就等於有了「尚方寶劍」。他同情大風廠的工人下崗，直接命令區長孫連城批地。小說裏陳岩石說：「區長啊。」區長就只好說，「哎呀，區區小事，還勞您陳老大駕呀。」為甚麼區長對他這麼尊重呢？就是因為他認識新任省委書記的父親。但是這不好答應下來，因為批地會牽涉經濟利益。同樣的事情在高育良、祁同偉和趙立春那裏叫做作風不正，而在沙瑞金和陳岩石這裏叫紅色基因，發揚革命傳統。小說中不止沙書記明言了「第一把手」理論，高育良後來也發現了。他平時說話眾人點頭，怎麼現在就不行了呢？小說寫他「又覺得不是他的錯誤，而是權力效應！因為他不是一把手啊，權重不夠大嘛！如果這些話都是沙瑞金說的，那就是堂堂正正的辯證法了」。不過他的領悟太遲了。

那麼「一把手」沙書記是否就絕對正確？作品中也有些細節暗示。比方一個人再英明也有疏漏。有一次沙書記為了幫助工人儘早生產，將新的大風廠的法院封條撕了下來。李達康站在旁邊想，「其實沙瑞金應讓光明區法院來撕封條，而不應該用手上的權力強撕，要依法行政嘛」，「可嘴上卻說：沙書記，您眼裏容不得沙子啊！」後來沙瑞金火箭提拔了一個地區幹部易學習監督李達康工作。李達康忍不住反問平行監督，「易學習來監督我，誰來監督您沙書記啊？」這大概也是作家想問的話，李達康大概也不敢這麼問。當然讀者都知道沙書記要依靠上級支持並接受監督。李達康或者說作家提出這樣的問題，實在是比較書生氣。

周梅森的這部長篇文字儘量樸素，對話多用間接引語，少用引號、形容詞，少用一些風景和感情詠歎。偶然有一點抒情，比方在候亮平身上。但這個人物卻是最平面、最空洞的一個正面角色。他作為司法幹部，行動和思想很高尚。但作為一個文學人物，他的行動和感情都很概念化。他的確就像小說所言，是沙瑞金及更高領導用來對付趙家人的一把「工具刀」。

六、讀書人，真地能成為好官嗎？

《人民的名義》對「官場文學」的突破，除了反派位列最高，還有一點就是打破了從曾朴、劉鶚一直到王蒙延續下來的讀書人與好官之間的隱形聯繫。曾樸的《孽海花》裏，考出來的官一般要比花錢買來的好，「正途」之仕至少熟讀禮教學說。王蒙的《組織部來了個年輕人》裏，劉世吾和林震因為讀俄國文學有了共同語言。可是，在《人民的名義》裏，侯亮平是讀武俠小說的，高育良卻更有書卷氣，讀很多經典，連一個要賄賂他的美女也要讀《萬曆十五年》。小說裏還有一個貪官能將《共產黨宣言》倒背如流，可是這一點也不妨礙他們都是貪官，只要有錢，只要有色。所以，百年來中國小說中的文化知識與政治道德的隱形聯繫，在《人民的名義》裏被打破了，值得注意。

根據《人民的名義》小說改編的電視劇走紅，也帶紅了一批演員。觀眾的反應，好像飾演李達康、高育良甚至祁同偉的演員令人印象更深，近年電視劇《狂飆》中，飾演反派的張頌文也更受歡迎，究其原因耐人尋味。可能是因為人性的理由，他們犯的錯，金錢、女人、權術，也在宣泄一般人的慾望和憤怒。也可能是因為政治理由，人們發現幾個反派「德」不足，「才」卻過人。也可能是因為藝術原因：好的幹部都是一樣的好，壞的官員卻是不一樣的壞。

參考文章

廖倫忠：《周梅森政治小說的獨特視角》，《小說評論》2012 年第 4 期。

李保堂：《論周梅森政治小說對「改革文學」的超越》，《時代文學》2011 年第 23 期。

郭聖龍、周敏：《被虛構的現實 —— 敍述學視角下的〈人民的名義〉》，《名作欣賞》2018 年第 5 期。

周政保：《「被炮火驅動的大碾盤」—— 談周梅森小說中的戰爭與人》，《文藝爭鳴》1990 年第 4 期。

王璐：《「對位法」中的現實：周梅森現實政治題材小說論析》，《揚子江文學評論》2021 年第 4 期。

1　周梅森：《人民的名義》，北京：北京十月文藝出版社，2017 年。以下小說引文同。

2018

李洱《應物兄》

「犬」「儒」的當代知識分子

李洱是格非的同學，也是上海華東師範大學中文系畢業的作家。如果說格非現在是一位學院派作家，那麼李洱的長篇小說《應物兄》[1]則可以稱之為「學院派小說」。

「學院派小說」當然是生造的概念，意思是小說人物主要是學院中人，小說主要發生在大學內外，小說主題也牽涉學術問題。最重要的是文風、細節、腔調也都處處充滿了「學術腔」，引經據典掉書袋。

這類小說在二十世紀中國小說史中並不多見。遠一點的傳統是《儒林外史》，從對科舉種種不滿再到對儒家信念的堅守。現代文學寫大學校園政治最出色的是《圍城》，但《圍城》特色是諷刺。不僅方鴻漸諷刺其他人，作家也諷刺方鴻漸。這就像張愛玲評上海人的名言：看不起人，也不大看得起自己[2]。如果這部作品嘲笑所有人，而自己卻是一個抒情英雄，那就是另外一種作品了。李洱的《應物兄》既不直接批判他人，同時也好像並不批判主人公，像是一部通篇好話的溫柔敦厚的諷刺小說。

寫知識分子成堆的小說還有楊絳的《洗澡》。但《洗澡》裏的知識分子分成正邪兩派，有政治運動做背景，要是沒有「洗澡」環節，讀書人的勾心鬥角意義也不大了。除了錢鍾書楊絳夫婦外，整個當代文學七十多年裏描寫知識分子的小說確實不多，這是一個很值得研究的課題。晚清以來，「士」「官」「民」一直是中國小說的三種主要人物形象。尤其是「士」，在大部分作品裏都不會缺席。從《祝福》裏內疚自省的「我」，一直到八十年代《活着》裏聽福貴講他悲慘人生的「文青」，這些都是知識分子在旁觀記錄農民或民眾的受難故事。大部分情況下，知識分子的視角、眼光，及其身份、態度、功能，都是在和農民（民眾）與官員（幹部）之間的一種三角關係裏呈現。

主要以大學為背景的知識分子小說也有，《青春之歌》從林道靜愛上余永澤，再到最後參加「一二・九」運動，女主角在胡適弟子和地下黨人之間做愛情選擇。六十年代還有《大學春秋》，女主角也是在許瑾、白亞文兩個男生之間猶豫。背後就是「紅」與「專」哪個更重要。張抗抗的《北極光》也寫一個女生與幾個男生之間的感情以及人生道路選擇。

總而言之，知識分子小說要麼諷刺人事鬥爭，要麼強調政治壓力，要麼就是愛情 / 人生觀選擇。如果不明顯諷刺，也不寫政治運動，亦不要愛情主線，那麼知識分子成堆的故事該怎麼寫？

一、對知識分子生態的散點透視

《應物兄》的若干特點也和近年中國小說的某種發展趨勢有關。第一，細節大於情節；第二，空間大於時間；第三，羣像大於個體；還有第四，容後再論。

我們在閱讀《一句頂一萬句》《繁花》《古爐》等近二十年最重要的長篇小說時，討論過所謂細密寫實主義的概念，並認為這種「碎碎念」的清明上河圖式的寫法，是新世紀長篇小說的一種發展趨勢，一種散點透視的藝術方法，以生態而非性格為中心。

應物兄是小說的核心人物，但這個人物的性格、命運，從頭到尾沒有戲劇性的發展變化。所以應物兄既是一個人物典型，也是一個觀察角度。觀察甚麼？那就是他周圍的人和事，應物兄看到、聽到、遇到的種種事情，都是小說的主要內容。

小說《應物兄》的情節一句話可概括，任職北美教授程濟世願意回到家鄉濟州主持一所儒學研究院。濟州大學為程教授回歸做了各種準備。這一情節主線進展極其緩慢，長篇上下兩部一千頁，五百頁就只講了程教授同意回濟州到北大演講。等到下卷結束，還沒回到濟州。如果讀者只執着這條情節主線，完全可能缺乏耐心看下去。讀者為甚麼要在意一個虛構的哈佛學者回不回家鄉？吸引人的關鍵還是大量碎碎念的細節。

這種細節在《一句頂一萬句》裏就是老王賣肉、老張賣豆腐等等；在《繁花》裏就是偷窺種種閣樓里弄風光，然後「不響」；在《古爐》裏是男孩在大風暴中照樣「屎尿屁」。在《應物兄》裏，這種細節就是引經據典，開口孔孟，各種學問賣弄。好多典故甚至還要讀者查字典。這些學人、學院和學術腔調中，好像還沒有多少諷刺的痕跡。只有看到學人們和官員打交道（在小說裏談到了幾個校長、副校長、副省長），或者和商人來往（安全套公司總裁、牛仔褲老闆、養雞大王等等），只有當知識分子和官員、商人坐在一張桌前，一種結構性的而不是言辭中的反諷效果才自然呈現。

應物兄似乎缺乏方鴻漸那種機智刻薄，他在聽程濟世大師北大演講或者聽葛道宏校長抒發文化抱負時都顯得那麼真誠。小說裏贊助太和院的商業集團，也就是全球頂尖的安全套企業，在討論儒學時，偶爾話題也會演變為對「念奴嬌」或「溫而厲」等商標符號的研究，甚至「禮智仁義信」也可以結合到對生殖器的解構上。在情節層面，設置學術與官商勾結的背景不難，難就難在放了背景卻好像視而不見，在對話層面無休止地打磨學術細節，並為種種關於儒學的討論加上註解。這種看似虔誠的儒學堅守，最終和儒學不能免俗的當代環境形成了反諷關係。整部《應物兄》好像是很多人認認真真合在一起做一件荒唐的事情，荒唐的不是外國專家回鄉，而是因為專家回鄉，變成了地方上的文化政績。為此要改造城市，重建專家的舊居，當年專家的父親是國民黨的將領，從這裏敗退走的，現在要重建他的舊居，甚至要專門研發專家兒時見過的某一種昆蟲……

二、「空間病了，患上了時間的病症」

除了用細節堆積故事，《應物兄》的第二個特點是空間大於時間。小說主軸講的是儒家傳統及其當代命運。遠一點要講到兩千年的中國歷史，近一點也至少要涉及「文革」中的「批林」「批孔」乃至於今天的「國學」復興等等。但是這些時間因素，百年社會變化在《應物兄》中被輕輕帶過，小說重點在人事空間。

甚麼是空間？馬克思認為：「人的本質不是單個人所固有的抽象物，在其現實性上，它是一切社會關係的總和。」[3] 這句話倒過來，人們是否也可以從一個人的性格出發，去梳理他的社會關係網？整部小說是由應物兄的朋友圈所構成。第一個圈子是他的導師古代文學專家喬木先生（小說裏很多人物，作者故意藉用一些已故或健在的學術名人的姓名，製造一種戲仿疑真的效果，比方說喬木、姚鼐、鄭樹森等等）。和喬木同輩的，還有校內的考古專家姚鼐、西方哲學家何老太太，以及一度被認為發瘋的張子房、校外的核彈專家雙林院士等等。《應物兄》描寫這些學術權威關係都很好，彼此互相尊重。在應物兄眼中，老一輩專家彼此之間都沒有甚麼矛盾分歧。

第二個社會圈子就是應物兄的家庭和男女關係。他的妻子姍姍是喬木先生的女兒。男人大凡願意或者希望以婚姻愛情為階梯而取得社會地位，一般來說，性格中必有怯懦或功利的一面。應物兄和妻子關係果然不好，整天吵架，長期分居。為甚麼不離婚？應物兄的解釋是如果離了的話，姍姍又要害另一個男人，這是超高水準的阿 Q 精神。他的女兒應波已經長大，在美國讀書，倒是陽光健康。小說裏，應物兄和電台女主持人朗月曾有兩場床戲，美麗卻無情。男主角對美籍女子陸空谷也有點單相思。基本上，男女感情並不是小說的情節主線，也不怎麼影響主人公的性格命運。

第三個社會關係圈就是哈佛的程濟世大師及其身後的一切。程是新儒學的名家，讀者可能會聯想到杜維明教授，但小說與原型沒有關係。程濟世也和喬木、姚鼐一樣，屬於男主角的導師輩，但應物兄不是程的弟子。在籌建研究院過程中，大師是中心人物，將來要做院長，應物兄則是副院長，所以既是偶像崇拜，也是上下級。小說裏應物兄對程濟世五體投地，有些誇張，很難區分是純粹的崇拜還是工作需要。為了招待程大師，應物兄還要招待他的隨從學生珍妮及他的兒子等等。

第四個社會關係圈就是濟大的校長葛道宏、副校長董松齡，還有主管文化的副省長欒廷玉，以及後來下台的梁姓副省長。這些領導對於濟大引進程大師都熱情支援，理由當然不同。葛校長是希望學校排名上升，欒副省長是考慮藉機可以引進外資改造舊城，這些人物一出現，小說基調就從《儒林外史》轉向《官場現形記》了。

這麼說並無貶義，《官場現形記》的文學史地位是被低估的。不過李洱寫官場，比李伯元含蓄，不會讓讀者笑出聲來。李洱儘量寫出葛校長、欒副省長說話做事的合理性，甚至細緻地展示副省長家的婆媳關係，以及男人對女人生育的壓力最後導致怎樣的後果等等。應物兄總是善良地理解周圍，尤其是上層的人和事。

第五個社會關係圈就是圍着太和研究院的商人們。程大師的弟子黃興（程大師叫他子貢）是國際大財團的老闆，光是安全套「溫而厲」的品牌就價值百萬。商人當中還有賣蛙油起家的雷山巴，他有雙胞胎兩個「夫人」，其中一個也要進太和院。養雞羅老闆的女兒懷了程大師兒子的骨肉，最後不肯打胎。小說裏還有牛仔褲大王鐵梳子、好色的陳董……。商人們大致上也是照規矩附庸風雅，既做生意也熱愛儒學，是研究院建設的現實推動力。

第六個社會關係圈就是包括應物兄個人很崇拜的女老師芸娘，以及他的一個已經去世了二十年的知心朋友文德能，這些人物身上寄託了男主角八十年代的舊夢。這裏還包括和他略有矛盾、後來成為程大師弟子的同學象愚，同事費鳴，研究名曰「濟哥」的一種昆蟲的華學明，以及魯迅研究專家鄭樹森等等。

總之，整部長篇有名有姓的人物幾十個，這些人物一圈一圈地由應物兄串起來，整體上像是顯示今日「國學」難以復興的《清明上河圖》，而不是《馬丁・伊登》這樣以個人命運性格為主軸的歐化長篇。負責重建程家舊園的章學棟，對應物兄說：「空間病了」。這句話幾乎概括了小說主題，空間病了，再問空間如何能夠痊癒？回答是「無法痊癒，因為它患的是時間的病症」。小說是細節大於情節，空間大於時間，生態大於人物，但整部長篇以應物兄這麼一個人名為題，究竟是想寫應物兄周圍的文化生態？還是想研究應物兄這個「典型環境裏的典型人物」？

三、學界、官場、商界間的互動關係

《應物兄》寫當代讀書人的生態，背景是學院、官員和商界三者的關係互動。學者、官員、商人異口同聲地抒發文化建設的理想，表達對儒學或國學復興的熱情。但三種人的行動原則、職業特徵和道德規範是不同的。官員會被雙規（欒副省長被流產發瘋的夫人在自殺前舉報，罪名不詳），某些商人的生活腐化得很奇葩（雷山巴的兩個雙胞胎女人能夠和平相處，後來電視劇《繁花》中的爺叔也同時愛着兩個阿姨）。小說也寫陳董很多好色的經歷，寫程大師的公子和父親女學生珍妮及羅老闆女兒的荒誕床事。

雖然小說裏很多狗血情節，但總體上，至少在應物兄看來，大部分情況下官員貪腐有分寸，商人墮落也不難原諒，海外長大的下一代舉止自然有些另類。學、官、商三界人士圍繞儒學復興而合作互動，雖有醜聞，也並非邪惡。小說裏寫得不動聲色，有些細節好像非常正常。為了招攬程大師的弟子黃興投資，還要招待他帶來的寵物「白馬」，「特事特辦」，無可抱怨。

整部長篇都在寫學界、領導、商人之間的微妙關係。小說並不局限於描寫學院中人，這也是《應物兄》與《圍城》《洗澡》最大的不同。《應物兄》把知識分子成堆的故事，最後寫成了一個溫柔敦厚版的《人民的名義》。或許因為時代不同，知識分子面臨的也首先是社會問題。或許因為作家對學院中的事情不夠了解或太了解，所以不敢往那些方面下筆。

四、難以落筆的學院中事

假設不把官員和商人寫進小說中，純粹寫學院中事，有哪些進入的角度和可能性？

第一，在應物兄的眼中，學校的幾個學術權威互相尊重，全無文人相輕和學術幫派之類問題，這是一個非常理想主義的美好視野。學者之中，要建立風水學科的唐風十分庸俗，也有芸娘那樣純潔的存在。我們知道，凡有成就的學者通常也有偏見與脾氣，他們的學生之間也可能會形成某某門某某派，或是出於驕傲，或是出於功利，師門派別之爭其實是學術界的普遍困境。小說中還寫到文革中的各種派仗，某「名家」曾參加過寫作組，某「權威」曾是戰鬥隊的小夥計，某「大師」最早的文章發表在「十年」期間的著名刊物上。所有這些精彩的故事，因為應物兄寬厚純潔，他都視而不見，他看見的只是雙林院士、芸娘、張子房和喬木先生的胸襟、情懷、學識和光輝的人格。「十年」中讀書人的故事，某些大師級學者在那個時代還是會「與時俱進」，甚至「晚節不保」，並不是因為大師們學問不好。《應物兄》避開這樣的角度寫也不奇怪，其他作家也很少有人能寫出二十一世紀的《圍城》。

第二，即使全部學術權威都沒有矛盾，人格學問都無可挑剔，眼前大學秩序中的功利崇洋與學術傳統的尖銳矛盾也很難視而不見。現在大學的評審機制主要藉用西方大學的「國際標準」，用工科衡量文科，項目比成果重要，論文比著作重要，英文比中文重要。有些學校的中文系老師，沒有出過國，就不能升教授。小說裏的葛道宏校長就是一個典型，他為了提升大學排名，主張所有的中文課程都要英文教學，要有英文提綱，用英語教《論語》。同樣是儒學專家，難道外來的和尚就更會念經？哈佛教授退休回鄉，竟然要為他建立研究院，還要把研究院蓋在他兒時故居上。為了重建現在已經找不到的故居，竟然要求助近現代研究所找出（其實是創造出）舊址。不僅拆遷民房，挖地重建，還特別派專家組研究一種昆蟲，只因哈佛大師記得兒時曾經聽到這種昆蟲鳴叫，非常親切。甚至他的弟子，一位商人來訪時，省領導也要出來接見他帶來的寵物「白馬」。小說裏有這麼一筆，喬木先生說程大師那是在美國講中國文化，要是到濟大來還不知道會是怎樣。所以本土學者堅持傳統，與校方、商界崇洋功利的矛盾，在《應物兄》裏略有提及，卻輕輕舉起，悄悄放下。

第三，還可能有更進一步的問題。雖然近年來不必人人「洗澡」，專家們生活個個優渥。但學科要姓「馬」，思政課等也在「與時俱進」。學生的舉報是不是要鼓勵呢？對學院的傳統秩序是否又構成某種新的壓力呢？《應物兄》機智地躲開了幾個層面的矛盾，否則設想一下：假如既有文人相輕、舊怨背景，又有西化功利與學術傳統的矛盾，還要應對政治工程與時俱進，要協調國學復興與「新左派」之關係，還有作品裏已經涉及的大眾媒體對文人、對學術的引誘改造等等。當然，希望《應物兄》一部長篇小說能處理這麼多當代儒學或者說當代社會面臨的問題，顯然是一種苛求，可見知識分子成堆的知識分子小說難寫。

五、「犬儒」：像狗一樣活着的儒學家？

說起來也不是李洱不想寫，而是主人公應物兄看不到。為甚麼看不到呢？這也是應物兄的優點。男主角原名應物，出書時被人搞錯改了名他也接受了，基本上算是處處佔便宜了。應物兄的成名作叫《孔子是條「喪家狗」》，令人想到北大教授李零的著作《喪家狗：我讀〈論語〉》。長篇小說由細節而非情節支撐，基本上生態畫面比主角性格更重要，但這並不妨礙我們重新考察主人公的性格。既然作家有意以主人公的名字作為書名，總有特別的用意。

一般來說，衡量一個人物的性格在文學上是否成功，標準至少有三：第一，其性格是否有明顯特徵；第二，他的性格是否有內在複雜性或者說有沒有內在深刻矛盾；第三，他的性格在作品裏有沒有隨時間和情節的發展而產生變化？根據以上標準來看應物兄：第一，他的性格特徵雖然看上去不明顯，其實很有特點；第二，他的性格有內在複雜性，有內在的矛盾；第三，他的性格從頭到尾其實沒有甚麼發展變化。

作家特別用了三種方法來敘說應物兄。出現第三人稱「他」的時候，應物兄是小說的某個敘事角度，當然有時用「他」也有局限，敘事者會補充一下「後來他才知道」等等；直接用「我」的，就是直白展現應物兄的心理狀況；還有一種寫法就是當出現「我們的應物兄」這樣字句的時候，那就意味着敘事者或者說作家要和主人公拉開距離，他和讀者一樣在從側面旁觀或調侃應物兄。

多種敘述手法並用，十分重要。更能體現主人公性格矛盾的，是他的書名。《孔子是條「喪家犬」》，意思是他想追求孔子的思想，但自己卻活得像條狗。「孔子」和「狗」在一起，實在是碰巧，有個哲學概念叫「犬儒」，中文翻譯無意中並置「犬」和「儒」這兩個字。作為西方古代哲學和倫理學說的犬儒主義，主張追求普遍的善作為人生的目的，拋棄一切物質享受和感官快樂。追求美食，偶爾也試試「偉哥」的應物兄，顯然不是這種古希臘的犬儒。

另有一種對現代犬儒主義的解釋，就是一種以不相信來獲得合理性的社會文化形態，不相信有甚麼方法能改變他所不相信的世界。因此，他把對現有秩序的不滿轉變為一種不拒絕的理解，一種不反抗的清醒，和一種不認可的接受。

應物兄對葛校長、欒副省長等領導的儒學熱情，大致上就是一種不拒絕的理解，理解他們的功利乃至勢利，但要誠懇地服從，認真地理解。應物兄對喬木先生、程濟世大師等人的學術貢獻，是一種不反抗的清醒，因為師道尊嚴或真心崇拜，即使清醒地看到有學術上的問題，應物兄也不會挑戰與反抗。實際上真正的學者，假如應物兄也是學者的話，他不可能看不到前輩權威的任何問題。如果凡事首先從忠誠服從出發，那就不是一個真正的學者，但在應物兄那裏，忠誠是醒目的一種美德。應物兄對子貢的 GC 集團，對雷山巴、鐵梳子、陳董等商人功利的儒學熱情，則是一種不認可的接受，他知道他們志不在此，與自己不是同路人。但現在肯捐助學術，拿出錢來，真金白銀總是好的，所以他接受。同時也委屈，忍氣吞聲，在場面上應付。

所以，在應物兄的性格裏，我們看到誠懇、認真、服從、清醒、懷疑、忠誠、理解、接受、妥協，再加上他對女性觀念上的不公平，這些都是儒家風格，合起來就是像狗一樣追求儒學了，說是「犬儒」絕不過分。

捫心自問，我們自己又何嘗不是呢？你能被各種上級稱讚，其實是因為你不敢指出上級的問題；你能與各種同行友好，其實是因為你在克制、收斂；你能和各色人等和諧相處，其實是因為你世故、犬儒。

應物兄何止是一個人啊？是像狗一樣活着的當代「儒學」。讀完小說，我們可能都嚇出一身汗。

原題《應物兄何止是一個人》，刊於《小說評論》2023 年第 4 期。

參考書目／文章

敬文東：《李洱詩學問題》，北京：人民文學出版社，2021年。

李洱：《局內人的寫作》，南京：譯林出版社，2021年。

李洱：《問答錄》，上海：上海文藝出版社，2013年。

徐勇：《無限的敞開與缺席 —— 李洱〈應物兄〉論》，《中國當代文學研究》2019年第3期。

邵部：《當下生活的「沙之書」 —— 評李洱長篇小說〈應物兄〉》，《中國當代文學研究》2019年第3期。

楊輝：《〈應物兄〉與晚近三十年的文學、思想和文化問題》，《中國現代文學研究叢刊》2020年第10期。

楊輝：《「註」解〈應物兄〉》，《名作欣賞》2020年第25期。

叢治辰：《偶然、反諷與「團結」 —— 論李洱〈應物兄〉》，《中國現代文學研究叢刊》2019年第11期。

閻晶明：《塔樓小說 —— 關於李洱〈應物兄〉的讀解》，《揚子江評論》2019年第5期。

---

1 李洱：《應物兄》，首次發表於《收穫》（長篇專號）2018年秋冬卷；北京：人民文學出版社，2018年。以下小說引文同。

2 「這裏面有無可奈何，有容忍與放任 —— 有疲乏而產生的放任，看不起人，也不大看得起自己，然而對於人與己依舊保持着親切感」，張愛玲：〈到底是上海人〉，引自《流言》，北京：北京十月文藝出版社，2021年，頁58。

3 馬克思：〈關於費爾巴哈的提綱〉，引自《馬克思恩格斯文集》第一卷，北京：人民出版社，2009年，頁501。

2021

余華《文城》

想像農村的「烏托邦」

一、苦難與善良：從《活着》到《兄弟》

在莫言、賈平凹、王安憶和余華等從上世紀八十年代以來就一直引領文學潮流的作家中，余華最接近於「職業作家」，他每隔數年就有可能寫出完全不同風格的小說。也正因為對他有這種特殊的期待，人們也會不時對余華的新作表示困惑、讚歎，甚或也有失望、驚訝。

《活着》是余華銷量最高的小說，大概也是八十年代以來所有當代小說中讀者最多的作品。這部小說多年來一直佔據着虛構類文學的前列，說明這部小說非常契合當代國人的閱讀口味，也符合主流意識形態的尺度規範。在如何既宣泄民眾之苦難的同時，又延續民族之希望這兩方面，《活着》的確是一個相當成功的範例。

余華另一部出色的小說是《兄弟》。在香港科大的一個研討會上，我評價說《兄弟》中「兄」是「假胸」，「弟」是「真諦」。「兄」是「假胸」，寫實層面，小說寫道德高尚的哥哥在改革開放以後生活困難，為了賣女性內衣謀生，自己被迫去做假胸。這是非常狗血的情節，甚至有點荒謬。在象徵層面，「兄」是「假胸」，代表哥哥這一輩的忠厚老實的「道德胸懷」已經過時，解救不了現實人生。傳說蔡翔有個「金句」：「以前是偽善，現在是真惡」。「弟」是「真諦」，因為李光頭後來官商勾結、性慾横流，充分暴露「文革」後的慾望動力。

選讀余華的《文城》，是因為這部小說新近出版，可以做「近二十年中國小說」的收尾。同時也因為這部小說寫法特別，是兩部通俗故事結合起來的嚴肅文學，在長篇結構方面值得討論。

長篇分成《文城》和《文城 補》兩部分。其中《文城》又可分成上下兩段，上段是發生在北方林祥福家鄉的故事，下段篇幅最長，講的是林祥福在南方的溪鎮，一個他認為就是「文城」的地方的生活。單看上段，感覺余華在寫某種鄉村童話（他自己說是想寫一種「傳奇」）。百年來大部分中國小說都在寫實苦難鄉村，鮮有例外。或者也有看似浪漫的鄉村故事，比如《邊城》。另一部就是《文城》。也是巧合，兩部小說的鄉村都被稱為「城」。

《邊城》寫的是一山、一河、一塔、一狗、一個老人、一個少女，是一幅清淡秀麗的山水國畫。《文城》從一開始一直到結尾，都在寫一個善良、忠厚、勤勞、樸素但又富有的農民，彷彿兼有所有農村人的各種優點。

林祥福後來在南方擁有一千多畝肥沃的田地，小說開始時，他在黃河邊上的家鄉已有四百多畝田地和六間房子的宅院。五十年代初「土改」中，有些地方劃定「地主」的標準是有十五畝地。不少當代小說喜歡以「財主的兒女們」做主角，從不同角度對歷史上的「階級鬥爭擴大化」做出不同方法的反思。在張煒的《古船》裏，男主角抱樸和見素分別代表了改革開放以後鄉村經濟發展的兩條道路，但兩個人都是民國開明士紳的兒子。開明士紳一度是指擁護革命的地主們。在當代中國最重要的小說之一陳忠實的《白鹿原》中，爭鬥幾十年的兩個男主角白嘉軒和鹿子霖，其實也都是地主或開明士紳。在莫言的《生死疲勞》中，一開篇地主西門鬧就被槍斃了，可他一直投胎變驢、變牛、變豬、變狗，就是要見證他的兒女們、僱工們和大小老婆們如何在幾十年農村階級鬥爭的大風大浪裏鍛煉成長。還有，老百姓接受程度最高的余華作品《活着》，主人公福貴原來也是一個地主，只因解放前夕賭博輸光了錢財和地產，結果就剛好躲掉了地主的帽子。我們注意這個問題，並不僅僅是因為作家們的共同關注，更在於廣大讀者為甚麼會對「財主的兒女們」特別感興趣。

《文城》的男主角林祥福，是更典型的地主，擁有大量土地。不過與其他地主角色不同的是，他生活在清末民初，軍閥統治的北伐戰爭時期，沒有趕上後來的「土改」。雖然他命運中的轉折以及最後橫死都和他的財產有點關係，但開篇時或者說在大部分篇幅裏，他不僅擁有土地、房產、金錢，同時還擁有農村「烏托邦」人物的所有優點。

第一，他的父親是鄉里秀才，母親是鄰縣舉人之女。所以，他從小就讀《史記》《漢書》，知書達理。第二，他熱愛勞動，十三歲就隨管家下地，回家坐到母親的織布機前做功課時，依然是一雙泥腿。第三，他不僅下田，還精於工匠活，能做手藝，還很認真。師父稱讚他「聰慧手靈」、吃苦耐勞，一點不像富裕人家的少爺。重要的不是「不像」，而是確實「是」富裕人家的少爺。阿強遊上海時頗像富裕人家的少爺，但其實不是。相比之下，福貴身為地主兒子卻遭了幾十年窮人才會受的罪，林祥福則生就了窮苦人的種種優良品質。第四，除了知書達理、熱愛勞動、擁有匠人精神外，有次北方出現暴雨之災，砸死了僱農田東貴，林祥福堅持要為東貴做棺材。這時在他旁邊的小美，也就是他的女人，當時就心想「這是一個善良的男人」。他不僅對僱工仁慈，還愛惜毛驢，各種細節都體現了他的農家道德。

所以中國農家的「烏托邦」，不是王子在樹林裏碰到落難公主，而是一個集合各種農耕文化道德優點的年輕單身地主，某天在無意中收留了一個走投無路的生病女子。林祥福見面時就對這個突然來到他家的女子有好感，但他沒有趁人之危，而是孤男寡女慢慢相處了一段時間。突然有一天，也就是女人發現「這是一個善良男人」的那一夜，小美在床上「一條魚似的游到了他的身上」。對男主角來說這是他第一個女人，也是他畢生唯一一個女人。

二、消失的小美：解構鄉村浪漫童話

善良的男主角愛上了柔順的「白天鵝」，但他分不清相貌相似的也可能是「黑天鵝」，這是童話中的經典，所以小說前半段是傳奇。

某天，小美不見了，在林家積累的財富中，十七根大金條只剩下了十根，小金條也少了一根。林祥福哭着跪在父母墳前，在中國人心中這個行為是有宗教含義的。他哭訴說：「爹！娘！小美不是個好女人……」[1]。

更加傳奇的是，過了幾個月小美又回來了。金條不見了，但她懷了男主角的骨肉。進一步，更加浪漫的是男主角這樣一個農民 / 地主，居然原諒了女人，仍然照顧她，還補辦婚禮，女人生下的女兒成了他的心肝寶貝。同時，他也想起母親的教誨，「縱有萬貫家產在手，不如有一薄技在身」（這也是馬克斯・韋伯的「職業理論」，有點超越農耕文化）。在自己受打擊的時候，林祥福還精進工藝，同時原諒了妻子，「你也沒有狠心到把金條全偷走，你留下的比偷走的還多點」，幾乎是達到了甘地的境界。

可是在女兒滿月後不久，女人又不見了，而且這次看上去是不打算回來了。在農耕社會，一個有地、有錢的男人會把女人當作衣衫，但男主角卻是個例外。他把田地當了，把房產託付給可信的僕人，自己帶了銀票，背上女兒離開家鄉，像一個苦行者一樣到南方去尋找那個女人，尋找一個叫「文城」的地方。小說到此為止都是余華單相思的中國鄉土浪漫童話，既有西式的愛情至上觀念，又有傳統的忠誠樸素美德。

再下來，小說漸漸地往武俠傳奇的方向發展。陳平原說「千古文人俠客夢」，主題一是「平不平」，二是「立功名」，三是「報恩仇」。林祥福放棄土地，背女追妻，更多是為了「報恩仇」[2]。你偷走了我的金子這是仇，我要弄明白；但你生了我女兒這是恩，我也要報答。當然，恩仇混合，恩大於仇。

武俠小說的通常模式是男主角有一個使命，在小說裏這個使命就是要找到「文城」，找到小美。同時，男主角還要歷盡千辛萬苦，男人就在大雪中為女兒乞討別人家的奶水，在他鄉重新謀生，還要依靠當地的權貴人物，還要找到自己的助手，小說裏就是一個收容他後來又為他報仇的陳永良一家。

武俠小說的另一個特點就是主角總要一路追蹤寶物。寶物在小說中就是給他小孩穿的衣服。小說中林祥福的敵人是土匪，絕對是負面角色，所以善惡之爭又是武俠小說的主軸。可能在余華的心目中，追求俠義也是傳奇的一部分。

傳奇還包括一些在寫實小說裏完全不會出現的情節，比方說林祥福坐在船裏遇到龍捲風，被刮到岸上一、二里遠都沒事，銀票、包袱以及數月大的嬰兒都掛在附近的一棵樹上。再比如說到了他以為就是「文城」的溪鎮，遇到了幾十天連續的大雪，還看到城隍廟外凍死了幾十人。喜歡寫實主義的讀者在這些地方可能卻步了。人們以前深深地喜歡余華的寫實技巧。但余華總有辦法把一些細節寫得令人難忘。在《活着》裏，福貴想把女兒送回寄養的人家，路上他摸摸女兒的臉，女兒也摸摸他的臉，於是父親心軟了便把女兒抱回了家。在《文城》裏，父親背着或說是捧着幼女在下雪的異鄉逐家敲門求人家給一口奶，這個場面給讀者很深的印象，也獲得村裏鄉親們的同情。所以，《文城》上部最大特點就是農民和地主都是好人。其實這樣寫也不是第一次。《活着》雖寫的是厄運不斷，但也沒有壞人，當官的最多是好心辦壞事，但和《活着》《兄弟》最大的不同，就是《文城》裏有壞人，有絕對的壞人 —— 這通常是通俗小說的特徵。

在故鄉，身為地主的林祥福和僱農、莊稼人的關係友好。田家幾兄弟後來一直忠實地幫他種地收租，換成銀票金條，到最後還是他們來拉回他的棺木。在南方，林祥福尋找小美的溪鎮，無論掌權的商會會長顧益民，還是從他鄉來謀生的陳永良，或是村鎮上各種農戶，都沒有貧富紛爭，沒有階級矛盾，他們共同的敵人就是土匪。而且《文城》裏的土匪基本上是絕對的反派，張一斧、水上漂都殺人不眨眼，兇殘至極。只有一個土匪叫和尚，相對不那麼殘暴，後來還跟陳永良的除匪民團合作並戰死。

在很多民國背景的現當代小說裏，土匪常常是具有不同功能的社會力量。在《紅高粱》裏，土匪抗日，功勞不亞於國軍和八路軍；在《白鹿原》或樣板戲《杜鵑山》裏，土匪是我黨爭取的對象；在《林海雪原》裏，土匪又是國民黨敗軍的活動掩體，當然真正的英雄楊子榮也是做土匪狀。在《文城》裏，余華把土匪在不同作品裏扮演的不同角色拋開，單純讓土匪做回侵害百姓的殘暴土匪。這樣的情節安排有兩個作用，一是渲染、突出暴力，有些場面描寫實際上是慘不忍睹，這也很接近於武俠小說的趣味。二是以土匪為敵，比較之下村鎮上的貧富、官民、階級關係中就沒有特別的矛盾。從小說看，軍閥戰爭時期鄉鎮社會秩序井然，窮人富人各安其位，淡化階級矛盾自然也是鄉村「烏托邦」的重要特點，《邊城》如此，《文城》亦然。

然而到此為止，只是《文城》的一半，篇幅上佔了三分之二，這部小說的內涵和篇幅不成正比。如果沒有《文城 補》，很多余華的讀者確實有理由有些失望：這麼一個「虛假」美麗的鄉村傳奇，有甚麼特別的意義？於是就有了《文城 補》。據說是余華在寫了《文城》六、七年後才寫的。如果研究作家的創作過程，這也相當精彩。

一部善惡分明的浪漫鄉村故事，怎麼會有另一個完全不同的敘事角度，而且另一個角度講出來的是另一個故事？只有兩個故事合起來，才是屬於余華的《文城》。簡單地說，上部講鄉村「烏托邦」，說錢不重要，下部講對窮人來說，說錢非常重要。上部講男人的俠義忠勇，下部講女人的心機與感情 —— 一個女人是否可以同時愛兩個男人？

三、一女兩男糾葛下的蒼涼底色

如果說《文城》講「錢不是萬能的」，那麼《文城 補》就是講「沒有錢是萬萬不能的」。如果說《文城》講人應該重義輕利，那麼《文城 補》寫的就是人會趨利避害。如果說《文城》是寫兩個男人依靠同一個女人，那麼《文城 補》研究的就是一個女人能否同時愛兩個男人。如果說《文城》是想像鄉土俠義的浪漫主義，那麼《文城 補》就是直面慘淡人生的寫實主義。如果說《文城》寫的是農耕文明應該有的樣子，那麼《文城 補》寫的恰是中國鄉村實際上的樣子。

儒家理想下的社會，人人貧富有別，各安其分，既承認人會趨利避害，人不為己，天誅地滅，又主張人應該重義輕利，小人喻於利，君子喻於義。在《文城》上部中，擁有四百多畝田地的林祥福與僱農們關係和諧，他的田地、財產、房屋也是父輩男耕女織積累下來的。

林祥福自己也下地，見到小美像她母親一樣織布，便十分感動。為了尋找失蹤兩次的女人，他背着幼兒到了陌生的他鄉，一度艱難困苦，還碰到同樣的外來戶陳永良，兩家人互相幫助，一起成立木器社，生意興隆。兩家人俠義忠厚、肝膽相照，林祥福之女林百家遭綁架，陳妻竟讓自家兒子陳耀武去頂替，結果失去了一隻耳朵。後來，青春年少的陳耀武悄悄喜歡上了林百家，曾用手觸摸女孩大腿，女孩也不拒絕，被陳永良妻子見到，大叫了一聲「作孽」。原因除了林女已經說親，還有就是兩家人相處日久，早已覺得是一家人了，發生此事有亂倫嫌疑。

總之，在《文城》上部中家人間守倫常，村民間無鬥爭，溪鎮最有勢力的商會會長顧益民做事也十分公平。後來他知道陳永良組民團抗匪，馬上就送去銀票萬兩。最後他找到林祥福的遺產，除後事開支，大半留給了他的女兒。因此小說裏窮人富戶都按「公序良俗」辦事。在清末民初的北伐時期，小說裏所有的罪惡都來自兵災匪患。土匪的壞更反襯出鄉紳和百姓的善良。

可是到了《文城 補》，同樣的故事再講一遍，把男人的角度換成女人的命運，將大戶人家換成弱勢底層，情況就變了。在上部裏那麼美麗、柔順、賢良、憂愁和神秘的小美，被追蹤、被起底了。

原來小美是窮苦人家出生，家中有四子一女，在十來歲時，她就被送去溪鎮的沈記織補店做童養媳。因為她的衣服破舊，差點連童養媳都做不成。小美到了鎮上，見到有磚瓦房，已經是滿目的金色眼神，她羨慕這個比自己優越的生活環境。令她高興的不是十歲嫁人，而是可以穿漂亮的新花衣。其實沈家織補店在鎮上不過只是中等人家，但這也使得童養媳小美和送她來的窮苦家人感到既榮幸又自卑。

《文城》上部是說錢不重要，可到了《文城 補》，錢就能決定很多事情了，包括決定人的生態和心態（比如價值觀與自尊心）。沈家織補店裏的兒子阿強和父親都軟弱無力，權威是阿強母親，即小美的婆婆，原因是織補店的家產是由小美的婆婆家傳承而來。小美在婆婆的威嚴訓練下，辛苦勞作，忍氣吞聲，還表現得非常賢慧、溫柔。但她還是犯了兩次錯，一次是偷偷穿上衣櫃裏的花衣裳，還讓年輕的丈夫望風，結果差點讓婆家寫了休書。婆婆說：「古人雲，婦有七去：不順父母，去；無子，去；淫，去；妒，去；有惡疾，去；多言，去；竊盜，去。」婆婆問小美犯了哪條？小美說盜竊。婆婆說不是，你還沒把衣服拿出去。小美細想，低下頭，羞怯地說，淫。原來穿花衣服就是淫，檢查這麼深刻，婆婆就放過她一次。

但第二次更嚴重，若干年後小美和阿強都長大了，某日家人不在，小美的小弟找她哭訴。他賣豬的幾吊銅錢被偷了，回家沒法交代。姐姐在衝動之下就將織補店裏櫃檯上的一些錢給了弟弟，這次是真地竊盜了，所以懲罰也加重了。阿強和父親不忍心，但婆婆硬逼着小美回娘家。《文城 補》好像處處在跟《文城》上部唱對台戲，彷彿在問錢不重要嗎？貧富真地各安其分嗎？幾吊銅錢幾乎就把人逼死。

小美回到娘家，因為被休，無臉見人。這邊阿強忍不住，便偷了家裏的銀元跑去接女人，兩人從此私奔。阿強再現等於救了小美，是對她的解放。他們靠着從父母那裏偷來的錢去城裏，到上海見世面、看世界。在上海看到青樓，小美想她可以在城裏謀生，或者織補，或者做店員，再不行做女傭，再不行就去風月場，怎樣也能養活丈夫。這個念頭很重要，這時她的人生目的變成了忠於丈夫和報答丈夫。

整個《文城》故事的關鍵處，就是兩人在去北京的途中貧病交加，走投無路，然後被好心的林祥福收留。夜裏阿強說「他明天獨自一人離去，他要小美留下來。後面還有很多話，他難以啟齒，嘴巴張了又張，始終沒有聲音。」「小美安靜地看着月光裏阿強的臉，聽着阿強說出來的這些話，她知道阿強後面要說的是甚麼，她等了一會兒，阿強沒有聲音，她知道那些話阿強說不出口。就安靜地問他：『你在哪裏等我？』」阿強的回答是「在定川的車店」。

在小說裏，這段是後來的補記，依然有些曖昧。在定川等的意思就是兩個人不分手，只是暫度難關。可是把老婆留在林家，多住幾天又有甚麼用呢？這時候他們並不知道林家牆縫裏有多少金條。就算這個男人有四百多畝地，有六間大房，但這些都帶不走。對阿強來說，把老婆留在林家做甚麼？對小美來說，在地主家多住幾天，又怎麼能幫助丈夫？除非阿強是因為養不活老婆，想放她一條生路，但又何必許諾等她呢？除非小美也是為可憐無用的老公着想，要大家各謀生路。

相比之下，阿強的邏輯更不清楚。是放了老婆，還是丟下老婆？不做任何努力，只在中途坐吃山空地空等，等一個暫留在地主家的老婆做甚麼？哪怕這個地主勤勞忠厚、年輕善良。等着她謀些財物？在小美而言，既然在上海時已經設想過最壞就是去風月場，這樣也可以養活老公，現在住進一家好心的富人家，總比去風月場好，這只能用女人的自我犧牲精神解釋了。

可憐的林祥福完全不知道睡在他家的這對「兄妹」半夜在商量甚麼。次日，哥哥繼續上路，妹妹發燒多留數日。哥哥沒了蹤影，妹妹病就好了，悄悄進入了賢慧、柔順的女人角色。就這樣一過幾個月，小美既不斷擔憂阿強，又逐漸喜歡上了林祥福。小說寫到，「林祥福就像北方的土地那樣強壯有力，他心地善良生機勃勃隨遇而安。小美感受到的是一個與阿強絕然不同的男人」，「來到林祥福這裏，林祥福讓她感到心安。林祥福在木工間裏發出敲打的聲響和刨木料的聲響時，她會讓織布機響起來，以此聲呼應彼聲。如同抽刀斷水水更流，對於阿強的擔憂越是持續，她對於這裏的生活越是適應。久而久之，小美的心裏起了微妙的變化，她的眼睛裏出現了不同的神色，在擔憂阿強的時候，也在等待林祥福從田地裏回來。」

四、反轉的敍述：一個女人在兩個男人之間的抉擇

林祥福和小美辦了一場簡單的婚禮，「婚禮後的深夜，林祥福從牆壁的隔層裏取出木盒，把金條展示出來，小美驚醒般地感到自己要離去了，隨後她心裏一片茫然，似乎突然站立在沒有道路的廣袤大地上。」

在「金條展示」和「小美驚醒般感到要離去」之間，是一個逗號，說明直到發現金條，她才決定要走。這就有多種解釋：一種解釋是原來商量好的留下女人是為了獲取財物，現在發現了財物，任務有可能完成，所以決定要走了。或者是原先目標不明，且已陷入兩個男人之間的困境，現有一大筆金錢，就促使她離開了，畢竟小美從小到大受了太多金錢的欺負、淩辱，現在眼前竟有一堆金條，她沒有理由不抓緊。這是挽救自己的婚姻，也是抓住自己的人生。

但是，在這同一段話裏，在小美決定離開與心裏一片茫然之間，也是逗號，說明和完成任務糾纏在一起的，是自己對兩個男人的感情。所以後來小說反覆出現了余華的文藝腔：「小美的眼睛裏流露出一絲憂愁，林祥福沒有察覺。」

小美眼睛裏的「憂愁」是有文學史意義的，中國小說裏有很多男人在不同女人之間選擇猶豫的情節。經典作品裏有寶玉對釵黛；現代作品裏有覺新想梅表姐和瑞珏；通俗小說裏有樊家樹碰到鳳喜、秀姑、何麗娜；郁達夫的名篇《過去》裏，也有男主角對老二、老三

兩個女人不同的情慾想像。但反過來，一個女人同時真心愛上兩個男人的場面很少，更多的情況，是女人被多個男人爭奪，比如《死水微瀾》《白鹿原》。不同男人代表不同勢力，地主、傭農、土匪、鄉紳、教民……但女主角不大會陷入真正讓她為難的感情選擇，《文城》在這方面有所突破。柔石的《為奴隸的母親》，也寫女人到富家大宅服務獲得了有錢男人的喜歡，但那是窮苦女人被地主欺負的故事。同樣窮苦女人被地主欺負的故事，到余華筆下變成了一個女人能否同時愛上兩個男人的傳奇，這是小說可能一開始都沒有想像過的一個亮點。與此同時，「林祥福沒有察覺」，這好像不大可能，畢竟天天在一起生活睡覺。如果不是小美太有心計裝得太完美，就是林祥福真地太遲鈍、太忠厚。當然，遲鈍、忠厚也是女主角喜歡他的原因之一。

五個月後，小美偷了將近一半的黃金，與一直在定川等候的阿強會合。他們南下歸故里，途中雖然衣食無憂，但小美發現自己懷了林祥福的孩子。阿強雖然懦弱無能，卻也不嫉妒，聲言會像對自己子女一樣照顧小孩。這時小美再次有驚人之舉，她又回到北方林祥福家，沒帶回去黃金，只帶回去將要生產的小孩。一切竟如她的計劃，林祥福沒有懲罰她，只有照顧，當然生氣是有的。但是小美生下小孩，不久就又再次失蹤。

一個男人同時愛上兩個女人，不同小說都有不同理由。可是怎麼解釋一個女人同時愛上兩個男人呢？一邊是丈夫阿強不願休她，要與她同甘共苦，其實主要是共苦，以至於女人感動願為丈夫犧牲自己的身體和感情。另一邊林祥福也是丈夫，有承擔，有義氣，以至於女人冒着危險也要回到他身邊，為他生下小孩。怎麼評說？從法理上看，這是一宗沒有得到及時審判的財產盜竊案；在小說裏，這是一個底層與富人和諧演出的愛情悲劇；從女人的選擇角度看，問題的關鍵在於甚麼是義？甚麼是利？從寫作的過程看，那就是作家用一個故事的不同講法，用不同敘事角度、不同人物視野和不同藝術方法，來挽救六、七年前寫的顯然並不太成功的一部作品。

小說上部敘事流暢，像趙樹理一樣用情節驅動。下部卻是對女性命運的剖析，像張愛玲一樣毫不留情。上部是趣味的普及，忠勇、俠義、善良、善惡、鬥爭，是普及鄉村價值和趣味，到了二十一世紀，還可以獲得普通觀眾的歡迎。而下部就是非常刻薄、悲涼的女性敘事，展示了底層奮鬥的殘酷現實，因此也獲得文藝圈的欣賞、讚揚。

後來，林祥福真地找到了「文城」。因為他之前路過溪鎮時，小美不忍心，便讓女傭拿了套小孩衣裳送給高大可憐的北方男人。因為這個線索，林祥福決心回溪鎮住下來。接下來的故事是他和陳永良兩家在異鄉落戶，成了擁有田地近千畝的大地主，後來又捲入了跟土匪的生死鬥爭。只是最後小美和阿強為甚麼偏要在城隍廟外的大雪之中祈禱而被凍死呢？作家這麼安排，還寫小美臨死前正在向林祥福祈求原諒。一個女人若同時愛上兩個男人，最終難道還是得不到作家和讀者的原諒嗎？

參考書目 / 文章

王達敏：《余華論》，上海：上海人民出版社，2006 年。

徐林正：《先鋒余華》，杭州：浙江文藝出版社，2003 年。

賴大仁：《先鋒浪潮中的余華》，北京：華夏出版社，2000 年。

劉琳、王侃編著：《余華文學年譜》，上海：復旦大學出版社，2015 年。

洪治綱：《余華評傳》，北京：作家出版社，2017 年。

劉旭：《余華論》，北京：作家出版社，2018 年。

吳義勤主編：《余華研究資料》，濟南：山東文藝出版社，2006 年。

邢建昌、魯文忠：《先鋒浪潮中的余華》，北京：華夏出版社，2000 年。

丁帆：《如詩如歌 如泣如訴的浪漫史詩 —— 余華長篇小説〈文城〉讀札》，《小説評論》2021 年第 2 期。

鍾媛：《形式探索與〈文城〉的讀法問題研究》，《當代文壇》2021 年第 5 期。

洪治綱：《尋找詩性的正義 —— 論余華的〈文城〉》，《中國現代文學研究叢刊》2021 年第 7 期。

高玉、肖蔚：《論〈文城〉中的暴力敍事》，《中國當代文學研究》2021 年第 5 期。

汪政：《一個故事的兩種講法 —— 余華長篇小説〈文城〉讀札》，《中國當代文學研究》2021 年第 5 期。

陳思宇：《歷史想像、個人記憶與現代人的困境 —— 評余華的〈文城〉》，《中國當代文學研究》2021 年第 5 期。

劉楊：《極致的張力與審美的渾融 —— 論余華的〈文城〉》，《當代作家評論》2021 年第 4 期。

---

1 余華：《文城》，北京：北京十月文藝出版社，2021 年。以下小說引文同。

2 陳平原：《千古文人俠客夢》，北京：北京大學出版社，2013 年，頁 95。

集外集

2015

路內《慈悲》
下崗之前的中國工人階級

在至今仍活躍的五、六十年代出生的作家羣，和之後我們會討論的八、九十年代出生的作家之間，路內正好是一個過渡。

王安憶、莫言、賈平凹、余華等作家在新世紀以長篇小說為主。很多作品都獲得了茅盾文學獎。其中一個共同的主題，就是檢討當代中國的歷史，比方莫言的《生死疲勞》、賈平凹的《古爐》、蘇童的《河岸》、金宇澄的《繁花》、韓少功的《日夜書》、閻連科的《日熄》等等。但也有一些作品打撈歷史的觸角更長一些，比方劉震雲的《一句頂一萬句》，碎碎念寫民國史，李銳的《張馬丁的第八天》寫到義和團。還有一些長篇，革命只是背景，主角就是農民或男人或女人，比方畢飛宇的《平原》、鐵凝的《大浴女》、史鐵生的《我的丁一之旅》等等。甚至也有歷史故事，王安憶的《天香》、麥家的《風聲》，雖然用意可能不在歷史，而在女性命運或推理遊戲。

總體上我們可以說回顧歷史，拒絕遺忘，是「漫長的九十年代」（陳曉明語）[1] 以來中國長篇小說的共同主題。但這個歷史回顧大致上到八十年代為止，寫八十年代以後的小說的確不多。說明文學中的社會學視野和文學創作年代有時間差。以前「三紅」均寫於「十七年」，其實都是寫民國內戰。到了二十一世紀，只有《應物兄》《人民的名義》等少數作品描寫當前社會矛盾。還有格非的《望春風》後發制人：「士見官欺民」，不僅出現在「十年」階級鬥爭，也見於改革開放以後的官商勾結。

前輩作家反省的歷史悲劇好像過去了（否則怎麼可以書寫出版），可是在路內《慈悲》、雙雪濤《平原上的摩西》等作品裏，卻仍然要直面不同的慘淡人生。拙著《重讀二十世紀中國小說》，前後六十多萬字近千頁，努力論證一個觀點：上世紀中國小說的主要人物不只是知識分子和農民，而是「士」「官」「民」三角關係。但無論晚清、現代、「十七年」、八十年代後，都有一個非常引人注目的空缺，就是工人形象。

當然，當代文學的專家總可以指出，胡萬春、費禮文、《朝霞》小說，不都寫工人嗎？許雲峰、賈湘農的爸爸也是工人。對的，不錯。但顯而易見的文學現象是，當代小說中的工人主角，並沒有像知識分子、農民和幹部那麼令人印象深刻。直到路內、雙雪濤的小說出現，個體的工人形象，以及整體的工人階級，才得到高度重視。有左派理論家感慨，「文革」時人跟人差不多窮，沒有階級之分，但是整天鬥爭。現在有了階級分化，卻不鬥爭了。小說《慈悲》，正是跨越着這兩個歷史時期。

為甚麼現當代文學中工人形象比較薄弱，這是一個可以寫專題論文的題目。最表層的觀察就是晚清到「五四」時，工人人數很少。引人注目的有陳二妹（《春風沉醉的晚上》）或祥子。五十年代以後，工人階級是領導階級，但創作上要突出高大上，必須是英雄，藝術上很難處理。八十年代以後，《喬廠長上任記》寫工廠，但主角是廠長，不是工友。《平凡的世界》裏，孫少平後來也做了煤礦工人，不過總體上是突出他從農民到工人的心路歷程。整個二十世紀中國文學總基調，是同情被侮辱和被損害者，這也是路內、雙雪濤作品受人關注的地方：難道中國的工人，在二十世紀末期也處在了被侮辱與被損害的地位上？

路內 1973 年生於蘇州，2007 年出版長篇小說，2013 年獲人民文學新人獎。《慈悲》2016 年獲得華語文學傳媒獎年度小說家。《南方人物週刊》的評論說是「呈現了時代裹挾下……個體的尊嚴與慈悲」。中國社科院文學研究所的研究人員，近年來努力提倡一種社會學視野的現當代文學研究，通俗講就是通過小說看社會。社會學視野當然不是閱讀文學的唯一方法，甚至大概也不是文學欣賞的最佳境界，但在很多時卻是文學閱讀的真實人生底線。以後我們會看到在《平原上的摩西》等新生代作品裏，工人下崗是一個災難，就像農民失去土地，懷念車間變成了一種鄉愁。但如果讀了路內的《慈悲》，讀者可能會疑問在八十年代下崗之前，工人階級的生態和心態，是否真是主人翁和先鋒隊？

一、當代工人的苦難：設備差、待遇低、下崗潮

男主角水生十二歲碰到自然災害，村裏沒吃的，他爸爸背着他弟弟，大家分頭逃荒。水生投靠叔叔讀了中專，二十歲進了一家生產苯酚的化工廠。多年以後，他才見到失散的弟弟，父親死在哪裏也找不到了。可見工人來源就是農民，一向有能吃苦的傳統。

《慈悲》在某種意義上是工廠版的《活着》。主人公身邊很多人都死了，主人公卻活下來，還有尊嚴、有慈悲。當然，如果福貴聽我們這麼說，一定會抗議說城裏人畢竟有戶口、有糧票、有油票、有肉票、有肥皂票，工人階級無論如何，生態也比農民要優越，而這種優越正建立在城市對農村的一些政策傾斜上。

工廠的災難主要有三個原因，第一是污染和設備本身的問題。這

家「前進化工廠」，靠近江南某城，「苯酚車間的老工人，退休兩三年就會生肝癌，很快就死了。老工人為甚麼在廠裏的時候不生癌，偏偏要等到退休生癌？師傅就對水生說，苯有毒，但是如果天天和苯在一起，身體適應了就沒事，等到退休了，沒有苯了，就會生癌了」。

工人的苦難其次是貧窮。小說前半段大量的篇幅，既不是寫生產，也不是寫運動，而是寫工人們如何「內卷」申請補助。從五十年代初到七十年代中，中國工人的工資是基本穩定的，都是幾十塊，當時教授、工程師、書記等工資過百元，屬於高薪。工人工資三十六元，或者是四十二元，夠基本家用，但如果買輛自行車，家裏有人生病就麻煩了。一個辦法是工人捐助，每人出五元，抽中獎的人拿到六十元，其他人就等於一起貢獻。除此以外就是向工會申請補助。小說寫根生的師傅，找到車間主任李鐵牛。李主任說：「你看，我們的補助名額只有三個，宿小東，汪興妹，老棍子。汪興妹是跟車間主任睡覺的，一個老棍子是最窮的，所以一定要給你根生師傅面子的話，就要拿掉了老婆生病的宿小東。」這件事後來後患無窮。

在教材裏，在理論上，工人階級應該大公無私，怎麼變得如此窮困，為了一點補助，要低聲下氣求人。筆者七十年代曾在上鋼八廠做軋鋼工人，並不知道當時車間裏這麼多人爭奪補助，但是人人工資差不多，家裏有負擔的，的確生活比較困難。工作苦，設備差，工傷多，勞動條件危險。同時我也看到下班後洗個澡換套衣服，踩輛憑票買來的永久 / 鳳凰單車出去，還是很神氣的。因為社會上尊重「全民工礦」，尤其是青年工人頭髮油光、神采飛揚。

《慈悲》裏看不到這個側面，作家在《慈悲》後記裏寫「我上繳的必須是苦難，就像交稅似的」，或者是因為文學的意識形態背景，為賦新詞強說愁。也可能作家覺得工人當時的自豪神氣都是表象，他更關心基本的生態。

師傅帶了兩個徒弟，一個是根生，一個是水生。根生要補助，因為他爸爸中風了。兩個人後來都認識了師傅的女兒玉生。水生、根生、玉生，後來他們還領養了個小孩叫復生。這些名字看上去很土，接地氣，其實和劉震雲一大堆的老劉、老張、老王一樣，是將底層人物的命運高度抽象符號化。李鐵牛是一個很罕見的有名有姓的領導，他和工人基本上是同命運。寫到其他官員，廠長、書記也沒名沒姓，代表官民關係。李鐵牛在三個申請者中砍掉了宿小東。但不久他就被宿小東帶着保衛幹事捉了姦。汪興妹不經打全招了供，所以李鐵牛就成了現行反革命，宿小東升為車間主任。

小說寫水生逃荒大概在六十年代初，他二十歲進廠，應該是差不多 1970 、 1971 年的時候。小說一點都沒有寫「九大」、林彪事件等背景，但由補助到告密、捉姦，以至於鎮壓反革命，已經點出了七十年代初工廠階級鬥爭的背景。

師傅無名無姓，但有骨氣。他對根生、水生一生都有影響。當女兒玉生久病時，師傅卻也要去求補助，當着新主任宿小東的面下跪。人窮志短，人窮腿軟，師傅下跪的情節，令人難忘。後來被書記拉起，書記也沒有名字，卻是一個重要人物。

《慈悲》在寫法上有個特點，就是刪除所有的形容詞和抒情的成分，抽幹一切水分，只留下最基本、最平淡的事實陳述，只留下主語和動作。比方說師傅要安排女兒婚事：

> 師傅拿到了生平第一筆補助，一共十五塊錢。師傅把水生叫到身邊，問他：「你覺得玉生好嗎？」
>
> 水生說：「玉生好。」

師傅說：「你覺得玉生漂亮嗎？」

水生說：「玉生漂亮。」

師傅說：「那我做主，把玉生嫁給你。」

這是我所讀過的所有現當代小說中最簡練的婚戀故事，故事後面貫穿《慈悲》全篇。其實當時玉生喜歡根生，但師傅料到根生將來有麻煩。師傅因癌去世，臨死還在和工廠糾結喪葬費應該是十六塊還是十二塊。後來根生果然出事，他又去跟風流寡婦汪興妹發生關係，水生勸也不聽。「師傅是說過，管得住思想管不住槍」。根生又用腳去踢閥門，被宿小東抓現行定罪「破壞生產」，在保衛科被打。鄧思賢、王德發等工人，或被迫或主動去揭發。根生骨頭很硬，幾乎被打死，也不肯承認踢過閥門，睡過汪興妹。反而汪興妹受不了，失足掉進污水池喪命。根生被判了十年徒刑。這些情節如果不知道那個時代，根本沒法理解。

後來在雙雪濤《平原上的摩西》等作品中，不幸的下崗工人被警察懷疑追捕，工人搶劫犯劫富不劫貧，老工人還靜坐在偉人雕像下面。好像工人的命運是在九十年代才開始惡化。其實再早二、三十年，也是工人階級，因為睡了女工和踢閥門就要入獄十年。所以歷史是有延續性的，單單截取一段，不容易看清前因後果。

二、領導階級和國家主人

在《慈悲》極簡主義的敘述當中，每個人名都有象徵意義。水生是流動、流水、靈活。根生是植物、紮在石頭縫裏、頑固。小說第三節，「廠裏開憶苦思甜大會，根生和水生都上去發言。根生講了兩句話就結束了。水生講了二十句，社會主義好，工廠像家一樣，黨好，毛主席萬歲」等等，這就顯示了兩個工人的性格，或者說是工人階級的兩種性格。

由師傅做主，將女兒玉生嫁給了水生。「玉」是石中精華，所以她既頑固又玲瓏。玉生和水生應該說是作家比較欣賞的理想人生態度，也可能是那個時代比較容易活着的一種選擇。復生是二人領養的女兒，更加理想化了，有志氣，肯吃苦，愛運動，後來考上大學。復生，就是重新獲得生命。

教水生、玉生、根生這一代怎樣活下去的師傅，其實也是頑固的。臨死為了幾塊錢喪葬費，為了家人在工會下跪，這不是大丈夫能屈能伸，這是一代工人的時代縮影。書記，代表了他的身份，沒有名，沒有姓。可是很微妙，這個人物，放在五十年代以後文學的幹部形象當中，有他獨特的表現。

原來這家廠裏有個工段長專門打小報告，而且每次都得到書記的表揚。書記把小報告都收下來，但卻從不跟進處理。為甚麼呢？書記後來說：我要是不收，他這個小報告就還會往上打（很有意思）。

從高曉聲、余華開始，當代小說裏有很多好心辦壞事的幹部，《陳奐生上城》裏的吳書記是個典型。但是《慈悲》裏的書記在惡的環境中悄悄做好事，緩和幹羣關係，十分生動，既正視官民結構性矛盾，又強調幹羣同心同德。路內和高曉聲、余華書寫策略不同，但都是用心良苦。這個書記沒有名字，就叫書記，既是一個人物，也是一種身份。

宿小東就不同了，他身份不斷變化。最初是申請補助不成，後來是捉了車間主任的姦，自己升上去，又一直和根生作對，往死裏打，導致根生被判刑十年。之後宿小東利用權力，剋扣廠裏的勞動保護設備，不給水生等人發膠鞋，做了很多或明或暗的壞事。但最重要的是，到了 1976 年以後，政治局勢變化，他也步步升官，最後賤賣了整家化工廠，搖身一變成為新企業的董事長。宿小東與書記這兩個人物，在改革開放前後的命運變化很值得玩味。從文學看社會，這就是文學中的社會學。

但是《慈悲》的主軸還是水生一家。師傅雖然將女兒許配水生，玉生本人卻沒同意。等了很久，師傅去世後，兩人才成婚。婚後的生活小心翼翼，卻也甜美。舉個例子：佈置房間，水生說牆上有霉斑，不如貼張領袖畫像擋一擋。玉生說：「你出門別說這個話啊，抓你起來。」

《慈悲》一書不僅寫工人如何活着，也花很多筆墨寫他們怎樣送別親人。在給師傅（玉生爹）及汪興妹燒紙錢的一個儀式過程中，夫婦感情得以溝通。玉生摸摸水生的臉說：「水生可憐，從小沒有爸爸媽媽，這些都不懂。」水生說：「哎，託你的福，以後我就懂了。」

懂甚麼？因為懂得，所以慈悲？

有一天，水生到城裏看見遊行隊伍拿着旗幟，人們各自往回走，水生碰到玉生問：「今天遊行甚麼？」玉生打呵欠說：「今天打倒四人幫。」這個打哈欠說絕非閒筆，一方面，是像王安憶《長恨歌》那樣，把歷史事件擺在日常生活細節當中，故意淡化；另一方面，又想說明，對於工人主人公來說，他們當時也並不清楚歷史在發生甚麼變化。1976 年其實是 1949 年以來，中國當代史上最重要的一個年份。1966 年前後中國社會看似巨變，而實際上 1976 年前後的社會變化更加深刻，影響更加長遠。畢飛宇在《平原》裏，就濃墨重彩，描寫農民們在 1976 年怎麼感覺天要塌下來了。莫言在《生死疲勞》中，也從動物的角度，從樹上往下看人們怎麼傷心、悲痛。相比之下，路內的《慈悲》更強調工人曾經如何麻木，「打呵欠說」，人們好像更在乎衣食住行，乃至墳前的紙錢。

雖然玉生、水生麻木，世道還是變了。不久書記對水生說：「陳水生，再熬幾天，壞日子就要過去了。」水生不明白甚麼意思，以為可以不再做苦力了。事實上，他不久就被調到車間做管理員，因為是中專生。接下來水生和鄧思賢兩個人堅持技術革新獲了獎，就有了自己的辦公室。

在家裏最大的不滿意是玉生生病，不能生育。所以夫婦找到遠房表哥土根，土根有五個小孩，只有老五是兒子，斷不肯過繼。老大、老二和老三年齡太大了，剩下一歲半的老四，卻是一個豁嘴，也就是兔唇。怎麼辦？玉生讓老公做主決定，結果就要了那老四，取名復生。手術後，復生嘴上只剩下一道紅色的疤。後來小孩問，我從哪裏來？玉生回答說，你是觀音菩薩送來的。

玉生的形象和《活着》裏的福貴老婆屬於一個類型，再怎麼吃苦也不抱怨，一心靠丈夫，幫丈夫度過各種災禍，很苦，很善良。現當代小說中有幾類女性形象：一是和男人在情場戰鬥的白流蘇、葛薇龍或王琦瑤等等，蕭紅、鐵凝筆下也有這類正視愛情戰爭的女性。二是七巧、司綺紋，《財主底兒女們》中的媳婦，都是既被人欺，又欺負人的厲害角色。三是追求革命的莎菲、江姐、白靈等女戰士。四是女性身體成為男性爭奪戰場的犧牲品，貞貞、王佳芝、田小娥等等，這是一女多男模式支撐民族國家敍述。五是祥林嫂、商人婦、煙廠女工、子君、翠翠，乃至福貴老婆，現在還有玉生。第五種類型有悠久傳統，乃男人舊夢，從二十後、三十後、五十後，現在至少到七十後皆有。

相對幸福的水生的生活都是平淡的幸福，比較不幸的根生的遭遇就是不同的不幸。轉眼根生十年後回到工廠，仍然受到宿小東副廠長欺壓，只能做廢品倉庫管理員。有一天看到復生在幼稚園被欺負，就出手報復，結果又惹事，所幸在水生幫助下獲得一些補助。但是到了八十年代，工人還是覺得窮。有一段對白這樣說：「以前日子過得很苦，但沒有那麼多東西要買，現在世道不一樣了，鈔票稍微多了點，樣樣東西都要買齊才開心，還是苦。」問題是，後來這個樣樣東西都要買齊才開心，與之前的領導階級平等貧窮之間，有甚麼邏輯關係？對絕對平等的夢想，是革命的成果，還是革命的負債？

於是根生不安分，就去炒外煙，初步得手，膽子越來越大，最後當然人財兩空，走投無路，在倉庫自殺。也就在這時，那應該是九十年代，大環境變了，書記退了，工廠賣了，宿小東做股東了，工人也要買股票了，實際上就是大規模下崗。水生、玉生弄不清東南西北，能做的只有帶女兒復生去上墳，人生一世到墓地才弄明白。之後玉生病死。

小說帶出的問題是，之前工人是領導階級嗎？之後工人是國家主人嗎？之後的問題，雙雪濤等年輕人會認真地對待，但路內筆下的工人階級、工人，他們記得之前的事情，所以很難跑到偉大雕像下去靜坐、懷舊。

鄧思賢和水生都是技術員，畫過廠裏很多圖紙。既然宿小東已經把前進化工廠私有化了，他們也有理由去幫助別的私人工廠建設，這叫「另投明主」。鄧是積極主動，水生則是被動猶豫。水生後來好像處境還不錯，但是生活上，水生還是孤獨一個人。

三、當代文學中的戀父：路內為甚麼不寫自己真實的父親？

作為一個社會學文本，《慈悲》是近幾十年來最出色的描寫工人階級的長篇小說之一。用最簡捷的方法，記錄了在革命時代，工人們如何在名義上成為領導階級，實際上卻因為污染、窮困和內鬥而歷經苦難。後來又怎樣在改革中，或者變成股東，或者下崗失業，又成為弱勢羣體。工人變成弱勢羣體的詳情，以後我們要讀王占黑的《空響炮》，工人退休後，「男保女超」，可以看作《慈悲》的續篇。

但作為一個文學人物，在剛硬的根生襯托下，水生、玉生水一樣地活着，很苦，很善良，最後也都要到墓地去回望一生 —— 可以說對得起師傅了，一輩子善待他託付的女兒；對得起書記了，在黨的關懷下努力工作；對得起女兒了，放孩兒們去尋找光明的未來；也對得起自己了，作為一個工人，也作為一個人。

余華寫的是農民版的《活着》，路內寫的是工人版的《活着》，既寫社會學，也寫人性。按李澤厚的說法：「中國傳統自上古始，強調的便是『天地之大德曰生』，『生生之謂易』。這個『生』或者『生生』究竟是甚麼呢？這個『生』，首先不是現代新儒家如牟宗三等人講的『道德自覺』、『精神生命』，不是精神、靈魂、思想、意識和語言，而是實實在在的人的動物性的生理肉體和自然界的各種生命。其實這也就是我所說的『人（我）活着』。」這是理論版的《活着》。

讀完小說，再看後記，我們發現前進化工廠工人作為弱勢羣體，和水生作為堅強、慈悲的個人之間，還有一個他父親的身影：

> 九十年代末，我們家已經全都空了，我爸爸因為恐懼下崗而提前退休，我媽媽在家病退多年，我失業，家裏存摺上的錢不夠我買輛摩托車的。那是我的青年時代，基本上，陷於破產的恐慌之中。我那位多年遊手好閒的爸爸，曾經暴揍過我的三流工程師（被我寫進了小說裏），曾經在街面上教男男女女跳交誼舞的瀟灑中年漢子（也被我寫進了小說裏），他終於發怒了，他決定去打麻將。

原來作家真實的父親，一度靠三樣技能生存——跳舞、打麻將、搞生產。而終有一天，「國家不需要他搞生產了，他退休了，跳舞也掙不到教學費了，因為全社會都已經學會跳舞，他只剩下打麻將」。但居然，作家的父親能夠靠每天打麻將，為家裏掙來飯錢。「他很爭氣，從未讓我媽媽失望，基本上都吹着口哨回來的。我們家就此撐過了最可怕的下崗年代……」。

為甚麼不把這個父親寫出來呢？作家說：「因為它荒唐得讓我覺得殘酷，幾乎沒臉講出來。在厚重的歷史敘事面前，這些輕薄之物一直在我眼前飄蕩，並不能融入厚重之中。」為甚麼一定要融入厚重之中呢？原來《慈悲》有心要寫成厚重的歷史敘事。作家既責備他的父親，同時又有一種深深的同情。一個工程師最後要靠教交誼舞、打麻將為生，就像電視劇《漫長的季節》中原公安隊長後來教人跳拉丁舞。作家其實充滿了怨恨，從這種對父輩命運的同情和怨恨出發，我們才可以理解《慈悲》。這種兒子對父輩的同情、怨恨，之前滲透在《生死疲勞》《古爐》《活着》《古船》等小說中，之後又延續在《平原上的摩西》等新生代作品中。只不過這些令兒子們同情、怨憤的父輩，之前是漏網地主、開明士紳，之後是下崗工人、跳交誼舞的工程師。當代文學中的這一種戀父（而不是弒父）的情結值得研究。

參考文章

施新佳：《遊走在「真相」與「假面」之間 —— 讀路內的長篇小説〈慈悲〉》，《當代文壇》2016 年第 6 期。

淩雲嵐：《小城故事變奏曲 —— 評路內的小城小説》，《文藝爭鳴》2014 年第 12 期。

李海霞：《弱者的文學如何前行 —— 論路內小説中的現實主義》，《現代中文學刊》2012 年第 6 期。

林淩：《從「垂死」到「死亡」 —— 路內三部曲與〈慈悲〉的一種比較》，《中國當代文學研究》2019 年第 3 期。

王琨：《路內小説創作論》，《小説評論》2020 年第 5 期。

李偉長：《隨波逐流，或推波助瀾 —— 路內〈慈悲〉》，《上海文化》2016 年第 5 期。

歐娟：《政治生態之外的生存境遇與精神氣質 —— 路內長篇小説〈慈悲〉讀後》，《長江文藝評論》2017 年第 3 期。

1　陳曉明：《漫長的九十年代與當代文學的晚期風格》，《南方文壇》2023 年第 2 期。

2　施雨華：《路內：我不是這世界的局外人》，《南方人物週刊》2013 年第 36 期。

3　路內：《慈悲》，北京：人民文學出版社，2015 年。以下小説引文同。

4　李澤厚：《能不能讓哲學「走出語言」》，《文匯報》（上海）2011 年 12 月 5 日。

2015

雙雪濤《平原上的摩西》
新東北文學中的父親

2022 年 6 月，哈佛大學、羅格斯大學和海峽兩岸的兩家基金會共同舉辦了「平原上的摩西 —— 雙雪濤與新東北文學」的線上論壇，與會的遼寧師範大學張學昕教授說 :「我們關注的是他們這一代八十後在寫甚麼，像當年蘇童、余華、格非、孫甘露他們面臨的一個問題，即在四十後、五十後作家把各種題材都寫盡的情況下，蘇童、余華、格非他們也面臨着如何突圍的問題。在改革開放四十年以來，許多題材都被七十後六十後寫盡的時候，雪濤、班宇、鄭執這一代作家，他們要打撈歷史，他們要反抗遺忘，保存共和國在東北的這一段沉痛記憶和人性的哀傷，並在哀傷、失敗中重建一種尊嚴。」[1]

雙雪濤們在寫東北，但又不只是寫東北。僅就《平原上的摩西》而論，小說既打撈歷史，更關注現實，以平淡的語言寫非常嚴重的甚至是驚悚的世界。看上去很簡單，其實非常講究技巧。《平原上的摩西》一共十篇，有七個不同人物，不同視角敘事，精巧拼成一個多層次的複雜故事。

因為人物轉換太多，很難完全凸顯每個人物的性格，有些細節也不無生硬之處。比方警察作為植物人，他的倒敘不大自然。但小說裏大部分的細節，草蛇灰線細密安排，看上去是多種角度慢慢展開羅生門，實際上敘事圈套下有一個非常有挑戰性的二元結構 —— 兩家人對比，兩代人交接。

一、1995年後，有人下崗，有人下海

李守廉和莊德增，兩個男人曾是鄰居，1995年前兩家處境相差不大，有幾年，莊妻傅東心給李家女兒小斐補習功課，因為自家兒子不愛讀書，只喜歡運動和打架。莊德增是廠裏很空閒的供銷科科長，李守廉是拖拉機廠鉗工，因為技術好，很受工友們尊重，喪妻後也沒有再娶，女兒便是他的一切。可是到1995年，兩家的處境都發生了很大的變化。李鉗工下崗，莊科長下海。

關於工人下崗，雙雪濤在哈佛論壇上說：「我是一個工人的兒子，我的父母其實都在我青春期的時候失去了工作，他們的父母也失去了工作。可能大家都在某一個時期，突然間父輩的尊嚴受到了考驗。而且我覺得在某個層面上，他們失去的是一種鄉愁，這種鄉愁只能在工廠裏獲得。工廠粉碎以後，他們不僅失去了工作，也失去了自己的社團，失去了自己依附的某種信念。這是個比較嚴重的事情，而且據我的回憶，我覺得這個東西嚴重打擊了他們的自信。一個父輩的自信是很重要的，即使自信是虛無縹緲的，也很重要。他們的工作只能在工廠裏做，一旦脫離工廠，可能他們的價值就非常低了，非常小了。」[2]

簡單說工人下崗，鄉愁和自信均受打擊。但這種工人階級的自信和尊嚴從哪裏來，是不是本來就是一種「話語」，可以再討論，或者回頭看看路內的《慈悲》。在《平原上的摩西》裏，下崗後李家經濟困難，李守廉為了幫助往日知青兄弟開中醫診所，花了很多錢。等到自己女兒考了好成績，升學要支付額外九千塊錢，就極其困難。不過李鉗工仍然不肯接受莊妻傅東心的金錢資助，堅持自力更生，艱苦地活下

去。不僅窮苦，而且善良。

下崗、下海，不同命運有必然性，也有偶然性。捲煙公司稅利多，拖拉機廠在沒落，這是必然性。但是莊德增是供銷科長，還和廠長沾點表親，後來居然是用了傅東心畫李斐的一張點火圖，來做煙盒的包裝，這些都是偶然。用他兒子的話形容，因為他的運作疏通造成了壟斷，他的印刷機和印鈔機差不了多少。後來他又進入了房地產、餐飲、汽車美容、母嬰產品等行業，甚至電影片頭的出品人裏也有了他的名字。小說寫李姓的下崗工人很多美德，也沒寫莊姓的老闆多麼腐化（最多只是在洗浴中心過夜）。不過這部小說第九節傅東心跟李斐父親有段談話，倒是透露了一個重要的細節——

原來在 1968 年，傅東心的教授父親被人毆打，李守廉路過把他救了。但是傅教授有個美國回來的同事，卻被紅衛兵用帶釘子的木棒打穿了腦袋。傅東心說打死叔叔的就是她丈夫莊德增。當然，傅東心是結婚後才知道這件事情。

甚麼叫故事？故事就是把一些本來不相關的事情，以一定的邏輯關係組合而成。於是我們看到了這樣的故事：打死教授的紅衛兵，九十年代下海發財了；曾經救過教授的工人，九十年代下崗後陷入貧困。兩家人的命運對比，到底是在質問九十年代為甚麼工人階級地位下降，還是在檢討改革開放中的社會人性危機和之前革命時代有沒有關係？

除了兩家人下崗、下海的重複對比，小說更主要的篇幅是寫兩代人的關係。這兩個下崗 / 下海的人，他們的子女有微妙的戀愛關係。窮和富是否世代傳承？李斐遺傳了父親的善良，也獲得了鄰居傅老師的精英教育，所以對生活不失浪漫理想，她點火柴的天真形象無意中造就了莊家煙廠的成功。李家父女兩代苦難命運和美德人品都有傳承。另邊廂，年輕人莊樹也遺傳了父親的某些品性，比方愛打架、有暴力傾向，讓媽媽失望。但是他也不大願意簡單繼承父親的財產，結果自強不息去當了警察，既正義、又暴力地維持社會的主流價值。當然，這個主流價值裏也有他父親的權力和財產。

莊樹的警察身份一開始好像是為小說的偵探模式而設，但有意無意之間卻觸及了一個敏感問題：下一代如何既反叛又保衛社會主流價值？作為小說懸念，警察蔣不凡「釣魚執法」導致了一死兩傷的案情，在「文革」中救過人的李守廉，下崗後生活困苦，還被警方懷疑是暴力事件中的犯案殺手。警察的懷疑大部分錯，但有一件事李師傅確實參與其中，這是貫穿整部小說的核心懸念。在意義結構上，也是小說要討論的新的階級矛盾的核心焦點。

事發 1995 年 12 月 24 日聖誕晚上，李師傅和十幾歲的女兒李斐偶然坐上了便衣警察蔣不凡的計程車。李師傅說女兒肚子疼要去豔粉街看中醫，其實李斐身上帶着汽油想到某處麥田點火慶祝聖誕 —— 這是小姑娘跟男主角莊樹的一個浪漫約定 —— 其實莊樹那時候已經忘了她（十二年後這個男人作為警察重新調查這宗案件）。由於汽油味道和這對父女的可疑行跡，警察就在某處停車，想逮捕正在解手的李師傅，李有所反抗，警察開槍。這時偏巧有輛大卡車追尾撞上了停在路邊的計程車，李斐被撞傷腿致殘，而父親看到女兒受傷，情急之下就用磚頭打了警察，導致警察後來變成植物人。這是小說家精心設計的一場有點不可思議的警民衝突，以這個暴力事件為象徵，《平原上的摩西》實際上是要描繪新時代的階級矛盾，這種階級矛盾大致有三種基本形態。

二、新時代階級矛盾的三種基本形態

第一是階級分化，兩個鄰居，一個下崗，一個下海，之後，他們的生活命運完全不一樣，就是分化。第二是貧富固化，階級分化的後果，直接影響到下一代。第三是階級衝突，警民關係緊張，權力機關幫助富人，弱勢羣體以暴力抗議。

小說裏的人物對這三種形態都有不同的抵抗方法。對階級分化的抗議，小說第六節寫一羣老工人在紅旗廣場毛主席雕像前靜坐，而敍事角度偏偏是發了財的莊德增，他坐在計程車上看。當時莊正好從洗浴中心過夜出來，在那裏招待了生意上的朋友。出租車司機火氣很大，因為繞來繞去嚴重堵車：「我是開出租的，不是你養的奴才」。[3]老工人們的靜坐抗議也吸引了很多民眾圍觀。司機問莊老闆：「你說，為甚麼他們會去那靜坐？」我說，「念舊吧。」他說，「不是，他們是不如意。」言下之意，毛主席不在，出了問題，偏了方向。當然這只是小說中一個出租車司機的看法，並不代表作家的觀念。但是《古爐》《生死疲勞》《活着》等當代文學的主流是檢討六、七十年代革命教訓，新一代作家雙雪濤發出了不同的聲音。司機抱怨的背景，就是莊老闆的「先富起來」與李師傅的善良窮困。

青年學者劉天宇在《揚子江評論》刊文，考證小說裏的紅旗廣場，即瀋陽中山廣場。日本人 1913 年修建，最初名為中央廣場，曾經有明治三十七年日露戰役（日俄戰爭）紀念碑。蘇戰期間改名紅場，1968 年改成紅旗廣場。小說裏說當時有人計劃要拆掉毛雕像，代之以太陽鳥雕像，劉天宇考證說是作家虛構的情節，現實中太陽鳥雕像在別的地方，而且也不是外國人設計的。這個虛構情節在評論家看來，代表「世界 - 文化」取代「民族 - 階級」[4]。不過評論者也指出，六十年代莊德增等紅衛兵也正是在紅旗廣場集合，然後分頭前往傅東心的父親及其教授同事家中實行革命行動，救人或致人死傷。

如果說第一個層面對階級分化的抗議有點看似無奈（靜坐並沒有用），那麼對貧富固化又有甚麼辦法抵抗呢？按照亞當・斯密的說法，分工與競爭是提高勞動生產力的要素，對階級固化的抵抗是《平原上的摩西》最用力、最用心的情景。耶魯大學法學院教授丹尼爾・馬科維茨認為功績制主張人們在機會平等的條件下公平競爭，成績優異者獲勝，最好的大學錄取最出色的學生，收入最高的職位留給最有才能的人，只要大家在同一起跑線上，最後得到的不同是公平的，假如最後得到的東西是絕對一樣的，那對於參加跑步的人也不公平，這是資本主義的基本原則。但是馬科維茨教授依據一些資料，說功績制實際上固化了社會等級，造就了新的世襲制。這個世襲制不是西方封建社會的爵位世襲。通過資料顯示，在哈佛、普林斯頓、耶魯、斯坦福等名校，來自於百分之一最富裕家庭的學生人數超過百分之六十中低收入家庭的學生總數。原因不是大學依照家庭收入收生。大學收生還是依照成績，參照課外活動、各種各樣的表現。但為甚麼這百分之一的富有家庭能夠把子女送進一流的學校？原來功績制的秩序，客觀上也會達到現代的「貴族世襲」。說簡單一點，有錢人家讓子女獲得更好的教育，從小學、中學、私人學校開始，用錢堆出來，進入更好的學校，畢業後又會成為富有階級。換句話說，新的世襲制不是靠爵位，也不僅是靠家裏提供財產，主要就是靠非常好的教育。當然教育又是與經濟相聯繫。[5]

中國的特殊國情，把現代性帶來的很多問題都加速並且異化了。雙雪濤的小說，看到了階級分化會成為階級固化——中學讀得好，想升學要額外付九千塊，而這九千塊就是權勢的一方給弱勢羣體設下的一道障礙。下海發達的莊家女主人非常熱心，要為父親下崗的鄰居女兒出這筆錢，幫她補習好幾年，還給她講摩西的故事。雙雪濤有意無意的一個神來之筆，就點中了「文革」後新的階級矛盾 —— 兩家的父親已經階級分化，怎樣才能不影響他們的子女？由富有的商人婦兼且是知識分子，來教導貧窮卻善良的工人女兒，成為了整部小說乃至題目上的一個「文眼」。

階級分化是兩個工人下崗，一窮一富。「運動」中打死人的發財，救人的善良工人卻陷入窮困。但小說裏卻出現一個精彩情節：富人的妻子有心給窮人的女兒課外教育，甚至願意幫她出學費。這就是企圖防止階級分化被世襲固化。社會上種種「九千塊」，哪裏是同一起跑線，教育及其他競爭規則，已經或正在形成了乃至促成了新的世襲制。

但是作家沒有足夠暗示，眼前的階級分化，讓一部分人先富起來，其背景也是為了反抗昔日「成份」血統的世襲。曾經有幾十年，階級身份在政治意義上也被固化。地富反壞右及走資派，他們的子女、他們的家人，很難獲得人民的身份。九十年代坐在偉人雕像下的下崗工人，六十年代也是從這片廣場出發，分頭去對教授們實行專政。

關於「十年」的研究很多，功過評價不一。但是一個共同的見解，包括紅衛兵運動的發起人張承志都指出，「血統論」是其中最大的失敗[6]。《傷痕》情節簡單粗糙，之所以當時引起全民關注，要害就是「血統論」，就是階級身份的遺傳。當時大家都很少有人設想，假如王曉華的母親真是叛徒呢？那她的女兒一生就應該被歧視嗎？

三、從政治身份到經濟狀況：子承父命的寫作結構

「五四」小說有所謂「弒父」情結，當代小說主人公則大部分同情

父親的命運，形成一種敘事模式。蘇童《河岸》裏的兒子，隨父親上船勞改；賈平凹《古爐》裏的狗尿苔替外婆鳴冤叫屈。張瑋《古船》裏的抱樸和見素兩兄弟，或者讀《共產黨宣言》，或者謀生財之道，都為他們被迫害的開明士紳父親鳴不平，甚至要繼承父親的遺志。這種階級身份的痛苦遺傳，有的小說是從父親視角來展開，比方余華的《活着》，地主的兒子看着自己的兒子抽血而死，女兒難產身亡。莫言的《生死疲勞》，地主死後變驢、變牛、變豬、變狗，一直看着兒女們掙扎、投機、做造反派，或者要建「文革」主題公園。

總之，一個常見的敘事模式是年輕主角（特別是男性青少年），踩着父輩身份的陰影，以不同的方式替父鳴冤。《河岸》《古爐》裏的小男孩，背的是長輩的政治身份遺傳，《平原上的摩西》中的下一代，反抗的是下崗工人困境的世襲，所以寫的是階級鬥爭新形勢，用的是子報父仇的老方法。

但在中國的語境，抱怨經濟處境「世襲」，比質疑政治身份遺產有更多自信，更少阻力，更容易獲得大眾共鳴。雙雪濤在論壇發言說自己是工人的兒子，說九十年代工人地位失落，但「工人的兒子」就像有些作家稱自己是鄉下人，是農民的孩子一樣，比較有底氣。假如說是資本家的兒子，甚至教授的兒子，最好還是算了，不要特別提出。

雙雪濤小說裏這種男孩同情父母窮困、反抗父輩命運的寫作模式，在情緒內容上成功地說明同代青年渲染失落的苦悶，在敘述形式上也無意延續了余華、賈平凹、蘇童小說裏子承父命的心理模式。

四、若無其事的暴力描寫

除了父輩命運的具體內容和象徵意義在短短數十年已有變化，同情和反抗的方式，也有所發展。

《河岸》裏兒子對父親的同情必須壓在心底，甚至只在無意識層面，表面上似乎看不起父親（尤其當父親自宮時）。《古爐》裏的小男孩也是自然接受黑五類的身份世襲，最多偷偷摸摸兒童遊戲般搗亂反抗。如果寫暴力，那就必須很變形，比方蘇童的《黃雀記》寫繩綁、紙手銬等等。

在這方面，雙雪濤小說的暴力因素比較直接，值得討論。相比剝削階級子女在革命時代的畸形抵抗，工人階級在新時代的失落困苦，講起來更理直氣壯。但同時又會直接碰到法律和警察的管制，面對現有制度的管制。

在《平原上的摩西》裏，作家戲劇性地對比了兩個男人的不同命運，但他們的共同點，就是喜歡打架，衝動的時候使用暴力。李師傅如前所述，有很多美德，引用雙雪濤的話，就是「一個不接受道德約束的雷鋒」[7]。可是雷鋒在當時就是道德標準。李師傅自己承認「文革」時也紮傷過人，下崗時看到賣茶葉蛋的窮人被人欺負，他氣急之下和人打架，一度想回家取刀，看到女兒美麗和平形象才克制了自己，否則也不用等蔣不凡出場了，可能早已釀成慘劇。血性男兒莊德增在「文革」中用帶釘的木架打死傅教授的同事，當然也是暴力分子。不過他發財後反而和氣了，醉酒也回家睡覺，這時警察成了維護強者富人秩序的暴力機器。

雙雪濤近年獲得寶珀青年文學獎的短篇小說集《獵人》，其中有幾篇藝術上精緻的小說都涉及暴力。《楊廣義》寫一個工人階級的俠客，以前也是工人，後來消失了，神出鬼沒，刀法成了傳奇。一棵樹被劈成兩半還活着，還有鳥被一分為二，像手術一樣精準。他把一個作惡的縱火犯劈成兩半裝進袋子帶回家，雖然令人驚駭，卻是非法使用暴力做好事。

小說主角又是男孩，他父親曾經被認為是楊廣義的徒弟，因此受了牽連。男孩又和父母一起住在車間廠房裏 —— 這是雙雪濤重複使用的一個情節，應該也是真實故事。某日有個二十七、八歲的青年來到車間，小孩將信將疑，還十分崇拜。《平原上的摩西》也寫了當時轟動全國的二王追捕案，但改了若干細節，把犯人寫得主要是劫富（但也沒有濟貧）。閻連科的《日熄》裏也有類似的情節，強盜專搶富人別墅區，這樣好像罪輕一等。值得注意的是，雙雪濤寫暴力筆調非常平淡，若無其事，讀了令人心驚膽戰，頗能渲染年輕一代對貧富懸殊社會的犯罪慾望，以及它的變形和控制。

在小說《火星》中，地位卑微的男人應約到豪華酒店，將一包中學時代的通信，還給現已成為大明星的昔日女同學。男生在信的結尾都寫此致、敬禮，代表了那個時代，可是現在還信的過程卻充滿了屈辱。到酒店要先交出身份證，人家不守時他要等……，都是在現代化面前的低頭，忍受現代性的屈辱，這是雙雪濤小說主人公的常態。

但是分手的時候他們隨便拆了一封舊信，高紅把紅蠟摳掉，一隻八哥從裏面飛了出來。這隻鳥居然還能照鏡子，最後又跳進信封。女明星害怕了，不要這些信了。「只見桌上的信封震動起來，三五一行地立起來，在茶几上走圈，如同遊行一般。」最後男人抽出一封信，一根繩子游出來……高紅發怒了：「你就是一隻臭蟲，甚麼也不是，你靠吸我的血，是不是？」這時繩子爬上明星的大腿，纏上了她的脖子，最後拖着她的屍體鑽回信封。這就是不動聲色的驚悚、魔幻，是一種復仇。

《獵人》裏還有一篇《心臟》，寫男青年主人公跟女醫生一起用車送患病父親去北京，途中父子情感交流，最後父親平靜死去。我覺得這部小說典型體現了雙雪濤們「為父鳴冤」的基本主題。

總而言之，《平原上的摩西》和《慈悲》一樣，是當代中國小說中寫工人形象比較出色的作品。小說描寫了九十年代工人成為弱勢羣體後的三種抵抗方式：一是領袖像前懷舊抗議，二是以教育抵抗階級關係固化，三是暴力幻想以及警民衝突。這些幻想效果驚悚，有效宣泄不滿，只是這種暴力，相比「十年」中兩個青年工人的暴力，也許更複雜一些。

原刊於《小說評論》2024 年第 3 期。

參考文章

雙雪濤:《我的師承》,《文藝爭鳴》2015 年第 8 期。

王德威:《豔粉街啟示錄 —— 雙雪濤〈平原上的摩西〉》,《文藝爭鳴》2019 年第 7 期。

曹翰林:《不作為方法的講述:雙雪濤筆下的故鄉、個人命運與理想主義》,《文藝爭鳴》2020 年第 10 期。

黃平:《「新的美學原則在崛起」—— 以雙雪濤〈平原上的摩西〉為例》,《揚子江評論》2017 年第 3 期。

梁海:《鐫刻記憶的「毛邊」—— 論雙雪濤、班宇、鄭執的東北敍事》,《揚子江文學評論》2022 年第 2 期。

劉天宇:《虛實之間:〈平原上的摩西〉社會史考論》,《揚子江文學評論》2022 年第 2 期。

叢治辰:《何謂「東北」?何種「文藝」?何以「復興」?—— 雙雪濤、班宇、鄭執與當前審美趣味的複雜結構》,《中國現代文學研究叢刊》2020 年第 4 期。

魯太光、雙雪濤、劉岩:《紀實與虛構:文學中的「東北」》,《文藝理論與批評》2019 年第 2 期。

劉岩:《雙雪濤的小説與當代中國老工業區的懸疑敘事 —— 以〈平原上的摩西〉為中心》,《文藝研究》2018 年第 12 期。

---

1 《〈平原上的摩西:雙雪濤與新東北文學〉線上論壇回顧》,轉引自 https://mp.weixin.qq.com/s?__biz=MjM5MTA1MDEzNg==&mid=2650791882&idx=1&sn=25dbefa4fef360282b048920a57b987e&chksm=beb00f3d89c7862b5e1026016043ee21634215271698db81043da27d28dd6e17ae9f1447a186&scene=27,訪問日期 2024 年 4 月 22 日。

2 同註 2。

3 雙雪濤:《平原上的摩西》,首次發表於《收穫》2015 年第 2 期;北京:北京日報出版社,2021 年。以下小説引文同。

4 劉天宇:《虛實之間:〈平原上的摩西〉社會史考論》,《揚子江文學評論》2022 年第 2 期。

5 丹尼爾·馬科維茨著,王曉伯譯:引自《菁英體制的陷阱》,台北:時報文化出版企業股份有限公司,2021 年。

6 張承志:〈三份沒有印在書上的序言〉,引自《清潔的精神》,合肥:安徽文藝出版社,1996 年,頁 190。

7 雙雪濤:《獵人》,北京:北京日報出版社,2019 年,頁 209。

2018

王占黑《空響炮》

上海工人下崗以後

理想國舉辦的寶珀文學獎是現在中國最重要的青年文學獎，第一屆的獲獎者是 1991 年出生的年輕女作家王占黑。王占黑的第一部短篇小說集《空響炮》，和雙雪濤小說一樣，也是寫九十年代以後「工人階級」如何變成社會上的弱勢羣體。自晚清以來，中國文學總是以同情弱者、同情民眾、同情被侮辱被損害者為主流。可是「工人階級」不同於其他弱者，不同於其他民眾。這是一個革命時代的話語符號，當工人作為「領導階級」居然成了被侮辱被損害者，可以說是老革命碰到新問題，革命文學傳統發展到了一個新的階段。

在當代文學的這個新階段，路內的《慈悲》、雙雪濤的《平原上的摩西》，還有其他一些中青年作家的作品，一方面，顯示了九十年代工人們陷入困境，或在偉人雕像前平靜抗議，或犯法導致警民暴力衝突。另一方面，這些小說也有防止貧富懸殊走向階級固化的一些美好方案。比方讓工人轉行做設計員，或者由富有知識分子教導下崗工人子女，並以宗教力量喚醒人性的平等，等等。當然，這些小說也會觸及九十年代工人階級成為弱勢羣體，與六十年代「工人階級領導一切」這兩個時代之間的複雜邏輯關係。放在百年中國文學的發展脈絡看，這也是工人形象在小說中最被重視的一個階段，超過以前百年。

「男保女超」的轉型自救

王占黑的小說，既不像路內的《慈悲》那樣極簡地壓縮文字，也不像雙雪濤那樣精心謀篇佈局，而是一種比較老派的寫實，細節非常豐富。她寫的工人並不只是犧牲者，同時也不再領導一切。這些工人的處境具體來說是「男保女超」：男的做保安，女的去超市工作，都是普通人。其實，他們從來都是普通人，雖然活得辛苦，臨死之前，還要在床前含糊地哼着「大吊車真厲害，成噸的鋼鐵，它輕輕地一抓就起來」—— 這是樣板戲《海港》裏的著名唱段，象徵着「工人階級領導一切」的那個特殊時代的聲音。

《空響炮》2018 年出版，復旦大學張新穎教授寫序說：「這本作品集八篇小說都不算長，我卻讀了不少時間，沒法一口氣讀下去，讀完一篇，必須停下來歇一歇，才能繼續。」[1] 為甚麼要停下來想一想才能讀下去呢？因為這些看起來雞毛蒜皮、東長西短的故事，都關係着一個嚴峻的主題：「工人階級」的歷史命運，以及工人作為人怎麼活着？

在《平原上的摩西》裏，「工人階級」在九十年代命運起伏非常大，在「文革」中打死過人的供銷科長，下海後成為成功企業家；在「文革」中救過人的鉗工，卻成為被警察追捕的嫌疑犯。王占黑的短篇《麻將，胡了》也寫了兩個工人好朋友的對比，一個叫吳光宗，一個叫葛四平，兩個人搓了一輩子的麻將，當了一輩子上下家，吵架像冤家，其實很講義氣。兩人都是人到中年才從電機廠下崗，命運沒有多大的反差。葛四平和他的工友換了不少工作，「賣保險鬧猛過一陣，搞外貿也鬧猛過一陣」，鬧猛，是滬語，就是熱鬧過一陣兒。「如今穩定下來，走兩條基本路線，男保女超。男的老來都當了保安，女的都在超市收銀」，都成了弱勢羣體，卻還有相當自豪的階級意識，他們說「城裏各個角落的值班室，都埋伏着我們的同志」[2]。

吳光宗顯然也是「我們的同志」之一，而且比一直單身、害怕家庭、比較躺平的葛四平更加會折騰。小說寫「上個世紀九十年代末，必定是對對吳（吳光宗的外號）這一輩子浪頭最大的時候」，浪頭最大，就是最出風頭、最有作為的意思。「他太忙了，扛着傢伙滿城趕場子，酒席上香煙紅包拿到手軟，一雙眼睛也跟着長到天上去了。白天幹活，晚上同一幫小老闆花天酒地。等抬起頭來，大變天了，錄影不流行了，婚慶一條龍興起，對對吳的熟人生意再難做開，很快就被淘汰了。此後對對吳修過空調，搞過裝潢，再難威風。」後來，「對對吳又搞了一輛桑塔納，想找人搭班搞出租」，也不成功。潦倒的時候，在醫院裏當護工或者掛號黃牛，最後還是和葛四平搭班做了保安。他的這一大段就業史也是他的掙扎史。家庭生活，結了婚又離。像吳光宗、葛四平這樣的工人境遇是和「寶總」同時代也同樣可能在黃河路追「浪頭」，卻是被王家衛的鏡頭所忽略的上海人。他們也在九十年代商業大潮中折騰，賣保險、搞外貿、婚慶一條龍等等，但也都沒有發跡。「寶總」、莊德增畢竟太少了。他們的實際命運好像更接近路內想寫而沒寫的他父親的經歷，最後靠打麻將謀生。他們沒辦法的時候就去做掛號的黃牛，也不會到偉人像前去靜坐抗議 —— 因為他們記得在偉人那個時代，他們還不可以打麻將。由於被欺負而有暴力反抗更加不可能，對對吳有次因為有人在麻將桌上欺負葛四平而氣憤，就去武力交涉，結果是自己受傷。

小說的高潮在後面，吳光宗生癌了，躺在醫院裏，醫生不讓多吃、不讓抽煙，但是病情惡化，人受不了，哭得要命。終於有一天，葛四平和其他工友給病人送來了整整一桌飯菜，還違反醫囑，給他點上一支真的香煙。病人骨瘦如柴，笑中帶淚。《海港》的主題曲就是在那個時候響起：「大吊車真厲害」……我看到這個場景，想起自己認識的幾個鋼鐵廠工友，不禁感動（雖然在很多後現代的文本技巧那裏，我已經學會不要被感動）。

接地氣的樸實寫實主義

在《慈悲》和《平原上的摩西》之後，讀王占黑的小說，我們更可以看到工人階級形象重回當代文學的歷史發展線索。王占黑寫工人也是男女有別。男人們除了麻將桌外，就是各種失敗的打拼，賣保險、搞錄影、開的士、做黃牛等等。那麼女人呢？有一篇小說寫美芬，居然能夠沿着張愛玲或王安憶的筆法，去寫女人身邊的物件 —— 胸針、圍巾、布料。一個廣場舞大媽的白日夢，就是盼望在女兒婚禮上自己能夠穿幾套令姐妹們刮目相看的旗袍或裙子。她這些等待重大場合的衣服，已經被精心製作並且認真修改了很多次，都是喜歡的料子，別致的式樣，反覆斟酌的顏色。這些衣服在衣櫃裏珍藏了好幾年，幾乎是退休女工美芬的全部精神寄託。一系列物化的辛酸，一片母親的愛心。然而女兒嫁給了香港人（香港又一次成為不同於上海的符號），居然決定不辦婚禮，也不要孩子。美芬也是城裏人，所以珍愛女兒也尊重女兒，但是她的白日夢也就一直鎖在她的衣櫃裏了。

雙雪濤精於構思，簡潔有力。王占黑注重細節，樸素寫實。王占黑小說有意無意延續了契訶夫或葉聖陶以來的樸素寫實傳統，這樣寫的女作家現在並不多見。她在語言上也儘量接地氣，雖然不像金宇澄那麼大規模，但也試圖用一些上海方言，比方灶頭間、交關響、碗也不想汏、拗斷、屏不牢、好料作、嬲急，既增加了地方色彩，也突出了勞工生活的地氣。

年輕女作家，也寫新時代的窮人住宅區。「上世紀九十年代的很多單位裏邊住房，有小孩的，小孩都走了，有錢的，看準房價搬遷了。剩下的都是些老的，窮的，也有像趙光明這樣新加入的外地人」。她的視角總在老人院、棋牌室、賣菜的小販兒，等等。小說《怪腳刀》，寫隱形作者自己生活的社區，有第一手的感性經驗。近距離寫實，更能夠體現小人物、社會底層。主角也不一定是產業工人，《老菜皮》寫窮人、老人聚集的社區門口的一個菜農，土黃色的削尖臉，藍色的工人帽，一天兩趟賣小青菜，風雨無阻。他賺錢特別刻苦，斤斤計較且守信用，東西也總比別人好。尤其在下雪天，「老菜皮高高舉起手中的兩把小青菜，像揮着革命大旗」。小市民語境裏摻雜着宏大敘事，效果就很像張愛玲寫菜市場的《中國的日夜》。後來老菜皮不見了，出現在本地《晚間新聞》，說路上被人偷了三百多塊錢，報案無門，連續生病，突然就死了。大家感慨一番，很快也就忘了這個人。

王占黑是現在上海的年輕人，筆下卻是老派，延續着《孔乙己》或《多收了三五鬥》的筆法。小說人物也不一定個個是受難者，《演說家吳賭》寫一個奇葩人物，坐巴士喜歡揩油，不付車資，身靠投幣箱和司機搭訕，然後跟車上的各種乘客吹牛閒聊，吹自己的成績、旁人的八卦。其實就是宣泄轉移他的失敗人生，用的是像《華威先生》式的素描法，但不寫官僚，只寫小人物，也可能又是一個失敗的工人。

偶然王占黑也寫些奇怪的人與事。在《偷桃換李》中，火葬場兩個死人對換了身份、姓名，還包括社會關係。原來是兩個男人，不僅活得沒意思，對死也害怕，覺得死了以後要被人追究，一輩子對不起女人，怎麼辦？他們商量好了，再請另外一個人幫忙，給他們調換。情節荒誕，悲劇心理卻也普遍。老人們在臨死前還回想到一生中的高光時刻，做夢又到了天安門廣場：「我趕到的辰光，毛主席已經走了，紅衛兵也走光了。滿地都是鞋，解放鞋，白球鞋，草鞋，還有臭洋襪，踏爛的標語，旗幟，小鈔票，扁掉的軍用水壺。我就喊，阿大，阿大啊。沒人理我。我兜了一圈，碰到好幾個小隊，我就跑上去問，你們看到陶立慶了嗎。人家都搖頭。我累死了，在金水橋邊坐一歇。我們阿大突然坐過來了！伊講，爸爸放心，我鞋帶綁得不要太牢，絕對不會叫人家踩掉的。伊伸出腳，我望過去，大腿小腿上全是鞋帶，勒出血印子來噢。」這段金水橋夢，可以跟《平原上的摩西》的廣場靜坐文本互讀，也可以跟《活着》裏福貴兒子的鞋子細節遙相呼應。

王占黑大部分小說都是寫實片段，但偶然也有奇妙的象徵。小說集的書名叫《空響炮》，放在第一篇總有它的道理。小說寫的是不准放鞭炮了，一開始像雙雪濤一樣，直接涉及了幹羣矛盾。小說從賣炮仗的賴老闆、隔壁的李阿大、沉迷鞭炮的鄰居瘸腳阿興、帶紅袖章的街道幹部燙頭、年初一開頭班車的馬國福、負責掃街的工友老棉襖，一共六個人物、六個不同角度展開敍事。從過年不准放鞭炮，看到了多方位的社會反應：炮仗老闆沮喪；隔壁老闆的女兒轉型賣電子炮賺錢；瘸腳阿興沒炮仗就火大；街道幹部非常緊張，貫徹上級指示，但是聽到附近有鞭炮聲又很高興，說這是隔壁社區拿不到紅旗了……圍繞禁止鞭炮，幾乎可以看到後來上海動態清零的封城情景。多角度寫官民矛盾，《空響炮》也有點追襲張愛玲的小說結構。

最後的意象更加令人深思。過年時大家突然聽到一陣爆竹聲，羣眾既害怕又興奮，幹部首先看是不是在自己的社區，從擔心到慶幸。其實是甚麼？人們跑去一看，哪裏是放鞭炮，原來是過不了癮的瘸腳阿興買了很多氣球，在空地上一一戳破，發出大家懷念的「爆竹聲」。

這就叫空響炮，象徵甚麼？象徵新時期的新成就：舊傳統、新包裝、人心在、空響炮？

參考文章

王占黑：《不成景觀的景觀》，《大家》2018 年第 1 期。

黃平：《定海橋：王占黑小說與空間政治》，《小說評論》2020 年第 4 期。

---

1 張新穎：《空響炮・序》，引自王占黑：《空響炮》，上海：上海文藝出版社，2018 年，頁 1。

2 王占黑：《空響炮》，上海：上海文藝出版社，2018 年。以下小說引文同。

陳春成《夜晚的潛水艇》
沈從文風格如何在新世紀生存？

當代小說，讀完以後覺得好，寫評論也很有可說，但是讀的過程有點苦。為甚麼？

第一種是故事苦。《日熄》裏，兒子看到父親把火葬場燒屍後產生的人油搬來搬去；《河岸》裏，男孩目睹父親自宮；《陸犯焉識》裏，勞改犯互相折磨，人被馬拉得頭皮粘在雪地上。

第二種是敍述苦。《古爐》全篇貫穿「屎尿屁」；《一句頂一萬句》句式繁瑣，細節擰巴；《繁花》也是碎碎念，細密寫實主義令讀者沉悶。即便是雙雪濤等較年輕的作家，看似簡潔或樸素的文字，其實打開內涵也是苦悶結構。

盼望有讀上去不苦，甚至鬱鬱蔥蔥、賞心悅目，卻仍然是好的小說，於是，我們讀到陳春成。

一、《竹峰寺》：教材式的優美小說

陳春成，1990 年出生，福建青年作家，作品近年已經頗受各種獎項的關注，獲得了理想國寶珀文學獎，也被評為《亞洲週刊》年度十大小說等等。陳春成的小說顯示了沈從文、汪曾祺風格如何在新世紀繼續生存，《竹峰寺》就是一部幾乎可以從語言、意象、人物、細節等方面獲得稱讚的類似語文教材的作品。

先看語言。

「山中的夜靜極了。連蟲鳥蟬鳴也是靜的一部分。」

「白天，寺院中浮動着和煦的陽光，庭中石桌石凳，白得耀眼，像自身發出潔白的柔光。」

「有時我也去慧燈和尚的禪房裏，向他借幾本佛經看看。有一些竟是民國傳下來的。經我央求，才借給我。豎排繁體，看得格外吃力。不一會，又困了。有時從書頁中滑落下一片乾枯的芍藥花瓣。也不知是誰夾在那裏的，也不知來自哪個春天。已經乾得幾乎透明，卻還葆有一種綽約的風姿。而且不止一片。這些姿態極美的花瓣，就這樣時不時地，從那本娓娓述説着世間一切美盡是虛妄的書卷裏，翩然落下。」

「芍藥環寺而種，遍地綺羅，爛漫不可方物。花香爐香，融成一脈，滿山浮動。」[1]

陳春成在別的小說，比方《傳彩筆》裏還專門介紹過錘煉文字的樂趣與痛苦，所以《竹峰寺》裏刻意描繪仙經佛氣的文字，也是為了虛構一種貌似跟現實無關的桃花源場景。

小說情節很簡單，主人公因為不捨得福建家鄉舊屋被拆，便執意把家鄉唯一舊物，就是那把舊屋的鑰匙（房子沒了，還留把鑰匙），保存在竹峰山上的一座廟裏。為此主人公在廟裏住了一陣，還調查了這座廟的歷史。

從前有座山，山上有座廟，廟裏有個老和尚和小和尚，老和尚對小和尚講故事：從前有座山，山上有座廟……這是一個中國故事的最原始形態。現在主人公是一個現代的青年，他講甚麼？「竹峰寺始建於北宋，寺中傳下來的刻有元豐字樣的石臼、石槽可以證明。後來幾經劫亂，屢廢屢興，規模在乾隆年間達到鼎盛」。寺中曾有一塊蛺蝶碑，傳說是明代書生寄居廟中，仿王右軍體抄《法華經》。六十年代「破四舊」時，山上的人怕小將毀壞，就把這塊碑藏起來。結果佛像都被砸掉了，裏邊的東西都被毀掉了，那塊碑雖然相信還在，但卻找不到了。

小說雖然整體上像篇遊記，卻也有人物。「我」住在竹峰寺時，廟裏有兩個和尚 —— 慧航和慧燈。慧航三十多歲才出家，大學畢業，開過茶館、澡堂，不知犯了甚麼錯誤，現在是一個熱衷搞關係、振興經濟、想做政協委員的和尚。慧燈和尚，紅塵謀生，辛苦幾十年，老來受戒，經營寺廟。雖然經營無方，但信仰堅定，明知石碑所在，可以開發振興古廟，卻不肯說出來。兩個和尚相當典型，一個與時俱進，一個不忘初心。

高山深處難逃紅塵，小說裏的「我」最後發現，這塊古碑是面朝下做成了人們天天走過的石橋。主人公也不作聲，只把老家的鑰匙放在古碑旁邊。意思當然是傳統文化精華就在我們日常生活當中，既要躲避政治衝擊，也要拒絕經濟開發。

小說主題和象徵都有些刻意精緻，所以有點像課本，讓學生容易找到中心思想。但小說中的另有閒筆更加動人。比方說在寺門外石階上坐着看天一點一點黑下來，原來此地有個說法，人不能在外面看着天慢慢變黑，否則小孩不會念書，大人沒心思幹活。

> 坐了幾個黃昏，我似乎有點明白了。有一種消沉的力量，一種廣大的消沉，在黃昏時來。在那個時刻，事物的意義在飄散。在一點一點黑下來的天空中，甚麼都顯得無關緊要。你先是有點

慌，然後釋然，然後你就不存在了。那種感受，沒有親身體驗，實在難於形容。如果你在山野中，在暮色四合時凝望過一棵樹，足夠長久地凝望一棵樹，直到你和它一併消融在黑暗中，成為夜的一部分——這種體驗，經過多次，你就會無可挽回地成為一個古怪的人。對甚麼都心不在焉，游離於現實之外。本地有個說法，叫心野掉了。心野掉了就念不進書，就沒心思幹活，就只適合日復一日地坐在野地裏發呆，在黃昏和夜晚的縫隙中一次又一次地消融。你就很難再回到真實的人世間，撿起上進心，努力去做一個世俗的成功者了。因為你已經知道了，在山野中，在天一點一點黑下來的時刻，一切都無關緊要。知道了就沒法再不知道。

比起逃過「破四舊」又躲過經濟開發的古石碑來，這種目睹天一點一點黑下來的感覺，象徵意蘊更加複雜，更加深遠。陳春成的小說只是逃避現實嗎？當年《邊城》空靈秀美，其實也是有意挑戰三十年代左翼及西化文化主流。汪曾祺一面寫小和尚的性啟蒙，一面親身介入革命樣板戲的創作，可見中國小說，再超脫的桃花源，也有其政治背景。

二、文字桃花源的多重世界

在另一部短篇小說《裁雲記》裏，陳春成的主人公在雲彩管理局的修剪站工作，負責修剪雲彩，維護機器，列印廣告。

雲彩管理局是個歷史悠久的機構。很多年前，當時的元首要來本地視察，全市如臨大敵，把街道掃蕩得纖塵不染，建築外牆全

> 部翻修。長得歪歪扭扭的樹都拔了，重新種上筆管條直的，樹冠修成標準的圓球狀。流浪狗一律擊斃，拖走。為防止產生異味，街上所有垃圾桶不准往裏丟垃圾。元首來了。是日天朗氣清，上午九點鐘，街上人車皆無，草木肅立，重重大廈在陽光下熠熠生輝。元首背着手逛了一圈，很是滿意，對身後官員們說：「你們這個市容管理得很好嘛！街道乾淨，綠化也不錯。就是今天天上這個雲，怎麼破破爛爛的。你們看像不像一塊抹布？」

據說領導也只是打趣，未見得真地對雲彩有意見。可是視察結束後，雲彩管理局就成立了，以後所有的雲都成了卡通畫裏的樣子，流雲、落霞等都要修改。經過高科技處理，以後飄出來的雲都是一塊一塊可愛的餅乾。沒有人會對領導關於雲彩的即興指示提出異議。

這當然也是某種科幻小說，兒童版科幻小說，或者說是魔幻現實主義，百分之五的魔幻，百分之九十五的現實。其實想深一點，現實本身非常魔幻。

陳春成追求文字的精緻非常自覺，也非常痛苦。短篇《傳彩筆》寫一個寓言，姓葉的作家在夢中跟一個老人在亭子裏談話。公園罩在濃白的霧中，彷彿與世隔絕。他們從韓愈、袁枚說起。老人問：「如果你可以寫出偉大的作品，但只有你自己能領受，無論你生前或死後，都不會有人知道你的偉大——你願意過這樣的一生嗎？」作家在夢中說，好，於是他收到了一支筆。第二天寫作，「用了兩個結實的自然段就捕捉到了竹林中的落日，輕鬆地像摘一枚橘子，闡明了竹葉、遊塵、暮光、暗影和微風間的關係，刪掉了多餘的排比和不克制的抒情」。當然這是作家夫子自道，陳春成非常努力地捕捉具體自然物象之間的抽象哲理關係。但是作家把文本輸入電腦，報刊編輯說，只收到空白的文件。「我拿着稿紙去廚房找妻子。在遞給她的一瞬間，我看到紙上的字盡數消失了，像蓮葉上失蹤的朝露。」於是，作家好像簽了一份反方向的浮士德契約，不是為了利益出賣靈魂，而是為了靈魂必須放棄世俗。

> 我寫下了這一秒鐘內世界的橫截面。蜻蜓與水面將觸未觸，一截灰燼剛要脱離香煙，骰子在桌面上方懸浮，火焰和海浪有了固定的形狀，子彈緊貼着一個人的胸膛，帝國的命運在延續和覆滅的岔口停頓不前而一朵花即將綻放……

這是新一代作家想要用文字佔領時空瞬間的一些數碼想像。

小說中作家得筆三年以後，寫了很多自覺偉大的文字，但一個字也不能傳播，不能被世人閱讀。這是文學家的宿命？這是陳春成的夢魘？

陳春成是幸運的，他的文字不僅進入夢境，也被世人看到連續獲獎。張愛玲生前沒有出版過她的傑作《小團圓》，也沒有真的要燒掉書稿。一個人怎麼對待自己的文字，其實也是怎麼對待自己的生命。生命其實是短的，作品更長。

陳春成偶爾也嘗試科幻加武俠，《〈紅樓夢〉彌撒》從萬曆十四年寫起，主要篇幅在西元 4876 年。有個年邁的從 1980 年活下來的犯人，從秘密監獄被神奇、貌美的龔春寒女俠拯救，逃到一個在土地下潛行的地下航母，可謂腦洞大開。見到幾千年後的紅學會長洪一窟、秘書長李茫茫，理事張渺渺、麝星、檀煙、焚花等等。這些未來的俠客名字非常金庸腔。原來是要他回憶《紅樓夢》，因為書沒了，誰都不記得了，所以四千年後因為經過幾次星球大戰，《紅樓夢》成了世界的

《聖經》，全宇宙都在尋找。

另一篇《音樂家》，卻是用蘇聯背景的偵探包裝實驗文字，如何寫通感。小說裏大段大段幻想音樂和文字的關係，如何演繹音樂。有一警員負責文藝節，他有一件童年往事令人印象深刻——

> 庫茲明自小羞怯，文弱，習慣了受欺負，因此對其他警員的作弄處之泰然。他童年唯一的愛好是用玻璃箱盛滿土壤，在裏頭養螞蟻。螞蟻們渾然不知巢穴的每個角落都已暴露在人類的目光中，依舊忙忙碌碌地挖掘，搬運，分泌，搖擺着觸角。玻璃是多麼奇妙的物質，讓地底的秘密一下子變得直視無礙。他精心地伺候着它們，又頻頻製造着災難，往洞口灌水，薰煙，間或隨機碾死一兩隻螞蟻，或者扔進一隻馬蜂。看着蟻羣一團潰亂，他忽然意識到這原是屬於上帝的享樂。庫茲明每天迷醉地瞧着，擺弄着，直到有一天那玻璃箱被高高舉起，在他的尖叫聲中，被憤怒的父親在地上摔得粉碎……而現在，他可以從容地坐在巨大的檔案櫃間，在明晃晃的燈光下恣意瀏覽，再也無人干擾。庫茲明感到一陣幸福，他覺得整個城市都放進他的玻璃箱了。

他現在在做文化警察，監視很多人的各種活動。

相比《〈紅樓夢〉彌撒》或《音樂家》等複雜的故事，短篇《李茵的湖》，非常樸素。倒是小說集《夜晚的潛水艇》裏最動人的一篇。

李茵是「我」過去而且已經去世的女友。小說不寫愛情如何迷人、傳奇、激烈，只寫兩個人在一個破花園裏找到一個破敗安靜的角落。他們在花園一角甚麼也不做，度過了很多時光，後來又一起尋找承載兒時記憶的草地。《李茵的湖》寫風景的文字最少技巧，但寫得最美。

陳春成有自覺的形式追求，常常喜歡在故事中套故事，在文本中插文本，而且注重山林野趣、鄉間生態，有時又穿插奇幻玄思，像早期沈從文，但《李茵的湖》卻是格外樸素。陳春成不大擅長寫女性，但這篇短篇是一個例外。

有次和閻連科一起在香港科大對話，談到新生代創作可以突破的方向，閻連科很鄭重地向年輕的作者推薦陳春成，說這是沈從文、汪曾祺的風格。當然，在沈從文、汪曾祺的時代，文字桃花源都包含獨特的世界觀，也都是文壇的邊緣，甚至一度被排斥。不知道在二十一世紀新時代，陳春成等人的路會不會好走一些。

參考文章

王德威：《隱秀與潛藏 —— 讀陳春成〈夜晚的潛水艇〉》，《小說評論》2022 年第 1 期。

李靜：《「內向型寫作」的媒介優勢與困境 —— 以陳春成〈夜晚的潛水艇〉為個案》，《中國現代文學研究叢刊》2022 年第 8 期。

1 陳春成：《夜晚的潛水艇》，上海：上海三聯書店，2020 年。以下小說引文同。